謀殺藝術大學院

MURDER YOUR EMPLOYER

THE MCMASTERS GUIDE TO HOMICIDE

魯伯特．荷姆斯——著　楊睿珊——譯
RUPERT HOLMES

FINSTERWOLDE
NW
NE
SW
SE
N
E
S
W
SCIENCE CENTER
OIDEION
GREAT HALL
MENAGERIE
GONZAGO'S BOWER
AUTO POOL
THISTLE MAZE
SNAKE PIT
POISON GARDEN
BOOT HILL
PRIMROSE PATH
SERVICE ENTRANCE
THE TANGLE
BAMBOO FOREST
WOMEN'S DORMITORY
HEADQUARTERS
RAVEN RAVINE
MASTERTOWN
CASTLE GUY
FOXGLOVE COTTAGE

MAIN GATE
RING ROAD
SLIPPERY ELMS
OXBANE
CHAPEL
THE
OBELISK
FACULTY HOUSING
MEAD MERE
BAND
STAND
MARKET HALL
HEDGE HOUSE
DORNFORD
LODGE
LIDO
MEN'S
DORMITORY
LABORATORY
PLAYING FIELD

致不知名的刪除者

願你永遠不會得到你應得的榮譽

應用藝術術語

刪除：我們以此代稱「謀殺」，但有些較年輕的教職員工最近也開始採用「排除」這個更委婉的說法。請注意，亦可使用「消除」、「剷除」等近義詞，但不可使用「拔除」和「屏除」作為替代。

當弒人：你打算刪除的對象（字面解釋為「應當殺死的人」）。我們認為「受害者」一詞太過主觀，可能並未將你的經歷和動機全面納入考量，因此建議採用「當弒人」這個稱呼。雖然為了避免誤解，學者偶爾可能會在課堂上或教科書中（例如本書）提及「受害者」一詞，但我們不鼓勵在對話中使用，因為萬一被錄下來並在法庭上播放，「當弒人」（音同「當事人」）聽起來比「受害者」好太多了。亦可使用「目標」一詞。

執刑人：若一切按照計畫進行，這就是指你。請注意，麥克馬斯特學院用的是執行死刑的簡稱「執刑」，若在學校自稱「行刑人」或是寫成「執行人」，大家馬上就會知道你是新生了，因此無論是口語或書寫上都要注意。

刪除者：麥克馬斯特學院認定有能力且夠格執行刪除計畫的畢業生，或已成功刪除目標的校友。

無名弒：過去未被發現的執刑人，雖然沒受過麥克馬斯特學院的正規教育，但仍成功刪除目標。遺憾的是，這些優秀的業餘人士在生前並未獲得肯定，所以我們要在此授予「終結生命」榮譽學位（又稱終生成就獎），以表彰其開創性的貢獻。名單上的傑出人物包括貝絲・魏斯夫人（貝絲・胡迪尼）、兒童節目主持人「水牛鮑伯」・史密斯、前任美國第一夫人盧克麗霞・魯道夫・加菲爾德、哈蘭德・大衛・桑德斯上校（肯德基爺爺）、英國維多利亞女王兼印度女皇陛下、美國演說家戴爾・卡內基，以及歌劇歌手瓊・蘇莎蘭。

敵人：此術語絕對不是用來指你的目標，而是指密謀對付麥克馬斯特學院畢業生的勢力，包括地方和州警察、地方檢察官辦公室，以及在鑑識實驗室（學院自有實驗室除外）工作的科學家和技術人員。我們會避免使用此術語來稱呼聯邦調查局，因為許多成員都是我們的校友。

與其被奴役，還不如去死。

——作家兼廢奴主義者
哈麗特・安・雅各布斯

同意，但是誰去死？

——麥克馬斯特學院院長
R・M・塔蘭特，任期一九三七—一九四一年

要把老闆炒魷魚再簡單不過了，只要買一條魷魚，大火下去拌炒即可。

——學院創辦人
蓋伊・麥克馬斯特

前言

看來你決定要謀殺某個人了。

恭喜，光是購買這本書，你就朝成功的謀殺邁出了最重要的第一步。一切順利的話，你將感到無比自豪，也會獲得同儕的欽佩，前提是他們如果得知這件事的話。

本書將確保他們永遠不會知道。

在此之前，新手刪除者幾乎沒什麼資源，只能在光天化日之下盲目摸索，因此往往難逃法網。對於用意良好、一心向學的業餘人士來說，謀殺相關課程（更不用說最基本的教科書和資料了）根本聞所未聞。隨便問一個圖書館員有沒有關於刑事偵查的書，對方就會笑盈盈地請你去363.2區，那裡有厚重的犯罪偵查學和證據分析相關書籍等著你。但如果你問有沒有書能教你如何謀害你的會計師，對方會小心翼翼地把你請出去——更有可能的狀況是，對方會請警衛過來。

考量到失敗的後果，多年來，麥克馬斯特應用藝術學院（The McMasters Conservatory for the Applied Arts，簡稱McM，又稱麥大師學院）一直都是有抱負的執刑人唯一合理的學習管道。然而直到今天，除了有錢人之外，麥克馬斯特學院的專業訓練對所有人來說都是遙不可及的，畢竟這所學校不僅否認自己的存在，還教導學生如何抹滅他人的存在，要申請學貸可說是難上加難。不幸的是，雖然我們有許多校友都是政府高官，但麥克馬斯特學院並未獲得美國政府等單位的慷慨資助。因此，學院被迫自力更生，必要的開銷也反映在高昂的學費中。

從好的方面來看，學院的食宿長年以來在《米其林指南》中都是令人嚮往的三星評價（雖然並未公開登載）。

多年來，我一直力勸我們的受託人，請他們允許我與有眼光的外部人士分享麥克馬斯特學院的基本理念。這本書就這樣誕生了，且承載著畢生的夢想：直截了當地說，就是把一項鋒利的武器，一個締造和平的工具書交到你的手中，讓你的「目標」能夠好好安息。我衷心希望本書可以帶領你超越童話般的白日夢，幫助你在現實世界為該死的反派寫下幸福美滿的「結局」。

♠

很多人都會說「我真想殺了某某某」，但很少有人實際付諸行動。

若你閱讀本指南，是因為不確定謀殺是不是最好的選擇，我想說的是，絕對不能輕易做出這樣的決定，畢竟謀殺是會改變人生的重大事件，對你的目標來說尤其是如此！在繼續讀下去之前，你應該用本學院新生訓練的「四個大哉問」來捫心自問。

#1：這場謀殺是必要之舉嗎？

簡而言之，已經別無他法了嗎？有些人沒有探索其他可能性，就輕易決定採取看似最簡單的解決辦法。你在謀殺公司執行長之前，有沒有先嘗試追求他的兒子或女兒？當你冒著莫大的風險，千辛萬苦犯下了「罪行」後，才發現根本沒必要這麼做，會覺得自己有多麼愚蠢啊！這樣就「弒」得其反了。

#2：你有盡可能給目標贖罪的機會嗎？

請你撫躬自問，你有給目標機會改過向善，重新做人嗎？如果你很清楚，自己已經給了目標所有機會，讓他可以看到明天的太陽，那你在謀殺後的那天晚上會睡得更安穩。而且如果他們拒絕改過自新，你就可以問心無愧，繼續執行計畫了。畢竟當另一個人的行為讓你別無選擇，只能殺死對方時，那他只是「被自殺」罷了。

#3：有沒有無辜的人會因為你的行為而受到傷害？

你要問的不是喪鐘為誰而鳴，而是誰聽到鐘聲會哭泣。如果沒有人的話，那就加油吧（特別是如果你打算把目標下油鍋的話）。但反過來問：

#4：刪除此人會改善其他人的生活嗎？

最終，順利完事後，願每位麥克馬斯特學院的校友都能發自內心說，因為對手已經不在世上，所以這個世界變得更加美好了。

如果你對問題一、二和四的回答是肯定的，對問題三的回答則是「沒有」，那我全力支持你繼續閱讀，也把學院創辦人曾經給我的祝福傳達給你：「願你唯一面臨的審判是因果報應。」

♠

經過反覆的思考和討論，我們相信讓你間接追尋過去學生的腳步，是引導你踏上蜿蜒曲折的麥克馬斯特之道的最佳辦法。請注意：本書敘述的事件並非全都是成功案例，而且無論如何，在了解失敗的後果之前都不應該採用任何手段。在接下來生死攸關的成功故事中，我們也想讓你了解失誤將會導致失敗，麥克馬斯特學院的學生當初想讓目標落得多麼悲慘的下場，自己可能也會付出同樣慘痛的代價。

由於維持畢業生和教職員工的匿名性始終是我們的首要考量，我們會盡量避免使用學生的真名（或化名），雖然現在回顧大家公認麥大師學院昔日的美好時光，很多可能會因此受到威脅的人早已不在法律的制裁範圍了。就我而言，命運對我無比仁慈，賜予我健康、時間和幾位耳聰目明的助手，用我當時做的大量筆記協助重建許多犯罪場景，彌補了我記憶中的空白。

在本書中，我將會用第三人稱敘事者的匿名偽裝來掩蓋我平常熱情洋溢的個性，但只要有機會，我一定會第一個舉手說：「正是在下！」有時我可能會顯得像一個全知敘事者，描述我幾乎不可能親眼目睹的第一手資料，例如他人的內心想法或私人時刻。但請放心，這通常來自當事人跟我分享的心事（因為我是他們的指導教授），以及學院的招生和外勤人員鞭辟入裡的報告。當我寫到在學院的「weltanschauung」（世界觀）中最令人厭惡的人物時，我會盡量用客觀的學術角度來掩飾我個人的鄙視。

有些人可能會爭辯說，引用二戰後的例子沒辦法幫助現代人執行謀殺計畫。對此我的回答是，雖然敵人的科學技術有所進步，但麥克馬斯特學院的基本刪除原則就跟小林一茶的俳句、喬瓦尼．巴蒂斯塔．皮拉內西的監獄主題蝕刻版畫，以及貝多芬晚期弦樂四重奏一樣永恆不朽。的確，打開黃金時代的大門就像引進一股新鮮空氣，吹散現代犯罪偵查學那種陳腐又冷酷的數學計算，也可以說是「一派胡言」。

就算你以前沒聽過本書中的人物，你也不應該感到驚訝，因為麥克馬斯特學院的老師和校友可是對自己的沒沒無名感到非常自豪。想想過去的傳奇殺人凶手：尼祿、波吉亞家族、克里彭醫生……甚至是被判無罪的莉茲．博登。仔細想想，這些所謂的偉大殺手有什麼共同點呢？

答案是：你聽說過他們！真是可恥，丟臉丟到家了！！！如果你只從這段前言學到一件事，那請務必記得，沒被抓到的刪除者才是成功的刪除者！我無法告訴你現在有多少麥克馬斯特學院的畢業生在娛樂界、體育界和政治界發光發熱，真的沒辦法，因為萬一我說了，他們可能都會被法院判死刑。我們永遠無法誇耀學院出了眾多傑出的校友，雖然令人洩氣，但也是必要的措施。在校園中流傳著這樣一句話：「哪裡有謀殺懸案，哪裡就有麥克馬斯特學院的畢業生。」

並不是每個人都適合這項專業。有些人想要獲得榮耀和讚賞，他們會大肆宣揚自己的罪行、寫信給媒體，或是留下各種拙劣的線索，根本巴不得被抓。碰到這類申請者，麥克馬斯特學院避之唯恐不及！如果你渴望臭名昭著，或像受虐狂一樣想要被懲罰——儘管我們已經為你盡了最大的努力——那請你止步於此。

在本書中，我們將會探索這個迷宮般的校園中的一些好去處：令人驚豔的蜜米爾池塘，周圍坐落著半木結構的商店和餐飲場所；充滿情調的主題花園，裝飾用、可食用和下毒用的植物一應俱全；閃閃發亮的噴泉和大道、陽光明媚的露天游泳池、薊花迷宮、運動場、古色古香的教職員工住宅，以及一座名為「芬斯特沃之森」的茂密森林。然而本書並非校園指南（歡迎隨時到四方院小書店、莫索販賣部或學生會購買價格親民的《校園圖鑑指南》，雖然畢業時要強制歸還這本書，但可部分退款），我只是想盡微薄之力，透過以前的校友認識本校教學法與觀點的經驗，為在家自學的學生重現麥克馬斯特學院的校園風貌。

最後，請容我語重心長地叮囑各位（我們不喜歡用「告訴」這個詞），無論你是在學院裡還是本書中跟著我們學習，在麥克馬斯特學院除了可以學習許多實用的應用課程之外，還能獲得豐富的哲學智慧。在你的學習過程中，我希望你能學會理解和珍惜生命的脆弱……並把每一天都當作目標的最後一天來過。

本書的重點

數十億年來，生命——也就是謀殺中不可或缺的部分——在地球上繁衍生息。從太古時代某個意義重大的黎明開始，一隻勇敢的變形蟲登上陸地，準備成為一隻雞或一顆蛋時，「強者支配弱者」這個道理便理所當然地誕生了。但近千年來，我們演化的方向與公認的達爾文主義背道而馳，在這個星球上，不適者不僅能夠生存下來，常常還能蓬勃發展，支配比他們更優秀的人。在這個社會秩序中，愚蠢、無能的雇主常常對比他們聰明得多的下屬發號施令。在麥克馬斯特學院，我們將這個與自然演化相悖的扭曲現象稱為「物種的貶值」，而且在我們看來，沒有什麼比「虐待狂上司」這種現代毒瘤更具危害了。麥克馬斯特學院很榮幸能向被壓迫者踩在腳底下的人伸出強而有力的援手，拉他們一把。

因此，雖然地球表面大部分都是被水覆蓋，但陸地上也有許多鞋店，且很多都只有三名工作人員：一個店主、一位店員，以及一位叫傑基或賈姬的收銀員。每天晚上，世界各地的鞋店員工回家後，就會像例行公事般，回顧可惡的老闆最近對自己做出的侮辱性言行，不僅毀了晚餐的氣氛，更毀了自己和伴侶的消化系統。這位暴君在兩人談話中所占的比例，或許比希特勒先生在雅爾達會議中所占的比例還要高。

當然，對名義上的上級抱持著壓抑的憤怒和強烈的怨恨絕不僅限於鞋店員工。從海軍兵變、監獄暴動到修道院生活，這種狀況無所不在。

在教職員宿舍的書房中，火光即將熄滅，討論卻愈發熱烈，我們常常會比較過去災難、勝利和虛驚一場的案例，以尋找能夠統合麥克馬斯特之道的理論。在這種時候，我常常會忍不住表達以下觀點：在所有該下地獄的惡人中，沒有比虐待狂雇主更難以預測且勢不可擋的存在了。

正如英國詩人魯德亞德．吉卜林所說：「我們知道天堂和地獄會帶來什麼，但沒有人知道國王到底在想什麼。」一定要記住吉卜林，即使只是因為我們這輩子大概不會遇到其他叫「魯德亞德」的人也好。在麥克馬斯特學院的教學大綱中，沒有比刪除雇主更能體現「犧牲小人，完成大我」的概念了。如果在封建時代推翻了專制君主，耕地上的農奴和契約工人都會唱起感謝詩，同樣的道理也適用於現代。

在本書中，我選出了同一屆畢業班的三名學生，以他們為例，引導你克服刪除對你發號施令的雇主時會面臨的挑戰與錯誤。三名學生分別是克里弗．艾佛森，來自馬里蘭州巴爾的摩；潔瑪．林德利，來自英國諾森伯蘭郡的霍特惠斯爾；以及一位曾在加州好萊塢工作的女人，在此暫且稱她為妲爾西．莫恩。

我們先從艾佛森先生開始。他是一名受資助的學生（他的學費是由贊助者支付的），因此，雖然克里弗並不知道贊助者的身分，但他有義務記錄自己的學習情況，讓贊助者能隨時了解他在學校的進展（以及自己的投資是否有獲得回報）。正因為如此，我們有幸能夠利用這位青年的日記，和你分享就讀麥克馬斯特學院的第一手經歷。在本書後半段，我們也會進一步描述潔瑪和妲爾西的獨特經歷。醜話先說在前頭：「成功之母」是個殘酷的老師，她給的教訓總是最慘痛的，過再久都記憶猶新。所以我要在此先打個預防針：並非三位學生都有成功完成任務！

我還要補充一點，在這三位學生當中，有一位來到學院時，對這裡的了解甚至比現在的你還要少。你選擇這本書是經過準確的判斷，而且顯然是有預謀，且至少抱持著一點點蓄意犯罪的念頭，才想要學習麥克馬斯特學院的專業。然而，對年輕的克里弗・艾佛森來說，情況並非如此，他是在一無所知的狀態下開始在這裡學習，而我可不會稱之為「無知的幸福」。

第一章

（摘錄自克里弗・艾佛森的日記）

雖然我不覺得自己特別虛榮（除了可能常常會想到自己這點），但我對自己精心設計的謀殺計畫感到相當滿意，尤其因為這是我第一次決定要殺人。

在加州理工學院的第一年，我一開始是雙主修航空設計和英語文學，就跟去茱莉亞學院學鋼琴和曲棍球一樣。身為沒有雙親且身無分文的人，我很快就被告知，我獲得的高額獎學金是為了培養我的航空設計天分，而不是我對不朽散文的熱愛。

我想很多人都跟我一樣，發現自己有擅長且喜歡做的事……但沒有到熱愛的程度。然而人必須維持生計，所以世界上才有那麼多出色的泌尿科醫生。（親愛的贊助者，如果您剛好是一位出色的泌尿科醫生，那就謝謝您至今的照顧，我會乖乖收拾行李走人的。）

後來我去念了麻省理工學院，畢業後進入飛機製造商華頓工業股份有限公司工作，最後走上了殺人這條路。這並不完全是麻省理工學院的錯，我甚至不怎麼怪華頓工業，除了他們看高階管理人員的眼光之外。其中一個高層就是我的主管梅里爾・菲德勒，而菲德勒「非得」一死。

請別誤會，我是百分之百反對濫殺無辜的……但菲德勒是死有餘辜。

親愛的贊助者，我不知道您是否認識我。如果不認識的話，有些人會說我看起來勤奮好學，只有我近視的姑姑會說我很帥。但在這本日記中，我的長相並不重要，因為在我和麥克馬斯特學院的緣分開始的那一天，我戴著一頂假髮和亂蓬蓬的灰白假鬍鬚、一副五星上將道格拉斯．麥克阿瑟喜歡戴的那種太陽眼鏡，以及一頂過時的費多拉帽，帽簷故意壓得很低，一切都是為了遮住自己的臉。我當時人在曼哈頓市中心的一個地鐵站，我高大的身軀被一件羽絨長背心所包覆，外面又套了一件比我平常穿大四號的風衣，活像百貨公司的聖誕老人。

我像跳軟底鞋踢躂舞的勞萊與哈台一樣，巧妙地移動這具笨重的身軀，穿過旋轉閘門後，走下混凝土台階，到達地鐵的北上月台。令人滿意的是，我的目標就站在我想要的位置：梅里爾．菲德勒大概五十歲出頭，是個衣冠楚楚的成功人士，也是我以前在華頓工業巴爾的摩廠區的主管，這次來紐約出差。他正在月台南側的報攤旁邊翻閱一本雜誌，距離我只有幾公尺遠，跟我料想的一模一樣。我需要菲德勒站在北上列車進站的月台那側，因為在另一側，列車已經減速剎車，可能無法瞬間給予致命一擊。

看，我人很好吧。

殺死菲德勒的會是地鐵列車，我告訴自己不下一百次了，但心裡知道這只是自欺欺人的卑鄙說法罷了。我有殺人的意圖，但缺乏殺人的氣魄。槍、刀、毒藥……這些都是凶器，我不僅缺乏經驗，下手當下還會於心不忍，無法保證會成功。但我也排除了其他不會接觸到目標的謀殺手法，因為那是用一種事不關己的態度蓄意策劃謀殺，能夠這樣精心計劃的應該只有心理變態吧。接著，我就萌生了「推」菲德勒一把的念頭。嗯，我應該可以做到，畢竟在過去三年裡，每當菲德勒猛烈抨擊無助的員工時，我都不得不克制這麼做的衝動。推擠、推搡、推撞感覺就不像謀殺行為，就跟以前的酒吧鬥毆一樣，通常一開始都是推來推去，直到負責管事的人出來維持秩序，說：「好了好了，你們這些傢伙，別鬧了。」菲德勒天天貶低和侮辱身邊的所有人，用那個居高臨下的嘴臉把對方批評得體無完膚，推他一把也無可非議吧。

其中明顯的差別在於，這一推會讓菲德勒在列車衝進站內時，從月台邊緣摔下去。殺死菲德勒的會是地鐵列車。

我還進一步推斷，推撞行為本身比較難調查，沒辦法像試射子彈一樣追溯到槍枝型號，沒有射入傷或穿刺傷會暴露攻擊的角度，也不會留下明顯的殘留物。當然，菲德勒身上可能會有瘀傷，但我戴的特大號皮革手套會掩蓋手的大小和形狀，更不用說指紋了。

雖然看起來很蠢，但這其實是一個精心策劃的謀殺手法。對月台上的目擊者來說，我是一個穿著風衣、身材魁梧的男人，看起來比我的實際體重至少重二十公斤，而我的臉被帽簷、太陽眼鏡、灰色的假髮和假鬍鬚遮住了。也許我看起來很可笑，目擊者甚至可能會記得一些特徵，但他們描述的人一定長得不像我。我從太陽眼鏡的上緣偷看四周，想知道可能會有哪些目擊者。幾步之外有一名戴著寬邊軟帽的西裝男子，他膚色黝黑，面貌嚴厲，正在和一台芝蘭口香糖販賣機進行鬥智。一位上了年紀的修女站在我剛剛走下樓梯的旁邊。在我左手邊，有一個身材矮小、肌肉發達的傢伙一邊舔著鉛筆頭，一邊絞盡腦汁在玩通俗小報的填字遊戲。

隧道裡傳來刺耳的金屬摩擦聲，活像一頭錫製小豬被鏈條拴著，拖進鋼鐵屠宰場一樣。我能聽到自己的心跳聲，感覺到手腕和太陽穴裡的脈搏。根據調查，我知道聽到這個刺耳的尖嘯聲後，過了十一到十二秒，北上列車就會衝進車站。如果我真的要採取這個令人難以想像的行動，那就得現在下手。多虧了我的聰明才智，我的目標站在最完美的位置，絕對不能錯過這一刻。

在華頓工業員工停車場的最後一天下午，我在眾人面前受到侮辱，因此對菲德勒口出惡言。此時此刻，我真希望能在他耳邊說出同樣的那句話。那天下午，我準備去開車時，發現菲德勒站在我的車子後面，雙手抱胸，左右兩側各站了一名警衛。他們顯然強行打開了後車箱，把黑黃條紋的資料夾展示給大家看，這種資料夾是專門放禁止帶出廠區的華頓工業設計圖的。資料夾上面散落著一堆美國共產黨的小冊子，攤開來給我的同事們看，好像停車場在舉辦義賣活動似的。當然，資料夾和小冊子都是菲德勒放的，他還用最自以為是的語氣告訴我，我違反了合約中的企業機密條款，因此我和雅塞克・霍瓦斯都被華頓工業解僱了，他已經把報告用電傳發送到紐約和慕尼黑，而我很快就會名譽掃地，被列入業界的黑名單。

我開了口，卻認不得自己的聲音：「菲德勒，你傷害了這麼多人……」我一時語塞。「總有一天，你會得到你應得的。」沒錯，就是要這樣嗆。

「我早就得到我應得的啦。」菲德勒平靜地回答。「所以我才會當你老闆。有時候，負責人必須做一些不得人心的事情；外科醫生會對病人開刀，將軍會命令士兵上戰場赴死——」

「我們不是病人，也不是士兵！」我大喊。「我們只是在這裡工作而已。但我們接受這份工作時，沒人跟我們說：『對了，你會被錄取其實是因為我們有一個行政主管，比起他人的福祉，他更重視自己的自尊心。』又不是說公司在徵惡霸，而你受到強力推薦。有一天，我希望你能明白，你讓多少好人對上班感到恐懼。」我環顧四周，其他員工都在各自的車子旁徘徊，低頭看自己的鞋子。至少蔻拉沒有看到我人生的低谷……因為她自己的人生已經結束了。

「公司的成果是有目共睹的，而公司的成果就是我的成果。」菲德勒語氣中的自信讓人聽了十分不爽。「我們是這裡最優秀的航空工業公司。」

「就算沒有你，我們也能達到這些成果。在一九五〇年代，像華頓工業這樣的公司本來就會蓬勃發展，你只是害我們過得更辛苦而已！」我擺好架式，準備跟他對峙，但警衛擋在我面前。「華頓工業很適合你，但你也很樂意管監獄或醫院，對你來說根本沒差，因為你只要當老大就夠了。」

但現在，在地鐵月台上，菲德勒身邊沒有警衛，而列車很快就要經過了，更重要的是，很快就要輾過菲德勒了。列車頭燈照亮了從地鐵隧道進入車站的弧形鐵軌，而我即將成為殺人犯。

誰能想得到我的人生會落入這步田地呢？到目前為止，我故意打破的唯一一條法則就是白酒配牛排……如果蔻拉看到我穿著這身可笑的服裝，準備做這件極其殘忍的事，她會怎麼想呢？為了下定決心，我想像自己設計的W-10飛機，機艙突然一片死寂，電力沒了，機上所有乘客都死定了。尾翼卡住了，導致機頭微微向下傾斜，接著飛機會從三千公尺的高空墜落。我想像著乘客們驚恐的表情，深知如果我現在猶豫的話，就再也沒有機會拯救他們了。

我的目標正探頭看著隧道，彷彿巴不得那輛即將殺死他的列車趕快到來一樣。我溜到他身後，腦中不斷循環播放著過去的景象，他所傷害過的每一個人，以及未來可能造成的禍害。推吧，為了蔻拉，為了我那陳屍在一座骯髒公園的好友傑克·霍瓦斯，為了每一個人生被菲德勒摧毀、心靈被菲德勒摧殘的可憐員工，也為了以後可能會搭上W-10的孩子們；他們是多麼相信為他們買票的父母，多麼期待家庭旅遊啊。怒火在我心中醞釀，直到我氣的不只是菲德勒，而是世上所有的不公不義。而解決辦法很簡單，只要在列車衝進站時，直直撞上這個妄自尊大、虛榮驕傲的傢伙就好了。

我的大腦停止思考，身體動了起來。我壓低肩膀，猛撞菲德勒的左側身體，就像中前衛做出關鍵的阻截一樣。這一撞，讓我加入了殺戮者的行列。從該隱到保衛國土的士兵，從在奧本監獄推動開關的獄警到踩死蜈蚣的小朋友，有些人得到了社會大眾的祝福和以他們之名建造的紀念碑，有些人則被眾人所唾棄，死後隨便葬在無名塚中。

因為推撞角度的關係，所以我沒看到菲德勒的臉。我立刻像撞球的借球一樣彈回來，聽到了驚慌的喊叫聲。奇怪的是，我有種事不關己的感覺，心裡只想著要趕快離開月台、衝上樓梯、通過最近的旋轉閘門，然後按照計畫，從地鐵站另一頭的旋轉門走出去，走進勃蘭特百貨人手不足的特價商品區。進去後，我穿越錯綜複雜的男裝展示櫃，然後穿過通往男更衣室的大門。在其中一個小隔間裡，我脫掉手套、風衣、鬍子、假髮和羽絨長背心，並把東西明目張膽地放在旁邊的木凳上。雖然不太可能發生，但就算有人把這些衣服跟地鐵站的慘劇連結在一起，也查不到我身上，因為每樣商品都是我前一天在城市各處的不同軍品店購買的。我花了兩秒鐘整理頭髮，並在更衣室的鏡子裡審視自己的外表。看起來不像殺人犯，我心想。從我的表情完全看不到成功的喜悅，只有明白人生再也回不去的傷感。

我離開更衣室，假裝對路過的羊毛領帶稍感興趣，好像我在悠閒逛街一樣，然後熟練地踏上通往一樓的電扶梯。一位氣喘吁吁的銷售員對我噴了試用的古龍水，但我隨口一句「不用了，謝謝！」就擺脫他了。我順著百貨公司不斷旋轉的大門快步走到人行道上，接著低頭融入摩肩接踵的人潮中。路上的行人都有各自的任務要做，但不可能跟我剛完成的任務一樣。我真羨慕他們相對輕鬆的包袱；我的新祕密就好像一個裝滿鉛的背包，我背負著它回到富麗堂皇但過時的範布倫大飯店。回到入住的房間後，前所未有的疲憊感襲來，我便像電影裡暈倒的角色一樣，癱倒在鋪了薄棉被的小床上，然後心懷慰藉睡著了，因為我知道自己犯了一場完美的謀殺。

♠

幾分鐘後，房間裡的電話響了。

我伸手接電話，告訴自己世界上沒有任何人知道我住在這間飯店，所以這通電話不可能是找我本人的。「喂？」

「您好，威廉斯先生，這裡是一樓服務台。」（威廉斯是繼史密斯和瓊斯之後，我能想到最普通的姓氏，聽了很容易忘記，除非你跟美國職棒大聯盟球員泰德．威廉斯同名同姓。）「有幾名警探要上樓找您。他們叫我不要通知您，但我還是基於飯店禮節在此告知。如果他們問的話，請假裝什麼都不知道。」

我聽到走廊上電梯門打開的聲音。為什麼警察會找上一個剛來紐約的外地人，而且剛好是在他殺人的短短幾分鐘後？我還來不及想出其他比謀殺案更無害的原因，就有人用力敲了三次門，喊道：「艾佛森先生，我們是警察！請你開門。」

我的老天爺啊，我心想──我在必要時也是會信上帝的──他們知道我的真名！我立刻感到口乾舌燥，好像有人把一杯麵粉倒進我的喉嚨裡一樣。怎麼會，他們怎麼會知道我的真實身分？我知道除了房門之外，要離開這間八樓客房，唯一的辦法就是爬逃生梯到外面的街上，但逃跑行為本身就是犯罪的證據。我試著虛張聲勢，卻發現內心的勇氣早已蕩然無存。我一邊開門，一邊強顏歡笑，嘴角卻不斷抽搐。「怎麼了嗎？」我問道，並努力表現出模範公民的困惑語氣。

一名戴著寬邊軟帽、穿著灰色西裝、膚色黝黑的男人打量著我。他那條廉價的領帶就像是一個不愛他的妻子在不得已之下送他的生日禮物。他給我看一個皮夾，似乎只是為了展示紐約市警察局的警徽。「我是道布森警監。」他說，省了我讀他名字的時間。「這位是史蒂奇警佐。」

史蒂奇是個身材矮小、肌肉發達的男人，身上的藍色西裝緊繃到幾乎快要爆開了。他戴著跟警監一模一樣的領帶，代表若不是他在跟道布森的妻子搞外遇，就是他們兩個都在同一間店的「二十五分錢專區」買了領帶。不合身的肩背式槍套裡放了一把警用左輪手槍，槍把從他的左翻領後面露了出來，感覺好像隨時都會掉出來一樣。

「你一小時前人在哪裡？」道布森直接開門見山問道。

絕望這個不速之客跟著警探們走了進來。殺人凶手都這麼好抓嗎？才講一句話，他就在確認我有沒有不在場證明了。「在大中央總站的新聞短片電影院。」我回答。

「你看了什麼？」

我假裝絞盡腦汁思考，說：「呃，《湯姆貓與傑利鼠》的卡通、新聞短片、摩洛哥的旅行紀錄片、三個臭皮匠，還有……一部關於吹製玻璃的短片。」

「有人可以證明你在那裡嗎？」警佐問道。

「不，我不是當地——等等。」我假裝突然想到什麼，走到單人床對面的小梳妝台前。「你們看，」我指著梳妝台上的手錶、錢包和一個薄薄的紅色紙片，說道。「我票根還留著呢。」

從剛剛到現在，道布森的目光一直沒有離開我的臉，但我應該可以肯定他沒有對我一見鍾情。「你有打算問我為什麼要問你剛剛在哪嗎？」他問道，似乎真的感到好奇。「通常我要求提供不在場證明時，對方都會想知道原因。」

「嗯……我以為是飯店裡發生了犯罪事件，所以你們要跟所有房客談談之類的。」我隨口回答。「但我確實想了解現在是什麼狀況。」

道布森拿起票根，說：「今天有人在地鐵列車進站時，把你的老闆推下鐵軌。」

「我的天啊！」我做出驚訝的反應，但一定有很多人演得比我更好。

「看來你真的很喜歡三個臭皮匠喔。」他繼續說道。「我想應該沒什麼人會留下票根作紀念。如果你是從褲子口袋裡面挖出來的，上面還黏了一些絨毛，那我還能理解。但你竟然把它大剌剌地跟手錶一起放在梳妝台上，而且旁邊就有一個廢紙簍。如果不是為了提供不在場證明，那你幹嘛還留著呢？」

「不知道耶，難道你從來沒有掏空口袋，找到一張放了不知道多久的口香糖包裝紙，但沒有丟掉嗎？」

「對，從來沒有。」道布森說道。「但或許那只是我的習慣，而或許這是你的。」他從胸前口袋掏出一個半透明的大信封，裡面裝著一副太陽眼鏡，跟我前一天買的一模一樣。

所以我麻煩大了。道布森都把太陽眼鏡拿出來了，代表已經證據確鑿。不知道他們是否打算現場逮捕我，真希望入獄前能再來一杯啤酒啊。我懷疑死囚監獄裡恐怕不會有啤酒，至少一定沒有生啤酒。突然之間，被判無期徒刑並在圖書館工作服刑，聽起來就像去陽光明媚的馬德里度假一樣。

我的目光轉向飯店房間的窗戶。

「有人守在逃生梯下面。」道布森說，立刻打消了我逃跑的念頭。「現在來談談這副太陽眼鏡，還有你的……『偽裝』吧。」他刻意強調「偽裝」兩個字。「舉例來說，一個好的偽裝可能是刮掉你留了五年的鬍子，或者如果你是修女的話，可以塗口紅和畫眼妝，就連平庸的長相效果也很好。如果我請目擊者描述嫌犯的長相，他們說長得就像一般人，那我就不知道該怎麼辦了。但如果他們說地鐵月台上有個男人穿著保暖大衣、戴著太陽眼鏡、費多拉帽和假鬍鬚的話……雖然我不知道你的實際長相，但只要能找到你的偽裝，我就能抓到你。」

「我不知道你在說什麼。」

「你今天一大早就在新聞短片電影院買了票，看到短片重複播映，接著換上看似巧妙的偽裝，用某種方法引誘菲德勒到地鐵月台上——這部分我會給你A——然後你就動手了，接著衝到勃蘭特百貨的B1脫下偽裝。你知道店內扒手嗎？」

史蒂奇警佐直接替我回答：「勃蘭特百貨再清楚不過了。有些人會偷東西，走進更衣室撕掉價格標籤，然後把商品藏在身上。所以店家會僱人扮成顧客，駐守在更衣室附近，看有沒有人出來比進去時胖了一點。」

道布森解釋道：「但我有個朋友叫戴夫．弗拉斯諾夫，是退休警察，在先衛保安公司工作。他看到一個身材魁梧、留著鬍鬚的男人走進一間空無一人的更衣室，一分鐘後，那個人走出來，鬍子卻刮得乾乾淨淨，身材也瘦小許多。他跟著你上電扶梯，並給你噴了只有勃蘭特百貨有賣的新款古龍水，很聰明吧。」

我勉強擠出一句話：「我想找律師。」

「我妹妹本來也想找律師，最後卻嫁給了水電工。」道布森回答。「對了，因為你當時急著脫掉奇怪的裝扮，所以你一定是先脫手套，因此在太陽眼鏡的右鏡片上留下了指紋。我簡單總結一下：一個奇裝異服的男人在地鐵列車進站時，把你的前老闆推下鐵軌，太陽眼鏡上和你脫掉衣服的更衣室裡都有你的指紋，一名職業保全從更衣室跟蹤你到這裡，喔對了，一樓大廳還有一隻拉不拉多警犬，牠很愛你身上的古龍水，迫不及待想見你。」

「名字是『隨心漫遊』。」史蒂奇提供了沒用的資訊。「我是說古龍水，拉不拉多犬叫做羅斯科。」

回過神來，我已經癱坐在床上了。「我無話可說。」

「但我有，」道布森說。「你因謀殺梅里爾・菲德勒未遂而被捕了。」

「未遂？」我猛然起身，問道：「他沒死嗎？」

道布森和史蒂奇四目相接，眼神流露出無限的憐憫，我才意識到「他沒死嗎？」這句話在法庭上對我相當不利。雖然我不用坐電椅是個天大的好消息，但我將因謀殺未遂而入獄，而菲德勒還活著，可以繼續危害這個世界，這個壞消息更是晴天霹靂。

道布森向他的助手徵詢意見：「有了物證加上明顯的預謀，你覺得他會被判多久？」

史蒂奇聳聳肩，差點撐破他的夾克。「可能二十年吧，而且我個人認為不得假釋。我是說，業餘殺手會危害到大眾，可能會有人受傷。」

我心想也沒什麼好損失的，便一臉氣餒，把雙手伸出去給史蒂奇，右手在上。「那就給我戴上手銬吧。」我說，暗自希望自己的語氣聽起來像是聽天由命的樣子。史蒂奇似乎認為我做出了明智的選擇，但當他伸手去拿褲子口袋裡的手銬時，我立刻向前撲，已經伸出的右手從他的肩背式槍套中輕易抽出他的點三八左輪手槍。「好了，你們兩個都別動，我就不會傷害你們。」我警告他們。「現在我要把槍指著門口，離開這個房間，然後搭電梯去大廳，而你們要留在這裡。」事實上，我打算走逃生梯到二樓的舞廳，想辦法進入飯店的廚房，再從工作人員的出入口逃到大街上，但沒必要告訴他們這些。

史蒂奇用溫和的語氣勸道：「呃，克里弗，那把槍有上保險栓。」

我本能地低頭看了手槍一眼，道布森卻插話道：「沒有，警佐在跟你開玩笑，左輪手槍沒有保險栓。」

史蒂奇反駁道：「史密斯威森M40就有啊。」

「那是槍柄保險。」

「還是一種保險啊。」警佐說，然後又補了一句：「噢，對了，克里弗，那把槍沒有上膛，但警監的有。」

我轉頭發現道布森拿著一把一模一樣的點三八左輪手槍對著我。道布森解釋道：「警佐喜歡故意把沒上膛的槍露出來，因為試圖搶警察的槍更進一步證明了嫌犯有罪。」

我把槍指向浴室並扣下扳機，那「喀」的一聲實在是讓我無地自容。

「把警佐的槍還給他，我們就不會在報告中提及這件糗事。」道布森建議道。

我把史蒂奇的槍還給他。「我從頭到尾都沒有要對你們開槍的打算。」我說，彷彿他們會想要更了解我一樣。「在這個世界上，我想殺的人只有一個，我本來想說如果能成功逃走，我或許就能得到第二次機會。」我看著他們無動於衷的表情，便嘟囔道：「你們不可能會懂的。」

「我們當然懂啊。」道布森說。「菲德勒是個惡棍，他會控制和操縱身邊的人來獲得虐待或性的快感，或是讓自己的事業蒸蒸日上。有時他甚至可以上演帽子戲法，一箭三鵰。他不僅奪走了你前途似錦的職業生涯，還奪走了你喜歡的女人和你的好朋友。不只如此，他還掩蓋了自己修改你的設計所造成的重大缺陷，而這遲早會導致許多無辜的人喪命。不然像你這樣的正派人物怎麼會想殺人呢？」

我感到震驚不已，說：「你們……怎麼會在這麼短的時間內就知道——」

「噢，我們從幾週前就在關注你了。你推菲德勒時，我們也在月台上。」他朝史蒂奇點點頭道：「警佐正是對菲德勒伸出援手，把他拉回月台上的英勇路人。」

我看著史蒂奇，憤憤不平地說：「或許我應該先殺了你才對。」

兩人顯然覺得這句話很好笑，但接著道布森用更嚴肅的語氣問道：「告訴我吧，克里弗：你對自己的所作所為不後悔嗎？」

我試著從這次的慘敗中找回一絲尊嚴。「我唯一後悔的是自己失手了。」

道布森的反應又讓人大吃一驚。他的手掌打在我的肩胛骨之間，好像在恭喜我一樣。「這樣就對了！」他興奮地說。「跌倒了就要馬上站起來，就像從馬背上摔下來一樣。」

「順帶一提，落馬是個殺人的好方法。」警佐補充道，彷彿想替我指點迷津。

他們似乎對我的表現感到滿意，好像我成功通過某種過分的入會儀式一樣。我結結巴巴地說：「你……你們是哪門子的警察啊？」

「對你來說是最好的那種：被開除的警察。」

「你給我看的警徽是假的嗎？」

「是真的，但早就到期了。布希維克區第八十三分局。」

史蒂奇從胸前口袋取出一個黑灰色的扁酒瓶。「我們照管的一個男人生命也『到期』了，所以我們才會被免職。」他解釋道。「他是個有錢的兒童性侵害犯，透過賄賂陪審員來逃過法律制裁。我們當時開車送他回他在紐澤西州阿爾卑斯的莊園，但他只到了埃奇沃特，因為從紐澤西斷崖摔下去的人都會止步於那裡。」史蒂奇微笑道，彷彿這樣一切就說得通了。他走進客房的小浴室，並從水槽拿了一個杯子。

「所以……你們不打算逮捕我嗎？」我問道。我感覺自己好像脫離了絕望的深淵，迎向閃耀的光芒，彷彿有天使的羽毛拂過我的臉頰。「那菲德勒怎麼辦？」

「我把警徽秀給他看，並解釋說最近發生多起地鐵推撞事件，」道布森說。「然後向他保證我們很快就會抓到犯罪者。」

「我們確實也抓到了。」史蒂奇一邊說，一邊將扁酒瓶的內容物倒入杯子裡。

「所以我可以走了嗎？」我問道，簡直不敢置信。

道布森的臉又沉了下來，顯然他平常都是這樣不苟言笑。「然後再重蹈覆轍嗎？想得美咧。你非常需要接受正規教育。」

警佐從褲子後袋掏出一瓶半品脫的時代波本威士忌，然後豪邁地將酒倒滿裝了不明液體的杯子。他用小指在杯裡攪了攪，然後將那杯混濁不清的液體遞給我。我盯著那玻璃杯，評論道：「看起來真……好喝。我怎麼知道這不是毒藥？」

「你不知道，你只能相信我們。」道布森回答。

「我們都認識十幾、二十分鐘了，我竟然還懷疑你們，我太慚愧了！」我自嘲道。「話說回來，如果你剛剛在我以為自己被捕時給我毒藥，我搞不好會直接喝下去。」

「這是摻了迷藥的酒，但效果沒那麼強。」道布森解釋道。「我們會扶你穿過大廳，坐進車子裡，之後一切就都交給我們了。乾杯。」

我最在意的是菲德勒還活著，也對我想殺死他的欲望一無所知。如果我拒絕照這兩個前警察所說的做，他們可以將我送交警方，一切就到此為止了。最好讓道布森和史蒂奇以為我會乖乖配合，想辦法逃脫，並再次嘗試殺死菲德勒（或許菲德勒非得勒死才行？）。我一口氣乾掉那杯藥水，彷彿《化身博士》中的哲基爾醫生得知某個叫海德的人獲贈一大筆遺產。

「對了，等你醒來時，」道布森補充道，「你的頭會被包紮起來，所以你看不到自己身在何方，但別慌張。有些新生恢復意識時，會以為自己失明了，甚至更糟。」

他到底在說什麼？「什麼新生……？」

「別急。」道布森說。「你被宣告緩刑了。」

第二章

由於在前往學院的旅途中，年輕的克里弗．艾佛森不僅什麼也看不見，也被蒙在鼓裡，就由我來簡單回顧一下他第一次來到麥克馬斯特學院時的經歷吧。當他能夠看到周遭環境後，我們再回到他的日記。——哈教授

所有首次進入麥克馬斯特學院的人都必須在其華麗的大門前停下來。占地四百八十五公頃的校地四周圍了將近三公尺高的鍛鐵柵欄，而大門是外人唯一能進入學院的入口。柵欄的黑色鐵欄杆的間距比牢房門欄杆的更窄，每根欄杆的頂部都有一個看起來像黑桃A的鋒利尖頂，或許是故意採用這種諷刺的設計，但那些尖刺還是有達到應有的效果。

每隔一段距離，柵欄旁邊就會放置警告標誌，說柵欄有通電。柵欄底部躺了三隻死掉的松鼠和一隻沒有生命跡象的大烏鴉，證實了這項警告的真實性。（當然，這些動物是在自然死亡後透過剝製技術製作成標本的；麥克馬斯特學院禁止虐待動物或使其在不知情的狀況下成為共犯。）

華麗大門的左側有一個特別的紋章：一個倒過來的埃及生命之符，兩側則是神色莊嚴的貓咪和貓頭鷹。大門右側有一塊青銅牌匾，簡單說明了為何要設置如此令人生畏的柵欄：麥

克馬斯特精神病罪犯之家。這項聲明是為了滿足外人的好奇心並使其卻步，但也不乏真實性和異想天開的部分，因為我們的學生肯定有犯罪意圖，而教職員工也許會因為協助他們而被視為精神失常。儘管麥克馬斯特學院的教學方法可能有些瘋狂，但我們的課程已經證明了其體系健全，教出來的學生也很正常。

如果你親自來就讀麥克馬斯特學院，那你不太可能會從外面看到這扇門。申請入學的學生會從他們的所在地前往距離最近且有港口或私人機場的城市。接著，申請者會服用鎮靜劑，在頭上包繃帶以遮住視線，並由教職員工護送到校園。我們致力於確

保人們無法判斷前往麥克馬斯特學院的旅程需要多長的時間，或是會走什麼樣的路線。跟來自地球另一端的人相比，住附近的人旅行的時間可能會更長。在一九四〇年代末期，有個倒楣的學生乘坐貨船展開為期四天的航程，接著搭乘包機，三小時後降落在同一個機場跑道上，最後搭小馬車抵達學院。之所以安排這麼一波三折的旅程，是因為該名學生住在學校以南僅二十五公里處。

很多學生都深信他們位於英國某處。雖然我們在師資、學生和研究範圍方面都是相當國際化的，但環境明顯散發出英國的氛圍。這主要是因為麥克馬斯特學院大部分的建築，無論宏偉與否，都是從德比郡一座名為奧克斯班的廣闊莊園搬過來的。該莊園的哥德復興式宅第是一座十七世紀的豪宅擴建而來的，建在諾曼式堡壘的粗砂岩遺跡上。

學院創辦人蓋伊・麥克馬斯特如何獲得家族遺產是個令人毛骨悚然的故事，最好不要知道比較好，他是在臨終自白時告訴我的。（至於蓋伊究竟是在誰臨終時自吹自擂，就不方便多說了。）但一成為一家之主，蓋馬上就把豪宅拆掉、編號並運送到現在這個祕密地點，連同磨坊和水車、園丁小屋、馬廄、鄉間小屋、賓館、平房、禮拜堂、希臘復興式建築等等都一起搬了過來。蓋伊將莊園宅第和周邊的樹林重新命名為「滑榆樹」，而如今的莊園幾乎跟原本的平面圖長得一模一樣。蓋伊在世界各地玩跳房子，集中家產，同時也喜歡把一些面臨拆除命運的裝飾性建築帶回來，並進一步裝飾老舊的莊園，就像百萬富翁可能會持續拓展豪華的鐵路模型並增添細節一樣。

就像布朗克的家庭農場逐漸變成「布朗克之地」、「布朗克私地」（原文如此），最終演變為「布朗克斯」，蓋伊．麥克馬斯特搬遷的莊園很快就以「麥大師[1]」之稱為人所知（當然只有少數有權限的人知道）。一連串不可避免的事故降臨在負責搬遷的人身上，很快地，除了少數值得信賴的人之外，沒有人知道學院的所在地。但我承認這裡四季分明，而那些曾踏著雪地前往大廳享用豐盛早餐的人都能證實學院應該不在棕櫚泉那種地方附近。

學校的木製嵌板旅行車停在大門外，坐在駕駛座的是喜歡開車的道布森警監。他轉向警佐。「卡爾，你可以負責按按鈕嗎？」他問道。「我討厭繁瑣費時的手續，而且我想不起來我今天的暗號是什麼。」

「沒問題，警監。」史蒂奇說。雖然吉姆．道布森在好幾年前就被剝奪了這個職位，但只要有其他人在場，史蒂奇都還是會這麼稱呼他。

「小心不要碰到電籬笆。」他提醒道。「那電力可不是開玩笑的。」

警佐下了車，趁機伸展一下雙腿。道布森回頭看車裡的另一名乘客，對方的頭上纏滿紗布，就像沒有眼洞的隱形人[2]一樣。「快到囉，艾佛森。」他說。

「醫生，繃帶拆掉後，我會變美嗎？[3]」克里弗隔著繃帶問道。克里弗嘴邊的紗布上有個洞，好讓他能用吸管喝水，但不方便說話。

柵欄前一根齊腰高的桿子上裝了一個綠色小盒子，史蒂奇按下了寫著「通話」的按鈕。由於視覺受到剝奪，克里弗的聽覺變得更敏銳了，他聽到盒子裡傳來一個刺耳的嗓音：

「喂？」

「有人在敲門。[4]」史蒂奇回答。

「門敲得這麼響！」那微弱的聲音回答。「報上名來。」

「托馬斯・德・昆西。」

「你好，警佐，一切都好嗎？」

「很好，帕什利先生。」

「你帶了誰來？」

「我自己、道布森警監和一名新生，就這樣。」

隨著一陣嗡嗡聲，以及深沉到令人印象深刻的嘎吱聲，黑色的大門打開了，史蒂奇也趕緊回到旅行車上。車子一駛入大門，大門就像陷阱一樣，在他們身後立刻關上。旅行車沿著一條兩側鋪了磚頭的赤褐色車道，駛入茂密的樹林中。

他們的最後一段旅程是為時四十小時的車程，中間幾乎沒有休息，只有一晚在汽車旅館

---

1 從「麥克馬斯特莊園」變成「麥克馬斯特之地」、「麥克馬斯特私地」，再縮寫為「麥大私地」，最後因蓋・麥克馬斯特的姓氏「McMaster」含有「大師」（master）這個字而演變成「麥大師」。

2 隱形人是英國小說家赫伯特・喬治・威爾斯（Herbert George Wells）的科幻小說《隱形人》（*The Invisible Man*）中的角色，他渾身纏滿繃帶，解開後就誰也看不見他了。

3 引自美國黑白電視影集《陰陽魔界》（*The Twilight Zone*）的第二季第六集〈何人眼裡出東施〉（Eye of the Beholder），講述一名頭纏滿繃帶的女子進行臉部手術，以符合眾人所定義的「美」。

4 此段典故出自英國散文家托馬斯・德・昆西（Thomas de Quincey）的隨筆〈論謀殺後聞打門聲〉（On the knocking at the Gate in the *Macbeth*）。

睡了短短幾個小時。一般來說，道布森和史蒂奇都不會負責單調乏味的護送任務，但克里弗跟其他學生不一樣。大部分的學生都是自願入學的，知道這所學校在教什麼，也自己付了學費，不是一次付清就是分期付款，其中包括永久改變自己的遺囑，為名稱直白的「校友基金」留下一大筆遺產。

沿著林蔭車道行駛了約一點五公里後，道布森突然停車，咕噥道：「好，就在這裡做吧。」克里弗有點擔心他們到底要「做」什麼，尤其是被扶下車時，他還聽到了彈簧刀的刀片彈出的聲音。他緊張得手臂發僵，道布森便安撫道：「克里弗，放輕鬆，我們已經進入大門了，警佐只是要把繃帶拆掉而已。」警佐一刀切開紗布，一次就取下整頭的繃帶……

♠

（摘錄自克里弗．艾佛森的日記）

親愛的X，由於我時而昏迷，時而清醒，我完全不知道時間過了多久。三天嗎？還是六天？天哪，快樂（嗑藥）的時光總是過得特別快。我記得我們有一度在水面上，但究竟是一座湖、橫越大西洋的平穩航程，還是搭乘明輪船「納奇茲女王號」沿著浩瀚的密西西比河順流而下，就不得而知了。

我頭上的繃帶被割斷並落到地上。由於長時間處於黑暗中，突如其來的光線讓我不得不瞇起眼睛，但我能看出自己站在一片樺樹林附近。少了繃帶的隔絕，林地清新的味道撲鼻而來，有松樹、梨子，還有掉到地上，已經開始發酵的蘋果——

「要不要來最後一根菸？」史蒂奇問道。

「如果下一句是『準備、瞄準、開火』的話，就不用了。」我感到惴惴不安，便出於本能這樣回答。「我的眼睛還在適應光線，我還希望能看到下一個日出呢。」

道布森瞪了史蒂奇一眼，彷彿在責備他輕率的用詞一樣。「警佐的意思是你之後就不能抽菸了。學生在校內全面禁止吸菸，因為調查人員可能會透過香菸和菸蒂追查到你。菸蒂上的脣印或品牌名稱、香菸污漬或可辨識的菸灰、不小心亂放的火柴盒，這些都會讓你露出馬腳。況且……抽菸會要人命的。」

真希望除了這兩個奇怪的警察之外，有人能趕快出來解釋現在的狀況。他們說我不是被綁架，但到目前為止，我只能相信他們單方面毫無根據的說法……而且話說回來，這不叫綁架叫什麼？但出乎意料的是，在過去的一天半裡，隨著我逐漸恢復意識，我發現他們竟然是還不錯的旅伴。我在半夢半醒之間胡言亂語，抱怨菲德勒和他在華頓工業股份有限公司進行的恐怖統治，但他們知道的事情意外的多，包括我在華頓工業傾慕的年輕女子蔻拉．狄金斯意料之外的自殺，以及我的同事兼好友雅塞克．「傑克」．霍瓦斯之死，他都是最有可能的罪魁禍首。

周圍樹木之間的間隔很小，好像森林正在向我逼近一樣。樹葉泛黃，彷彿帶有一絲妒忌——

突然，有什麼東西掃過我的胸前，好像我在賽跑時率先衝過終點的衝線帶一樣。就在同一瞬間，我的右側傳來了一聲巨響。我轉頭看到一支箭插在一棵白樺樹上，箭羽仍在顫抖，彷彿受到了驚嚇……但受到驚嚇的當然是我，腎上腺素湧入我那差點被射穿的胸口。

更令我震驚的是，一群穿著制服的人向我走來，男生穿著海軍藍運動短褲和T恤，女生則穿著配有紅色腰帶的標準領運動服。帶頭的顯然是一名三十歲出頭、體格壯碩、留著栗色鬍鬚的男人，他的右手提著一把大得嚇人的長弓。他用優美的口音向穿著運動服的人們宣布：「各位看到了沒？這就是所謂的『狩獵事故』！就這麼簡單、不幸且情有可原！還有什麼場合能在陽光明媚的日子拿著政府核發的許可證，帶著殺人武器去遠足呢？如果你在你家後面的灌木叢中發現一個帶著雙管步槍的陌生人，你當然會報警嘛，但只要給他戴上紅色鴨舌帽，穿上狩獵背心……他就只是個喜歡戶外活動的人而已！」他故意用歇斯底里的語氣哭道：「我……我聽到灌木叢沙沙作響，就開槍了，後來才發現原來是親愛的老崔佛在把他剛射殺的鵪鶉裝進袋子裡！」

那群人似乎覺得很好笑，讓我感到惱火，而且我的心臟還像玩具手鼓一樣砰砰狂跳，於是我瞪著那個大鬍子男人，爆氣道：「喂！」

「怎麼了嗎？」他回應道，第一次將目光轉向我。

「你差點殺了我耶！」

大鬍子男人露出一個困惑的微笑，說道：「呃……那是當然的啦。」

其他人開始竊笑，唯一的例外是一名保持沉默的年輕女子。她在人群中格外出眾，因為她看起來很體貼，因為她的紅褐色短髮完美襯托出她的蜜棕色臉蛋，也因為她本來就很引人注目。我知道在往後的人生中，我都會記得她是那個沒有嘲笑我的女人。

她稍微舉起手，對大鬍子男人說道：「塔科特教練，但我認為我們有些人技術不夠好，沒辦法從那麼遠的距離命中目標。」她應該是英國口音，但不是上流社會的口音，帶有一種迷人的抑揚頓挫，好像她剛咬了一口李子似的。

「妳不需要技術夠好，潔瑪。有誰可以舉例嗎？」

大鬍子男人向大家發問，我則在心裡默默記住那位年輕女子的名字叫做潔瑪。看來我誤闖了一堂奇怪的體育課，雖然是我先來的。

看到沒人自願回答，教練一臉無奈，嘆了口氣道：「好吧，那就還是你來吧，山普森先生。」

他把發言權交給一個跟我年齡相仿、身材精實的男子。他那頭茂密的金髮一般來說在大歌劇才看得到，而他的英國口音讓人想到故事書中的反派角色，可能叫「王八王子」之類的。他用一種厭世的語氣向同學們解釋道：「你只要可以射得夠遠，讓人以為你『有可能』射中就好了。首先，邀請你的人類目標到家裡，並準備一張躺椅，給他灌幾杯烈琴通寧，然後讓他躺著曬日光浴。一定要確保周圍只有你們兩個人。你走到一百八十公尺外，朝受害者附近的某個標靶射幾支箭，作為之後讓警方發現的證據。接著，你丟下弓，好像被一聲叫喊嚇到一樣，然後跑向熟睡的獵物，這樣就會留下發生可怕的事故後，匆忙跑去查看狀況的腳印了……到了睡得香甜的受害者身邊後，你再用箭刺穿目標的心臟。」

山普森看起來對自己很滿意，他環顧四周，彷彿在等待大家的掌聲一樣，但迎來的只有一片沉默。他繃著臉繼續說道：「記得一定要戴橡膠手套，這不僅是為了避免在箭桿上留下指紋，畢竟一般人不會抓那裡，也是為了幫助你在動手時握好武器。完事後，把手套放在花壇旁，跟樹籬剪放在一起，然後打電話報警，用事先練習過的崩潰語氣喊道：『警佐，我向天空射出一支箭，它飛落回地面，天哪，竟然在那邊！[5]』」

「但你要怎麼讓目標睡著？」潔瑪問道。現在看她的外表和聽她那帶有喉音的英國口音，感覺有點加勒比人的味道。「這樣假設風險太高了，你不覺得嗎？」

警佐本來只是在旁邊聽著，一副興致勃勃的樣子，現在卻加入話題，補充說明道：「等你們向提希爾先生學習毒素學時，你們會學到沒有什麼比得上加了優格的香蕉烈雞尾酒。香蕉富含會讓目標昏昏欲睡的色胺酸和鎂離子，以及可以維持這種狀態的鉀離子，優格則含有褪黑激素、色胺酸和鈣。更厲害的是，巴貝多那裡有賣八十四度的蘭姆酒，效果跟強力麻醉藥差不多。順帶一提，喝了那個之後，你這輩子就再也嘗不到更棒的味道了。」

「我敢保證死後也不會。」塔科特表示。「說得好，警佐。你好啊，警監！看來你們從大城市回來了。」他朝我的方向揮舞長弓，問道：「我們的嗎？」

「看狀況囉，教練。」道布森回答。「等院長跟他談過之後應該就會知道了。」

塔科特沒有回答，只是用力拍了一下手。「好吧，同學們，回房間換便服吧。」他指示道，便沿著一條離開樹林的小路邁出輕快的步伐，同學們也乖乖跟在後面。

我就像幾世紀以來所有的男人一樣，目送潔瑪，看她會不會回頭看我一眼。而就像幾世紀以來的傳統男性一樣，看到她頭也不回，我不得不承認自己非常失望。

警監、警佐和我回到車上，又開了快一公里，直到抵達一座莊園宅第。宅第的拱形大門前有一大片橢圓形的棕褐色石子路面，相比之下宛如一塊地墊。我的雙眼早已適應了光線，但看到如此宏偉的建築還是感到眼花撩亂，忍不住輕輕吹了一聲口哨。

「我想你應該沒看過像滑榆樹這樣的地方吧。」道布森顯然指的是那棟豪宅。「這世上應該沒幾個人看過。」

那麼，親愛的贊助者，既然您想看我寫的日記，應該也會想知道我對您要我來的這座宅第有什麼第一印象吧？我第一個想到的是艾倫・亞歷山大・米恩的劇作《蟾宮之蟾》裡面的蟾宮。當然，兩者根本無法相提並論，但我讀過以高聳的哥德式建築為中心的書很有限，因此這是我能想到最貼切的比較。（小時候，我讀了九頁《鐘樓怪人》，才發現那不是關於足球的故事。）

身為排氣系統工程師，我忍不住開始數從宅邸各個屋頂升起的細長煙囪，但道布森和史蒂奇行色匆匆，不是帶我通過高聳的大門，而是從最左邊的工作人員出入口進入熱鬧的接待大廳。我們經過十幾位衣著得體的人，他們似乎都趕著要去不同地方赴約。我們繞過一道感覺更適合放在歌劇院裡的寬廣樓梯，接著穿過三個相連的房間，穿著深灰色制服的門房正在

5 改編自美國詩人亨利・華茲華斯・朗費羅（Henry Wadsworth Longfellow）的〈箭與歌〉（The Arrow and the Song）：「我向天空射出一支箭，它飛落在不知何處的地面。」

搬走折疊椅和講桌，除了彼此之外，其他人他們連看都不看一眼。最後，我們來到了雙開門前，門上用燙金字寫著「院長辦公室」。道布森開了門，並揮手示意我進入接待室，坐在切斯特菲爾德沙發[6]上。

接待室裡只有一名穿著粗花呢套裝的女子，她那梳得緊緊的髮髻上插了一枝鉛筆。她從檔案櫃抬起頭來，熱情打招呼道：「午安，道布森警監。」顯然我是隱形人。

那個面無表情的男人差點露出了笑容，說道：「午安，迪莉絲。這位是艾佛森先生，他下午三點跟哈洛院長有約，請問時間還方便嗎？」

「還有兩分鐘。」她朝一個小木屋形狀的布穀鳥鐘點點頭道，鐘上的門比我在紐約看過的一部閨房鬧劇[7]還要多。道布森什麼話也沒說就走了，史蒂奇則坐在沙發上，翻閱一本義大利時尚雜誌。

坦白說，我很高興能有時間冷靜下來，整理思緒，釐清這個讓人摸不著頭緒的狀況。從接待室的窗戶可以看到一個寬闊的露臺，露臺上有一座宏偉的多層噴泉，更遠處有一片精心布置的長草坪，上面還有倒影池。令人震驚的是，我看到噴泉邊有個女人把另一個人的頭壓入水中，還有幾名穿著學校外套的男女在認真旁觀。應該是某種洗禮吧，生性樂觀的我這麼想。

一分多鐘後，頭被壓在水面下的人（結果是個男人）終於獲准抬起頭了，一名顯然是負責人的年長女性遞給他一條毛巾。她指著正在擦乾頭的男子的鼻子和嘴巴，剛剛壓頭的女子和仍在喘氣的男子都平靜地點點頭。

期待已久的布穀鳥終於出來報時了，表示現在下午三點整。名叫迪莉絲的女子用親切的語氣說道：「艾佛森先生，院長可以見你了。」

6 切斯特菲爾德（Chesterfield）沙發一般認為起源於英國十七世紀末，切斯特菲爾德伯爵四世菲利普・斯坦霍普（Philip Stanhope）委託當地工匠製造一件能讓紳士有端正坐姿且不易讓衣服起皺的椅子。通常為皮質，向外的弧形扶手和靠背等高，並有鉚釘裝飾。

7 閨房鬧劇（bedroom farce）是一種輕喜劇，主要講述與婚姻或性關係有關的幽默情景、誤解和性暗示。

第三章

（摘錄自克里弗・艾佛森的日記）

「哇，讓我好好看看你！」一名相貌不凡的男子用過分親密的語氣說道。他原本坐在房間另一端一張巨大的辦公桌後面，現在卻放下手中的黃銅鋼筆（儘管他看起來並沒有在寫東西），並起身跟我打招呼。他穿著黑色條紋的深灰色褲子、一件淺灰色的圓翻領雙排扣背心，以及一件敞開的黑色外套。他看起來就像哈里街[8]的醫生，雖然我沒去過哈里街，甚至連倫敦都沒去過（除非我現在位於倫敦附近，這也不無可能）。

走去和他握手的這段路程並不短。院長辦公室（我想這應該就是院長，因為辦公桌上的橡木名牌上寫著「哈賓格・哈洛院長」）十分寬敞，他的右手邊有高大的直櫺窗戶橫跨整面牆，左手邊則有超過三公尺高的書架，還需要附輪的拉梯。他的辦公桌後面掛了文憑、學位和官方認證，以及裱框的信件與哈洛跟顯要人物的合照，其中很多我一眼就認出來了：電影明星「歌唱牛仔」金・奧崔、聯合國的道格・哈瑪紹、前副總統約翰・南斯・加納、導演法蘭克・卡普拉、喜劇演員丹尼凱、廣播佈道者力士・涵百德以及演員洛麗泰・楊。

哈洛揮手示意要我坐在辦公桌對面兩張木製扶手椅的其中一張，說道：「請別客氣，把這裡當自己家吧。旅途上都還好嗎？」

我坐了下來，猶豫一下才回答：「嗯……這有點難說。」院長笑了，彷彿發現這問題有多麼愚蠢。「哎呀，我問了個蠢問題，我想應該很令人不知所措吧，至少我希望是如此。那麼，你知道自己為什麼在這裡嗎？」

「大概吧。我在最後一段旅程有醒過來，我們就有聊一下天消磨時間。道布森警監和警佐顯然都知道我試圖犯下——」我發現自己說不出口。

「謀殺案，」哈洛替我接下去，「不過我們這裡不使用這個字眼。然而你卻失敗了，而我們絕對不容許這種事發生。」

「他們的說法好像是要嘛我就來這裡，要嘛就，呃，回到曼哈頓接受懲罰。」我沒有說出腦海中最重要的第三個選項，也就是逃離這所瘋人院並回到巴爾的摩，因為菲德勒還在那裡破壞和危害他人的生活與性命。

「道布森警監有清楚說明我們的機構到底是什麼嗎？」

「他只有說……這個嘛，一開始我以為他在開個小玩笑。我們那時已經開車開了好一陣子，他說這是一所教我們如何解決他人的專科學校。」

院長皮笑肉不笑，問道：「那他有告訴你為何要帶你來這裡嗎？」

「有，」我說。「為了阻止我重蹈覆轍。」

8 哈里街（Harley Street）是英國著名的醫療街，坐落在倫敦市中心。

「沒錯。」

「那……我想請問一下，」我在椅子上扭來扭去。「這裡是殺人未遂犯的感化院嗎？還是殺人狂的療養院？因為我想先澄清一下，我並不是連環殺手。在這個世界上，我想要，呃，傷害的人只有一個。」

「少數幸運兒一出生就有這類應用藝術的天賦，但大部分的人都需要後天學習，而麥克馬斯特學院就是為了滿足這個需求。」他解釋道，語氣中帶有一絲自豪。「任何目標都不應該承擔死於業餘人士之手的風險。」

外面傳來敲門聲，名叫迪莉絲的女子走了進來，並把手上的托盤放到哈洛那張大辦公桌的一側。托盤上面放了做工精緻的玻璃酒瓶和同款玻璃杯，以及一個資料夾。迪莉絲把資料夾擺在院長面前。「這是艾佛森先生的檔案。」她說完便離開了。

哈洛立刻翻開資料夾，開始瀏覽第一頁。「嗯，九歲時父母雙亡」──他抬頭看我，眼神竟流露出同情──「真是悲慘的事故，我深表歉意。」他的目光又回到我的履歷上。「……由姑姑和姑丈撫養長大，兩人皆已過世──請節哀──沒有兄弟姊妹，成績優異，在魏斯基金的資助下就讀麻省理工學院……在加州理工學院以優異成績畢業……現在則在華頓工業股份有限公司，而你目前的問題就是在這裡開始的。」資料裡的內容引起了他的興趣。「探洞？」

「洞穴探險。」我解釋道。「我也喜歡岩壁垂降，因為重點不在於達到山頂，而是如何回到地面。」

「以科學奇才來說，你的興趣比我想像的還要廣泛……在加州理工學院打過水球——好極了，我們正好需要守門員——棒球校隊，而且你還會彈鋼琴？」

「跨步鋼琴，是散拍音樂的一種演奏法。我是自學的，也就是說我的老師教得不怎麼樣，但我彈得應該還算可以吧。」親愛的贊助者，我為什麼要回答這些問題呢？因為我想讓這些瘋狂的綁架犯以為我已經接受了這一切。

「我猜你應該沒談過什麼戀愛吧？」下一個問題來了。真的假的，你要問這個？

「我不是不想談戀愛，但在大學，我不僅課業繁重，晚上還要打工來支付食宿費用，根本就沒有吃喝玩樂的時間或預算。在華頓工業，我才剛適應這份工作，開始思考如何經營我的社交生活，結果突然就被……解僱了。」

「在社交生活方面，你心裡有什麼人選嗎？」我沒有立刻回答，他便瀏覽我的資料夾，最後說：「蔻拉．狄金斯？」

所以他們也知道關於她的事情。

當院長發現無論他的衣服剪裁多麼高貴典雅，我都無意與陌生人談論蔻拉的事情時，他便繼續進行這場令人不安的面試，希望快結束了。他似乎對我平常會修復戰爭紀念碑的消遣很感興趣。我會去巴爾的摩麥克亨利堡附近的勞登墓園，將因苔蘚、藻類和汙染而難以辨認的墓碑恢復到清晰可讀的狀態。這是在草木蒼翠的環境中，一項安靜又適合沉思的工作。我的目的是讓墓碑紀念那些壯烈犧牲的士兵，並再次講述他們的故事……在華頓工業辛苦的工作之餘，這可是難得的喘息機會。

哈洛院長高興地說我們兩個都有維護墓碑這個共同興趣。我難掩語氣中的憤怒，回答：

「我會修復墓碑，但不會創造新的。」

他指向名叫迪莉絲的女子放在他桌上的玻璃酒瓶和玻璃杯。「要來點雪利酒嗎？」他問道。「聽說是使用了索雷拉陳釀系統的Del Duque，但我不敢肯定啦。」

無論這地方有多麼豪華，這傢伙都瘋了，我心想。我不太喜歡喝雪莉酒，但要執行我在過去幾分鐘慢慢醞釀的逃跑計畫可能需要喝酒壯膽一下。院長小心翼翼地倒出兩大杯琥珀色的酒，語氣中帶有一絲悲傷：「唉……克里弗，很抱歉讓你大老遠來聽我說這些，但幾十年來，我一直在幫助和教唆這年代最優秀、最有熱忱的殺人天才。我一眼就能看出來誰『不是』殺人犯了。」他對我投以痛苦但充滿同情心的眼神，說：「我不是在針對你，但你不是當刪除者的料。這次你差點就徹底失敗了，幸好有道布森警監和他的警佐從中介入。但你如果再試一次就會啟人疑竇，這樣只會加劇席捲全球的反殺人熱潮。」他把杯子遞給我，彷彿這是一個安慰獎一樣，並說道：「你不用覺得難過，很多人都沒辦法殺人，但即便無法終結彼此的生命，他們還是能活出多采多姿的人生。至於你那個令人難以忍受的主管，恐怕你只能把『自己活，亦讓別人活』當成你的座右銘了。」他舉杯道：「好吧，在我們乾杯之前，我要告訴你：你做出了一個有勇無謀且不適合自己的行為。你只要發誓不再嘗試殺人，我就請好心的道布森警監立刻送你回家，讓你從瘋狂的深淵中解脫，問心無愧地度過餘生。」他用自己的酒杯邊緣輕碰我的酒杯，發出清脆的叮噹聲。「你怎麼說呢，克里弗？」

我挺起身子，說道：「您說得有道理，我也很清楚自己不擅長這種事，但我好幾個月前就下定決心了。梅里爾・菲德勒必須死，不成功便成仁。」

當我把酒杯舉到嘴邊，院長的手以驚人的速度揮過來，打飛我的杯子，玻璃杯便在窗邊的賭桌上摔碎了。我瞪大眼睛盯著他，感到困惑不已。

「抱歉，」他說。「我別無選擇，雪莉酒有下毒。」

我頓時心生恐懼，同時也火冒三丈，對他咆哮道：「你本來想殺了我？」

「喔，對啊，是我不對，我太慚愧了！」哈洛用假惺惺的語氣說。「你會來這裡是因為你試圖謀殺另一個人，但你卻因為我可能會對你做同樣的事而嚇得半死？」他的語氣變得冷冰冰的。「聽好了，年輕人：道布森警監不會開車送你回家，你也不能改變心意。從你知道我們存在的那一刻起，你就命運已定。如果你表現良好，就會畢業並完成你的刪除任務，屆時即使你很懷念在這裡的日子，你還是必須將自己的罪行和我們的存在守口如瓶。但如果你在麥克馬斯特學院被退學，你將會成為受害者。」院長苦笑道：「我們也不想殺你，只是你會對麥克馬斯特學院的每一位畢業生和教職員工構成威脅。所以恐怕你只能孤注一擲了，希望幸運女神站在你這邊。」

我頓時口乾舌燥。「你的意思是如果我沒過……？」

「我們恐怕就得把你刷掉。木已成舟，是浮是沉由你決定。學生一旦進入校園，就只有兩種方式能離開：不是以合格的畢業生身分離開，就是被裝在漂亮的骨灰罈裡離開。不過這有兩個好處：首先，本校畢業率將近百分之八十三。」

「我的老天爺啊。」我用沙啞的聲音擠出這句話，簡直快嚇死了，希望驗屍報告上的死因不會真的寫「嚇死」。「那另一個好處是什麼？」

哈洛放下他那杯完全沒動過的雪莉酒，說：「如果我們不得不殺了你，我們保證會幫你的人生劃下完美的句點！毫無預兆且完全沒有痛苦，一瞬間就結束了。我只希望我的時辰到來時——」

門外傳來敲門聲，打斷了他的話。迪莉絲走了進來，身後跟著一位拿著掃把和畚箕的門房。她帶了一小疊書，露出燦爛的笑容，說：「我聽到玻璃碎掉的聲音，想說該來說聲恭喜了，對吧？」

「我想是的。妳還是這麼高效率，已經請門房來打掃了！」

她露出會心一笑，說：「無論如何，總有東西需要被清理掉吧。」她瞥了我一眼，讓我感覺自己好像命不久矣。她指著手裡的書，說：「我也帶了艾佛森先生的幾本指定讀物，省得他跑校園書店一趟，畢竟他已經晚入學了。」

「噢，妳太能幹了！艾佛森先生，這位是我可靠的同事迪莉絲．恩萊特。」她對我微笑點頭，哈洛則從她手中接過最厚的一本書，並鄭重其事地遞給我，說：「來，艾佛森，這就是我們的聖經，不過書中的殺戮情節其實比聖經少很多。這是由蓋伊．麥克馬斯特本人撰寫的《成功終結法則》。說句公道話，杜爾在幾十年前出版了早就該出的修訂版，〈馬匹與馬車房〉那一章直接被刪掉，還有另一個關於貼身僕人的章節，裡面的內容就算是在蓋伊的年代也無法被接受。這本是去年剛印刷的第九版。你可以」——他翻到書的後面幾頁——「特別注意一下一位叫『哈教授』的人寫的附錄，雖然有點不好意思，但很多人對這部分讚譽有加。」

我嘟囔著說自己等不及拜讀這本大作，但我真正感興趣的是壁爐旁傘架上的某一根拐杖，因為它或許能幫助我逃離這個瘋人院。

院長翻閱著剩下的書，一臉懷念的樣子，說：「但其他幾本書恐怕就沒那麼好看了，這些都是第一學期的指定讀物。奇塔姆寫的《謀殺基本原則》……大家都討厭這本書，我當初也是，相信你也會。你可能會覺得內容根本無關緊要，但大多數成功的刪除行動都會以某種方式從書中汲取靈感。蘭格努斯的《推動死亡事業》，以及樞機主教拉斐爾．多蘭多的《Tredici Passi Da Evitare》，現在的新譯本《謀殺十三「不」》終於捕捉到那位大人生前的精髓了。還有《警察問題：解決方案的基石》……多虧有你的旅伴道布森警監，才能把這本舊書更新到符合現代的標準。」他轉向恩萊特小姐，說：「請把這些書送到艾佛森先生的宿舍。我要帶他參觀校園，不希望他拿太多東西。」

迪莉絲．恩萊特說沒問題，哈洛便走到門口，說：「那就跟我來吧。學期好幾週前就開始了，你有很多進度要補。你在紐約的那次失敗恐怕證明了你還有很長的一段路要走，如果最後還是以慘敗收場，我不敢想像你的贊助者會說什麼。」

「我的贊助者？」我問道。我真傻，剛剛還有一瞬間以為自己已經開始進入狀況了。

「喔，對啊，要是你沒有獎學金，就沒辦法負擔麥克馬斯特學院的學費了。我們很了解你的，小伙子；在你贊助人的要求下，我們已經悄悄監視你一段時間了，是因為你在地鐵月台上衝動行事，才迫使我們提前介入。」

我丈二金剛摸不著頭腦，搖搖頭道：「你是說有人『付錢』讓我來這裡？到底是誰——？」

「我們可以邊走邊聊。」他繞過正在清理地上玻璃碎片的門房，又補了一句：「除非你想再來一杯雪莉酒。」

第四章

（摘錄自克里弗・艾佛森的日記）

院長很快就帶我走出宅邸的大露臺，並穿過噴泉花園的大道。雖然我試著表現出濃厚的興趣，但我感覺自己好像在參加一場為我量身訂做的巴黎深度導覽，而壓軸的景點或許是斷頭台也說不定。

「那邊那棟有著高聳柱廊的別緻建築是我們的科學中心，不過以防萬一，化學實驗室建在地底下。毒花園則在正後方。」他苦笑道：「我們必須確保毒花園和果菜園離得遠遠的，這點很容易理解吧。要是一陣風把有毒的種子吹到四季豆的苗床……那該有多可怕啊！這些致命的開花植物和有毒的漿果樹籬一路往上種到山頂，那裡則有世界上最大且布置井然的真菌花園。」

「真令人難以想像！」我興奮地說，雖然我不覺得有人會想像這種東西。他對死帽蕈和毀滅天使讚不絕口，然後指向附近一棟木造建築，其高大的窗戶所反射的陽光幾乎快把人閃瞎了。

「那是我們的食堂，是從奧克斯班的大馬廄改建而成的。」他皺眉道：「你恐怕來不及吃午餐了，但你可以在查德利書屋喝下午茶、在市集廣場買個簡單的午餐，或是在學生活動中心買點東西墊墊肚子，撐到晚——啊！」他指著一輛一塵不染的白色卡車，車子沿著服務車道朝我們駛來，一邊叮噹作響，充滿了童趣。「你應該喜歡吃冰淇淋吧？」他問道。

在這個充滿殺氣的校園裡，從藍天白雲到田園風光，從穿著學校外套、衣冠楚楚的男學生，到穿著百褶裙和馬鞍鞋的女學生，由於最近發生了太多意想不到的事情，一切感覺就像在夢境一般，就連這台車頭渾圓的冰淇淋車也不例外。車子在我們面前停了下來，身穿白色制服的司機從駕駛座上跳下來，迅速走到卡車後面，接著轉動冰箱門的銀色把手，乾冰的煙霧從車內湧出，為溫暖的午後增添了一絲涼意。

「兩位午安。」司機打招呼道。他是個有著可愛圓臉蛋的年輕男子，看起來好像自己也吃了不少冰淇淋。他把手舉到帽簷，稍稍敬了個禮，問道：「要不要在溫暖的天氣來個冰涼的甜點？下午賣完這輪就要收攤囉。」

院長開始在背心口袋裡摸索著找零錢，一邊說：「請務必讓我請客。我得承認我對烤杏仁口味毫無抵抗力，你呢，艾佛森？聽說美國人很愛椰子絲口味。」這個男人差點給我喝毒酒，現在卻興高采烈地跟我聊冰淇淋的口味，誰知道他是不是打算請我吃「毒老爺」冰淇淋。但由於道布森和史蒂奇把我身上的錢都沒收了，我便謝謝他的好意，並點了一個巧克力香草雪糕。

冰淇淋小哥一臉抱歉道：「不好意思，霜淇淋稍早都賣完了，現在只剩下」——他看了看冷凍櫃——「嗯，只剩下冰棒了，但我們還是得叫它冰淇淋。」

哈洛嘟嘴道：「那既然別的都沒有了……你推薦什麼口味？」

「橘子是我們最暢銷的口味，因為我們也只有這個口味。你也要來根橘子冰棒嗎，我的朋友？」拿到冰棒後，我使勁把包裝紙撕下來，有部分包裝紙緊貼在結了冰霜的表面上，好像不想跟冰棒分開一樣。「小心舌頭別被黏住喔。」小販笑著提醒道。「之前有個學生舌頭黏在牛奶糖雪糕上整整五分鐘，冰才融化呢。」

我對他微笑，然後張開嘴巴準備咬下去，院長卻又對我大聲咆哮。「那個不能吃！」他喊道，一把搶走我的冰棒，並旋轉冰棒棍，仔細觀察結霜的表面在陽光下的不同角度。「表面上有什麼……？」他問攤販，似乎只是單純好奇。

「不是，整根冰棒都是毛玻璃製成的。」娃娃臉司機自豪地宣布道。「根本無法與冰棒內的冰晶區分開來。就算舌頭擦傷，他也會以為是凍燒導致的，幾分鐘內他就會開始內出血了。」

我有充分的理由把那個司機打趴，但隨即轉念，覺得用這股怒火來誤導他們更好。我等待時機，哈洛則對那名學生咕噥道：「真是一流的構想。」

他笑容滿面道：「謝謝您，院長！我知道我目前為止的表現可能還未達——」

「構想一流，但執行方式卑鄙至極！」哈洛語帶輕蔑咆哮道。「你竟然欺負一個還沒註冊的學生，真是麥克馬斯特學院之恥！我順著你的套路只是想看你何時會罷手。你明明知道我們的方針是在最後一擊前收手，就像擊劍或空手道一樣。將手中的長劍直直刺向對手的心臟，但劍尖在胸口前就要停下來。特休恩，你的在校成績已經糟糕透頂，現在又留下這麼大的汙點。你從上學期就如履薄冰，隨時都會被當掉，你懂嗎？」

「可是院長，」司機單腳跳著，抗議道，「這方法很聰明吧！我承認自己很驚訝他那麼快就上鉤，正打算警告他，您就介入了。況且我也不知道他是新生啊。」

我在全世界頂尖的理工學校念了六年，這個娃娃臉小胖哥卻叫我「新生」，真是無奇不有。現在就算史格馬齊兄弟會的甜心寶貝[9]邀我去參加社交舞會，我也不會感到意外了。

他頻頻找藉口，但哈洛院長才不買單。「特休恩，他才剛來不到一小時，你知道他叫什麼名字嗎？隨便哪個蠢蛋都能殺死陌生人，如果那是你的目標，那你就不需要我們的教導，我們也不需要你這個學生了。在麥克馬斯特學院的字典中，最令人無法接受的字詞是『無辜的旁觀者』。我們不殺跟自己沒有過節的人。」他說。

「可是院長，我們會殺其他學生，或至少會嘗試——」特休恩開始辯解。

「士兵進行軍事演習都是荷槍實彈的，但目的不是在與敵人交戰前自相殘殺。這輛卡車是哪來的？」

「車輛調配場，就是那輛舊的雪佛蘭敞篷小貨車，我花了好幾個小時改裝呢。」

「可惜你沒往偽造領域發展，至少你在那方面似乎還有些天分。」

那個年輕人朝我伸出手，說：「我叫可比．特休恩，真的很抱歉剛剛試圖謀殺你，希望你不要放在心上。」

院長故意用可比能聽到的音量對我低語：「艾佛森先生，不用浪費時間記他的名字。他是花錢才被錄取的，再這樣下去，他很快就要『人財兩失』了。」

「這並不能改變這個笨蛋剛剛差點殺了我的事實。」我用誇張的語氣說道。「我應該要痛扁他一頓！」我向特休恩展開攻擊（希望我的迴旋踢看起來夠到位），他便反射性地向後避開。我的左腳突然支撐不住自己的體重，我身體一扭，跌到了地上。

哈洛面露擔憂，問道：「你受傷了嗎？」

「我沒事。」我一邊說，一邊假裝忍痛。「我的膝蓋在高中時受了傷，只要一扭到，我接下來一整天都會腿軟。而且在抵達這裡之前，我還在車子後座坐了不知道多久呢。」

可比扶我站起來，但在他的攙扶下，我走路還是搖搖晃晃的。哈洛提議道：「我們可以拿擔架來，送你去聖雅各。」他看我一臉困惑，便解釋道：「就是我們的醫院。薇斯塔・特里珀除了擔任桃花劫系系主任之外，還是有合格證書的執業護理師，一下子就能幫你包紮好了。」

我馬上婉拒了這個提議，說：「也沒那麼糟啦。還是你能借我一根拐杖——我剛剛好像有在你的辦公室看到一根看起來滿好用的，不是橡木棒，也不是手杖劍，就是那根有彎曲握把的木製拐杖。」

院長叫可比立刻去他的辦公室拿拐杖，然後扶著我穿過遼闊的四方院。都鐸和喬治式建築在四方院周圍排列得整整齊齊，就像大富翁遊戲後期的盤面一樣。當然，我其實不需要院

9 史格馬齊兄弟會（Sigma Chi）是北美最大的兄弟會結社之一，〈史格馬齊兄弟會的甜心寶貝〉（The Sweetheart of Sigma Chi）則被視為最受歡迎的大學兄弟會歌曲之一，「Sweetheart」象徵的是兄弟情誼精神。

長的幫忙，除了要取得特休恩去拿的枴杖之外。自從在院長辦公室看到那根拐杖，我就開始暗中計劃如何取得它，剛剛才會那麼不顧面子跌在地上。我必須盡快離開這個死亡之地，在菲德勒開始回想他在紐約地鐵與死神擦肩而過，心生疑竇前，就要逮到那個混蛋。

我和院長找地方坐了下來，面對著四方院另一頭一座有柱廊的建築。建築物的外牆上刻了「羅巴克紀念堂」，我忍不住懷疑麥克馬斯特學院是不是有幫助西爾斯先生除掉他的前事業夥伴，而這棟雄偉的建築是因為他良心不安才蓋的。有一群人在四方院漫步，經過我們身邊，看起來就像是在國際大都會的大街上會看到的行人。大家都禮貌地跟院長打招呼，院長也對所有人露出慈父般的微笑，並愉快地揮揮手。從國籍來看，學生群體看起來就像名副其實的聯合國，而雖然大部分的學生都是二、三十歲，也有幾位更年長的學生，到屆齡退休的都有，但大家都看起來充滿活力、頭腦清晰。顯然只要擁有「弒」子之心，人就不會老。

由於有些學生可能想以致命女郎或是風流男子的偽裝來達成目標，我看到不少像是模特兒的人穿著高級時裝，昂首闊步穿越四方院，好像把這裡當作伸展台一樣。但看起來像貝琪．柴契爾[10]這種類型或是一般大學生的人也很多。

「這裡什麼人都有。」院長說道。他顯然能看出我的心思，這對我來說並不是好事。

「而且個個衣冠楚楚。」我觀察道。「這裡是不是只收有錢人啊？」由於我大學時必須努力打工籌學費，我承認自己對那些過得更輕鬆的人一直都心懷不滿。

「當然不是。」院長反駁道。「學費是根據每個學生的情況來決定的。對於那些千金之子，我們一定會讓他們『一擲千金』。」他看了我一眼，想看我有沒有理解他用詞的巧妙之處，但我的撲克臉（畢竟我還在假裝膝蓋痛）似乎讓他失望了。「按級距收費的話，我們就能提供獎學金給資源匱乏但應該被幫助的人。在這種情況下，我們還會提供一流的服裝，畢竟穿得夠殺是很多人成功刪除目標的一大要素。看似富裕的犯罪者常常會逍遙法外，這是可悲但不言而喻的事實。」

我環顧四周，雖然這裡只是校園的一隅，但仍是目不暇給，令人讚嘆。「但這地方不可能只靠學費維持營運吧？」我說。

院長承認道：「這個嘛，多虧了我們的課程，很多校友都得到了一定的經濟保障，他們很少會忘了報恩，我們也永遠不會忘記他們的地址。」

「你們幫助他們犯下罪行，再用這點來勒索他們？人還真好。」話一說出口，我就擔心自己太嗆了，但院長似乎不介意。

「我們跟所有大學一樣，會與校友保持聯繫，希望只要是對方能輕鬆負擔的費用，他們就比較好說話。當畢業生成功刪除幸福或安全之路上的障礙物，開始過富足且多采多姿的生活時，我們會鼓勵他們捐出自己負擔得起的善款來展現愛校精神。我們也接受捐款、遺贈以及個人贊助，也就是像你這樣的情況。」

「但我怎麼會有贊助者？」我問道。親愛的贊助人，在我為您寫這篇日記的當下，我還

---

10 貝琪・柴契爾（Becky Thatcher）是馬克・吐溫小說《湯姆歷險記》中，主角湯姆・索亞的同學和女友，出身於一個富裕家庭。

是不知道答案。「我沒有富有的朋友或親戚啊。」

「這麼說吧，你得到了某人的信任和經濟支持，踏上了目標的毀滅之路，但這個人不希望公開自己的身分……我話只能說到這裡了。啊，莫恩小姐，可以跟妳談談嗎？」

聽到了院長的呼喚，一位活潑迷人的女子走了過來。她應該三十幾歲，但由於剪了男孩子氣的短髮，所以看起來更年輕。她穿著一件無袖的藍色塔夫綢晚禮服，戴著白色緞面長手套，跟這個環境和時間點完全格格不入。哈洛介紹我們互相認識：「莫恩小姐，這位是我們最新加入的學生克里弗・艾佛森。艾佛森先生，這位是妲爾西・莫恩。她來麥克馬斯特學院還不到六週，就已經如魚得水了，就像氰化鉀碰上硫酸一樣。」

「噢，我算是學得很快。」她笑道。她的笑聲雖然做作，但聽起來仍很迷人。她立刻讓我想起某個人，但我怎麼也想不起來到底是誰。

院長用手示意她的禮服，說：「這件禮服真漂亮，但我不記得今天下午有辦什麼特別的舞會或招待會。」

「這是為了基本戰略課穿的。」她說。「只是作業而已，其實不太適合我的論文，但有一些小地方可以應用。我才剛離開射擊場，在那裡，長手套是女孩子的好夥伴，不僅可以避免留下指紋，還能防止火藥殘留物沾到雙手和手臂上。」她從手提包裡取出一把點二二口徑左輪手槍，說：「我剛剛在測試緞面手套會不會影響我瞄準，結果發現這材質太厚又太滑，我決定還是用羊皮手套好了。」

哈洛表示讚許：「很好，我差點脫口而出說這樣就可以名正言順當披著羊皮的人

（狼）[11]，幸好我及時忍住了。不過為什麼要在陽光明媚的下午穿晚禮服呢？」

她調整了一下禮服的領口和袖子，說：「這個嘛，如果戴著長手套走來走去一定會啟人疑竇，所以我才穿禮服來掩蓋手套真正的目的。我可以聲稱自己要去參加不存在的晚會，只是順道去拜訪我的目標，讓他毫無防備，等我掏槍時再殺他個措手不及。」

不論晚會存不存在，我覺得妲爾西完全就是會去參加晚會的那種人。

院長轉向我，強調道：「艾佛森先生，情境就是一切。切勿拿刀接近你的目標，除非你正在擦拭餐具。切勿手拿斧頭，除非你正在砍柴。還有切勿在受害者面前戴上手套，除非他以為你要洗碗、剷雪或進行氣管切開術。」他轉向妲爾西，問道：「親愛的，那妳之後要如何處理手套呢？雖然火藥殘留物不會沾到妳的雙手和手臂上，但手套上一定會有。」

妲爾西一臉無聊的樣子，回答：「拜託，我會準備一碗醋來洗手套，那樣就能破壞硝酸鹽了。」

「回答得恰到好處，或者應該說恰到好『醋』。」院長稱許道。「那妳又要如何處理醋呢？」

「加入三份油、兩顆切成絲的萵苣、核桃和柑橘瓣，然後在受害者的守靈夜端上桌。」

「多麼詩意啊，」院長大加讚賞道。「不過把醋倒進水槽裡，並用硼砂把碗洗乾淨也能達到同樣的效果啦。艾佛森先生，請注意！莫恩小姐的思維完美體現了我們學院的原則。」

11 閩南語中的「人」（lâng）發音和中文的「狼」相同。

妲爾西・莫恩顯然是一名模範學生，或許她還曾經當過模特兒呢。但當她離開去上下一堂課時，我為她精準到位的答案感到絕望，因為那證實了麥克馬斯特學院對我來說有多麼高不可攀。如果學院會處死被退學的學生，那我還不如在外面犯下殺人未遂罪，認罪後祈禱能被判無期徒刑呢。

但她為什麼這麼眼熟呢？

我們暫且先打斷艾佛森先生的日記。——哈教授

為了回答克里弗・艾佛森的問題，我想我該來解釋一下，光是透過剪髮和頭髮、素顏、改變口音和改名，就能在校園以新的身分生活，誰都認不出她就是著名的好萊塢電影明星多莉亞・梅伊，沒有人比「妲爾西・莫恩」本人更震驚和難過的了。

當然，「多莉亞・梅伊」並不是她真正的藝名（不然你一聽應該就知道她是誰了），而她真正的藝名也不是她的本名，所以她的真實身分是埋藏在一層層的假名之下的。但即便本書中記錄的事件已經是陳年往事了，我們仍然尊重所有麥克馬斯特學院學生的隱私（以及匿名性，免得執法人員找上他們）。如果你來就讀麥大師學院，我們也會同樣保密你的身分。

我向梅伊小姐建議，如果其他人知道她的身分，可能會影響她的學業，她的祕密任務也

有曝光的風險，而且教職員工也是人，可能會給她差別待遇。她向我保證這不會是個問題，因為她多年來都一直受到差別待遇。不過最後，她還是同意走出鎂光燈、染髮並修剪頭髮、改用喬治亞州薩凡納抑揚頓挫的口音，並成為平民，真不敢相信。

她來到麥克馬斯特學院的第一天，我親自送她到毛地黃小屋，那是一處罕見的獨棟住宅，距離蜜米爾池塘不到一公里。第一次看到小屋的茅草屋頂時，她柔聲低語道：「哇，太棒了！從外面看起來就像一間普通的農舍，而裡面呢——」她走進小屋，頓時嚇得雙眼圓睜——「真的是一間普通的農舍！你該不會要我住在這裡吧？」

我忍不住欣賞嵌在粗製石牆內的壁爐、上面鋪著拼布被，又暖和床墊又厚的箱型床，以及角落的小廚房裡簡陋的桌椅。「可是親愛的，這是我們最棒的住處之一，是從莊園原封不動搬過來的喔。」

妲爾西焦躁不已，說道：「當初選擇私人小屋時，我以為會是有兩間臥室、更衣區、小酒吧和二點五衛浴的套房。還有泳池在哪裡？」

「要搭三號接駁車去公共浴場。」

妲爾西表示她必須讓自己的室內設計師阿諾德先生徹底改造小屋。我向她解釋，如果這麼做的話，阿諾德先生完工後，我們就必須終結他的生命。「不能改成鞭刑嗎？」她問道。

「如果能那樣安排的話，他或許還會算我便宜一點。」

（摘錄自克里弗・艾佛森的日記）

這時，氣喘吁吁的可比終於帶著我要的枴杖回來了，讓我鬆了一口氣。他把枴杖遞過來，像一隻狂搖尾巴的㹴犬，彷彿一心只希望哈洛能跟他玩你丟我接的遊戲一樣。幸好我沒記錯，這根枴杖確實有個橡膠頭，這對我的計畫至關重要。

可比抬頭望著哈洛，彷彿希望院長能在他的額頭上貼一張金色星星貼紙一樣。「院長，請問我還能做什麼呢？」他問道。

「你還能做得更好，特休恩先生！如果你有認真上雷德希爾教授的『毒藥與萬靈丹』，或是在提希爾先生的『完美的最後一餐』課堂中保持清醒，你就會知道毛玻璃對沒有心絞痛的人來說基本上是無害的。現在立刻把你的冰淇淋車開回汽車藝術區，協助車庫把它變回以前破破爛爛的樣子！」

可比匆忙離開，妲爾西向我們道聲再見後，哈洛陪我走到我的宿舍，一邊發牢騷道：「我對特休恩已經忍無可忍了，我看他也要走投無路了。」

「我不覺得我會做得比他更好。」我發自內心說道。

「我們知道你是受到贊助的新生，不是自願入學的，所以我們會給你一段寬限期，你在海吉之家的宿舍輔導員也會提供一些實用的建議。與此同時，我們會派一名學生密切關注你的學習進度，這對雙方都有益。」

「是誰要負責監視我啊？」我問道。

「抱歉，如果告訴你的話，他們就看不到你真正的為人了。還是讓你自然跟對方互動，不要刻意謹言慎行比較好。」

好極了，我心想，這樣我在任何人面前都必須謹言慎行了。

離開四方院後，我們沿著一條碎石路，經過幾間茅草屋，其中一間掛了一個木製招牌，上面寫著「書店與雜貨」。小路漸漸變寬，我們來到了一片寬敞的村莊綠地，四周圍了一圈小屋，綠地上還有一汪形狀不規則的大池塘，池塘邊有幾棵老柳樹為逝去的歲月垂淚。那裡的建築傾向於質樸的田園風情，其中有一棟連建築物本體都傾斜了。「學生們稱這裡為市集廣場，」院長解釋道，「不過真正的廣場其實是那邊那座大亭子。」他指向池塘盡頭一個破舊的鐵棚。帶有窗戶的屋頂由拱型柱子支撐著，下面掛著一只時鐘，小販們在棚子下方忙著兜售商品。「這是我們最熱鬧的社交中心之一。」他補充道。「隱狼酒館供應傳統英式桶裝啤酒和下酒菜。那間有藍色百葉窗的是販賣部，他們也有提供野餐盒。那棟亞洲建築是玉花泉中餐館，而很多學生每週都要來一個鹹的起司餡餅，他們稱之為『披薩』，在我們浪漫的義式餐廳『斯卡皮亞』後面有賣。餐廳位於米爾塘另一頭的那棟小別墅裡。」

「米爾塘？」我問道。

「全名是蜜米爾池塘，沒有很深，但要做滅頂實驗就能派上用場。」

我看了一眼池塘，竟然看到了那個在森林中選擇不嘲笑我的年輕女子，簡直就像美夢成真。她把運動服換下來了，現在穿著短袖罩衫和背心裙。她正在收釣魚線，她那赤褐色的手臂在空中劃出優雅的弧線。

院長順著我的目光望去，說：「那位是潔瑪，她很喜歡飛蠅釣，聽說以前都會和爸爸一起去釣魚。我們有在米爾塘養褐鱒，但釣到之後要放回去。如果沒胃口也沒過節，就沒有必要結束另一條生命。」潔瑪已經收拾好釣魚用品，正在向一位戴著遮陽草帽、臉色紅潤的女子揮手告別，那名女子則在池塘邊餵天鵝吃麵包屑。

「那位則是梅里安．韋伯斯特，在嫁給一個姓氏很不湊巧的傢伙後，決定改名叫『梅梅』……不過她現在想刪除丈夫，其實有比姓氏更好的理由啦。而那位是我們的數學系系主任佐佐木斗真，他的專題文章〈殺人時，所有時間都是相對的〉是刪除史上重要的里程碑之一。」佐佐木是一名鶴髮童顏的男子，正在用水彩捕捉眼前寧靜的景象。「你應該會上到他的『機率算帳學』。而那個趴在草地上、留著拜倫式長髮的小夥子是教英文和西文文學的馬迪亞斯．格拉維斯。」格拉維斯大概四十歲左右，穿著麻花針織毛衣和燈芯絨褲子，正全神貫注在改考卷。令我驚訝的是，這個正值壯年的小夥子，可能只比我大十歲，卻選擇隱居在這個……不知道是哪裡的鬼地方。不知道教職員工是否可以隨時離開校園。

我們到了一座比鄰市集廣場的小村莊：小商店和攤位聚集在一起，彷彿是為了聊八卦一樣。又短又窄的街道、鵝卵石庭院，以及神祕的通道把這座舒適的小鎮變成了一座微型迷宮。有一間狄更斯式的當鋪，有分隔間的弧形櫥窗內陳列著許多奇怪的物品。一名金髮年輕人從門口走了出來，手裡拿著跟攜帶式棋盤差不多大小的紅木盒子，他就是剛剛在射箭課完美回答塔科特教練問題的學生。

院長問道：「山普森先生，你典當了什麼東西嗎？」

「我用我的舊樂器換了新的手術器械。」他說，並打開盒子，給我們看放在天鵝絨內裡上一排閃閃發亮的手術刀和探針。「開膛手傑克，你算老幾？吃你的心臟吧。」

「他好像有吃過。」院長說。「還是他吃的是腎臟？」

「比起我的單簧管和薩克斯風，我覺得這些手術器械更能激發我的靈感，雖然我能用那兩種樂器徹底毀掉《藍色狂想曲》。」他用不太友善的方式盯著我，說：「你就是那個差點被教練射穿的新人，對吧？我叫做西蒙．山普森。一般來說，我會說『希望我們能成為好麻吉』，但這裡學生的

成績是採標準常態分佈的，所以老實說，我會盡我所能讓你被當，而以第一印象來說，我想這應該不難。」

看著他離開的背影，我鬆了一口氣，而看到潔瑪從米爾塘走過來，我的心情又為之一振。院長彷彿在我的意志驅使下向她招手，我心想：「快告訴我她的全名吧！」他又再次看出了我的心思。

「潔瑪．林德利，這位是今天剛來的新生克里弗．艾佛森。」

「我知道。」潔瑪的語氣中不帶任何感情，讓我有點失望。

「我想請妳幫個忙。」院長繼續說道。「我本來想問山普森先生，但妳也知道，他有點……」

「自以為是？」潔瑪幫他接下去。

院長微笑道：「沒錯，其實他很聰明，但他有點自視過高了。我要帶艾佛森先生去海吉之家，但在路上被可比．特休恩耽擱了，而我還有不少行程要趕。妳願意幫忙帶路嗎？妳也住那裡，對吧？」

「但願我住得起海吉之家。」她笑著說。「我住在女生宿舍，但離海吉之家也不遠。我五點還要去上『裝容義』，但那在鴿舍那邊。」最後一句話我完全聽不懂，但就算她是讀對數表，我也能聽得很開心。

「我想艾佛森先生應該不會介意由妳來接手，對吧，克里弗？你的腳踝還好嗎？」

「是膝蓋。」我糾正道。「我只要有這個就沒問題了。」我稍微舉起拐杖，心裡希望他不會要回去。

「只要你有需要，想借多久都沒關係。而正如我剛才所說，如果你需要任何進一步的協助或建議，都可以找海吉之家人見人愛的宿舍輔導員香波・南達先生。」

「好特別的名字。」我說。

「他來自仰光。你有去過緬甸嗎？」

我說沒去過，潔瑪卻狡黠地問道：「你確定這裡不是緬甸嗎？」這話把院長逗笑了。潔瑪補充道：「對於我們目前的位置，我只知道一件事，就是我們不在托巴哥。我在英國出生，但我去過托巴哥拜訪母親的家人，那裡的空氣中瀰漫著香料和猩猩草的味道。」夏日微風吹來，她深吸了一口氣，說：「不是托巴哥。」

我本想問哈洛有沒有學生有幸知道學校的所在地，但他已經走掉了，只留下了一句：「晚餐時見囉！」

能不見就不見，我心想。等到晚餐時間，希望我早已遠走高飛。

「那就去海吉之家吧。」潔瑪說完就走了。我一跛一跛地追上她，並為我假裝受傷的膝蓋向她道歉，說不好意思拖慢她的速度。她說沒關係，就不再開口了。

「『裝容易』是什麼？」兩人之間的尷尬沉默讓我想起年少時期，我便試著開啟話題。

「『假裝很容易』嗎？」

「『裝容義』是『服裝、容貌和義肢』這門課的簡稱。」她簡短回答道。

我數到五後，再次開口道：「妳來這裡很久了嗎？」

這次我以為她甚至不打算回答。最後，她連頭也不回就說：「兩週多一點吧。」

「妳怎麼來這裡？」

「道布森警監開車載我來的。」她說。

「從哪裡來的？」

她停下腳步，說：「我就直說了，如果你想知道我的身分、我想刪除的人以及原因……除非有教職員工要求我說明，否則我不會談這個話題。這裡有些人一天到晚都只想講這些，但我不是。光是一學期的學費就花了我畢生的積蓄，我是來學習的，不是來享受美好時光的。我不介意帶你去你的住處，但我們離開這裡之後就再也不會見面了。」她停頓了一下，說：「前提是如果我們能離開的話。」

無論是敵人還是對話，我想林德利小姐（看來我們的關係似乎沒有好到可以直呼其名）都會毫不遲疑畫下句點。不知道是誰對她如此殘忍，導致她入學這所殺人學院。她那強硬的態度掩蓋了她平易近人的長相……或者她可能跟我一樣冷血和執著，只是遺傳到令人難忘的紅髮，就跟我遺傳到祖父的身高一樣。

我了解人生走到某個階段時，會產生謀殺似乎是唯一出路的感覺，就像對蔻拉這種深受折磨的靈魂來說，自殺似乎是唯一的出路一樣。但我試著殺死菲德勒是否證明了不是所有殺人犯都是怪物，還是我打從出生起就是個怪物，只是自己渾然不知？

我聽到市集廣場上方的鍛鐵時鐘響了。「抱歉，我得去上『裝容義』了。」潔瑪說。「海吉之家轉過去就到了。」她頭也不回就匆匆離開，這是今天第二次了。

第五章

（摘錄自克里弗．艾佛森的日記）

在跟哈洛院長面試的前幾分鐘，我就已經決定要逃離麥克馬斯特學院了。下了毒的雪莉酒、可比．特休恩的致命冰棒，以及被退學等於強制登出人生的威脅，這些都證明了逃跑是我唯一明智的選擇。但在逃出去之前假裝順從似乎是明智之舉，而入住他們為我安排的宿舍也是計畫的一部分。

海吉之家看起來很像新英格蘭的古樸小鎮上會有的殖民地時期風格的住宿加早餐飯店。我還想說櫃台附近會不會有一個可旋轉的明信片展示架，卻只看到一位中年發福的女性，長得有點像沒那麼威嚴的福音歌手瑪哈莉雅．傑克森。她穿著花呢裙子、硬領罩衫，以及淺藍色的開襟衫，上面還黏了一些馬芬屑屑。

「你就是克里弗吧？」她從櫃檯上散落的文件中抬起頭，微笑道。「我是福吉太太，就是福氣與吉利的福吉——天哪！」她注意到我的枴杖，煩惱道：「沒人告訴我……我把你的房間安排在三樓，但是沒有電梯。」

我向福吉太太保證，膝蓋痛只是暫時的，我上下樓梯完全沒問題，而這當然百分之百是實話。她明顯鬆了一口氣，便從洞洞板上取下一把鑰匙，然後帶我穿過一間簡陋的前廳，應該就是海吉之家的大廳。在軟木布告欄上，我看到一張寫著「每日一思」的卡片，下面寫著：

當一個人因胸口中槍而死亡時，那就是一宗謀殺案。
當一個人被隕石砸中而死亡時，那就是一場悲劇。
不要用子彈，要用隕石。
不要犯下謀殺案，要創造悲劇。

——蓋伊・麥克馬斯特

我跟著福吉太太走上原本供僕人使用的狹窄樓梯，由於假裝膝蓋受傷，我還在爬到二樓時休息了一下，福吉太太則和我閒聊今年的夏天有多麼漫長。最後，我們終於上到三樓的走廊，她帶我到3E號房。

「你的房間朝南，大多數人都喜歡這樣，尤其是今年的夏天特別長。你和隔壁的室友耶格爾小姐共用一間浴室。」她看起來有些不好意思，解釋道：「我們通常會避免異性共用浴室的狀況，但因為你比較晚入學，所以只剩下3E號房了。浴室的門兩邊都可以鎖，但為了保險起見，進去前記得敲個兩、三下門，好嗎？也請你在離開時打開她那一側的門，並確保浴室跟你進去時一樣乾淨。」

我向福吉太太鄭重承諾道，我離開時，浴室一定會跟我進去前一模一樣，因為如果幸運的話，我待會就能永遠離開這個地方了。

「每天都有打掃服務，但學生有義務保持房間整潔。如果有任何問題，在早上八點和傍晚五點之間都可以找我，好嗎？」

他們安排給我的房間非常舒適。床不大，但床墊無可挑剔，棉質床單觸感絕佳，床罩的重量也恰到好處。有一張傳道部式寫字桌和椅子，還有一張小巧的皮革休閒閱讀椅。帶鏡子的五斗櫃上放著一台棕色的電木收音機，我很想知道會聽到哪些電台，便打開了收音機。等待真空管預熱時，我打開一個小衣櫃，沒想到裡面竟然有六件襯衫、差不多數量的褲子以及幾件運動外套，而且都是我穿的尺碼，上方的架子還有幾雙鞋子和運動鞋。

我回到五斗櫃前並打開最上層的抽屜，裡面放著折得整整齊齊的內衣和平口內褲，下面的抽屜則放了襪子和藍色的運動短褲。

透過熱發射的奇蹟（我在加州理工學院有學波段頻譜），那台桌上型收音機開始播放音樂，好像是巴洛克音樂。我等待這首曲子結束，希望能聽到廣播員說出電台名稱，甚至是所在城市。

收音機旁放著一個皮革文件夾，上面凸印著麥克馬斯特學院的標誌，封面上還夾著一張手寫的便條：

艾佛森先生，歡迎你！請好好享受你在校園的第一天。如果有任何疑問或問題，可以到

大樓梯頂部的2A和B號房找我。由於我可能在和其他學生晤談，請先敲2A的房門並耐心等待。

底下的署名寫著：

海吉之家男宿輔導員香波．南達

我打開文件夾，左右的收納袋裡都塞了一些紙張和小冊子，包括一張校園地圖，但我不需要，因為上面沒有畫周邊地區，我也已經想好逃跑路線了。看到用餐時間表，我才發現自己有多餓。

用餐	營業日	時段	地點	備註
英式早餐	週一到週六	早上7:00–9:30	食堂	請穿制服
歐陸式早餐	週一到週六	早上6:00–10:00	休息室	請穿制服
午餐	週一到週六	中午12:00–下午2:00	食堂、陽光房或西露臺（若天氣允許的話）	請穿制服。早上十點前可訂購餐盒。
下午茶	週三和週日	下午4:00–5:30	查德利書屋	

晚餐	週一到週五	晚上7:30–9:30	大廳	男士需穿西裝打領帶，女士們請穿著整潔端莊。
	週六	晚上8:00–10:00	宅邸的舞廳	週六晚餐後可在舞廳跳舞（音樂非現場演奏）。
	週日	請見末欄		
週日早午餐	週日	早上9:00–下午1:30	溫室	需穿著禮服。
週日晚餐	週日	請見備註↓	蜜米爾池塘	備註：週日晚餐可以在蜜米爾池塘附近的餐廳和攤販購買。＊

背面還寫了更多注意事項：

〈酒精——麥克馬斯特學院規範〉

學院不鼓勵過度飲酒，因為各位學習的專業需要頭腦清醒，嚴肅以對。不過我們每晚七點會在起居室供應創意雞尾酒（學生一人限一杯），而提希爾先生會從我們收藏豐富的酒窖精心挑選合適的葡萄酒，供各位在晚餐時搭配主菜一起享用，每位學生限喝一杯。蜜米爾池塘的隱狼酒館有提供以手動幫浦汲酒的麥芽啤酒，每位顧客限點一杯。

〈金錢相關事宜〉

麥克馬斯特學院帳戶餘額較少或不足的學生可以報名參加週日下午的打工（包括廚房、花園、文書工作等），工作項目每週都會公告在學生活動中心的布告欄。

作為報酬，週日晚上果菜園旁邊的公共休息室將免費提供豐盛的自助餐，包括濃湯、麵包和沙拉。不過在此也提醒各位，醫學藝術系系主任平克尼醫生指出，每週少吃一、兩頓晚餐不僅有益身體健康，還能刺激大腦運作。

用餐時間表下面有一本幾十頁的薄手冊，帶有紋理的藍灰色封面上寫著「麥克馬斯特學院規章制度」，更新日期是去年。我正要打開手冊，卻意識到自己根本沒必要了解麥克馬斯特學院的校規，因為幾分鐘後，我就要試圖打破大家心照不宣的第一誡命：汝不可離開。

收音機開始播放另一首巴洛克作品，節奏和調性跟剛才相同，但沒有廣播員出來介紹曲目，搞不好是同一首曲子也說不定。我試著轉台，但收音機只有一個結合開關和音量控制的旋鈕。收音機底座貼了一張告示：

〈桌上型收音機使用方式〉

若想聆聽巴哈的第五號布蘭登堡協奏曲，請「開啟」收音機。若不想聆聽巴哈的第五號布蘭登堡協奏曲，請「關閉」收音機。

我選擇「關閉」，並在房間裡尋找線索，以判斷我究竟在地球上的什麼地方。我可以排除北極、南極和沙漠地區，但除此之外我就毫無頭緒了。房間內普通的信紙、鉛筆，甚至連床頭燈的燈泡都沒有任何關於製造商的資訊。五斗櫃最上面的抽屜裡有一把木柄牙刷、一把安全刮鬍刀，以及一套梳子組，全都來源不明。我真希望能找到某個品牌名稱。如果我成功越過學校通電的大門，我會想知道自己究竟在鐵幕後面、去摩洛哥的路上，還是在山谷下綠草如茵之地[12]。

床邊有一瓶水，上面倒蓋著玻璃杯。我一口氣喝掉了一杯，又倒了第二杯，因為我很清楚自己如果成功逃脫，缺乏食物和水可能會降低我的存活率。我不知道要走多遠才會找到避難所或棲身之處，而且我身無分文，因為警佐在來這裡之前就沒收了我的錢包。我再次假裝一瘸一拐的樣子，走下狹窄的樓梯，並向福吉太太揮了揮手，但她正在處理文書工作，幾乎頭也沒抬。我沿著剛剛和潔瑪．林德利跟院長一起走的路線，回到了道布森警監稱之為「滑榆樹」的莊園宅第。

我在途中經過一間名為「米爾塘的莫索販賣部」的瑞士山間小木屋，本來想說就算要用偷的，也能帶個點心路上吃，可惜已經打烊了。看來我只能空腹逃跑，並祈禱莊園周圍有蘋果樹或梨樹了。既然有橡膠頭的枴杖已經到手了，我不打算等到準備萬全再逃跑，誰知道他們什麼時候會把枴杖要回去。除此之外，在大門外時，道布森警監說他不記得「今天」的通

12〈山谷下綠草如茵之地〉（Down in the Valley Where the Green Grass Grows）是一首小女孩玩跳繩時會唱的英國童謠。

關密語是什麼，但幸運的是，我有聽到史蒂奇說出口。或許明天通關密語就不一樣了。

現在外面沒什麼學生了。根據剛剛的用餐時間表，他們可能在房間寫作業或是換裝準備吃晚餐。一經過莊園宅第，我就恢復平常的走路方式，沿著長長的車道走回學校通電的大門。

頭被纏起來的期間，我發現我的其他感官變得更加敏銳了。史蒂奇警佐和看門人交換通關密語後，車子在平坦的車道上行駛了兩分鐘左右，最後停在樺樹林中，他們才拆下我的繃帶。我不記得這段路程有什麼急轉彎或繞路的情況，因此滿有信心沿著這條路就能走回通電的大門和籬笆。我還記得道布森提醒史蒂奇說「那電力可不是開玩笑的」。

除了啄木鳥斷斷續續敲擊樹木的聲音之外，樹林寂靜無聲，沒有灌木叢的沙沙聲，也沒有從遠處傳來的汽車引擎聲。

我有把史蒂奇警佐和看門人帕什利之間的對話記下來，還發現史蒂奇的代號「托馬斯・德・昆西」充滿了諷刺意味，因為在尋求殺死菲德勒的道德辯解時，我曾閱讀他的作品〈論謀殺〉。

這是我第一次看到大門，不得不說實在令人驚豔。聽到大門打開時，我想像的是重實用性的普通大門，而不是如此雄偉華麗的入口。柵欄頂端間隔緊密的鋒利尖頭看起來比碎玻璃或帶刺的鐵絲網更加致命。我原本心想或許會有樹枝伸出柵欄外，這樣我或許就可以爬樹，從上方越過柵欄，但當然沒這種好事。或許這樣也好，因為我不太擅長爬樹，從柵欄上方摔下來的話一定會被刺穿。

一個警告標示證實了柵欄確實有通電。看著在柵欄旁永遠安息的松鼠，我一點都不想知道這電力是否同樣能讓我一命嗚呼。

我當初賭史蒂奇使用的對講機不是裝在柵欄的另一頭，就是立在柵欄的前方。看到綠色的金屬盒子確實裝在一根齊腰高的桿子上，在柵欄另一頭僅僅六十公分處時，我鬆了一口氣。若是單純把手臂從柵欄間的縫隙伸出去，是不可能在不碰到柵欄的情況下搆到桿子的。帶有橡膠頭的圓柄木製拐杖現在是我最珍貴的財產。它不僅可以延長我能搆到的範圍，而且木頭的導電性很差，而拐杖尖端的橡膠套正好能成為絕佳的絕緣體。如果我只抓著拐杖的橡膠頭，應該就不會被柵欄電到。

我輕輕把枴杖的握把那端從鐵柵欄的縫隙間伸出去，伸到剛好超過對講機的桿子，將彎曲握把的尖端對準對講機正面，接著慢慢把枴杖往回拉。對講機傳來一陣刺耳的雜音，跟我稍早頭被包紮，坐在車子裡時聽到的一樣。我放開按鈕，心中燃起了希望。

「您好，請問需要什麼協助嗎？」對講機傳出了史蒂奇稱之為帕什利先生的刺耳聲音。我再次把枴杖拉向自己，並試著模仿史蒂奇警佐的聲音：「有人在敲門！」

「門敲得這麼響！」對方回答道。「報上名來。」

「托馬斯．德．昆西。」

「史蒂奇警佐……？」帕什利的聲音從對講機傳來，聽起來相當困惑。

這時，拐杖從按鈕上滑下來，我差點咒罵出聲，急忙試著再按下去。但是角度不對，拐杖直接從我手中飛出去，掉到了柵欄另一邊的草地上，就像淋浴間的肥皂一樣。我聽到帕什利說：「史蒂奇警佐？你什麼時候又出去了？」

我完全沒時間考慮對策，立刻把手臂從通電的柵欄間伸出去，一把抓住拐杖的橡膠頭，然後抓著末端把枴杖拽回柵欄這一側。把橡膠頭穩穩握在手中後，我才意識到自己剛剛一不小心，可能就會觸電身亡。我再次按下了「通話」按鈕。

「道布森警監派我去巡邏學院外圍，看有沒有安全漏洞，但我不小心把自己鎖在外面了。請讓我進去吧，帕什利先生。」

隨著一陣嗡嗡聲，黑色的大門打開了。我立刻衝了出去，離開麥克馬斯特學院並回到正常的世界。自從道布森和史蒂奇敲響我飯店房間的門以來，這是我第一次感覺自己恢復自由之身。我從柵欄「來去自由」的這一側看著救了我的對講機，這次用拇指按下了「通話」按鈕，說：「謝啦，帕什利先生，我要進去了，你可以關門了。」

幾秒後，大門便關上了，把我鎖在外面……真是謝天謝地。我注意到大門上的牌子寫著「麥克馬斯特精神病罪犯之家」。哇，這廣告沒在騙人的耶，我心想。

我留著拐杖當作武器，開始向前狂奔，心裡充滿了喜悅和恐懼，就像一個不小心獲釋的死囚，不知道何時會被發現一樣。車道微微向左彎曲，我沿著道路邊緣衝刺，準備隨時躲進茂密的樹林裡。不知道我看到的第一個非麥克馬斯特學院的建築會是什麼？不管學院位於何處，遲早都會跟其他私人或公共地產接壤。

我在加州理工學院參加過國家大學體育協會的越野跑比賽，所以我很快就意識到自己無法長期維持這種瘋狂的速度。但晚餐時間快到了，大廳一定會有人發現我的位子是空的。那麼問題就來了：我正在逃向什麼樣的未來呢？只有道布森、史蒂奇和哈洛知道我試圖謀殺菲德勒嗎？還是外面的警察也在追查這樁案子？親愛的贊助人，我這是忘恩負義的行為嗎？不住在風景優美又豪華的精神病院（還有高雅的餐廳、一間充滿田園風情的酒吧和極有魅力的女性），而是選擇在獄中與各種凶神惡煞的男人度過二十年，還沒有個人衛——

有車子來了。

我豎起耳朵，努力辨認聲音，暗自希望是飛機或是逐漸接近的雷鳴。可惡，沒那麼走運，那顯然是機動車輛從我身後駛來的聲音，而且毫無疑問是來自麥克馬斯特學院。至少道路一直是往左彎，所以在車子映入眼簾前，我還有幾秒鐘的時間可以躲起來。我飛奔進森林，躲在一棵大橡樹後面。

我一邊試著恢復呼吸，一邊評估逃出學院的後果到底有多可怕。如果麥克馬斯特學院會把不及格學生的人生直接打叉叉，那我這樣逃跑，他們會怎麼處罰我呢？當然，我在逃跑前就仔細考慮過這一切了，但現在已經無法回頭，我這才意識到自己所面臨的風險有多麼大，也開始感到害怕。

當我聽到車子接近時開始減速，我的焦慮感頓時倍增。車子的引擎熄火，發出瀕死的嘎嘎聲。我聽到汽車點火系統的摩擦聲、引擎發動失敗的劈啪聲、一陣沉默，接著又是摩擦聲。我的老天爺啊，車子一定要在這段路上拋錨嗎？

還是說這是天賜良機呢？

我聽到車門砰地關上、有人拖著腳走路的聲音、另一扇門打開，再來是金屬刮擦的聲音。有人罵了一句髒話。追殺我的人聽起來不怎麼冷靜或有條理，我甚至大膽猜測自己沒有被追殺。畢竟麥克馬斯特學院不可能完全自給自足，一定要定期運送貨物吧。拜託，希望駕駛是剛送完貨的平民！我能裝成需要搭便車的健行者嗎？至少要冒險看一眼吧。我小心翼翼地從橡樹後面探出頭。

噢，我的天啊，竟然是可比．特休恩那輛該死的冰淇淋車！而駕駛也確實是可比，他滿頭大汗、滿臉通紅，正在把一罐汽油倒進卡車的油箱裡。

我一定要劫持那輛卡車。我環顧四周，看到一根折斷的橡樹枝，作為武器應該會比我的楞杖更具威脅性。我不打算真的用橡樹枝攻擊可比（雖然他先前曾竭盡全力想殺了我，所以被打也是他的報應，如果真的到了那一步，我也很肯定自己能打敗他），但手裡有武器可能會增加我的說服力，而在麥克馬斯特學院的人發現我不在之前，情況可說是分秒必爭。

幸運的是，可比全神貫注在裝滿油箱，所以我能在神不知，鬼不覺的情況下接近他。等到我幾乎就站在他身後時，我用最低沉的喉音咆哮道：「特——休恩！」

那個小夥子猛然轉身，驚恐的目光落在我手中的棍子上。「拜託不要殺我。」他低聲懇求道。

「把油箱裝滿。」我命令道。我跟他保持一點距離，畢竟他手上有一罐汽油，或許他身上還有火柴。

「罐子是空的。」可比說。他順著我的思路，把罐子倒過來，以證明自己有多麼無害。

「你還有幾罐？」

「四罐。我把它們藏在冰淇淋櫃裡，因為汽油不會結冰，除非零下一百度之類的。天知道我們離最近的加油站到底有多遠。」

「你也不知道嗎？」

「沒有半個學生知道。拜託不要殺我，你沒必要這麼做。」

「把車鑰匙給我，快點！」我命令道。在特定情況下，換換口味當個惡霸似乎也不錯。

可比一臉尷尬，說道：「鑰匙還插著，我沒想到要拔出來。拜託帶我一起走，好嗎？我已經留校察看兩學期了，我的成績超差的，他們打算把我退學，我知道那意味著什麼，所以我才要逃出來。」

「你是怎麼逃出來的？」我質問道，但與其說是好奇他怎麼做到的，不如說我很擔心他會引來一群人在後面追殺他。

「我當時正把冰淇淋車開回車庫，那裡靠近他們補充物資的卸貨碼頭。大門是標準的圍欄，但是有通電。但我突然想到卡車有橡膠輪胎，我只要不碰到金屬就不會有事，所以我就直接踩油門了。」他用懇求的眼神看著我，說：「你可能會需要幫手。我會講一點點義大利語和德語，誰知道我們在哪個國家？」

「他們怎麼沒有追上來？」我一邊問道，一邊走到駕駛座那一側。

可比頓時一臉驕傲，說：「在執行逃跑計畫前，我把用來製作毛玻璃冰棒的糖粉倒進汽車藝術區的卡車油箱裡。一般的糖不太可靠，但糖粉的效果很好。他們得聯絡總部才行。」

他回頭看來時的路，似乎有些焦急，說道：「我敢打賭史蒂奇隨時都會騎著摩托車出現，他超愛騎的。」

「把油罐放回冰箱，然後上車吧。」我真後悔自己說了這句話。

可比瞪大眼睛，一臉崇拜的樣子，說：「噢，謝謝你，你絕對不會後悔——」

「別廢話，快點啦！」我坐進駕駛座並發動引擎，可比則上了副駕駛座，我們就出發了。

「這輛車時速可以超過七十嗎？」我問道。「待會可能會上演追逐戰。」

「不知道耶。」可比說。「你覺得這地方限速是多少？」

「限速？」我喊道。「拜託，我連該開哪一側都不知道了！」

我把這輛笨重卡車的油門踩到底，心想我們遲早會看到某種路標，或許就能藉此得知我們到底在世界上的什麼地方。如果有限速九十的標示，代表我們在公制國家或是德州的某些區域。另一方面，如果我們因為超速被警察攔下來，這對我來說究竟是好事還是壞事？如果我出賣麥克馬斯特學院，道布森和史蒂奇一定會毫不猶豫揭露我試圖謀殺菲德勒的事實，畢竟他們兩個都是目擊者。

道路繼續往左彎，看到前方有一個標誌，我不禁感到興奮。我不在乎上面到底寫什麼：天雨路滑、「Ende der Autobahn[13]」，即使是繞路標誌也能說明一切。

上面寫著：

減速 Slow

醫院區 Hospital Zone

「是用英文寫的耶。」可比說。謝囉。

「還有中文?你覺得我們在英國屬地嗎?或許是香港?」

「或許是——糟了。」

「怎麼了?」

當有人說「糟了」,而你問「怎麼了」時,可以肯定的是,接下來聽到的絕對不會是好消息。可比正在看著副駕駛座的側後視鏡。「史蒂奇在我們後面。」他警告道。「還有一段距離,但我知道他的摩托車很快,你得開快一點。」

「如果這是一個醫院區,代表一定有醫院,這是我們最大的希望。」我們同時看到了一座低矮的V形混凝土建築,位於左側的斜坡上。我立刻向左緊急轉彎,與麥克馬斯特學院不同的是,醫院的大門是敞開的。

「快下車!」可比催促道。「你進去找人幫忙,我會引開史蒂奇,幫你爭取時間。他可能還不知道你逃跑了,搞不好他只是在追我和冰淇淋車而已。」他說的還滿有道理的,於是我把卡車停在門口。可比坐進駕駛座,說道:「即使我之前曾經試圖殺了你,但你還是願意幫我。如果我被抓了,你一定要回來救我喔。」

我發誓自己會這麼做,可比便踩下油門,把卡車開回道路上。我躲到招牌後面,看到史蒂奇身體前傾,騎著凱旋重機疾馳而過。等他經過後,我繞到招牌前面,很好奇上面寫什

13 德文,意指「高速公路終點」。

麼。上面只寫著：

榮民醫院Veterans' Hospital

醫院新月形車道的一條分支通往側門，我推斷可能是急診室。我當然不想繼續待在外面，以免道布森等人緊跟在史蒂奇身後。

側門被一個標示著「外科用紗布」的板條箱撐開來。進門後，我看到一條短短的走廊，腳下鋪著油氈，頭上有螢光照明，兩側則有蒼白的綠色牆壁。一名穿著手術服、戴著手術帽和口罩的高個子男人正在認真洗手，一名護理師則把滑石粉抖入橡膠醫用手套。擦乾雙手後，他把手直接塞進護理師拿著的手套裡，接著兩人走進寫著「二號手術室」的雙開門。

我猶豫了一下該怎麼做，但意識到每分每秒都攸關可比的命運，於是選擇魯莽行事：我匆匆走到同一個水槽，從不鏽鋼口罩機取出一副外科口罩，再用木鉗從蒸氣瀰漫的箱子中取出一副滾燙的手套，箱子上面用英文和中文（我猜啦）寫著「已消毒」。戴上口罩和手套後，我也推開了雙開門。

手術正在進行中。頭頂上明亮的燈光讓人看不太清楚，但剛剛的高個子外科醫生和護理師現在站在一名麻醉師旁邊。麻醉師正全神貫注在觀察呼吸器，那招牌的換氣聲就像一個不可靠的節拍器一樣。我在白光下瞇起眼睛，看到了一名粗壯結實的外科醫生和另一名護理師，他們正在低聲討論關於縫針、棉花和紗布的事，而我跟進來的護理師則把一瓶血紅素掛在架子上。還有第三名外科醫生在一旁待命，準備幫忙進行抽吸。

我清了清喉嚨，開口道：「不好意思。」

手術室裡的人全都看著我。胖胖的外科醫生旁邊的護理師用很重的口音厲聲說：「先生，我們正在動手術。」

沒時間拐彎抹角了。我直截了當地回答：「我知道這個時機和地點都不適合，但你們醫院附近有一個機構自稱是精神病罪犯之家，但其實是一所教人怎麼殺人的寄宿學校。有一個學生冒了生命危險，我才能在這裡跟你們求助，誰知道他們會對他做什麼。」當然，我知道這番話聽起來有多麼荒謬；他們很可能會認為我是逃出上述機構的人，而這也是事實。我補充道：「我非常願意接受精神科專家的診斷，看我有沒有偏執或是妄想的症狀。相信我，我也覺得這整件事很不可思議，但請你們一定要報警。」

主刀醫生手沒有停下來，卻用明顯帶有南方口音的鼻音小聲說道：「布魯姆利護理師，可以請妳送這位需要幫助的先生出去嗎？」

「醫生，我現在就需要你的幫助。」我強烈要求道。

一直拿著手術吸管的助理外科醫生嘆了口氣，拉下口罩，用冷冰冰的英國腔說道：「艾佛森先生，你掌握時機的能力跟產科病房裡的保險套推銷員一樣差。現在請保持安靜，我們要繼續進行考試。」

竟然是哈洛院長。

我的眼睛終於適應了光線，我這才看到手術室上方有很多學生坐在像體育場座位的椅子上。那名粗壯結實的外科醫生也拉下口罩，露出了紅潤的鼻子和蓬亂的白鬍子。他用充滿阿拉巴馬方言的口音說道：「好吧，既然都暫停了——對了，鮑伯，你可以坐起來了。」

鮑伯顯然就是手術台上的病人，他立刻坐了起來，專心聽著那名豐滿的外科醫生繼續說：「別因為這種莫名其妙的突發狀況而分心了，請記住我在這裡竭盡全力想表達的觀點：「在這個美好的世界裡，沒有比設備齊全的一流醫院更適合刪除目標的地方了。在那裡，無論是晴天還是雨天，每天都會有人因為各種奇怪的原因翹辮子，也不會有人去報警。」

我的老天爺啊，我心想，他們全都是麥克馬斯特學院的人！我急忙轉身，想從剛剛進來的雙開門衝出去，卻發現史蒂奇警佐面帶微笑，擋住了我的去路。可比．特休恩站在他旁邊，對我聳聳肩表示歉意。

哈洛院長再次拉下口罩，說道：「艾佛森先生，請上去就座吧，西蒙和韋伯斯特小姐附近有位子。」

我回頭看了看史蒂奇，他一邊嚼口香糖，一邊把手放在裝在槍套裡的柯特左輪手槍上。我在逃跑過程中所感受到的使命感、活力和自尊心頓時消失殆盡。

在那一刻，親愛的贊助者，我相信再怎麼簡單的挑戰，我都成功不了。

第六章

（摘錄自克里弗．艾佛森的日記）

我步履蹣跚，爬到學生觀摩手術的地方（我怎麼沒發現那場手術全都是演的呢？），然後默默在西蒙．山普森附近，第三排靠走道的椅子上坐下。梅里安．韋伯斯特，也就是稍早在米爾塘餵天鵝的女子，坐在第四排，她傾身向前安慰道：「親愛的，你不是第一個嘗試提前退出的人，別太在意。」

西蒙也用他獨有的方式安慰道：「可悲的失敗者。」

來自美國南部的外科醫生繼續說道：「還在認真聽課的同學，請告訴我，還有什麼地方能用如此專業的方式，讓目標在毫無抵抗的情況下失去意識呢？」

院長轉向學生們，說道：「但我相信平克尼醫生的意思並不是說在醫院刪除目標的地點僅限急診室或手術室。病房裡也是機會多多！但我們先來看看赫爾坎普先生和林德利小姐的表現如何吧。」他環顧四周，問道：「他們在這裡嗎？大家都戴著外科口罩，我實在看不出來。」

平克尼醫生忍不住插話道：「這不就證明了我剛剛說的嗎？連院長自己都不知道手術室

裡有誰！在醫院裡，你可以戴口罩遮住臉，戴能夠遮住自己髮色或禿頭的手術帽」——他脫下自己的手術帽，露出一頭亂蓬蓬的銀髮——「穿寬鬆的手術服來隱藏自己引人注目的身材，並戴能避免留下指紋的手術手套，沒有半個人會多想。你甚至可以拿著手術刀，也沒有人會挑眉懷疑你！」他揚起自己濃密的眉毛來強調這一點，然後說：「好了，赫爾坎普先生、林德利小姐，請表明身分吧。」

我當初跟著進來的外科醫生和護理師都脫下了口罩、手術帽和手術服。假外科醫生是個三十幾歲的高個子男人，雖然這麼年輕頭頂就禿了，但兩隻耳朵上方都有茂密的深色頭髮，就像一個可怕的馬戲團小丑一樣，不過在我的字典裡，「可怕」和「馬戲團小丑」基本上可以畫上等號。

名叫「林德利小姐」的護理師當然就是潔瑪了。「哈洛院長，我們兩個都在場。」她興高采烈地說，並對那個叫赫爾坎普的男人眨了眨眼。她向對方釋出的善意扎進我的內心，好像她親手把一封惡意中傷的信送到我心裡，不對，應該說好像她把筆狠狠刺進我的胸膛，這樣的比喻或許更貼切。

院長說道：「請跟大家分享，在被艾佛森先生的表演打斷前，你們各自在做什麼吧。」

聽到學生們的竊笑聲，我不禁臉頰發燙。赫爾坎普用手往我的方向示意，說道：「其實這個混蛋在無意中幫了我。我本來打算往手術室的另一頭丟一顆櫻桃炸彈來分散大家的注意力，但他的戲劇性登場來得正是時候，你們大家都把注意力放在他身上時，我偷偷調換了氧氣罐和乙醚罐的管子。當病人因為吸入過多乙醚而出現生命危險時，麻醉師會試圖透過增加氧氣和減少乙醚來救他，至少他以為自己在救他，直到他完全切斷氧氣的供應為止。在隨之而來的慌亂中，我會衝出手術室，假裝要去找那種新的電擊裝置，在剛剛穿上手術服的房間脫掉這身裝扮，然後以平民的身分離開這棟大樓，跟這次的不幸事故完全扯不上關係。」

院長轉向平克尼，問道：「醫生，你覺得呢？」

平克尼皺眉道：「你打算在有乙醚和氧氣罐的手術室裡丟櫻桃炸彈嗎？」

赫爾坎普露出充滿自信的笑容，回答：「失火的話，就更能確保我的目標必死無疑了。」

「先生，你剛剛的話我就當作沒聽見吧！」院長厲聲說。「如果這不是模擬演練的話，我們也全都會死。我們絕不容忍僅僅為了個人利益而謀殺一群敬業的醫生。正如蓋伊．麥克馬斯特常說的那樣：『要殺人當然可以，但殃及無辜萬萬不可！』」

坐在手術台上，扮演病人的鮑伯問赫爾坎普：「可是賈德，萬一我，呃，我是說你的繼父沒有死，而是變成植物人怎麼辦？這樣你不就沒辦法繼承他的財產了嗎？」

「喔，我的繼父名下沒什麼財產。」賈德說。「我需要的是對醫院提出醫療過失訴訟的正當理由，到時他就有一大筆財產可以給我繼承了。能拿到最多賠償金的通常是倖存下來，但必須仰賴生命維持系統度過餘生的受害者，所以昏迷完全沒問題。」他冷笑道：「天天五蔬果，植物人就是讚！」

聽到這個令人厭惡的笑話，我不禁背脊發涼，周圍的人也因為強烈的反感而倒抽一口氣或是目瞪口呆。

「簡直是大錯特錯！」院長怒斥道。「赫爾坎普，你不僅說法可憎，而且還違反了麥克馬斯特學院的準則，也就是力求乾淨俐落的刪除方式。」

「而且對法律的理解也是錯誤的。」我在座位上說道。我被流放到邊陲地帶，地位就跟在學習上屢犯錯誤而被戴上笨蛋高帽的小朋友差不多。

神祕的贊助人，不知道你知不知道，迫於情勢的關係，我對昏迷有一定的了解，因為我的父母發生意外後，我父親就昏迷了好幾週。在他生命的最後幾週裡，十四歲的我深入了解昏迷與繼承遺產的相關法條，但在他去世和破產後，這些知識就變得毫無意義了。

「你這話是什麼意思？」赫爾坎普問道。他冷冰冰的語氣令人毛骨悚然，這是我坐下來之後，史蒂奇第一次把目光從我身上移開。或許挑戰他是很愚蠢的舉動，但我因為被可比．特休恩那種人要了而感到不爽，因為潔瑪對賈德．赫爾坎普表現出的友好態度而心生不滿，也絕望地意識到自己的人生可能會隨著研討會的結束而走到終點。要走的話，我也要帶著自己的尊嚴離開。

「請問賈德誤解了什麼呢？」院長問道，但我直盯著赫爾坎普瞇起的雙眼，直接回答他。

「如果是昏迷的情況，訴訟所得的賠償金都將全數轉入專門的信託基金，以照顧受害者下半輩子的一切所需。」我用平靜的語氣說道。

哈洛淡淡一笑，說道：「他說得沒錯，赫爾坎普先生，你所做的努力和冒的風險都是徒勞。」

「再刪除一次就不是徒勞了。」賈德毫不退讓，如此反駁道。「我的繼父在昏迷期間沒辦法修改遺囑，對吧，院長？所以我代表他打贏官司後，信託就會成為他財產的一部分，而且他還把遺產都留給我了，畢竟這幾年我都扮演著多麼孝順的繼子啊。」過了幾秒，他才發現自己笑得合不攏嘴，趕緊收起笑容。

院長看著他，眼神中充滿戒心。「先生，你的人格比我想的還要黑暗。這跟你入學時向我們描述的情況有出入。」他說。

賈德眨了兩下眼睛，他那閃閃發亮的頭頂和兩側濃密的黑髮讓他的頭看起來像一顆鷹巢裡的鴕鳥蛋。「喔，我沒有真的要這麼做啦，哈洛院長，我只是針對這個特定狀況回答問題罷了。」他微笑道，卻是皮笑肉不笑。「我發誓！」

院長似乎不相信他，但還是轉向潔瑪，問道：「那妳打算怎麼做呢，林德利小姐？」

潔瑪似乎對剛才的對話內容感到不安，但今天我每次見到她時，她都是這種表情。「就這次考試來說，我打算給受害者注射空氣。」她說。

平克尼醫生嘆了口氣，說：「這個手法實在被吹捧過頭了。」

「醫生，我打算用一支六十毫升的注射器，從椎動脈把空氣打入大腦。」

平克尼用拇指摸了摸他的吊褲帶，說：「好吧，那樣確實可行。」

她從手術服的口袋裡取出一支大針筒，說：「我會站在病人的頭旁邊，問有沒有人覺得病人的腳好像開始發青了。大家看他的腳時，我會假裝調整他的氧氣罩和管子，然後趁機把空氣注射到他的脖子裡。」

「病人」鮑伯反駁道：「但這樣妳就會拿著一支大針筒站在那裡，萬一被人看到怎麼辦？」

「喔，我一定會確保有人看到的。」她平靜的語氣充滿了自信，讓我不禁心生敬佩，雖然她說的話令人毛骨悚然。「鮑伯，我把空氣注射到你體內後，就會立刻把空的注射器插入這瓶阿托品。」她一邊說，一邊從口袋裡取出藥水。「就好像我事先準備好注射器，如果主刀外科醫生認為有必要的話，我就會把藥物注射到你的心臟裡。大家會認為我沉著冷靜且準備充分。死因會是腦動脈瘤，你的體內不會有任何無法解釋的殘留物，而凶器」——她揮了一下皮下注射器——「會裝滿未使用的阿托品。」

「那你要怎麼解釋自己為何要問他的腳有沒有發青？」我問潔瑪。

「他的腳趾真的會藍藍的。我的寫字夾板的鋼筆會『不小心』漏墨，沾到我的手套上，我在手術台上調整病人的腳時，又會『無意之間』把墨水沾到他身上。只要他的腳趾有點藍藍的，就可以合理化我的擔憂並吸引所有人的注意力。」這是我們迄今為止最長的一次對話。在場不少學生都發出讚嘆，我也加入了他們的行列，但潔瑪完全不接受大家的讚賞，說道：「不，你們不明白，這只是考試作答而已，我絕對沒辦法真的這麼做。」

全場頓時鴉雀無聲。

「Pourquoi pas？」哈洛用法語問道，雖然他的母語明明就有很多種方法可以問：「為什麼呢？」

「我不能僅僅為了自身利益就毀掉這麼多人的職業生涯。」潔瑪說道。「而且這樣也有損醫院的名譽。我自己就在醫院工作，病人在手術中死亡的事故可能會破壞社區對醫院的信任，導致一些必須進行重大手術的人無法得到需要的幫助。」

平克尼醫生受不了如此富有同情心的發言，便對全班同學說：「好吧，雖然你們大多數人可能不打算走上醫學這條路，但別忘了，目標在被麻醉之下，不會感受到任何痛苦或折磨，只是從誘導睡眠轉變成長眠的狀態而已。而對我來說，這就完全符合《成功終結法則》中最重要的戒律的精髓：『想被怎麼幹掉，就怎麼幹掉別人。』」

鐘聲響起，學生們很高興漫長的一天終於結束了，魚貫走出教室。我不確定自己是否應該加入他們的行列。我還算是學生嗎？還是我已經暴露了自己是背叛麥克馬斯特學院以及您這個慷慨贊助者的雙面叛徒？

麥克馬斯特應用藝術學院的叛徒究竟會落得什麼樣的下場呢？

「來吧，艾佛森先生，你肯定要餓死了。」院長說道。他看到我驚愕的表情，便莞爾一笑，補充道：「那是我的觀察，不是你的處罰。」

第七章

（摘錄自克里弗．艾佛森的日記）

上面寫著「六號幹線：實驗室——宿舍——學生活動中心」，車頭扁平的黃色校車在黑暗中等著我們，因為在我們討論醫療相關問題時，太陽就已經先下山了。我在後面找了一個靠窗的位子坐下，想要一個人撫慰受傷的自尊，但背叛我的可比卻在我旁邊坐下來，再次為自己試圖在同一天算計我兩次而道歉。他解釋道，在我們看似逃跑的過程中，我們從來沒有離開過麥克馬斯特學院的「環路」，跟我猜想的一樣。如果我們再繼續往前開，遲早會抵達卸貨碼頭，接著是一處施工區域的安全門，最後又回到大門。現在想來，我才發現道路一直是微微向左彎的。顯然環路的外圍還有電籬笆，跟大門和裡面的通電圍欄形成兩個同心圓。

「但如果環路只環繞校園，而且外面還圍了電籬笆，那到底要怎麼到外面的世界啊？」我問道。

「聽說有地下隧道，我想你應該也是走那條路進來的吧。」

「那有英文和中文的招牌是……？」

可比向我解釋道，實驗室有點像電影攝影棚，會重現餐廳、藝廊、牙醫候診室、股票市場交易大廳、曼哈頓頂層公寓的陽台等現實生活中會有的環境，基本上學生有可能會完成論文的地點都打造得出來。這裡的「論文」是指畢業時要執行的目標刪除任務。在今天的醫學院預（先謀劃）科課程，實驗室化身為手術室，院長出於好玩，就把標誌改成自由中國[14]的榮民醫院。明天，實驗室將變成超級酋長號列車上的餐車，距離芝加哥約三小時的車程。

「那你假裝沒油的時候，是怎麼判斷我就躲在附近的？」我問道，心裡還是很不是滋味。

「是你找到我的，你忘了嗎？我會不斷停下來假裝沒油，然後故意到處乒乒乓乓，直到你來劫持卡車為止。克里弗，你在大門給了錯誤的通關密語。少數獲准自由進出的教職員工都有好幾組通關密語，而且會輪流使用。我看到史蒂奇警佐騎上摩托車，準備追捕你時，我就自告奮勇說要幫忙。他跟在我後面，以免我任務失敗，但多虧了你，我因為積極主動的態度和瞎掰的功力而獲得加分，也再次得到哈洛的認可了。我絕不會忘記這份恩情，還有你願意帶我一起逃跑的事。」

西蒙·山普森走了過來，用大家都聽得到的音量說道：「謝謝你警告我們麥克馬斯特學院充滿了邪惡的學生，我相信車上的大家都會『感謝』你的。」

可比回嗆道：「西蒙，你上次幫助別人又是什麼時候的事了？」

「正如史上第一位殺人凶手所說：『我豈是看守我兄弟的嗎？[15]』」語畢，他那俊俏的臉

---

14 自由中國（Free China）是冷戰時期對一九四九年遷台後的中華民國的稱呼。

15 在聖經中，該隱殺死亞博後，耶和華對該隱說：「你兄弟亞伯在那裡？」他說：「我不知道！我豈是看守我兄弟的嗎？」

龐頓時變得一臉輕蔑。「想逃跑的人都會危害到我們的安全。如果是我做主的話，就會在這裡馬上讓你退學。」

我把注意力轉向窗戶。月亮隱身於濃密的雲層後方，在黑暗中，校車的前燈照亮了回到主校區的路。樹上還有幾片葉子緊抓著枝頭不放，卻像是熱臉貼冷屁股，被一陣叛逆的風無情吹落。過了不久，我就看到了明亮的煤氣路燈勾勒出四方院外圍和對角線的輪廓；和繞了一大圈的環路相比，從這條筆直的土路在實驗室和校園之間往返顯然快很多。我看到滑榆樹的噴泉從下方打燈，泛起泡沫。校車開上緊鄰米爾塘的道路，經過了鄉村小屋和平房。

校車在海吉之家前停下，學生們紛紛起身，我這才發現潔瑪跟賈德・赫爾坎普坐在一起，現在也跟著他下車。或許這是離她宿舍最近的一站？還是說即便赫爾坎普的頭髮看起來更像耳罩，他的笑容讓人渾身不舒服，他的謀殺計畫也扭曲得可怕，潔瑪還是想陪在他身邊？

我低聲問可比：「那他是怎樣？」

可比回答：「你說赫爾坎普嗎？我不知道他為什麼要來這裡。」

「原因跟其他人一樣吧。」連潔瑪也是，我心想。

「不，克里弗，我不是這個意思。我知道他有能力殺人，只是不懂他為何需要麥克馬斯特學院的教導。我覺得他生來就是個虐待狂。」

我們兩個都下了車。晚上相當涼爽，但暫時沒有風。煤氣路燈營造出一種英格蘭、愛爾蘭或燈塔山的氛圍，而在金黃的光線下，竟然有一對年輕情侶手牽著手在散步，讓我大吃一驚。所以校園沒有不能談戀愛的規定囉？我立刻就想到了潔瑪．林德利。當初決定逃離麥克馬斯特學院時，少數讓我感到遺憾的事情之一就是自己再也見不到她了，但現在她就在前方約五、六公尺處。我呼喚她的名字，她立刻回過頭來，一臉期待的樣子。「怎麼啦？」她熱情回應，但我走近時，她臉上高興的表情便轉為沮喪。「喔，我還以為你是賈德。」她整理了一下情緒，再次開口道：「你今天應該滿辛苦的吧？」

我皺眉道：「我覺得自己好像第一天到西點軍校報到的新生，一來就成為了大家的笑柄，只有妳沒有嘲笑我。」

「我的爸媽跟我說不要笑自己沒有在笑的人。」她解釋道。「況且我覺得在生活中，玩笑往往會開到自己身上。」一陣寒風冷不防從我們之間吹過，她不禁渾身發抖，牙齒反射性地打顫，雖然很迷人，但她卻是一本正經，繼續說道：「我來這裡的原因以及入學的理由不是能拿來說笑的。」

「我無法想像妳會殺人。」我沒想到自己竟然會這麼說。「就我目前遇到的幾個學生來說，我大概都可以想像。至於我自己，我現在知道自己至少有嘗試的覺悟。但妳……妳在實驗室中概述的計畫非常聰明，但我在想妳是不是像那種天資聰穎，後來卻發現自己會怕血的醫學生一樣。」

奇怪的是，這次她卻笑我了。「聽好了，菜鳥，別在我面前擺架子。雖然這也是我就讀麥克馬斯特學院的第一學期，但你可是在跟老鳥說話呢。」

「什麼意思？」

「我已經殺過人了。」她說完便快步離開，清楚傳達出不想再跟我聊天的訊息。我早該知道自己今天還沒出醜完的。

回到海吉之家後，我看到福吉太太正在把信件放入住客的小信箱裡。「你的膝蓋有好一點了嗎？」她問道。「有一度看起來好像是另外一邊的膝蓋受傷，讓我有點擔心。」我告訴她膝蓋好了，以後應該不會痛了。

我的房間跟我離開時差不多，只是床上的寢具都備好了，床腳上放著一套折好的海軍藍色睡衣，以及同樣顏色但有白色滾邊的睡袍。哈洛院長坐在我的書桌前，要不是他面帶微笑，我可能會覺得大事不妙。

「我在想，你度過了這麼辛苦漫長的一天，就不用去大廳參加正式晚宴，在房間放鬆吃晚餐就好。」他拉開蓋在書桌上的緹花大餐巾，下面有一個裝滿各種手指三明治的銀色托盤、一個銀色的有蓋湯碗，裡面綠色的湯仍冒著熱氣，以及裝了淡黃色葡萄酒的喇叭口玻璃瓶，安放在裝了碎冰的銀色小桶子裡。「雖然不是什麼大餐，但吉拉德的西洋菜湯可是濃湯界的標竿。真羨慕你的初體驗啊。」

最後一餐的初體驗嗎？我心想。「你要不要也來點什麼？」我用最一派輕鬆的語氣問道。

院長笑了，接著起身，熱情地說道：「當然好啊，不如你幫我選一個三明治吧……隨便一個都可以。」我選了之後，院長毫不遲疑就吃了下去。我看著他吃，無論三明治有沒有毒，我都心懷內疚，因為我不是不信任他，就是即將殺了他。我不知道接下來這段話是不是他的遺言，但他選擇在嘴裡塞滿煙燻鮭魚和法式酸奶油時開口：「艾佛森先生，我們完全沒有生你的氣。你的逃跑計畫完全在意料之內，特別是你跟我們要了拐杖之後。但我們絕不會在你初來乍到時就刪除你，畢竟收了特殊學生的學費，卻在報到日當天就殺了他們，這樣有損商譽啊。不過是時候向你提出『四個大哉問』了。第一問：這場謀殺是必要之舉嗎？」

「對我來說，是的。」我果斷回答，並把一個蛋沙拉和義大利培根三明治塞進嘴裡，因為我意識到不管食物有沒有毒，我一整天沒吃東西，已經快餓死了，所以管他的。「如果我成功逃脫，我的第一個目標就是再次嘗試了結菲德勒的性命。我唯一學到的教訓就是自己在這方面毫無天分，或許已經無藥可救了。」

「但你已經試過所有辦法了嗎？沒有人會悼念你的目標嗎？如果沒有他，這個庸俗的世界會變得更好嗎？」

針對上述三個問題，我分別給予肯定、否定和肯定的回應。院長點點頭，為自己倒了一杯酒，喝下去以證明酒沒有下毒，接著也幫我倒了一大杯，說：「非常好。相信你已經知道，要離開麥克馬斯特學院只有三種方法：逃跑幾乎是不可能的，而且我們勢必得追你追到天涯海角；被學校退學，同時永遠擺脫人世間的紛紛擾擾；或是接受充分訓練後畢業，準備好在外面的世界完成論文。我想第三個選項無疑是最有吸引力的吧。你怎麼說呢，克里弗？」

親愛的贊助者，自從被華頓工業開除後，我就一直是孤身一人。善良的姑姑和不情願的姑丈撫養我長大，他們是我唯一的親人。在大學，我把學習當作生活的重心，一部分也是出於經濟需要，畢業後就直接進華頓工業工作，開始做設計。我的推進系統工程師傑克·霍瓦斯是我很要好的朋友，但更像是一個支持我的叔叔……而現在，他已經不在人世了。由於菲德勒宣稱我的政治傾向很激進（簡單來說就是我覺得吉米・史都華會是個好總統），我被開除後，前同事們也和我保持距離。

但現在，多虧了神祕贊助者您的慷慨解囊，我有願意教我專業技術的老師，也有志同道合的同學，或許還能交到一、兩個朋友呢。

因此，我決定不要把麥克馬斯特學院當作一所豪華的監獄，而是將其視為天賜良機，這個意想不到的第二次機會，我雖然不值得擁有，但仍不勝感激。無論您是誰，您都給了我奇蹟，希望我不僅能讓自己變得更好，還能讓菲德勒變得更糟。為了報答您的恩情，我得加倍努力才行。

剛才，我喝了最後一口酒，並轉向放在我桌上的課本。其中一本書我最感興趣，而且顯然是為了我的任務特別提供的。那本書以黑色皮面裝訂，鍍了金邊，用強而有力的線條勾勒出的複雜圖案讓人想起學校的尖刺柵欄，周圍開滿了帶刺的花朵。書封其中一個對角線兩端有校名縮寫「McM」的標誌，另一個對角線兩端則有我稍早在學院大門外看見的奇怪符號。

我翻開那本書，感覺自己就像一位考古學家，在讀到會對所有入侵者下詛咒的銘文後，仍然立刻打開墳墓，至少我是這麼想像的。

但我還是打開了這本書。

卷首圖片悄悄重申了書名：《謀殺藝術大學院》，作者是蓋伊・麥克馬斯特，但也列了其他撰稿人，看來這本顯然是新修訂版。共同作者包括哈賓格・哈洛院長、紐約市警察局前警監詹姆斯．道布森，以及一位叫做R．M．塔蘭特的人。我一頭栽進了序言，開頭的前幾句話肯定是院長親自寫的，因為聽起來就像是他會說的話。我把前幾段抄下來，讓您知道我即將面臨多麼艱鉅的任務。

「在你開始鑽研這門學問之前，讓我們先把醜話說在前頭。想要刪除雇主的人即將踏上一條險惡的道路。從表面上來看，這對麥克馬斯特學院的畢業生來說似乎是較簡單的出路，但其實是最危險的。

「噢，要做掉自己的牙醫（這個主意絕對不會糟到哪去），或者更棒的是，做掉任何在車輛登記部門工作的職員！簡直易如反掌。

「但要刪除自己的雇主——」

我的房間剛剛自動熄燈了，床邊的夜光時鐘顯示現在是晚上十點整。我現在唯一的光源是時鐘的螢光，所以字跡可能難以辨識，先說聲不好意思。睡覺似乎是目前世界上第二好的選擇，僅次於再次嘗試讓世界免遭梅里爾．菲德勒的毒手。謝謝您給我這個意想不到的絕佳機會，我會試圖回報您的恩情，以怨報「德」的。晚安。

第八章

雖然克里弗・艾佛森可能會覺得潔瑪・林德利和多莉亞・梅伊（也就是妲爾西・莫恩這名學生）在學校裡如魚得水，但他不知道的是，在他來之前的幾個月，那兩個人也跟他一樣對學院一無所知。由於我們在本書中也會詳述這兩名學生的故事，請容我快速帶各位回顧她們兩個初次認識麥克馬斯特之道的契機。——哈教授

在英國諾森伯蘭郡小巴文頓一間仿詹姆斯一世時期的宴會廳裡，潔瑪・林德利站在最後面，把手伸進絨面革外套的右側口袋裡，並摸了摸裡面摺好的申請表，以尋求精神支持。與此同時，聖安妮醫院的行政主管愛黛兒・安德頓因其創新的出診計畫，也就是針對年老體弱者設立的巡迴醫療車而得獎。

「真的很謝謝大家。」安德頓開口道，口音竟出奇地普通。台下衣著入時的人本來在吃法式奶凍，現在則紛紛把椅子轉向舞台。安德頓轉動由桃花心木和黃銅製成的牌匾，使其在聚光燈下閃閃發亮，繼續說道：「我很高興能獲得這份殊榮，但我們的出診計畫其實是團隊合作的成果。」

潔瑪氣得咬牙切齒，心想：哪來的團隊？全都是我一個人做的。

「雖然這是我發想的……」

騙人，明明就是我想到的。

「……要實現規模這麼龐大的計畫，需要一整個團隊的通力合作。」

根本就沒有什麼團隊。

「所以我不只是自己收下這塊牌匾……」

不要自己收下啊。

「……更要把這份榮耀獻給我沒時間一一列出的同仁們……」

花點時間特別感謝我啊。「謝謝我的助理潔瑪．林德利想出並執行這個點子，以及她所付出的一切。」而妳卻將所有的功勞都占為己有。

「……因此我要感謝整個團隊，特別是今晚來參加頒獎典禮的各位……」

潔瑪忍不住去想自己有多麼努力。她所做的善事是唯一的回報，她本來也覺得這樣就好，直到愛黛兒搶走了屬於她的榮譽和獎項，但她也無能為力，因為對方像止血鉗子一樣緊緊抓住她的把柄。

「……那就祝大家今晚玩得盡興！」愛黛兒在眾人的掌聲中結束了她的感言。

油鍋要夠大，才能把人丟下去煮，對吧？我要先把她下油鍋，再慢慢把油煮沸嗎？還是先熱油，把她裹上蛋黃和麵粉後，從高處把她丟下去？那「撲通」一聲肯定會很悅耳！

她緊緊抓住口袋裡的申請表。三個月前，她接受了已故父親的堂妹茱莉亞的邀請，去參觀她在義大利利弗諾一座山上新買的房子。在她結婚多年的丈夫李蒙意外過世後，茱莉亞便買下了這棟質樸但裝修豪華的別墅。潔瑪很欽佩茱莉亞的勇氣，她將李蒙收藏的古董管樂器捐給大英博物館，並放下過去，活出了屬於自己的人生。她原本只是一名註冊會計師的遺孀，現在卻換來了托斯卡尼的陽光、美食和葡萄酒，雖然她有許多新的異性鄰居都比「la splendida Giuliana」[16]要年輕得多。

有一次，潔瑪喝了太多杯維蒙蒂諾白葡萄酒，告訴茱莉亞自己活在愛黛兒・安德頓無情的掌控下，打從靈魂深處感到絕望（但她並沒有透露對方抓到了她的把柄）。茱莉亞說她以前也有類似的經驗，當時她回到大學進修，上一些能幫助自己應對壓力的課程。

「這是李蒙過世後的事嗎？」潔瑪問道。

「不是，是他過世前，但那些課程對我的新生活非常有幫助，應該說我是上了那些課，才有辦法建立新生活的。」然後她直截了當地說，或許休假一段時間就能找到解決目前問題的處方。

頒獎典禮結束後，潔瑪回到家，知道媽媽早就去睡了。她母親是附近帝國化學工業工廠的高級廚師，平日她天一亮就得起床，去監督員工餐廳麵包的烘焙作業。潔瑪坐在餐桌前，攤開申請表，打開鋼筆的筆蓋，並填寫姓名、地址、電話、職業、年收入和預估財物價值。下一個問題是：

你執行論文的動機和理由為何？

茱莉亞也有跟她解釋「論文」在這個語境中代表什麼意思。潔瑪思考了片刻，接著發自內心寫下這句話：

勒索者沒有活下去的資格。

16 義大利文，意指「美麗的茱莉安娜」。

第九章

多莉亞．梅伊以前從未被要求在列昂的等候室等待過。對她來說，列昂尼德．科斯塔的接待處只是她從自己位於製片廠外景場地的套房到科斯塔華麗的辦公室之間倒數第二個入口罷了。當她抵達時，辦公室那超過六公尺高的桃花心木門會敞開來，而那個一百六十五公分高的製片廠老闆會站在門口，向她招手。「她來了！」他會這麼喊道。「我御寶中的攝政王鑽石，我的女神終於來了！多莉亞，親愛的，進來吧，我的大門永遠為妳敞開！」

然而現在，辦公室卻是大門緊閉，而在大門外的接待處，穿著十公分高跟鞋的多莉亞覺得自己都要等到天荒地老了。她向科斯塔的接待員抱怨道：「他跟我約三點，我三點二十分到，現在已經三點半了，這樣我算等半小時了。」

正在看雜誌的接待員抬起頭來。「不好意思，梅伊小姐，妳剛剛有說話嗎？」她問道。

「我不小心陷入了沉思。」

「看不出來妳會沉思耶。」多莉亞說道。「我還要在這裡坐多久？我等的時間都比我持續最短的婚姻還要長了。」

「看來我們兩個都是受雇要坐在這裡的。」接待員回答。對方把自己和她相提並論，多莉亞完全無法接受。接待員繼續看雜誌，直到三點四十分，她才看了一眼手錶，抬起頭來說：「科斯塔先生可以見妳了。」

多莉亞沒有聽到對講機或蜂鳴器的聲音，忍不住問道：「是他吩咐妳讓我乾等到現在的嗎？」

「最好不要讓他等太久喔。」接待員建議道。

多莉亞起身並走向大門，不確定自己應該要等科斯塔從裡面開門，還是要等接待員走過來幫她開門。上述兩種狀況都沒有發生，她只好自己來，雖然有點吃力，但最後還是打開了門。

列昂·科斯塔正在讀劇本，由於他把雙腳跨在巨大的辦公桌上，第一個映入多莉亞眼簾的就是他的鞋底。「妳有看我給妳的這本派拉蒙劇本嗎？」他頭也不抬便問道。

「那我就坐這邊囉？」多莉亞說，然後在他對面的椅子上坐了下來。

科斯塔放下劇本。看到他的臉，可能會以為他是地中海漁夫、土耳其伊茲密爾生意興隆的黑市商人，或是好萊塢泰斗。在他的全盛時期，他確實以上皆是。

「妳喜歡嗎？」他問道。

她遲疑了一下，說：「我……列昂，我覺得劇本很棒。我兩年前讀過原著小說，但哈爾改編的劇本或許又更上一層樓。他改寫的少數幾個部分都能讓我們更加了解安貝爾。」

他伸手拿起桌上的小說《安貝爾·摩根回家了》，那本書的招牌封面描繪了女主角站在路邊，被卡車的車頭燈照亮身影。她穿著帶有黑色條紋的綠色上衣和黑色緞面裙子，一點也不害臊，腳上穿著閃閃發亮、腳踝處有繫帶的鞋子，旅行包則放在腳邊。在全國各地每間書店的櫥窗和平裝書展示區都能看到這張圖片。

他的雙眼閃爍著光芒，眼神中充滿了渴望。「這個角色應該很適合妳吧？」他問道。

「我比任何——」她急忙改口：「這個角色再適合我不過了。雖然我的身材和外表跟她不太一樣，但伊迪絲可以幫我在需要的地方加襯墊，你應該也記得我曾經在《男兒有淚不輕彈》中扮演紅髮女郎，所以觀眾看到我的紅髮應該不會出戲才對。我以前扮演的形象都是心腸軟、衣著暴露的角色，我想大眾應該會想看我最後一次飾演一名自我犧牲的浪蕩女子。」

「我也這麼想。」他說，並打開一個桃花心木雪茄盒，多莉亞能聞到盒中西班牙柏木內襯的味道。「要來一根嗎？」他問道。

她不知道該說什麼，最後只好拒絕：「呃，不用，謝謝。」

科斯塔選了一支栗色的Habanos雪茄，說道：「派拉蒙希望我能把妳借給他們拍《當梅森遇見迪克遜小姐》，但這樣妳就不能演這部了，而這部感覺就是要由妳來演。」

「你說得沒錯，列昂。」她用上了自己在《佛蘿倫絲．南丁格爾的愛恨情仇》學會的感激語氣。「畢竟在過去的八個月裡，我唯一面對鏡頭的機會是去看皮膚科的時候。你應該讓我發揮本領，何必把我借給其他片場做牛做馬呢？」

這絕對是最糟糕的表達方式了，就好像她的聲音被埃德加．愛倫．坡筆下的「悖理的惡魔[17]」所控制一樣。

科斯塔用一個玩具斷頭台剪斷茄帽，那是他為電影《滑鐵盧》開場片段設計的斷頭台的迷你版。「我聽說馬克．丹納也很會『做』。」他說。

突然，多莉亞這一年來被放逐所積壓的情緒一下子爆發出來。「列昂，我們在鳥不生蛋的猶他州摩押拍片耶，是你把我們派到那裡去的。馬克每天晚上都在改劇本，試圖重新塑造當初為拉雷恩．黛[18]所寫的角色。我們清晨都在比你的辦公桌還小的露營車裡練習新台詞，裡面的空間小到根本不可能什麼事都沒發生。」

列昂伸手去拿桌上的大打火機，多莉亞不太確定他是不是要拿來丟她。「三年，」他說道。「過去三年來，我告訴製片廠的每個演員和導演要尊重妳，不要對妳出手，連想都不要想，還透露說就連科老闆我都搞不定妳……結果妳卻跟共和影業的新任製作總監上床了！」

「但那是他成為共和影業總監好幾個月前的事，他當時還只是個編劇而已！跟編劇上床不能算數，甚至連自慰都稱不上！我哪知道他之後會跳槽到其他製片廠？我們只有一夜情，而且其實根本沒有上床，因為拖車小到我們只能站著做。而且你應該也有發現，自從他加入共和影業以來，都沒有給我任何電影演。你不能原諒我嗎？我沒想到會有別人得知這件事，只有他和我知道——」

「就是他親口告訴我的！」科斯塔吼道。「他告訴了所有人。妳害我看起來像個幹他媽

17《悖理的惡魔》（*The Imp of the Perverse*）是由愛倫．坡（Allan Poe）於一八四五年所著的短篇小說，描述主角殺害親人後繼承其遺產，後來被逮捕並判處死刑，但在行刑前仍辯解說自己是惡魔的犧牲者，毫無悔意。

18 拉雷恩．黛（Laraine Day）是美國女演員、廣播和電視評論員，曾出演《海外特派員》（*Foreign Correspondent*）、《杏林雙傑》（*Medical Center*）和《飛狼》（*Airwolf*）等作品。

的太監！」

「『幹他媽的太監』是矛盾修辭法吧。」多莉亞回答，一邊思考自己為了得到這個角色，究竟願意做到什麼地步。她探尋靈魂深處，找到了答案：無論要做什麼，她都在所不惜，真是謝天謝地。「不然這樣好了，我們倆來向他報仇如何？」她用調皮的語氣說道，試圖與對方交好。「我們來交往吧，任憑關於我們的流言蜚語滿天飛，我也會告訴大家，在我的情人排行榜中，列昂尼德．科斯塔是影界的鴻雁。」她咯咯笑了起來。「我望眼『慾』穿的神鵰。這個我喜歡，你喜歡嗎？」

「妳是說妳現在願意跟我做嗎？」

「這是我的榮幸。」她柔聲說，深知自己只是見人說人話，見鬼說鬼話。

科斯塔用桌上打火機的火焰燒焦雪茄的尖端，迅速吸了一口，然後直接將煙霧吐向她那令人難忘的雙眼，說道：「事到如今，我幹嘛跟妳上床？我跟床技高超的妓女、天真無邪的少女和明星都上過床，而妳即將成為明日黃花。」

「那是因為你對我感到不滿，把我打入冷宮的緣故。但此時此刻我在這裡，準備好將屬凱撒的歸給凱撒[19]：你來，我迎，你征服。[20]但我演安貝爾之後，就終於能成為配得上你這個」——雖然內心覺得尷尬不已，但她還是努力擠出笑容——「『巨擘』的明星。」

科斯塔無視了多莉亞懸在他面前的提議，從銀色的喇叭口水瓶倒了一杯水，打開桌上的白鑞藥盒，並吞下幾顆藍色藥丸，露出了痛苦的表情。接著，他拿起派拉蒙劇本，用打火機點燃劇本的右下角，說：「多莉亞．梅伊，還是應該叫妳的本名，多莉絲．梅．塔普洛，我打從一開始就不打算讓妳演這個角色。我讓妳讀劇本唯一的原因是要讓妳明白自己究竟失去了什麼。」

她看著燃燒的紙張捲曲起來，宛如臨死前痛苦的掙扎。科斯塔把還在燃燒的劇本扔進廢紙簍，用水瓶裡的水澆熄火焰，打開抽屜，並拿出另一個劇本，說：「妳和這間製片廠簽訂了專屬合約，未來六年只能接我們的電影。根據合約內容，我一年只需要給妳兩部片，但妳有權拒絕。這是第一部。」他將劇本放在桌上並推向她。

「這是什麼？」她問道，瞬間警戒起來，宛如新手媽媽準備接過裹在襁褓中的惡魔一樣。

「電影改編自一本即將出版的童書，出版社讓我搶先看，是個關於一隻聰明的蜘蛛和一隻不幸的豬的好故事，讓我感動到痛哭流涕，而且我們在動畫電影方面也不能輸給迪士尼。妳會做配音，不會上鏡頭，但這還是算一部電影。」

「我演蜘蛛嗎？」

「喔，妳不會想演蜘蛛的，她最後死了，而且我要把整個系列做完。妳要演的是那隻豬，我會讓妳跟戰地神騾[21]一樣紅。」

---

19 在《路加福音》第二十章中，耶穌說：「屬凱撒的，就歸給凱撒；屬神的，就歸給神。」總結了基督教、世俗政府與社會之間的關係。
20 改編自凱撒在澤拉戰役中獲勝之後寫給羅馬元老院的捷報：我來，我見，我征服（VENI VIDI VICI）。
21 戰地神騾（Francis the Talking Mule）是環球公司在一九五〇年代推出的喜劇系列電影中的角色，是一匹會說話的騾。

原本表情冷酷的他竟然咧嘴一笑，多莉亞頓時明白了對方的意圖。「原來如此，這樣以後有人看到我之前演的電影時，就會笑著說：『喔，我認得這個聲音！她就是那隻會說話的豬嘛！』就像看到伯特．拉爾就一定會想到膽小獅一樣。這樣我以後就拿不到好角色了！」她站了起來，試圖維護自己的尊嚴，或至少表現出輕蔑的態度，說：「我要行使我的權利，拒絕出演這部電影。」

「妳當然可以行使這個權利。聽好了，『親愛的』，這裡的爛劇本多的是，我打算全部都丟給妳。妳就等合約到期，大眾也忘了妳吧。除非我死了，不然休想拿到好角色。」

多莉亞在腦海中想像科斯塔的屍體，同時轉身離開他的辦公室。她試圖甩門，但光是門把就那麼大了，這個任務實在太過艱鉅。她猛拽一扇門，再猛拉另一扇，然後氣呼呼地衝向等候室門口。

「梅伊小姐，妳還是換公司吧。」

多莉亞停了下來並轉身。除了她以外，等候室裡只有剛剛那名接待員，她正在調整多莉亞附近花座上的王室藍飛燕草。「妳是在跟我講話嗎？」她問道。

接待員的目光始終沒有從鮮花上移開，但她繼續低聲說道：「感覺妳好像需要我未婚夫的協助，他是這地方事業成長最快的經紀人。」

多莉亞已經受夠她那放肆的態度了，便嗆道：「如果他這麼成功，他的未婚妻怎麼還在當櫃檯接待員呢？」

「我做這份工作不是為了錢，是為了幫他收集情報。梅伊小姐，隔牆有耳，我就是其中之一。」

「妳的未婚夫在哪一間公司工作？」她問道。

「羅傑・霍蘭事務所。」

多莉亞笑道：「羅傑・霍蘭是個卑鄙小人。」

「我有同感，他很可恥且令人厭惡，但現在不會了。」

「他不是沒心沒肺嗎？」

「現在是真的沒心了，因為他的心臟被捐給實驗室做科學研究了。他上個月在泰國普吉府芭東區旅遊時不幸過世了，在我的未婚夫重組公司的同時，公司會盡量保密這件事。這是他的名片，見面時記得帶去。」她遞給多莉亞的名片看起來像一張閃閃發亮的小撲克牌，其中一面有黑桃A的輪廓，另一面則刻有「McM」的字樣。「見面時他會再解釋。」

「我不明白。」多莉亞說。「這是什麼賭場或度假村嗎？」

「不是。」接待員回答，最後再整理了一下飛燕草。「這是一間教你如何演戲的學校。」

第十章

（摘錄自克里弗・艾佛森的日記）

親愛的贊助者（由於這個稱呼聽起來越來越像牙膏或洗髮精的品牌了，所以從現在開始，我會稱呼您為「親愛的X」）：今天是我在麥克馬斯特學院上課的第一天。我在陌生的地方醒來時，一開始通常都會不知所措，這次也不例外。我以為自己還在家裡的房間，心想為什麼有人半夜把我的窗戶裝到另一面牆上，還把梳妝台移到原本房門的位置。接著，我的大腦開始一幕一幕播放昨天的種種事件。由於發生了一連串的特殊狀況，我現在住在一間陳設簡單但整潔漂亮的宿舍，而這個充滿田園風光的校園坐落在一片草木蒼翠的林地裡，天知道這裡是哪裡。窗外的朝陽散發出自信的光芒，彷彿我能夠展開新生活完全是歸功於它。一道陽光灑入房間，照亮了房門前一本薄薄的筆記本，看來是有人在我睡覺時從門縫塞進來的。

我迅速下床，穿上我掛在傳道部式椅子上的睡袍，並從鋪著地毯的地板上拿起筆記本，難掩內心的好奇。那是一本有著淺藍色封面的小練習簿，很像學校班長會發下來給大家寫作文用的那種。我的宿舍輔導員在封面夾了一張便條紙，說明所有學生在擬定論文前，都必須陳述背後的原因和理由。通常學生在申請入學時，就會提供論文動機作為書審資料的一部分，雖然我的狀況特殊，但還是必須補交資料。小冊子幾乎是空白的，只有第一頁最上方寫了一個問題：

你執行論文的動機和理由為何？

（下文節錄自克里弗·艾佛森的檔案。——哈教授）

如果我過世的母親能和我說話，也知道我最近都在做些什麼的話，我相信她會說：「天哪，克里弗，你到底怎麼了？你為什麼要致力於把另一個人從世界上除掉呢？難道是因為我們在你還小的時候就過世了，所以你才對還活著的人心懷怨恨嗎？」

而我會這麼回答：「我的事不重要啦，媽，天堂怎麼樣啊？還有老爸到底死去哪了？」我知道自己不應該開這種玩笑，但最近我的人生急轉直下，又有如此荒謬的展開，或許最好的辦法就是繼續保持笑容，笑著笑著就哭了，雖然我好幾個月前就幾乎把眼淚都流乾了。

相信我，我確實理解生命有多麼脆弱，而且每個人只有一條命。但隨著年齡的增長，你會發現有些人會剝奪他人的性命，或是讓別人活不下去，而這些人往往會從中獲益並蓬勃發展。

或許這只是個省事的說法，但我相信很多人心中都至少會有一個人讓他們認為：「我絕對沒辦法殺人，也許除了……」

對我來說，那個人就是菲德勒。

通常，面臨死刑或無期徒刑的可能性就足以阻止我們犯下我們自以為合情合理的謀殺案。但話又說回來，當人謀殺自己時（也就是自殺），他們不就是立刻判了自己死刑嗎？然而可悲的是，即使是這種懲罰有時也不足以阻止他們。

所以如果一個理智的人可以因為活著不再有意義而自殺，那我覺得一個理智的人也可以殺死危及他人生存或讓別人生不如死的人。這就跟「你能刺殺希特勒嗎？」的問題一樣。難道周遭沒有像是「小希特勒」般的人試圖掌控我們的生活嗎？又有什麼軍隊能夠保護我們？

我是在菲德勒被「三振出局」後才決定殺死他的，但光是他犯下的第二項罪行就足以證明這麼做的正當性了：他每天都讓無辜的民眾面臨生命威脅。我告訴他：「菲德勒，W-10飛機現在有一系列可能會造成生命危險的缺失。」

菲德勒坐在沙發上看雜誌。他抬起頭來，說：「把我辦公室的門關上。」我照做後，他繼續說：「你不覺得現在才告訴我已經太遲了嗎？」

「原本的設計是安全的。」我回答。他竟然試圖把責任推到我身上，讓我大為光火。「但你後來做的生產變更改變了這一切。」

「別傻了。」他說。「我們就把飛機賣出去，讓他們先飛個幾趟，或許會有人回報問題，我們再提供現場維修服務，但要額外收費。」

我壓低聲音，說：「或是我們建造的飛機會從天上掉下來，機上的所有人會經歷史上最可怕的自由落體，然後全數罹難，包括機組人員，他們擁有專業知識，知道自己必死無疑，除了祈禱自己的宗教信仰讓來生可期外，根本無能為力。」

菲德勒被三振，是在我的推進系統工程師傑克·霍瓦斯被發現陳屍在埃爾伍德公園裡的時候。他的血液酒精濃度高達零點二九，心臟中槍而死。沒有人會指控菲德勒謀殺他，但我知道事情沒那麼單純。從那時起，我就開始認真思考如何確保菲德勒受到應得的懲罰，不重罰也不輕判，就是死刑。

但在這一切發生之前，還有蔻拉的事。貴校在我的檔案裡似乎已經有關於她的紀錄，但我還是說明一下，蔻拉·狄金斯曾經是華頓工業的倉管主任。無論是一箱新的黃頁橫線筆記本，還是十二打測試用的漢米爾頓凸輪軸，我要申請購買什麼都需要經過她的核准。安靜又有耐心的她可能是華頓工業最有權勢的員工之一，但高層一定沒有告訴她這一點。

我從一開始就喜歡她，而且不只是有好感而已。我相信這世上一定有一見鍾情，雖然我猜大部分的人都是事後回想才這麼認為，而不是在初次見面時就萌生這種感覺。但我相信第一次以不同的眼光看待某人這件事，例如有一天，你突然發現自己在走廊上擦肩而過好幾個月的人，可能是你願意與之共度人生的人，明明前一天你幾乎沒有思考過關於對方的事，或至少自己沒有意識到。

蔻拉的五官和臉部表情都是我的菜。她喜歡拿設計團隊提交給她批准的一些奇怪的採購申請來取笑我。我和傑克·霍瓦斯曾經訂了十對死火雞，把自己牢牢綁在華頓工業風洞的一端，然後把火雞丟進最新引擎的整流罩，測試看看如果有一群遷徙的鵝被吸進去，W-10飛機能否繼續正常運作。蔻拉目睹了我們弄得髒兮兮的測試，笑說既然我們身上黏滿了羽毛，應該要塗上柏油才對。她還批准了我們為了去除風洞裡的鳥臭味而訂購的一桶桶溶劑。在試了一大桶松油、檸檬精油和丁香精油失敗後，她便建議我們試試蔓越莓醬、栗子餡和馬鈴薯泥。在那一刻，由於我晚上不再需要為了考試而讀書，也不用為了付學費而上夜班，我將心思轉向自己相對貧乏的社交生活。在蔻拉身上，我相信自己幸運找到了解決這個問題的方法，甚至還有更多可能性。

隔天，她在審核我最新的採購訂單時，我總結道：「……一些機翼模型要用的梅爾頓環氧樹脂、十個澤特納陳列架，或許妳這週末會想看電影，噢，對了，還有一個新的K-5壓縮機。」

「看電影？」她問道。「你想看哪一部電影？」

她以為我想申請一部電影嗎？「只要是妳有興趣的都可以，不一定要黑白片，錢不是問題。妳也會有自己一袋爆米花，不用合吃。」我說。

她盯著寫字夾板，說道：「你又不認識我。」

「對啊，所以我才想認識妳。」

「你想認識我的方式是並排坐兩個小時，沒有眼神接觸，也不說話？」

「因為我超怕尷尬的沉默。」我用輕率的語氣包裝老實話。「看西部片比較不會注意到。」

就我的觀察，與其說是被嚇到，不如說她覺得我滿有趣的，而她的回答也很正面：「不然這樣好了：你來選你想看的電影，我可以透過你的選片來更了解你。」

「那我是不是要避開《大力水手》馬拉松？」我試探道。

她微微一笑，說：「要看什麼你決定。我來選看完電影要去的餐廳，或許你也能藉此更了解我，因為價位會很親民，然後我們會採ＡＡ制。」

「噢，我還要花錢啊？」我故作驚恐道。「哎呀，那我再想一下好了。」

當時是週一，我們約週六看電影。重要的日子將近時，我有時會臨陣退縮，但在約時間的當下還完全沒有這種感覺。接下來的一週，她都沒有理由來我在華頓大樓的辦公室，到了週六中午，出於體貼，我想說還是打電話給她好了，以免她這週太忙太累，想要延期。或許她跟我一樣，也在想除了工作我們還能聊什麼。如果她沉默寡言，我一定能理解，如果我有不想談論的話題，我想她也能理解我。我的意思是，聽說梅里爾．菲德勒有跟她約會過一、兩次，她可能擔心我無法負擔菲德勒可以報帳的那種昂貴夜總會或餐廳。那就算了，如果她對菲德勒那種人有興趣的話，那他們倆就約會去吧。我會想跟梅里爾．菲德勒會獻殷勤的對象，那種會喜歡他昂貴的手錶、私人辦公室和大老闆身分的女人在一起嗎？她搞不好覺得我配不上她，是在我的半強迫下才答應約會的，我應該打電話看看她是否想取消。我在公司通訊錄裡查到了她的電話號碼。她的電話列在「Ｊ．狄金斯夫婦」下面，所以我猜她跟父母同住……除非蔻拉是「Ｊ．狄金斯夫婦」裡面的「婦」，如果是那樣的話，她週六晚上還跟我出去就太可恥了吧！

一名男子接了電話。「喂？」他的聲音沙啞，聽起來好像得了鏈球菌咽喉炎。

「抱歉。」我不知道自己為何要道歉。「我叫做克里弗・艾佛森，在華頓工業工作。請問蔻拉在嗎？」

「不，她不在。」他回答。他應該是沒拿好，因為我聽到話筒掉到木頭桌面或地板上，發出響亮的撞擊聲，他則一邊咒罵，一邊拿起話筒。「我是她爸爸——」他還沒說完就開始咳個不停。

「那我可以留言給她嗎？」

「不行，她已經不在了。」電話另一頭傳來一聲呻吟，希望我這輩子再也不會聽到那種聲音。「她已經……不在了。」他重複道。我還來不及開口，他就掛了電話。

到了週一，蔻拉在華頓工業的大多數朋友似乎都知道死因是自殺。在人們的竊竊私語中，我聽到了「耐波他」這個詞，聽說她最近睡得不好。

她的死對我的打擊很大。我知道這聽起來實在太過誇張可笑，我也很討厭別人湊熱鬧，拿他人的悲劇來強說愁，但我感覺未來自己的一部分可能也跟著她一起死去了，真是愚蠢。然而，W-10緊湊的設計和生產時程完全沒有留給我悲傷的時間，而且我只不過是蔻拉「在第一次約會前就天人永隔的對象」罷了。我的同事傑克・霍瓦斯是那種嚴謹直率、忠言逆耳的人，他確保我在工作上時時刻刻都有棘手的問題要處理。（當時我還沒發現菲德勒為了讓華頓工業董事會對他刮目相看，進行了能降低成本的設計改動。）

大約兩週後，我和華頓工業的結構組裝部門總監基弗・馬奎爾下班後去喝一杯。他即將被調到華頓工業位於多特蒙德的小分公司，他說那裡是德國最受大煙囪愛好者喜愛的工業區。基弗一直以來都很認真看待我的設計，於是我就在公司附近的山頓之星酒吧請他喝一杯，替他餞行。我原本以為只是小酌一杯，但他喝了一杯黑麥威士忌酒，再接著喝萊茵黃金啤酒，轉眼間就喝了三輪威士忌。不幸的是，隨著基弗的臉愈發通紅，眼睛也越來越水汪汪，我就變成了他的知己。我們聊到了蔻拉自殺的話題，可能是因為我仍然對她的死耿耿於懷，所以連一杯啤酒都還沒喝完就提到了她的名字。

基弗搖搖頭，好像他知道什麼祕密一樣。「關於蔻拉，有件事情你該知道。」他說，口齒都不清楚了。「上個月，我和幾個同事在紅燈區的一間脫衣舞夜總會巧遇菲德勒。他在酒吧請三個脫衣舞孃喝跟香檳一樣貴的薑汁汽水，自己則暢飲琴蕾，喝到比現在的我還要醉。」說到這裡，基弗又為自己點了一輪，但這次他直接把黑麥威士忌酒倒進啤酒裡，咕嚕咕嚕喝下肚。「我猜是因為我看到他請脫衣舞孃喝酒，他覺得很尷尬，所以……」他傾身向前，靠近我的臉，嘴唇上沾了啤酒泡沫，好像他得了狂犬病一樣。他向我傾訴道：「……他給我看兩張蔻拉在他辦公室的全裸照。」

我真想打基弗一巴掌，抹去他臉上世故的表情，而且別忘了，我在那之前都滿喜歡他的。如果菲德勒本人走進酒吧，天知道我會對他做出什麼事。「你不應該告訴我的。」我咬牙道。「如果被菲德勒發現，你可能會丟了飯碗。」

他把玻璃啤酒杯用力放回吧台上，好像在敲小木槌一樣。「不然你覺得我為什麼會被調走？」他大吼道，導致他左邊的陌生人移動到更遠的位子去坐。「菲德勒隔天早上一醒來，想起他給我看了什麼之後，就開始安排讓我調職了。他每次都這樣，如果你知道得太多或是他不信任你，他就會把你送到鳥不生蛋的鬼地方，讓你從此無消無息。蔻拉還替他省了麻煩。」

基弗進一步提到（聽到這裡，我自己也點了一杯黑麥威士忌酒），菲德勒還吹噓他可以將一種成分添加到飲料裡，以增加他的「吸引力」……而且他之所以把最終結果拍下來，與其說是為了記錄美好時光，不如說是為了讓他的「客人」乖乖就範。

對我來說，菲德勒又多了第四條罪名，但我還來不及想出計畫終結他，他就讓我名譽掃地了（不知道貴校是怎麼知道這件事的）。好笑的是，他甚至不知道我喜歡蔻拉。對菲德勒來說，我只是知道W-10飛機因為他做的生產變更而出現重大缺陷的人罷了，而且恐怕只有我和傑克能夠在不發生災難性故障的情況下發現或證明這個漏洞。

建造飛機、潛水艇和橋樑時，我們會在設計公差範圍內刻意做出必要但明智的妥協，考量哪些地方會出現壓力，並避開尾翼或頂部結構最脆弱的壓力點。然而，菲德勒所做的更動就跟他本人一樣，既愚蠢又傲慢，他總是假定事情不可能會出錯，但這個假設本身就是錯的，而好幾件事情同時出錯的狀況絕對不能在離地三千公尺的高空中發生。

當我告訴他這件事後，菲德勒果斷採取了行動。他立刻把華頓工業的機密研究資料放在我的後車廂和霍瓦斯的置物櫃裡，把我們染上左傾的粉紅色，徹底摧毀了我們的職業生涯和信譽。

菲德勒已經造成的傷害無法挽回，但如果我這次能成功的話，至少能避免他這輩子繼續造成更多傷害。要怎麼做呢？就是確保他這輩子比他預期的還要早結束……而且越早越好，因為菲德勒還可以禍害更多專案，危及更多人的人生和性命。

在寫這篇文章時，我也意識到，無論我擬定什麼計畫來——麥克馬斯特學院用的術語是什麼？——「刪除」他，我也必須警告其他人W-10飛機有問題，還要讓華頓工業的高層注意到並相信這件事，希望這一切能趕在W-10飛機的首次商業航班之前完成。

「但殺死菲德勒不會讓蔻拉和霍瓦斯死而復生。」我的父母應該會這麼說。「那樣只是以眼還眼而已。」

那我只能說菲德勒只有兩隻眼睛實在太可惜了。

針對這個問題，我今天早上大概只能回答到這邊。我知道今天還有很多新的挑戰在等著我，所以希望這篇文章有確實回答到貴校的問題。

克里弗・艾佛森

海吉之家

第十一章

（摘錄自克里弗・艾佛森的日記）

親愛的X：事實證明，我在學院的第一學期都跟第一天一樣緊張忙亂、離奇夢幻且充滿田園風光。

我跟一般大學新鮮人一樣，入學前幾週認識的人主要是因為上同一門課、上課坐隔壁或是住同一間宿舍，而不是因為志同道合。我開始喜歡上妲爾西・莫恩（或許「對她感到印象深刻」這個說法更貼切），雖然我還不知道為什麼我覺得自己好像在外面的世界見過這個人。

這裡大部分的學生都對彼此抱持著「自己活，亦讓別人活」的生活態度，但對照我們學習的目的就覺得有點好笑。賈德・赫爾坎普（那個在實驗室擔任外科醫生的心理變態）和金髮男子西蒙・山普森似乎不約而同，把我視為他們達成目標的阻礙，要不是我擔心他們可能會試圖永除後患，我應該會覺得很好笑。而潔瑪・林德利對我來說仍然是個謎，自從她透露自己殺過人之後，她似乎就下定決心要避開我。

有一天，在岡薩戈涼亭下課後，我問她週日晚上要不要在斯卡皮亞義式餐廳共進晚餐，因為學生餐廳週日晚上沒開，大家要自己解決晚餐。她說：「不用了，謝謝。」但省略了後面兩個字。我後來還是去了那間餐廳，跟住在同一層樓，常常黏著我的可比．特休恩和男宿輔導員香波．南達合吃披薩。吃完晚餐後，我開始讀《謀殺老闆入門課》第三章，其中列出了進行這項任務的所有地雷，例如：「切勿使用受害者的職業來刪除目標：一、不要用電刑處死電工（他可能會因為經常接觸而不怕被電）；二、不要毒殺藥理學家，因為對方可能知道且容易取得解藥……」諸如此類，極力勸導讀者不要犯這些錯誤。

由於我謀殺菲德勒的嘗試以慘敗告終，我提早一學期入學麥克馬斯特學院，所以我的選修課大部分都是由教務主任瓊恩．費斯布洛克幫我選的。我在入學第二天的早上到她在莊園宅第二樓的辦公室，第一次見到這名姿貌雄偉但莫名迷人的女子，後來才知道她的綽號叫「巨石瓊恩」。

「是的，你的課表是我親自安排的。」她說道。「但其實你大部分的課程都是第一學期學生的必修課。」她看了看我的檔案，用明快的語氣說道：「嗯，你的主修是謀殺老闆，對吧？其實這個念頭在我心裡也萌生過不只一次呢！」她笑了出來，然後環顧四周，好像擔心辦公室裡裝了竊聽器一樣，接著看了看我的課表。

克里弗・J・艾佛森　第一學期　私人贊助特別生
主修：謀殺老闆　導師：哈洛院長

	週一	週二	週三	週四	週五	週六	週日
7:00	體育課	體育課	體育課	體育課	體育課	體育課	睡到自然醒！
8:00	早餐	早餐	早餐	早餐	早餐	早餐	
9:00	書寫技巧	語言（一）		實用電子學	語言（一）		週日早午餐 9:00-13:30
10:00		除草學（岡薩戈涼亭）		有毒小動物和牠們的產地（有毒動物區）		祝聖安息日（非強制）	禮拜（非強制）
11:00	總部	普通刪除學	普刪	普刪	總部	季節性競技（目前是下流網球）	週日早午餐（供餐至13:30）
12:00	午餐	午餐	午餐	午餐	午餐	午餐	

14:00	藝術與文學	機率與下場	藝術與文學		藝術與文學		**集會**講座、幻燈片、音樂會、戲劇、電影（全校活動）
15:00	（麥）大師班（老闆）哈洛院長		毀屍滅跡	運動家精神（請穿著運動服）	（麥）大師班（老闆）哈洛院長	裝容義	
16:00			下午茶（非強制）	沖澡		下午茶（非強制）	
17:00		刪除成功之道@實驗室		刪除成功之道@實驗室	桃花劫（註冊護士薇斯塔·特里珀）（單次諮詢）	自由活動	自由活動
19:30	晚餐	晚餐	晚餐	晚餐	晚餐	晚餐與舞會（舞廳）*	不供餐*
21:00					鬼抓人（時間待定）（強制參加）		

「我有點好奇為什麼我的外語選修是希臘語。」我開口道。

「噢，這是我們最熱門的語言課程。」她解釋道。「大家聽起來都很陌生，而且沒有人聽得出來是什麼。有時我甚至覺得希臘人在隨口胡謅，想說什麼就說什麼，而且他們的字母對大多數外國人來說都是完全無法閱讀的。」

我也對「書寫技巧」這門課提出疑問，並指出我已經具備專業繪圖技術。

「偽造相關技術。」她很有耐心地解釋道。「你知道如果你描摹自己的簽名，警方會百分之百篤定有人試圖偽造你的簽名嗎？如果你想假裝被陷害的話就可以這麼做。」

「但假設我打算開車撞死目標，還需要學偽造技術嗎？」我認為這個疑問也不無道理。

教務主任輪廓清晰的臉龐閃過一絲不以為然的表情。「塑造出全面發展的刪除者是麥克馬斯特之道，如果你只懂雙簧管，怎能理解交響樂呢？即使是最縝密的計畫也可能會出差錯，當你離開麥克馬斯特學院的保護範圍，踏上戰場後，就必須隨時準備好臨機應變。」她說。

還有一門課我非常希望進一步了解。「可以請問什麼是，呃……『桃花劫』嗎？」我問道。

瓊恩・費斯布洛克露出了狐狸般的狡黠微笑，說道：「我認為由薇斯塔・特里珀親自為你解釋課程大綱比較好。現階段就你的論文而言，這純粹是入門課程，但我相信你會喜歡的。格拉維斯教授負責的是女性版本，勞萊與索普副教授則是協助需要男女通吃的人。我知道這個領域對某些人來說可能有點太過進階了，但在麥克馬斯特的箭筒裡，浪漫、慾望、誘惑和心碎是其中最強而有力的箭矢。艾佛森先生，千萬別忘了邱比特是個手持武器的危險人物！」她開玩笑地挑起眉毛。

我吞了吞口水，或許還臉紅了，就跟一個得知跳傘是基本訓練一部分的步兵一樣緊張。但我決定船到橋頭自然直，因此趕緊改變話題。「請問有戶外課程嗎？」我問道。「我已經被關在沒有窗戶的實驗室裡好一段時間了。」

「噢，塔科特教練的體育課可是很操的，等到你要執行論文的時候，你的身體狀況一定會處於絕佳狀態。我也幫你選了在岡薩戈涼亭上課的除草學，還有在動物園的輔導課，動物園就是動物版本的毒花園。水鄉別墅目前有展出一些水母和藍蛙，絕對不容錯過。很多學生都很喜歡能致人於死地的小生物。」

我還看到瓊恩・費斯布洛克幫我排了「鬼抓人」，便跟她說我其實不太擅長跑步。她笑我的天真，說道：「你不明白，『跑』不是重點，『抓』才是。」

親愛的X，我不是謀殺界的天才，這點我可以坦然接受。但我很快就發現很多課程的上課方式跟我在麻省理工學院和加州理工學院上的課沒有太大的差別：缺乏抑揚頓挫的語調和粉筆板書的絕佳催眠組合，主題圍繞著由老師編寫或更新的教科書。不過當然，這裡大部分的課程和課外活動都跟傳統大學的完全不同。「日常生活中的武器」（「普通刪除學」中為期一週的研討會）著重介紹可以做為致命武器的日常用品；光是鍋鏟就講了整整一小時。我們還學到人在浴室裡發生致命事故的機率比在飛機上高，在那之後，可比・特休恩就堅信飛機上的浴室是全宇宙最危險的地方。

至於宇宙本身，麥克馬斯特學院擁有一座規模不大但完全機械化的天文台，那些旋轉圓頂、旋轉支柱和齒輪萬一有哪裡故障，可能會帶來災難性的後果。受人尊敬的天文學家希格內・蔡爾茲身高一百五十公分左右，戴著遠視眼鏡，她示範了一台無人看管的望遠鏡，在取下濾鏡和鏡頭蓋的情況下，可以指向稍晚太陽直射處。她用很重的瑞典口音解釋道：「在一個精確且可計算出來的時刻，強力放大的陽光將射入毫無遮蔽的直角目鏡。你可以瞄準你想要釀成火災的地方，而身為犯罪者的你卻在好幾公里之外，除了燦爛的陽光，沒有在『火災現場』留下任何會暴露身分的點火裝置。對警察來說，錯不在我們，而是在星星，這點跟莎士比亞寫的正好相反。」

校園生活既有趣又驚心動魄。無論是野餐、自然巡禮、觸球比賽或是方塊舞，都有可能變成一堂突如其來的教學課程。有一次在實驗室裡，自願上台的同學把沒有引擎的汽車停在假懸崖上，俯瞰下方投影的城市夜景，展開一段看似夢幻的「親熱時光」。那堂課的主題表面上是桃花劫相關的「聯誼派對」，但很快就變成了一堂汽車藝術課程，教我們如何偷偷對手剎車動手腳，讓出軌的伴侶和不忠誠的好友在神不知鬼不覺的狀況下跌落峽谷。沃德・賓克曼教授用另一輛窗戶起霧的汽車示範如何把排氣管改裝成有兩根管子，如果出軌的伴侶和不忠誠的好友在寒冷的天氣開著引擎，一起窩在車子裡，可以從車外切換管子，把廢氣排入車內。我們日常活動的各個層面都與麥克馬斯特學院存在的根本目的息息相關，就跟宗教之於聖經學院，或是戰爭之於西點軍校一樣。

我很快就了解到麥克馬斯特學院的學生會往兩個完全不同的方向學習，其中一個方向就是瓊恩．費斯布洛克所說的全面發展型。因此，我去上了一門叫做「黃金組合」的輔助選修課，一邊鑽研開密碼鎖和保險箱的學問，一邊懷疑要怎麼用這個新習得的技能摧毀菲德勒。（往好處想，我在這堂課剛好和潔瑪同桌，她似乎一心一意想精通這門技術，但她沒有透露原因。）

至於另一個方向，來到這裡的學生都有特定的目標想要刪除，這點大家都心照不宣。（我的宿舍輔導員告訴我，學校永遠不會在知情的情況下錄取連環殺手或是對某個群體，例如對加州車輛管理局的全體員工懷有敵意的人。）事實證明，每個學生的學習比重至少有一半是放在執行論文的具體策略上。正如我先前所說，在麥克馬斯特學院，「論文」是指學生畢業後，離校刪除目標的最終任務。為此，學院會為每個學生選定導師，而我很幸運能接受哈洛院長的親自指導。由於院長教的課很少，而且只對董事會和副院長埃爾瑪．戴姆勒（同時也是學校的財務總監）負責，所以他有時間特別關注我的學習狀況。而且因為我不是自願入學的，身為麥克馬斯特學院的全職學生需要一點時間上軌道，院長對我也特別體諒和寬容。

親愛的X，我現在抱持著「一不做，二不休」的態度，一部分也是因為我對您的幫助感激不盡。您為我提供了充足的信託基金，但我已經下定決心要花越少越好，因為隨著我刪除菲德勒的計畫逐漸成形，我猜想執行策略可能也會需要一筆錢。因此，我開始在大廳的餐廳打工，幫忙洗碗洗菜，以盡量減少我欠您的金錢。

這份工作還有一大好處，就是行政主廚吉拉德．提希爾先生對毒藥的了解非常廣泛，也常常會隨口分享寶貴的知識。晚餐後，當我從煮糖的銅製大鍋擦去燒焦的糖漿時，我學到生的紅腰豆只要量夠多就可能會致命。有一次，我正在擦兩個烤爐上的羊肉油滴，還聽到吉拉德斥責副主廚阿諾：「Non，mon brave[22]，雖然氫氟酸在接觸時不會有疼痛或灼熱感，但會直接穿透組織，腐蝕骨頭。我不贊成把活生生的人類去骨，還有其他更人道的方法。」我還聽到了不少發人深省的食物相關小知識，例如拿醋酸鉛作為甜味劑、過錳酸鉀作為中和劑，以及拿有毒但美味的綠色馬鈴薯製作聖派翠克節的牧羊人派。

我在廚房打雜賺的零用錢讓我幾乎每晚都能去隱狼酒館享用一杯現場汲取的啤酒，而酒吧兼販賣部的老闆威爾弗雷德．莫索汲酒可是不手軟的。由於每名顧客限點一杯，也不用給小費，這算是相對省錢的小確幸……而且我有時會被莫索和同學們慫恿，在角落的直立式鋼琴彈奏幾首拉格泰姆曲子，那晚就能免費喝一杯。

我在隱狼酒館和幾名學生相處得很愉快。對有些人來說，分享自己來麥克馬斯特學院的原因和畢業後的打算是很療癒的，而且因為大家都有共同的目標，所以他們相信其他人會守口如瓶。迪特．賽德爾和恩佐．真提利尼常常會一邊喝著順口又濃郁的麥芽啤酒，一邊跟我交流想法。迪特是萊比錫愛樂管弦樂團的雙簧管副首席，想要成為第一把交椅，但首席的位子現在被音樂總監連音都吹不準的外甥佔據了。恩佐則是一名西西里郵政檢查員，由於當地黑手黨的毒品交易導致他的兒子吸毒成癮而死，他想在不結下世仇的前提下刪除黑手黨角頭。兩人都是愛交際、熱心腸的男人，他們和臉色紅潤的「梅梅」．韋伯斯特都是絕佳的酒友。每當我感到情緒低落或寂寞時，梅梅那開朗和善的性格就成了我的良藥。雖然可比．特休恩的友情有時令人膩煩，但不煩人時，我幾乎可以欣賞他那始終都滿懷希望的態度。

對了，隱狼酒館在十八世紀時是那種半木結構酒館，木樑低且牆壁傾斜，還有幾間乾淨整潔的小房間，每晚可供私人用途使用。學期初的某一天晚上，我看到潔瑪和有著小丑般髮型的賈德．赫爾坎普坐在爐邊的桌子旁。潔瑪在說話，表情十分認真，賈德卻一副心不在焉的樣子，他那雙死氣沉沉的眼睛不斷望向通往樓上的狹窄樓梯。他的回應簡短扼要，但我聽不到。潔瑪看起來好像不知道該回答什麼，赫爾坎普聳聳肩，皮笑肉不笑，潔瑪便離開了。

我一口氣喝掉剩下的麥芽啤酒，和朋友們匆匆道別，然後追了上去。她正快步走向宿舍，要讓她停下腳步，就必須出聲喊住她，但就算我這麼做，我也不確定自己想說什麼。身為我的贊助人，您應該也覺得我現在最不需要的就是一段大學戀情吧。想到我幾年前就已經讀完碩士了，這句話聽起來實在是很愚蠢。所以雖然內心百般遺憾，我還是放下了這股衝動，回家享受我現在最珍視的事物，也就是一夜好眠。

平日的一天通常從早上六點半展開。我敲敲浴室的門，確認隔壁鄰居沒有在使用。之前我有一次忘記鎖上通往隔壁房間的門，正當我準備脫掉睡袍洗澡時，奧德麗．耶格爾走了進來。我有在海吉之家和校園裡看過她，但我這才知道那個人就是我（共用衛浴）的室友。

「抱歉，我忘了鎖門。」我向奧德麗道歉。她留著一頭捲髮，穿著跟我一模一樣的睡

22 不，好兄弟。

袍。她開始點眼藥水，雙眼紅紅的，好像她剛才哭過一樣。「我叫做克里弗．艾佛森，是跟妳共用浴室的室友。」

「很快就不是了。」奧德麗用極為平淡的聲音說道。

我開口抗議道：「呃，這也不是我決──」

「我的意思是我在這個地方還有這個世界的時日不多了。」她一邊說，一邊拿起洗手台旁的梳子。「我這輩子從來沒有做過任何聰明的事。從小到大都是父母花錢讓我念私立學校，我的成績不好，但我在這裡入學時並沒有想到這點，我明明是打算處死別人的，現在反倒判了自己死刑，真可笑。算我活該，自作自受。」她講完這一長串後，便走出浴室，關上房門。

「我也很高興認識妳，之後請多多指教喔。」我對著那扇門說。

每天早上七點，我都會下樓到樸實無華的前廳，海吉之家的住客會聚集在那裡，身穿運動服，從餐具櫃裡拿出一杯杯熱騰騰的飲料。塔科特教練總是會把頭探進前廳，大聲喊道：「早啊，誰想要來跑個兩趟？」之類的內容，隨之而來的是大家此起彼落的嘆息聲。「首先，硬地滾球場來回跑一趟！」接著，教練會領頭，帶我們沿著校園裡鋪了黏土磚的小路狂奔。我的喉嚨很快就因為劇烈運動而火辣辣的，但吸入的涼爽晨霧又緩和了灼痛感。

剛來到麥克馬斯特學院時，學生們體格各異，但塔科特用各種行話，鼓勵與訓斥雙管齊下，學生們的身體狀況很快就達到了人生巔峰，結實強壯且身材苗條。要是只靠外表就能殺人，那麥克馬斯特學院確實把我們都培養成傑出的刪除者了。不過我也有注意到，預告自己注定失敗的奧德麗·耶格爾經常脫隊，與氣喘吁吁的可比·特休恩爭奪倒數第二名。

上完體育課，我洗澡、換衣服，然後在莊園宅第的早餐廳享用布里歐麵包和一碗帶有煙燻味的咖啡歐蕾，而不是選擇去大廳吃令人驚豔的英式早餐。一吃完，我就前往科學館上第一堂課。這棟低矮的建築是麥克馬斯特學院最現代化的建築，同時也是作為下面兩層化學實驗室的「蓋子」。

我本以為以我在電路方面的廣泛背景，我上實用電子學應該很快就能跟上進度，但重點在於「實用」，麥克馬斯特學院要培養的不是電氣工程師或是技師，而是電刑者。

這門短期課程的授課教師是兼職教授席瓦娜·史帕切塞（她喜歡別人稱呼她為「史老師」，如果有人叫她「小娜」的話，她會拿一捲捲絕緣線丟對方）。這天早上，她穿著她的招牌技師連身褲（完全只是因為舒適才穿的），指出好萊塢電影中，歹徒調高收音機音量來掩蓋毆打或殺人的聲音這種老套的劇情是有問題的。她說，把收音機開得太大聲，同樣有可能引來憤怒的鄰居或房東，舉例來說，如果想掩蓋淹死人的聲音，這可能不是個好主意。她如連珠炮般地丟出想法，我們連抄都來不及抄。「當然，如果要在浴缸淹死人，用收音機的聲音掩蓋的好處是如果其他方法都失敗了，只要把收音機推進浴缸裡就好了。但有一個在貝爾實驗室工作的校友告訴我，他們即將推出使用9V電池的晶體管收音機。九伏特連金魚都殺不死，好嗎？好消息是，電唱機還是需要使用市電，而且在各方面都更優越。用收音機的話，用來掩蓋聲音的音樂可能會被新聞快報或是出乎意料的四小節停頓打斷。用攜帶式留聲機的話，可以事先選擇下手時最適合的背景音樂，而且有需要的話還是可以用可靠的交流電或直流電刪除目標，好嗎？」

我環顧四周，發現全班同學都在奮筆疾書：女繼承人普里莎．森德在得知她那身無分文的未婚夫和她的精神導師在偷情後，就決定刪除那兩人；卡拉漢三胞胎的其中兩個人信馨和嬿愛對唯一不在場的姊妹「熙望」的意圖為「泯滅熙（希）望」，而她們倆將為這句話賦予全新意義；我那前途堪憂的室友奧德麗；詩人何塞．雷吉奧在水球比賽中跟我同隊，但他一點也不擅長水球，便寫了一首又一首令人難忘的十四行詩，講述勝利的空虛感；身高兩百零三公分的芭蕾舞者伊拉里昂．沃爾科夫的目標是蒙特卡羅芭蕾舞團的現任團長；還有身材纖細的米爾頓．史威爾，他那火紅的頭髮讓消防車臉都綠了，但我對他幾乎一無所知。

教室裡人手一枝鋼筆，只有西蒙．山普森沒有在動筆，而是打開筆蓋，把筆抵在嘴唇上，看來他似乎很喜歡表現出不感興趣的樣子。

史老師也斷言華格納歌劇是掩蓋聲音的理想選擇，因為很少人懂得區別被害者的尖叫聲，以及女低音在《女武神》中唱的布倫希爾德戰歌。她還強調節奏藍調充滿了可能性。「在夏日戶外音樂會，明明隨時都有可能下午後雷陣雨，但業餘人士還是把不接地的麥克風和電吉他插在同一個擴音器？」她說道。「這種天時地利人和的機會還不好好把握，簡直就跟犯罪沒兩樣了，好嗎？」

親愛的X，我要分享一個事件，讓您感受一下校園裡的競爭風氣：兩週前，為了做實用電子學的回家作業，西蒙借了一台哥倫比亞電唱機，可以拿來播放唱片公司賣的那種密紋唱片。西蒙利用哈洛院長在《不破門而入》中提到的技術，把我的桌上型收音機換成那台電唱機，好像設備升級了一樣。他知道我吃完晚餐，隨時都有可能會回來，便躲在床底下。西蒙在轉盤上留下了莫里斯·拉威爾《波麗露》的唱片，還從金屬軸上取下了帶有凹口的音量旋鈕，把軸轉到兩點鐘的位置，再把旋鈕放回去，讓它指向八點鐘的位置；這樣播放時，音量會看起來很小，但實際上已經很大了。

我回到房間，很高興能看到任何可以播放第五號布蘭登堡協奏曲以外曲目的裝置。我把唱針放下去，將音量調到我自認為合適的大小，拉威爾那通常聽不見但激動人心的伴奏就開始了。雖然如果不調高音量，我常常都會聽不太到收音機播放的《波麗露》開場，但電唱機放大聲音的效果令人驚豔，這是我第一次這麼清楚聽到開場的長笛獨奏。我躺在床上，好好享受迷人的主旋律，讓過度勞累的大腦稍微喘口氣。

大約十分鐘後，我發現《波麗露》不斷增強的樂音實在是太大聲了，就連拉威爾最忠實的粉絲也受不了。同宿舍的人隨時都會來敲門抱怨音樂放太大聲。我趕緊下床，衝向電唱機，在一陣忙亂中，完全沒聽到西蒙從我的床底下爬出來，把木頭衣架的末端當成一把利刃，刺進我的肩胛骨之間。這一擊來得實在太突然、太猛烈，我立刻跪倒在地。

我一邊平復呼吸、重拾冷靜，一邊看著西蒙關掉電唱機，香波·南達也同時從大門敞開的浴室裡走出來，他咧嘴一笑，顯然在暗中目睹了整個實驗過程。「做得很好，山普森。」香波·南達說道。「你完美執行了這個簡單但有效的提案。《波麗露》果然讓人一聽就欲罷不能。」

「誰不愛聽《波麗露》呢？」西蒙說，一副洋洋得意的樣子。

「而且拉威爾和托斯卡尼尼幫你省了不少工夫。我們會給你加分，但克里弗，你恐怕就得扣分了。」

「西蒙，我不懂耶。」我抱怨道，我已經忍受他的冷嘲熱諷和輕蔑的眼神好幾週了。「我和這裡大部分的人都處得來，你到底為什麼要一直針對我？」

西蒙拔掉插頭，蓋上蓋子，並拿走他借用的電唱機，說：「我來這裡是因為我下定決心，做出了選擇，但你不是自願來的。在激烈的戰鬥中，我寧願與我並肩作戰的是一個充滿熱忱的應召兵，而不是一個心不甘情不願的新兵。你可能會害我丟了小命。」

十天後，西蒙回到他在海吉之家最高層的房間，這傢伙住的套房竟然還附書房和個人衛浴，他顯然享有特權地位。他對我惡作劇的獎勵之一是可以借用電唱機一個月。那天晚上，他看到轉盤旁邊放了一張黑膠唱片，還有人在香波．南達慣用的信紙上留了字條，上面寫著：「我知道你是桃樂絲．黛的粉絲。我剛從在好萊塢工作的校友那裡拿到這張搶先聽的金屬母盤，想說你應該會喜歡。」

西蒙仔細檢查唱片的標籤：「桃樂絲．黛——好久、好久不見」。唱片看起來沒什麼問題，他便把留聲機的轉速設定為每分鐘七十八轉，然後一邊放音樂，一邊換裝準備吃晚餐。歌曲放了兩分鐘後，桃樂絲柔聲唱道：「……吻我一回，吻我兩回，然後再嗒——吻我兩回，然後再嗒——吻我兩回，然後再嗒——吻我兩回，然後再嗒——」

西蒙意識到如果放著不管的話，桃樂絲就會繼續跳針下去，便伸手去拿電唱機的唱臂。他的手指一碰到唱臂，一道看不見的牆就狠狠擊中他，把他撞飛到房間另一頭，電擊的強度讓他癱倒在地，動彈不得。

我從他的書房走進房間。「其實很簡單。」我說，西蒙一邊搓揉麻掉的右手，一邊看著指關節上方燒焦的金髮。「我在麥克馬斯特學院每週晚會播放的大樂團轉錄盤找到了桃樂絲·黛的這首歌，把它轉錄到磁帶，然後在實驗室花了兩小時剪輯，讓它聽起來像卡在二分十二秒一樣。然後我用聲音部門的母帶後製車床把剪輯後的版本轉錄到金屬母盤上。接著，我給唱臂重新配線，這樣當它從靜止位置抬高二十九度時，我焊接到唱臂主軸螺絲的迴紋針就會接觸到一條『剛好』鬆脫的火線，使唱臂成為帶電電源。」

那個自鳴得意、自命清高的傢伙發出了一個錯愕的聲音，好像被什麼東西噎到了一樣，我聽了十分滿意。「你是從哪裡學到的？」西蒙問道。

「實驗室有開一門為期三天的輔導課，叫做『聽起來很殺』。」我很有耐心地解釋道。「這門課著重在磁帶錄音的實際應用。當然，接線的部分是我在工作中學到的，你該慶幸的是我還沒那麼狠，裝了漏電保護器以限制電擊強度。如果沒有的話」——我轉向跟在我身後的香波·南達——「這個嘛，碰到唱片跳針的狀況，我敢說沒有人不會伸手去動唱臂，不過一旦碰到就『臂』死無疑。」

香波·南達扶西蒙起來，說道：「正如你在提案中寫的那樣，克里弗，即以其人之道，還治其人之身，非常好。」

「他不可能不聽啊。」我謙虛地說。「畢竟誰不愛聽桃樂絲·黛的歌呢？」

第十二章

（摘錄自克里弗・艾佛森的日記）

親愛的X，對西蒙報復成功後，我在學校裡的地位似乎就提升了。我挫山普森銳氣的消息很快就在校園裡傳開了，以前其他學生大多對我投以好奇的目光，但現在有越來越多人會跟我打招呼。不久之後，我受邀跟院長同桌吃晚餐。可比說這是莫大的殊榮，據說是我前一天在「服裝、容貌和義肢」表現出色的獎勵。多虧了我在設計飛機培養的美學能力，我在這個領域簡直如魚得水。我之前會用油灰和黏土來建模，為噴射機設計更加流線型的機頭，所以我能幫自己做出一個逼真的鼻子也不令人意外。但我也猜這次的邀請是哈賓格・哈洛釋出善意的方式，代表他正式承認我是學生的一分子，也認可我的價值。

週間每天晚上七點半，學生和教職員工聚集在大廳，偌大的空間迴盪著人聲卻不會過於吵雜。天花板懸掛著八角形吊燈，下方的八角形餐桌構成了一幅橫跨整個大廳的馬賽克畫。通往廚房的雙開門上方有個吟遊歌手廊台，音樂從隱藏在廊台的喇叭傳來。

服務生穿著麥克馬斯特學院莊重的深紅色和黑色制服。每張桌子上的蘭花、沉甸甸的銀器、法國瓷器之都利摩日的餐具和亞麻餐巾、玻璃酒瓶、以及冰鎮奶油塊的香氣都會讓人聯想到大型遠洋郵輪的餐廳。

第一桌位於南牆正中央鋪了絲絨毯的檯子上，其中一張椅子比其他椅子都還要大，而且從那個座位看整個大廳都一覽無遺。不出所料，那果然是院長的位子，而我的座位牌就放在他右手邊第二個位子。同桌我認得的有塔科特教練、香波·南達、看起來像年輕西班牙貴族的馬迪亞斯·格拉維斯教授，以及魅力十足的「巨石瓊恩」。

我右邊坐了一個充滿威嚴的女子，她肯定是貴族出身，體內流著藍色血液，因為她的靜脈跟人體血管系統圖一樣清晰可見。「你應該就是克里弗·艾佛森吧？」說完，她就迅速收回剛伸出來的手，顯然沒有要跟我握手的意思。「我是麥克馬斯特學院的副院長兼財務總監埃爾瑪·戴姆勒，你好嗎？」

「我快餓扁了。」我坦承道。

「是啊，身兼兩職確實責任重大，但還在我的能力範圍內。」她說。她向一個服務生揮手示意，服務生的外套上有三個小小的黑桃A，代表他已經在這裡工作了幾十年。「安東，這名學生需要食物。」骨瘦如柴的埃爾瑪說道。「把麵包籃和芹菜端上來。」

「這是我的榮幸，戴姆勒院長。」安東說。

「不對，這是你的工作。」她糾正道，安東趕緊離開。

我的宿舍輔導員香波·南達（他告訴我，緬甸沒有所謂的姓氏……也許他只是怕別人叫他「香波」，因為這名字聽起來很像一個打拳擊的馬克思兄弟[23]）試著引導我加入話題。「教練又在重申他一直以來堅持的論點：武勝於文，劍勝於筆。」他說。

「而且刀劍通常比較鋒利。」教練補充道。

「但是鋼筆更容易裝在旅行包裡，也是下毒的理想媒介。」英文和西文文學系主任反駁道。「而且千萬不要低估一封措辭巧妙的假情書或勒索信的力量。」

「艾佛森先生，你的主修是什麼？」埃爾瑪．戴姆勒問道，但她其實不怎麼在乎。

「謀殺老闆。」巨石瓊恩替我回答。安東端著一籃剛出爐的圓麵包出來，連在桌子另一頭的我都聞到了那撲鼻的香氣。「這個主修越來越熱門了。」

「這應該是戰後的現象吧。」埃爾瑪評論道。「畢竟現在已經不需要為了打勝仗而無條件服從軍隊和工廠了。我也一直在提醒院長，這個世界正在改變。」

巨石瓊恩撕開其中一個熱騰騰的圓麵包，一邊塗奶油，一邊說：「嗯，謀殺老闆現在已經輕鬆超越了刪除工作上的競爭對手和財務顧問。當然，這三個仍然遠遠不及刪除配偶。」她轉向我，說：「那是我的主修，也是我現在的老公戴爾的主修。」她的目光轉向一扇令人眼花撩亂的彩繪玻璃窗，上面描繪著大衛王，左右兩側則是他殺死的兩個最著名的受害者：歌利亞與拔示巴的丈夫烏利亞。「剛來到這裡時，他和我素不相識，我們只想了結各自殘酷無情的配偶。然後，真沒想到，校園戀情就這麼展開了……噢，這是有可能發生的，艾佛森先生！在月光下沿著布特山散步，春天時採摘蓖麻子，在巨蠶蛾毛毛蟲亭樓，詹姆斯一世風格的屋簷下的初吻……」她回過神來，說：「有時我會自顧自地分享自己的幸福。」

哈洛院長終於來了，他上氣不接下氣，趕緊就坐，說：「抱歉我來遲了。艾佛森，很高興你能加入我們。吉拉德在哪？」

一名身材矮小，穿著燕尾服的男士立刻走了過來，好像輪到他上場一樣。他纖細的肩膀和臀部等寬，他那閃閃發亮的頭髮和八字鬍還特別染成了跟西裝相配的顏色。「Bienvenue, mon capitaine（歡迎，我的指揮官）！」他的聲音就跟剛打開的香檳一樣充滿活力。「Mille fois pardonne（萬分抱歉）。」

「他是法國人。」戴姆勒告知我，以防我以為提希爾只是發音很糟糕而已。當然，我在廚房打雜期間，偷聽他的對話，從他身上學到了不少知識，但我們沒有正式打過招呼。

哈洛院長轉向我，說道：「艾佛森先生，請容我介紹過去一個月，把你的味蕾和性命掌握在手中的男人：吉拉德．提希爾先生，他是我們的行政主廚，也教毒物相關課程。他曾奪得銀帽烹飪比賽冠軍、榮獲騎士級農業功勳勳章」——提希爾挺直身體，顯然相當自豪——「也曾是巴黎著名的貂熊餐廳的共同所有人，直到有一天，吉拉德的夥伴和他意見不合……吉拉德便煮了一道料理為他餞行，送他『上路』。可以上菜了嗎，mon brave？」

「不好意思，請容我先去阻止阿諾廚師斬首聖韋朗燉雞要用的poulet（雞）。他在醬汁方面是個天才，但在屠宰動物方面，他簡直是個屠夫。」

提希爾說完便匆匆離開，院長則起身，並用湯匙輕敲水杯，大廳立刻就安靜下來了。「各位晚安。」他的音量和抑揚頓挫都恰到好處，而且聲音極具穿透力，似乎全場都聽得很

---

23 馬克思兄弟（Marx Brothers）是一隊知名美國喜劇演員，其藝名為奇科（Chico）、哈波（Harpo）、格魯喬（Groucho）、甘默（Gummo）和澤波（Zeppo）。他們五人都是親生兄弟，常在舞台劇、電視、電影演出。

清楚。但我後來才發現哈洛頭上懸掛著一支麥克風，就像達摩克利斯之劍[24]一樣。

「哈洛院長晚安。」大家異口同聲回應道。

「讓我們低頭反思一下。」我覺得在麥克馬斯特學院這種特殊目的取向的學校做謝飯禱告是很奇怪的，但大家都低下頭，很多人甚至雙手交叉。哈洛用緩慢而嚴肅的聲音說道：「親愛的天父，祢賦予了地球上所有的生物生命，也賦予了死亡的權利……謝謝祢賜給我們這一餐，以及逍遙法外的機會。我們日用的飲食，今日賜給我們──不得不說今天的布里歐麵包真美味，在此向我們的麵包師傅和造物主致意──求祢寬恕我們的罪過，如同我們藉由刪除別人來寬恕對方一樣。願我們所有人很快都能在目標的葬禮上說『阿門』。阿門。」

「阿門。」眾人的聲音在大廳中迴盪。

其他語言和宗教的祈禱已經結束了，大廳裡再次充滿了椅子嘎吱作響的聲音和談話聲，但院長還沒說完。「我們會在晚餐期間進行演練。」台下立刻傳來此起彼落的抱怨聲。「我們也不接受任何抱怨，謝謝。在用餐期間，會有人試圖毒害你。」

塔科特教練低聲咕噥道：「該死！每週都要來，就不能讓人好好吃一頓晚餐嗎？」

「我們這一桌應該不用參加。」格拉維斯安慰道。「也許除了克里弗吧。」

院長繼續說：「今晚餐點中的某樣食材，如果攝取夠多且缺乏治療方法，就有可能會致命。請記住，僅僅知道毒藥的名稱和取得方法是不夠的，呈現手法背後的心理學也非常重要。進行今晚的『口試』時，請務必謹記在心。」聽到哈洛的措辭，埃爾瑪．戴姆勒噗哧笑了一聲。「如果你覺得自己已經辨識出有毒成分，請站起來叫我的名字。第一個認出毒藥的學生，本學期最低的考試成績將提高到一百分，很不錯吧。但如果猜錯了，最高的考試成績就會降低到六十分。如果你因此病倒，儘管我們盡了最大的努力仍回天乏術，我們會在本週日為你舉行一場感人的儀式，你的英勇事蹟也會被載入麥克馬斯特學院的史冊，雖然你的『品味』實在有夠糟糕。」他等著全場哄堂大笑，台下卻鴉雀無聲，這正顯示了演藝界的一條公理：面臨死亡威脅的聽眾一點也不好取悅。

「他是在開玩笑吧？」我低聲詢問香波．南達。

「這真的不好說。」我的宿舍輔導員回答，語氣中帶著一絲痛苦。

「不過呢，」哈洛院長安慰道。「致死機率很低，這個劑量是不會致命的。」院長轉向剛回到他身邊的提希爾，輕聲問道：「不會致命吧？」

提希爾用一隻手鋸另一隻手的手掌。

「這不會致命。」院長重複道。「而且我們已經準備好解藥了。」他再次低聲問提希爾：「解藥準備好了嗎？」

那個法國大廚聳聳肩。

「解藥也準備好了。」院長確認道。「好了，今晚希望各位的胃口能得到滿足，正義也能得到伸張。」

語畢，一群穿著制服的服務生從廚房魚貫而入，每個人都端著一個骨白色的有蓋瓷湯碗

24 達摩克利斯之劍是僅用一根馬鬃懸掛在王位上方的利劍，代表擁有強大的力量卻也得時常害怕被奪走。

和同款大湯匙。個子嬌小的吉拉德揮手示意，要人調低懸吊在院長頭上的麥克風，接著像時裝秀主持人一樣開口道：「今晚的第一道料理是法式清湯『le consommé』，採用了我在一九四七年獲得里昂美食節冠軍的專利牛肉高湯，結合了法國新鮮的龍蒿和英國的金盞花，精心熬煮出簡單但值得細細品味的肉湯，讓各位的味蕾準備好享受接下來的佳餚。Bon appétit！」

在我們這一桌，畢恭畢敬的領班安東為我一個人盛了一碗熱氣騰騰的淺咖啡色法式清湯。香波．南達鼓勵我嘗嘗看，我便照做，但沒有放下戒心。過去幾週以來，提希爾的料理總是能讓我大飽口福，但令人驚訝的是，這碗清湯竟然一點也不怎麼樣，充其量就是一碗咖啡色的開水罷了。

「如何？」哈洛院長問道。「你覺得怎麼樣？」

「確實暖呼呼的。」我委婉地說。

埃爾瑪．戴姆勒轉向提希爾，說：「顯然在用火這方面，廚房是值得稱讚的。」行政主廚全神貫注，掃視各個餐桌，但大家把湯喝下肚，似乎沒有立刻產生不良反應，只有流露出對湯頭失望的不滿情緒。致命的菜餚顯然還沒上，因為很難想像有毒藥嘗起來這麼淡而無味。

院長跟我說悄悄話：「艾佛森啊，好的開始是成功的一半，你可以把握這次演練的機會。湯的味道就是一條線索，你想——」

我聽到「哐啷」一聲，一名學生連人帶椅子摔到地上：那名有著火紅的頭髮、身材纖細的年輕男子抱著肚子，我認出他是跟我一起上實用電子學的米爾頓．史威爾。

一名女子從餐桌起身，她穿著帶有金屬質感和波浪形裙襬的雞尾酒禮服，十分嫵媚動人。她走到倒下的學生身邊，把某種液體倒到餐巾紙上，並放在他的鼻子下方。

在大廳的另一頭，另一名學生也中標了，是可比・特休恩，他也倒在地上。

西蒙・山普森和賈德・赫爾坎普打斷了這場騷動。他們一個緊接著另一個，從同一張餐桌站了起來，喊道：「哈洛院長！」

院長起身，說道：「看來是不相上下囉？」

坐在同一桌的潔瑪立刻起身，拿了一杯水給可比喝，一邊向院長抗議道：「是賈德先想到的！他跟西蒙說，西蒙就馬上站起來了。」

西蒙看起來一頭霧水。「哪有！」他說。

「不，她說得沒錯！」赫爾坎普吼道。

「那就來看看吧。」院長說。「赫爾坎普先生，你的答案是什麼？」

那個只有兩側有頭髮的禿頭青年回答：「毒藥在鹽罐裡。」

「你為什麼這麼認為呢？」

「學校廚房絕對不會煮出這麼沒味道的湯。一開始，我以為可能是我的味蕾不夠敏感，但我發現自己竟然自動伸手去拿鹽，而我在這裡從來沒有自己加過調味料。接著我意識到今晚是我第一次看到餐桌上有放鹽罐和胡椒罐，我應該要更早注意到的，但桌上放鹽罐是再正常不過的事了。所以我就等等看有沒有其他人加鹽巴，史威爾就加了。」

「還真有運動家精神啊。」哈洛語帶諷刺說道，接著對我說悄悄話：「艾佛森，千萬不要給目標下毒，要讓你的目標毒死自己，知道了嗎？」

「是，院長，我知道了。」我立刻回答，虛偽程度不亞於「一切都處理好了」和「沒什麼好擔心的」。

哈洛向還站著的西蒙喊道：「要不要說說看這是哪種毒藥？」

西蒙撒了一些「鹽巴」到掌心上，說：「這個嘛，鹽巴粒當中有一些無色的結晶體，我猜是親愛的氰化鉀。可是提希爾先生，我怎麼沒聞到氰化鉀特有的苦杏仁味呢？」這顯然是一個聰明的學生為了賣弄學問而提出問題的絕佳範例。

提希爾似乎很頭痛，說道：「我們當中有多少人聞過苦杏仁的味道？那到底是什麼味道？有些人覺得砷聞起來更像是老舊的運動鞋，而且每十個人就有一個聞不到氰化鉀的味道！這是一種遺傳缺陷。」

「薇斯塔，我們的受害者怎麼樣了？」哈洛院長詢問那名穿著帶有金屬質感的禮服、相貌迷人的女子。我後來才知道，薇斯塔．特里珀是全世界唯一有和福特模特兒公司簽約的高級註冊職業護理師。她天庭飽滿，眉毛和嘴唇勾勒出清秀的面容，米爾頓．史威爾顯然覺得能讓她靠這麼近為他量脈搏，胃痙攣幾乎是值得的。不知道他是還很不舒服，還是只是神魂顛倒。

「兩人都會沒事的。」薇斯塔用迷人的聲音說道。「劑量很低，而且被湯稀釋了。我給他們聞亞硝酸異戊酯和服用碳片，只要喝一大杯牛奶，再好好睡一覺，隔天早上就會比較好了。」

院長替全校感謝提希爾先生為了這次練習而放棄自己的料理藝術，就這樣，下了毒的鹽罐和淡而無味的湯都被收走了。剛才那群神色莊嚴的服務生再次魚貫而入，這次端的是真正的湯。史威爾和特休恩被人攙扶著離開大廳，提希爾則自豪地介紹他著名的熱墨魚汁白樺茸丸子佐百里香烤青蔥、菊蒿和金錢薄荷。

我看到潔瑪在回到座位後抱了賈德一下，恭喜他得了第一名。我實在無法理解她為什麼會喜歡那個沒有道德的傢伙，但根據我有限的經驗，只要了解得更深入，每對情侶為何會在一起都是完全說得通的。如果能夠知曉他們最親密的談話內容，如果能翻遍他們的梳妝台、衣櫃，或是架子最高層的深處，再將他們的需求和恐懼納入考量，通常等式就能夠完美成立了。

大家嘗過真正的湯品後，提希爾欣然接受院長等人的熱烈讚美。啜飲第二口侯伯王酒莊濃烈的紅葡萄酒後，我借酒壯膽，附和道：「我必須說，你介紹這碗湯時，它聽起來很難喝，但其實……」我一時想不到該怎麼形容。「我這輩子從來沒喝過這樣的湯。」

「從來沒有嗎？」那個法國大廚殷切地問道。

「從來沒有。」

提希爾用指關節敲了敲桌面，說：「Exactement（沒錯）！我每次都跟塔科特教練這樣說，他宣稱 les sports（運動）是刪除目標的完美手段，而我則認為下毒最有效的方法是將其藏在異國美食中。客人越是期待你用意想不到的味道衝擊他們的味蕾，帶來前所未有的味覺饗宴，你就越容易隱藏一些致命的成分。名聞遐邇的創新料理就是這場鴻門宴的最佳請帖！」

「我同意。」哈洛院長附和道。「我們都知道雞肉派、新英格蘭蛤蜊巧達湯和熱狗煮豆應該是什麼味道，但我問你，鶴虱草燉狼肉佐天仙子精華是什麼味道？只要跟那些渴望地位的客人說，他們將是第一批嘗到吉拉德的牛肉乳脂鬆糕和油封河豚凍佐霉醬的人，他們就算賭上性命也一定要吃到……當然，他們會賭輸。」

「對廚藝好的人來說當然沒問題。」我說。「但我連泡早餐玉米片都有障礙了。」

「你可以磨碎二十個櫻桃核來製造氰化物，或是磨碎新鮮肉豆蔻來製造肉豆蔻醚啊。」提希爾鼓勵道。「或是把杏桃連同會致命的果核一起丟進大型果汁機，做出有毒的果泥，可以加進各種甜點裡。」

「如果是你的話，會用什麼食物來搭配這個有毒的果泥呢？」我問道。

那名法國大廚想了想，聳肩道：「蛋糕吧。」

眾人哄堂大笑……但光是在這一頓晚餐中，哈洛院長就巧妙傳授了不少寶貴知識，而我很快就會將其應用在除掉梅里爾·菲德勒的計畫中。

第十三章

如果接下來這一章的敘述沒有本書的前言那麼故作神祕且熱情洋溢，你可以將此歸因於本章主角令人反感的本性。此外，與本書其他章節相比，本章內容參考了許多外部資訊來源，包括對華頓工業股份有限公司員工的訪談紀錄。——哈教授

在克里弗．艾佛森踏上以前從未想過的道路，學習如何成為殺人凶手時，梅里爾．菲德勒還是繼續扼殺夢想、粉碎希望，彷彿不費吹灰之力。

大家都知道菲德勒對自己的體格感到自豪，但瓊．畢森和「自豪」早已毫無瓜葛。他跟她約好早上九點見面，但當她膽怯地敲他辦公室的門時，他卻沒有坐在辦公桌前。「進來吧。」他從大浴室裡喊道，那是華頓大樓唯一一間有全套衛浴設備的私人浴室。「門沒鎖。」他穿著一件毛巾布長浴袍走出浴室，一邊用金色天鵝絨毛巾拍乾他那剪成平頭的青銅色和銀色頭髮。「妳真準時。」他說。「快進來吧。」

瓊回頭看了一下，擔心菲德勒在幾乎衣不蔽體的情況下接見她會被接待處的人看到。「菲德勒先生，我還是晚點再來好了。」她說。是菲德勒叫她在辦公時間稱呼他為「菲德勒先生」的。

「別傻了。」他笑道。「如果公司不希望員工偶爾看到我穿浴袍的樣子，他們就不應該指望我工作到那麼晚，導致我必須在這裡過夜。」這就是他向公司要求在辦公室放折疊沙發床的理由。菲德勒常常在公司過夜，不了解狀況的人可能會以為他是個認真工作的主管。「畢竟這也不是妳第一次看我穿浴袍，妳連沒穿的樣子都看過了呢。」

雖然他的話聽起來可能像是在示愛，但菲德勒性生活的主要目的不是為了滿足自己對女性的欲望，就像林肯隧道也不是為了紀念美國最偉大的總統之一而建的一樣。菲德勒只是透過其他人對他屈服或忍氣吞聲的程度來衡量自己的權力罷了。舉例來說，他曾跟公司的電話接線員珍妮絲搞外遇後分手，再開始跟速記打字員莎莉發展關係，這樣代表電話接線員珍妮絲必須把他的電話轉接給取代她的女人。還有一次，他讓加州理工學院畢業的克里弗・艾佛森名譽掃地，同時將對方在業界刊物付出的所有心血都歸功於自己。幸運的話，他可以兩者兼得，甚至得到更多呢。

他本想直接脫下浴袍，在她面前換衣服，但他的背上仍然有一塊淡黃色的瘀傷，因為兩週前，他被一名瘋狂的紐約人襲擊時撞到了地鐵月台的柱子。他本來會跌下鐵軌，被火車撞，但兩名便衣警察及時出手救了他，只是因此造成的瘀傷消得很慢，而他不想讓瓊・畢森知道自己也會受傷。

菲德勒對航空學只懂一點皮毛，那些知識都是他在軍中擔任空軍技術員時學到的。後來他選擇不要重新入伍，而到華頓工業任職。因為公司和政府簽有合約，所以他在珍珠港事件後免於召服現役的命運。隨著華頓工業的裝配線在國家戰爭機器的推動下不間斷生產，加上大多數男性都去從軍了，在缺乏競爭者的情況下，菲德勒輕易超越了不符合服兵役資格的男性以及職業女性。但現在，隨著新一代聰明的年輕科技人才從大學畢業，來到華頓工業找工作，菲德勒靠著自己真正的專長掌控一切：粉碎下屬的自尊和自信、揭露他們的失誤，並搶走他們的功勞。

針對女性，菲德勒還有其他策略。他以自己狹隘的標準來看待女性，公開詆毀他覺得長相平庸或單調的人，至於長得比較好看的，他就有不同的方針了。瓊·畢森是他最新的對象，在他的慾火下已經被燒得體無完膚了。他揮手示意，要她坐在目前處於沙發模式的折疊床上。沙發表面的材質是有紋理的深色羊毛，雖然皮革更符合菲德勒的風格，但他常常不穿衣服坐在沙發上，而他不喜歡皮膚黏在上面的觸感，感覺很不專業。

他經過沙發旁邊一個放在地中海風鍛鐵展示架中，齊腰高的古董地球儀，坐在她旁邊。「小瓊，我聽說妳準備去密西根幹大事了。」他假裝語帶羨慕道。「妳應該昨晚就收到消息了吧。」

「你瘋了嗎？」她問道，眼神既驚恐又茫然。「我怎麼能搬去密西根？我沒辦法離開巴爾的摩。」

他用一隻手臂摟住她，說：「不用擔心啦，我一年至少會去密西根四次，我們還是可以見面啊。」

她撥開他的手臂，彷彿那是她在狹小空間碰到的蜘蛛網一樣。「你以為我不高興是因為見不到你嗎？我的老公生病了，小孩還在上學，親朋好友都在這裡，我在密西根半個人都不認識。」

「瓊，妳要去的不只是密西根。」他意味深長地說。「妳要去的是蘭辛，是密西根州的首府耶，而且我聽說這個新職位的薪水比女性在這裡能賺的還要多很多。」

她盯著他，問道：「這是你做的好事，對吧？」

「不是，這都是紐約那邊做的決策。」他故作懊惱道。「早知道就不要跟他們說妳在我底下做得有多棒了。」他有點敷衍，其實可以更有誠意的，但他不想為此付出那麼多的努力。他在好幾個月前就已經跟她玩完了，他一心只想要這個女人離開他的辦公室、這個州和他的生活。「沒有妳，這裡就不一樣了。」

「你不能讓這種事發生，我知道你太多事情了。」她說。當然，這正是他讓這種事發生的原因。

「小瓊，」他故意用她討厭的綽號叫她。「妳有聽過蘭德相機嗎？它可以自體顯影，現在還沒什麼人知道。保安部門的巴克斯利幫我在這個地球儀裡面裝了一台，鏡頭在北極圈這邊，看到了嗎？」他轉動比沙發稍微高一點的古董地球儀，把北極指向她。「開啟相機時，它每分鐘會拍攝一張照片，持續十五分鐘。我跟巴克斯利說我要用來抓想偷看藍圖的人。」

他從茶几上拿起一個公文信封並遞給她。她打開信封，不確定裡面會有什麼，然後拿出了四張以她為主角的照片，而她在照片中的行為在馬里蘭和密西根等州都是違法的。菲德勒則巧妙地避開了鏡頭。

「要撕掉的話請便。」他故作親切道。「我還有拍得更清楚的照片。」

和他見面後，她常常會覺得很不舒服，這次也不例外。「是飲料的問題，或是摻在飲料裡的東西。」她抗議道，好像自己欠他一個解釋一樣。「在那之後，我只是不知道該怎麼拒絕你而已。求求你，看在我家人的份上，不要逼我們搬家。」

他把浴袍的腰帶打了雙結，根據過去的經驗，瓊知道這代表他已經準備好讓她離開了。

「瓊，我們該享受的都享受到了……」

「我可一點也不享受。」

菲德勒鬆了一口氣。既然她要侮辱他……「那妳應該就不會那麼想念我了。」他幫她開門，不等她慢慢走就把門關上，把她整個人推出去，確保她永遠不再回來。

和跟蔻拉那次相比，這次順利多了。在菲德勒眼裡，蔻拉具有相當的吸引力，還算可接受，但他懷疑她開始喜歡上艾佛森，而這點他完全無法接受。最後兩次他還必須公然勒索她，對方才肯和他上床，而且她把照片看得太嚴重了。

誰看得出來哪些人會自殺，哪些不會呢？

菲德勒用內部通話設備呼叫梅格。因為他對梅格沒興趣，所以她保住了工作。「艾瑞克・高夏克在嗎？」

「在。」

「叫他進來。不要轉接電話。」

聽到外面的敲門聲後，菲德勒叫高夏克進來。讓他惱火的是，那個戴眼鏡的年輕人連實驗室袍都沒脫，好像他剛剛在做更重要的工作，只是被打斷而已。

「艾瑞克，」他說。「坐吧。」

菲德勒走到辦公桌前。他還穿著浴袍，高夏克提議道：「如果你想換衣服……」

菲德勒揮揮手，根本不把他的話當一回事，然後指著辦公桌前的低腳椅。

高夏克問道：「這跟我針對W-10的設計缺陷所寫的備忘錄有關嗎？」

「W-10沒有設計缺陷。」菲德勒糾正他。雖然目前還沒有飛機完工，但泛美世界航空、英國海外航空和土耳其航空都已經預訂W-10機種了。

「我最近在示意圖發現了上任工程師克里弗．艾佛森寫的頁邊註解。」高夏克說道。「在他原本的設計中，升降舵和方向舵所有的電子設備都會通過貨艙口下方的管道，但現在的設計改成直接通過貨艙口。萬一艙門爆炸，機長就等於是在駕駛一架一百三十噸的滑翔機，而且沒有任何辦法控制飛機降落。」

他等待菲德勒的回應，但對方只是打開辦公桌上的一個資料夾。菲德勒的高級辦公室位於大樓的一角，從兩面全景落地窗可以俯瞰巴爾的摩郊外的平原景觀，而且他的辦公桌椅位於兩面落地窗的交會點。菲德勒對面的椅子設計得跟茶几一樣低，坐在那裡的人看菲德勒，會覺得他好像飄浮在空中，因為從那個角度看不到較低矮的製造工廠和飛機庫。此時的太陽位於菲德勒頭頂的正上方，高夏克完全看不到他的表情。

「艾瑞克，你有參加過泛太平洋學生會嗎？」他問道，好像他不知道答案一樣。

高夏克看起來一頭霧水。「念大學時有，但這跟設計缺陷有什麼關係？」

菲德勒微笑道：「我們現在談的是你的缺陷。你知道泛太平洋學生會被司法部長列入顛覆組織嗎？」

那個年輕人摘下眼鏡，並開始用實驗室袍的領子擦拭鏡片。「我沒有參加任何活動，只有跟朋友一起參加幾次會議而已。」

「喬治．伯德韋爾。」菲德勒看著手中的資料說。「對嗎？」

高夏克稍微挪動身子，回答：「對。」

「你們現在是室友，對吧？」

「對，我們合租房子。」

「是一房一廳的公寓，對吧？」菲德勒繼續問道。

高夏克眨了兩次眼睛，說道：「客廳裡有一張沙發床，我們每個月都會擲硬幣決定誰要睡沙發，但我好像比較常擲到反面。」

「我想也是。伯德韋爾先生和你膚色不一樣，對嗎？」

「怎麼了嗎？」

「沒有，只是好奇而已。你們兩個都是終身不娶的單身漢[25]，對吧？」菲德勒意味深長地停頓了一下，才繼續說：「所以你和一個非白人的同性在一房一廳的公寓同居，這會對從事國防計畫的公司構成威脅。一旦寫進資料裡，這個紀錄就會跟著你一輩子。」

艾瑞克沉默良久，終於開口：「所以我被解雇了，人生也毀了。」

25 終身不娶的單身漢（confirmed bachelor）是二十世紀下半葉「男同性戀」的常見委婉說法。

「不，」菲德勒告訴他。「我之前就知道這件事了，也打算盡可能保密，但我希望你能理解我冒著多大的風險。我要你幫忙監督同仁，如果有人背叛華頓工業或是我，一定要告訴我，還有如果你想到什麼新點子，在跟別人討論之前一定要第一個跟我分享。」

辦公室裡鴉雀無聲，菲德勒甚至可以聽到高夏克吞口水的聲音。他替他的員工倒了一杯水，口乾舌燥的高夏克才說得出接下來這句話：「老闆，謝……謝謝你願意給我第二次機會，我……我不會忘記這份恩情的。」

「我要你忘記的是W-10不存在的設計缺陷。我也建議你不要把艾佛森留下的紀錄當一回事。他和他的同事傑克·霍瓦斯在大門口被抓到，他們的汽車後車廂裡藏了政府的機密文件。」

「我沒聽說過這件事。」

「那是因為他們及時被阻止了，沒有造成任何傷害，所以我讓他們辭職，這樣才不會影響華頓工業的名聲，不然像空前工業這樣的競爭對手一定會藉此大賺一筆。事實上，霍瓦斯可能是因為無地自容而自殺的，而艾佛森則人間蒸發了。現在最重要的是盡量接W-10的訂單。交貨後，如果我們覺得有疑慮，隨時都可以發布通告。」

菲德勒起身並用手示意門口。高夏克在門口停了下來，溫順地說了一句：「謝謝你即使知道我的背景，還是願意雇用我。」

「不用謝。」菲德勒說道。「我就是因為知道你的背景，所以才雇用你的。」

辦公室只剩他一個人時，他褲子也沒穿，直接把腳跨在茶几上。他期望有一天，公司裡的每個人無論是在床上或床下，都會對他百依百順。

他拿起電話。「珍妮絲？」他對那個右大腿內側有個蝴蝶形狀胎記的電話接線員說道。「幫我轉接給莎莉．杜根，她是會計部門的祕書。」

「她可不只是那樣而已。」珍妮絲說道。「我現在就幫你轉接。」

他發現珍妮絲從來都不叫他菲德勒先生。即使是以他自己的標準來評估，他對待珍妮絲的態度也的確是糟糕透了。

「嗨，我是莎莉。」一個充滿熱情的聲音說道，看來跟她會很順利。

「莎莉，我是梅里爾．菲德勒。快到我的辦公室來，記得要先補妝。」

「你真愛開玩笑。」她說，並等待菲德勒的回應，但他已經把話筒放回去了。他從沙發上起身時，不小心撞到他在紐約出事時留下的瘀傷。現在還會痛，可能還要一、兩週才會好。

除此之外，人生真美好。

第十四章

在回到克里弗．艾佛森的日記之前，我們先來看看潔瑪．林德利和多莉亞．梅伊（化名為妲爾西．莫恩）的進度。──哈教授

由於潔瑪沒有贊助人，家境也不富裕，她住不起克里弗在海吉之家的單人房，妲爾西那質樸的農舍就更不用說了。女生宿舍就像是經濟艙，專門提供給只能勉強湊足學費的人，而潔瑪和另外三個女生在三樓同住一間房，相對比較缺乏隱私。好消息是在教室和學生餐廳裡，麥克馬斯特學院對所有人都一視同仁，再扣除睡覺時間，一天只有幾小時的時間會讓人覺得自己位於社會底層。

一向和藹可親的梅里安．韋伯斯特睡潔瑪右邊的床，兩張床之間隔著一個小床頭櫃。當初潔瑪很幸運地抽到了視野好的床位，可以俯瞰蜜米爾池塘以及旁邊那奇怪的小村莊，那些迷人的商店和狹窄的鵝卵石街道。現在天黑了，她躺在床上，看著懸掛在米爾塘周圍柳樹上的藍色電燈，不時泛起漣漪的水面宛如一面黑色鏡子，將燈光化為點點繁星。咖啡廳和涼亭周圍掛滿了散發暖光的金色燈籠，而無數輕盈的彩色小燈清楚勾勒出整座小村莊的輪廓。

自從她向克里弗．艾佛森透露自己是殺人犯──她不該說那麼多的──之後，已經過了

好幾週。雖然她喜歡他這個人，也覺得他應該是個好人，但自那時起，她就盡可能避開他，並且只維持最低限度的對話和眼神接觸。不知道她的潛意識是不是想避免她對克里弗萌生任何好感，因為她知道自己在麥克馬斯特學院的時間寶貴，沒辦法浪費在風花雪月上。聽說學生們還會「借用」薇斯塔・特里珀的「幽會室」，而學校聯絡官會睜一隻眼閉一隻眼。她為什麼會告訴克里弗自己的祕密呢？

「妳的祕密我會守口如瓶。」去年，愛黛兒・安德頓對她說。當時，她們在聖安妮醫院的行政部門並肩工作，兩人職階相同，但潔瑪的資歷更深。

正在算數的潔瑪停了下來，然後慢慢抬起頭。她的心跳停了一拍，接著心臟開始撲通撲通狂跳。「什麼祕密？」她故作鎮定問道。

「妳說得一點也沒錯，什麼祕密？」愛黛兒笑容滿面道。「妳看吧，沒必要讓其他人知道這件事或是批評妳。」

潔瑪等她繼續說下去，但她沒有這麼做。愛黛兒繼續審查文件，一副從容不迫的樣子，她每翻一頁都讓潔瑪想要大叫。她知道自己沉默越久，不去質疑愛黛兒的奇怪發言，就越證明她確實在隱瞞些什麼，而這的確是事實。她必須說點什麼……但要說什麼呢？她嘗試開口道：「妳要喝咖啡嗎？」

「好呀。」愛黛兒說道。

潔瑪起身並走到門外的咖啡機。用那薄得離譜的紙杯去裝滾燙的咖啡時總是會燙到手。

「妳要白咖啡還是黑咖啡？」她問道。

「白的，還要多加一點糖。」愛黛兒回答。

潔瑪長按對應的按鈕，然後開啟新的話題：「妳有看到格倫達要退休的公告嗎？」

「有哇。醫院在公開招募行政主管前會先開放內部申請，真貼心呀。妳有在考慮申請嗎？我一看到公告就覺得妳應該會想申請。」

「嗯，我有打算申請。」她說。果不出其然，她在拿裝了咖啡的紙杯時燙到了指尖。

「但妳還沒申請吧？」

「還沒。」

「哇，真是太好了，那妳就別申請了吧。」

潔瑪正要把咖啡遞給愛黛兒，聽到這話就愣住了。「什麼？我幹嘛不申請？」

「妳應該沒時間做行政吧，畢竟妳人會在監獄。」她高聲笑了起來。「開玩笑的啦。」

潔瑪把愛黛兒的咖啡放在她桌上，不敢與她四目相接。愛黛兒補充道：「不過他們一旦知道就不會錄取妳了。只是他們永遠不會知道啦，因為我知道怎麼保守祕密。」

潔瑪回到座位上，完全忘了給自己也泡杯咖啡。

愛黛兒用輕鬆愉快的語氣繼續說道：「不過我會申請啦，所以如果妳能寫一封推薦信，那就太好了。」

「推薦妳嗎？」

「我想說如果有資歷相當的同事推薦——」

「資歷相當？」潔瑪在聖安妮醫院已經工作五年了，愛黛兒到職可能還不到五個月呢。

「不會很麻煩啦，我已經幫妳打好了。」她說，並遞給潔瑪一張對折的信紙。「這是醫院的信紙。我不認為我有誇大自己的優點，而且我念的商學院確實也比妳的好。艾利斯登醫生還說我能夠提振他的心情，或是提振他的某個東西。」她又咯咯笑了起來。

潔瑪開始閱讀信件內文，頓時喘不過氣來，彷彿忘記怎麼呼吸一樣。「這才不是推薦——這是在指控我……從配藥室偷了戊巴比妥和注射器，用在我的——」

愛黛兒笑著搶回那封信，好像在鬧著玩似的。「噢，真是抱歉，不是那封信啦！因為我都是用醫院的信紙。推薦信在這裡啦，這封不重要的信就撕掉吧。」她隨即把信撕掉，並任憑碎片落入垃圾桶，又愉快地補了一句：「別擔心，我還有備份，妳如果想確認內容的話隨時歡迎。妳看吧？有我保密妳大可放心。」愛黛兒啜飲了一口咖啡，說：「噢，真好喝，正合我的胃口。」

第十五章

妲爾西．莫恩在「不在場證明」課程開始時不在場，而且沒有任何藉口。她試圖在不被注意到的情況下溜進教室，而這當然完全違背了她的本性。負責授課的道布森警監頭上戴著帽子，領帶繫得很鬆。他看了看牆上的時鐘，再看向妲爾西。「對不起。」她說，這大概是她近十年來第一次道歉吧。看來她又學會了一項新技能。

對明星來說，衡量自己名氣的可靠指標之一就是別人對於他們遲到的接受度。在所謂的「電影明星時區」，晚餐在你入座時才開始，定期商業航班在你抵達機場前不會起飛，而安排在早上的拍攝在導演道歉之前絕對不會開始。突然要按表操課、準時赴約和對教授負責對妲爾西來說很困難，畢竟她是一個曾讓跨年慶祝活動延遲到凌晨兩點以後才唱《友誼萬歲》[26]的女人。

她搭三號接駁車，在奇花異獸之丘的山腳下車後，沒有等待轉乘的有軌電車，而是選擇步行到「總部」，也就是托爾森警務學校。她很快就爬上毒花園芳香四溢的梯田，完全避開了岡薩戈涼亭。（由於多莉亞．梅伊對蜜蜂過敏，嚴重到可能致死，所以不需要修習在涼亭進行的課程。她還有一個蕭邦錶的玫瑰金醫療手環作為證明，過敏資訊刻在手環上，兩側鑲嵌著粉紅色蛋白石和鑽石。）接著，她走下布特山，也就是動物園的所在地。接近山腳時，她繞過「毒蛇窟」所在的維多利亞式玻璃屋，快步經過專供教職員工使用的茅草屋，並走進穿過布特山旁邊小丘的行人隧道。隧道內照明充足，學生們的聲音在米色的瓷磚間迴盪。妲爾西很快就走出隧道，抵達草地滾球場和總部。總部的門面是新古典主義風格，寬闊的台階不輸司法大廈的宏偉氣勢，雖然門面大部分的石牆都是灰泥仿造而成的。進入假大理石大廳後，她轉進左邊的走廊，走廊兩側都有編號的門。

道布森的講堂位於走廊盡頭，這是妲爾西自兩個月前來到麥克馬斯特學院以來，第一次看到這麼單調醜陋的地方。警監一直很擔心的是，麥克馬斯特學院舒適的環境和委婉的術語可能會讓一些學生忘記敵人（也就是警察和地方檢察官）絕對不容小覷。

今天是這門必修課程的第一堂課，妲爾西環顧四周，尋找友善的面孔。有個三、四十歲的美麗女子對妲爾西微微一笑打招呼。她叫做邢花，曾坦言自己來這裡是為了刪除兩個男人，因為他們不僅毀了她家族的事業，還扼殺了她父親的求生意志。一名快八十歲的白髮寡婦也對她微笑。這個和藹可親的老婦人名叫康斯坦絲・貝多斯，她身價好幾百萬，即將嫁給一個想靠婚姻致富的義大利大帥哥。康斯坦絲曾說兩人結婚後，她懷疑丈夫打算謀財害命，因此為了預防萬一、先發制人，她便來麥克馬斯特學院就讀。

「但如果妳覺得他可能會謀財害命，為什麼還要嫁給他呢？」妲爾西問道。

26《友誼萬歲》（Auld Lang Syne）是羅伯特・伯恩斯（Robert Burns）所作的蘇格蘭民間歌曲，通常在歲末辭舊迎新時唱起。

「這個嘛，因為我很期待度蜜月啊。」康斯坦絲回答。她認為至少在新婚蜜月期，她的浪蕩子會拿出最好的表現。萬一之後她擔心自己的安危或厭倦了他，她想也不會有人懷疑她謀殺他，畢竟他沒錢嘛。

道布森的上課風格務實嚴肅，他拒絕使用麥克馬斯特學院用的委婉說法，碰到「謀殺」和「殺死」等字眼時總是直言不諱。經過漫長的一天，許多學生都覺得他的直率令人耳目一新。

「各位同學，我有個壞消息：警察是貨真價實的，而且我們可不笨。」道布森到現在還是把自己當成警察的一分子。「我們有十之八九會在幾小時內查明凶手的身分。我們不會抱持開放的心態展開調查，也不太會去擔心最不可能的嫌疑犯，因為通常都是最大嫌疑人幹的。」

邢花發問道：「如果你們一眼就能看穿我們，那我們該怎麼辦？」

「一定要有不在場證明。」道布森直截了當地回答。「所以『不在場證明』才是必修課。就算你們有手段、動機和機會，只要有不在犯罪現場的鐵證，我們就抓不到你們。警佐，你平常都是怎麼說的？」

史蒂奇顯然很樂於分享這句話：「如果一個動物看起來像鴨子，游起來像鴨子，叫起來也像鴨子，但是有不在場證明的話，那牠就不是鴨子。」

「所以如果受害者在黎明時分在紐約聖巴德利爵主教座堂被槍殺，務必確保你們在同一天中午在梵蒂岡和教皇合影。」警監停頓了一下，繼續說：「請注意，要實際做到並沒有聽起來那麼簡單。」

「但我們要怎麼出現在我們不在的地方呢？」康斯坦絲問道。這是一個近乎形上學的好問題。

警監走向妲爾西，好像要逮捕她一樣。「莫恩小姐，在我的課堂上，最後一個進教室的人就要第一個回答問題。」他說。

妲爾西坦然接受處罰，試著回答：「替身？」看到周圍的人一臉茫然，她才意識到自己用的是演藝圈的術語。「我是指長得跟自己很像的人。」

道布森皺眉道：「不能有同夥，絕對不行。如果有兩個人一起犯下謀殺案，一定會有一個人願意跟地方檢察官達成協議，供出另一個人。事實上，兩個人經常會相互背叛的。」

妲爾西感到坐立不安，說：「所以如果我需要有人給我不在場證明，但又不能有同夥的話，那他們就得是不知情的幫兇。但我還是不知道要怎麼同時出現在兩個地方。」

道布森的神情變得柔和。「關於這點，我們會教各位怎麼做。但請記住，有不在場證明不一定代表謀殺發生時，在其他地方的是『你』，有可能是犯罪現場其實在別的地方，或是表面上謀殺發生的日期或時間與事實不符。」他用鉛筆彈了自己的講桌，露出不耐煩的樣子，說道：「妲爾西，我建議妳回去複習一下。」

那天晚上在大廳用餐時，妲爾西原本還在煩惱「不在場證明必不可少，但找同夥萬萬不可」這個矛盾的問題，但她不僅從吉拉德．提希爾的威靈頓羊排得到了慰藉，更在搭配羊排的十字花科蔬菜中找到了解決辦法。自她在《賈桂琳與魔豆》中飾演主角以來，這是第一次有蔬菜帶她找到擺脫困境的出路。這道菜是吉拉德最引以為傲的料理之一。義大利青花椰菜「Rapini」（妲爾西都習慣叫它「球花甘藍」）的花、葉子和莖皆分開料理，且使用的醬汁和調味料都大不相同：莖搭配戈貢佐拉起司醬和大塊蒜瓣一起食用，口感爽快且幾乎有牛肉的味道；花冠沐浴在冒泡的辣椒醬中，醬汁附著在花部上，透出蘋果糖般的紅寶石色光澤；葉子按照奶油菠菜的料理方式將其和奶油醬汁拌勻，再淋上肉豆蔻和肉桂醬，看起來就像聖誕布丁一樣。這道菜以分成三格的長方形白色盤子盛裝，花、葉子和莖分開擺盤看起來就像義大利三色旗。妲爾西對這道把一種蔬菜冒充成三種的料理著迷不已，就連菜單上的取名也很迷人：Rapini Masqué en Trois Sauces，三味一體假面花椰，讓人聯想到隱匿形體和假面舞會的偽裝。看到這個豐富多彩的巧妙比喻，妲爾西很快就想到了這個讓她頭痛不已的矛盾狀況可能的解決方案。

♠

另一方面，潔瑪卻無法在這頓晚餐中找到任何慰藉。吃完晚餐走回宿舍時，她幾乎跟不上賈德．赫爾坎普的步伐，對方似乎沒什麼興趣跟她待在一起。他們來到了通往女生宿舍的岔路，她試圖說些什麼，希望至少能讓只關心自己的赫爾坎普和她道晚安，但對方幾乎什麼也沒說就掉頭走掉了。她不禁懷疑自己為何要自討苦吃，但隨即想起她必須這麼做。

她繼續獨自前行，看到奧克斯班禮拜堂外面有個牌子寫著當晚開放懺悔。她一時興起，便從尖頂窗之間的拱型側門進入那座哥德式教堂，再一個人走進教堂唯一的告解室。

「神父，原諒我，因為我有罪。」潔瑪隔著屏風說。

神父回答：「孩子，妳上次辦告解是什麼時候？」

潔瑪遲疑了一下，回答：「從來沒有，我不是天主教徒。」

「喔，那算了。」神父說。「我也不是。」

他從他那一側的告解室走出來，也請潔瑪這麼做。他戴著羅馬領，笑容滿面，像約克夏㹴一樣留了一頭黑色和棕色的長髮。他用充滿活力的聲音說道：「我是聖公會教徒，但心胸寬大，願意為任何信仰的人服務，甚至可以對無神論者低聲說些甜言蜜語。我會聽取天主教徒的懺悔，但我自己稱之為『認輸』，然後我會用類似聖母經的經文為他們祈禱。請放心，我會嚴守告解聖事的神聖性，無論妳想跟我分享什麼，我都會保密到底。對了，我是史神父。」他語帶歉意，因為「史」跟「屎」同音。

聽到有神父姓史（屎），潔瑪努力忍住不笑，對方看穿了她的心思，畢竟以前就常常有人拿他的姓氏開玩笑。「我知道妳在想什麼。」他哀嘆道。「這裡大部分的人都直接叫我神父。」

「我是潔瑪．林德利。但我想確認一下，你真的是神父嗎？」她可不想隨便向別人坦露自己內心的愧疚感。

「我可是超級神父。」他揮揮手澄清道，但他誇張的動作看起來有點尷尬。「我還可以認證符合猶太教規的食品和主持道教婚禮。」

「但你是怎麼……？」

「我獲得了貝爾謝巴首席拉比以及中國天師府正一寺的特許。大部分宗教團體的高層都有麥克馬斯特學院校友的身影。」

她環顧伯夙利亞的友弟德[27]跨教會集會所漂亮的建築內部。這棟建築的前身是奧克斯班聖士提反堂，去神格化後被蓋伊·麥克馬斯特拆除。不知道教堂的玫瑰窗、優雅的橫樑、中殿和耳堂是否都是假的，比起教堂更像是實驗室的場景布置。

「可是神父，你的信仰怎麼辦？第五誡不是說『不可殺人』嗎？你要怎麼合理化在這種地方服務？」

「我知道。」他承認。「但神父不是會和被判死刑的殺人犯一起走到行刑室嗎？軍牧明明知道士兵的目標是

盡可能殺死敵人，但還是會在他們上戰場前和他們一起祈禱，不是嗎？請聽上主的話：『**現在你要去擊打亞瑪力人，滅盡他們所有的，將男女、孩童、吃奶的盡行殺死。所以，你們要把一切的男孩和所有已嫁的女子都殺了。**』」他露出溫和的笑容，說：「引自《民數記》三十一章。例子多到一整個晚上都講不完呢。」

「但你身為神父卻縱容謀殺——」

「麥克馬斯特學院的每個教職員工都殺過人，妳不知道嗎？」她後頸的寒毛豎了起來，彷彿一場雷暴即將來臨。「我之前好像沒想過這件事。我猜應該至少有一部分的教職員工有，但所有人都有？連你也有？」

「我們都有各自的理由，想必妳也一樣。我殺死了一位主教，如果能再重來，我會毫不猶豫再做一次——當然，我是指那位主教，不是任何主教。」他傾訴道。「很多時候，我們在麥克馬斯特學院做的都是神的工作……如果妳相信公正的神的話。所以如果妳想傾訴自己的煩惱，妳可以告訴我妳遇到的困境，我會守口如瓶。我不會作出任何評判，而且跟收費高得嚇人的精神科醫生不同的是，我可以在結束時赦免妳的罪。」

「我想告解的是我犯了殺人的罪。」她說。

神父嘆了口氣，說：「至少我不是地方檢察官。」

---

27 在《友弟德傳》（Book of Judith）中，亞述大軍入侵巴勒斯坦，來到猶太的伯夙利亞城，這時城中一位年輕貌美的寡婦友第德主動帶領女奴出城，用美色誘惑亞述軍主帥，夜裡將其主帥割頭。

♠

晚餐後，妲爾西走回毛地黃小屋，很高興看到學院負責夜床服務的員工已經很細心地生了小火。

在好萊塢，那些在社交場合認識多莉亞．梅伊的人可能會覺得她很輕浮，但這是因為他們沒有和她一起合作拍過電影。她總是像學者一樣認真研究劇本，而化名妲爾西．莫恩的她也以類似的全神貫注和忘我程度學習怎麼殺人。校內所有宿舍房間、小屋和教室的牆上都掛了「四個大哉問」，這裡也不意外。第一個是：**這場謀殺是必要之舉嗎？**下一句則是進一步延伸的推論：**你有盡可能給目標贖罪的機會嗎？**她對這兩個問題的答案都有十足把握嗎？

在製片廠的最後一天，在以休假為名前往麥克馬斯特學院就讀前，她深信兩個問題的答案都毫無疑問是肯定的。在走回住處的路上，她看到了製片廠的財務總監克勞德．雷文森走出食品雜貨店，旁邊還有一個二十歲出頭，看起來勤奮好學的男子。

克勞德．雷文森上週末在聖塔芭芭拉海岸附近的安那卡帕島周圍慵懶地駕駛他的高低桅小帆船。在陽光的沐浴下，他的棕髮曬成了金棕色，平常粉嫩的膚色也曬成了奶油咖啡色。比起財務總監，他看起來更像製片廠霸氣十足的明星，他介紹多莉亞和年輕男子互相認識時，牙齒還閃閃發亮。

「多莉亞，我想向妳介紹我們的新人神童萊迪．葛拉漢，他是我們敬愛的列昂的得意門生。但我得趕去參加預算審查會議，你們慢慢聊。」

他快步離開，把萊迪留在那裡和多莉亞聊天。光看他的長相，多莉亞可能會以為他是大學班代，而且高中可能還有跳級。他穿著一件有腰帶的花呢外套，但沒有扣釦子，一頭捲髮到處亂翹。他說：「梅伊小姐，我一直很期待能見到妳。我只是想說，自從我和這個世界第一次注意到妳以來，我就一直很欣賞妳的作品。」至少他還滿有禮貌的。「妳演戲總是全神貫注，將角色刻劃得淋漓盡致且令人著迷。」

多莉亞滿意地哼了幾聲，心想他怎麼省略了「無與倫比」，但人可不能什麼都要。

「我有一些劇本很想跟妳分享，是我從美東請來的一群劇作家寫的。這些都是故事性強、著重心理描繪的作品，有像妳這樣的著名明星扮演關鍵角色，再加上導演傾力執導，他們或許能突破B級片的成本限制，就像十年前的《梟巢喋血戰》和《豹人》一樣。」

「B級片？」多莉亞感到震驚不已。

「我們也會為一些編劇提供執導的機會，因為我們認為他們會確保敘事手法和人物角色被擺在最前面。」

「B級片？」多莉亞又問了一遍。

「可惜科斯塔先生堅持要妳出演他計畫製作的動畫電影系列，但他說他想重塑妳的形象，把妳變成美國國家喻戶曉的『國民小豬仔』，完全不考慮讓妳出演其他作品。」他壓低聲音說：「我想說如果妳拿一本妳最近發現且很喜歡的劇本去給他看……」

多莉亞不太喜歡這個對話的走向，不過如果她能放下架子，把自己的A級名氣借給一部生存能力強，又能以其不加掩飾的現實主義風格得獎的B級片，或許對她的職業生涯會有幫助。

她約了時間到科斯塔的辦公室，在他面前大力讚揚萊迪一番。科斯塔完全同意她的看法。「是啊，那孩子是個天才，我想稱他為我的影壇神童，但他才剛起步呢，想想他未來會有什麼樣的成就！他很仰慕妳，噢，而且他手上的劇本很厲害。他請來的編劇……那些對白設計就跟伯羅奔尼撒半島的葡萄酒一樣耐人尋味。」他說。

「列昂，給我一部真正的電影，我願意領最低工資！」

科斯塔哼了一聲，說：「好吧，就這麼說定了。」

「我可以跟萊迪合作了嗎？」

「不是，妳可以領最低工資拍那部卡通。」他對她微笑道。「我的小豬仔。」

現在，她坐在毛地黃小屋那張簡陋的木桌前。道布森建議她複習他的戒律，所以她打算在就寢前這麼做。她打開了一個黑色的三環活頁夾，仔細研究油印紙上面寫的「道布森法則」。第一條簡短扼要：

第一條：不得有同夥

但下面直接列了兩條範例。

範例1A：不得有愛人涉入。絕對不要和愛人一起犯下謀殺案，除非你們兩個都打算一輩子對彼此忠誠，順帶一提，這是不可能的。那種會導致謀殺的愛在本質上是令人熱血沸騰的，但來得快，去得也快，大概跟屍體冷卻的速度差不多。讓彼此的雙手染上鮮血，很可能就是你們愛情的墳墓。

範例1B：不得雇用職業殺手。如果一個你不認識的人願意為了一點錢殺死一個他不認識的人，你敢將自己這一生最重大的祕密託付給他嗎？如果你雇用的殺手在替你或其他人殺人時被抓，或是單純只是在醫院區超速駕駛而被捕，他一定會很樂意向當局提供一份他過去所有雇主的名單以減輕刑責。他有什麼理由不這麼做呢？因為有失專業嗎？

第二條：讓喬治動手。（這是「不得有同夥」的一大例外。）如果你恨一個人恨到想殺死對方，很可能有其他人也同樣恨他。假設你想殺死弗雷德，結果一個叫喬治的傢伙發現他妻子和弗雷德一起躺在汽車旅館的床上，而且床頭櫃上剛好還放了一把上膛的槍，那就讓喬治動手吧。創造並操縱局勢，讓喬治有手段、動機和機會，接著就順其自然，交給人性。天助假他人之手者。

第三條：製造恥辱，讓對方丟臉、沒面子。如果可以的話，除了殺死受害者之外，還要揭露他的惡行，這樣就算是警方也會心想：「他這也算是自食其果，對吧？」或是「天啊，他真的是引來了殺身之禍。」要讓義憤填膺，打算把真相查個水落石出的偵探放棄

調查，或許只要讓他消消氣就好了。

她閱讀到這裡，停了下來。

多莉亞是一個靠自己奮鬥成功的女明星，她希望盡可能掌控自己在銀幕上呈現出來的模樣。為了達成這個目標，從服裝和化妝到燈光和鏡頭，她比大部分的電影明星都更了解拍片的各個層面。現在，她知道同時身處兩個地方的重要性，也複習了製造恥辱的好處，一個場景在她的腦海中浮現，而主角正是製片廠老闆列昂尼德・科斯塔。

房間另一頭的箱型床低聲呼喚著她的名字，求她與它相伴，她真的好累。之前她在研究劇本或角色遇到難題時，只要睡一覺，早上起床就會得到答案，她知道這次也不例外。

隔天早上，她就茅塞頓開了。

我們很高興能透過本書首次提供讀者在校生永遠看不到的內容：三份直言不諱的學生評鑑報告。——哈教授

米迦勒學期中進度報告

學生：克里弗．艾佛森
指導教授：哈賓格．哈洛院長

致董事會：

由於克里弗．艾佛森先生獲得了全額獎學金，來麥克馬斯特學院就讀，這份報告會比一般的更加全面，因為它不僅供董事會審查，也供其贊助人閱讀。

致艾佛森先生的贊助人：你收到的報告副本裝在密封圓筒中，一接觸到空氣，紙上的墨水就會在幾分鐘內消失，所以請馬上閱讀此報告，因為這是你唯一的機會。就像我們先前所有的溝通和討論內容一樣，嚴禁透露本學院的存在或是與艾佛森先生以外的人分享本報告的內容，而且我必須強調，若違反規定，學院將強制執行懲罰。

醜話就說到這邊。我很高興能在此報告，艾佛森先生進步得很快，值得稱讚，不是所有受贊助的學生都像他這麼優秀。在剛入學的第一個月裡，他大部分的時間都獨來獨往，但他生性友善，不會擺架子或自視甚高，也不像許多其他學生一樣把自己過去遭遇的不幸怪罪到

這個世界和同學身上。他將恨意集中在一個特定的當弒人（即目標）上，而且值得稱讚的是，他對當弒人殘忍傷害的其他受害者的同情更加劇了內心的仇恨。

雖然艾佛森先生每天都課業繁忙，但他會在晚餐後到廚房打工，並用這筆微薄的收入換取一些小確幸，而不是動用他的贊助人，也就是你提供的大筆資金。在打雜的過程中，他也在提希爾大廚的薰陶下，對毒理學有更深入的認識，就算他在畢業論文中活用這些意外習得的知識，我也不會感到驚訝。我個人也很高興他不像很多學生那樣，會白白陷入麥克馬斯特之道的哲學困境。在某次「運動家精神」的戶外課程中，塔科特教練在教槌球，以及如何有效利用木槌、球，甚至是邊角削尖的ㄇ字型球門。克里弗出身平凡，顯然不喜歡這種缺乏男子氣概的貴族運動，除了手指三明治和酸橙飲品之外，要讓像他的目標這樣的人考慮進行這麼溫和的運動也很不切實際。他委婉建議道，如果是在公司野餐臨時舉辦的棒球比賽中，故意丟出頭部觸身球（也就是最危險的近身球），對他來說會比較容易。克里弗高中時似乎是棒球校隊投手，投球的速度和準確度都足以致命。塔科特教練建議克里弗可以採用這種方法，他卻回答道，可惜被公司解雇後，就很難在公司野餐中丟球了。

或許你會想知道，我們的露天游泳池新裝修了天窗，由於克里弗之前在加州理工學院打過水球，他也加入了我們的水球隊，更成為我們最可靠的守門員和球迷的最愛。

說到運動，艾佛森充分利用了我們豐富的運動課程和比賽來提升自己的身體狀況。雖然他在近幾年都長時間坐在繪圖桌前，但在阿爾文．塔科特教練的帶領下，加上他「全力以赴」的訓練態度，他的身體狀況已經達到了人生新的巔峰。在我們年底的鬼抓人測驗，克里弗優越的身體狀況應該會對他很有幫助，而他在活動中的表現也能作為提前畢業執行論文的跳板，或許可以減少你慷慨贊助所花費的成本。

總而言之，大概沒有比他更好的贊助對象了，我想這應該是你想要資助他的主要原因之一吧。他很快就接受了麥克馬斯特學院的教學方法，根據自己的理解和經驗進行調整，而且非常注重結果，或許是因為他是做飛機設計的，畢竟在那樣的領域，工作期限至關重要，且稍有誤算可能就會引發悲劇。

他的宿舍輔導員香波．南達告訴我，他在他住的男女混合宿舍「海吉之家」交了一些朋友，我也有看到他主動幫助幾個學習狀況較不理想的學生。

目前幾乎沒有什麼負面消息需要報告。不過，艾佛森先生才剛來幾個月就有了競爭對手，是另一名男學生，老實說我們現在後悔當初錄取了該學生。我們正在努力控制狀況，畢竟與其說是艾佛森先生的問題，不如說是我們的錯。

敬愛的董事會成員，這是按照我們財務總監的主張，放寬篩選流程以增加利潤所導致的結果，我們一定要從赫爾坎普先生的案例中學到教訓。

不過這也不完全是壞事，因為它激發了克里弗先前不曾展現的競爭意識。身為他的指導教授，我主要擔心的是他深思熟慮的天性可能會導致他在執行論文的關鍵時刻猶豫不決。

慷慨無比的贊助人，最後還有一件事：雖然我不被允許（相信你也不會希望我）透露他的論文細節，從而使你成為同謀，但我可以說的是，他會在論文中反轉「天下沒有白吃的午餐」的道理。為此，我請我們的史神父用佈道來啟發他，提醒他捐得樂意的人是上帝所喜愛的，正如路加福音所說：「你們要給人，就必有給你們的。」艾佛森先生前景可期，請放心，相信你對他的投資和期許會有所回報。

米迦勒學期中進度報告

學生：潔瑪．林德利

指導教授：阿爾文．塔科特教練

致董事會：

神父在此祝福各位！塔科特教練請我代為寫報告，因為他的休閒娛樂行程滿檔，而且隨著氣溫降低，開始以室內活動為主時，行程反而更加緊湊。

我們兩個都很擔心林德利小姐的論文進度。不過呢，其實很少有學生比潔瑪還要聰明和勤奮，她全心投入學業，如果只看成績的話，她一定能輕鬆過關。

我們擔心她論文的基本假設可能存在致命的缺陷（不是刪除目標的那種「致命」）。她的執行方法沒問題，但卻是基於很可能是錯誤的假設：她必須設法跟一個勒索她的女人成為朋友，並引誘她週末一起去郊遊。她打算說服安德頓小姐跟她一起去約克郡谷地的博爾頓大教堂和巴登塔周圍健行。潔瑪不知道花了多少時間，窩在麥克馬斯特學院圖書館的深處進行研究，終於找到了下手的地點：位於哈洛蓋特西北方，路程不到三十分鐘的史特里德溪，它看似一條充滿田園風光的小溪，在幾處甚至只有一、兩公尺寬。

身為無可救藥的大自然愛好者和前榮譽童軍，我將暫時放下專業超然性，並分享我對潔瑪發現的致命激流的熱情，請各位見諒。這條被稱為「史特里德溪」的蜿蜒小溪在某些地方似乎夠狹窄，可以一步跨越（其英文名稱「Strid」正是源自「大步」的英文「stride」），或是踏過幾塊洶湧水流之間的黑色岩石即可。

但是一旦失足落水，史特里德溪就會把你活活吞噬，因為它可不是什麼小河或小溪。雖然史特里德溪的寬度只有兩公尺左右，但它其實是沃夫河的其中一段，那是一條寬廣的大河，卻因為流入一條極其狹窄的大峽谷而被迫九十度側躺。峽谷頂部的帶狀水域使其看起來像一條無害的溪流，光滑又長滿青苔的河岸下隱藏著無數條蜿蜒的井穴，通往下方的深淵，以及經過河流長時間侵蝕而成的地下隧道和洞穴網絡。一旦滑倒，就有可能會在陡峭崎嶇的岩壁間被撞得遍體鱗傷，更有可能被捲入岩石間的暗流，葬身於無底洞中，正所謂「一失足成千古恨」。過去四十年來，失足者與倖存者的比例是十七比零，就算本季第一例死亡是一名缺乏經驗的健行者，大概也沒人會感到意外吧。在史特里德溪落水後幾乎都是屍骨無存。

表面上看來好像都沒問題。塔科特教練一直在修驗道柔術學校指導潔瑪，讓她掌握推開受害者伸出的手以破壞其平衡的微妙技巧，同時在目標和旁觀者眼中看起來又像在幫助對方。

當我表達擔憂，說麥克馬斯特學院並不支持學生冒著生命危險去刪除目標，潔瑪表示她就是想這麼做。顯然由於上述方法對自己來說有很大的風險，潔瑪反而沒那麼猶豫！與大多數學生相比，潔瑪很難放下執行論文的罪惡感。我向她保證，溺水被視為相對沒那麼痛苦的死法，但她卻提出質疑，問這個看法是根據誰的證詞而建立的。在她看來，如果她失足落水，命喪深淵，不管有沒有帶著目標陪葬，都是她活該，沒什麼好抱怨的。

我和塔科特教練都認為這種心態對於完成論文一點幫助也沒有，我們很擔心潔瑪會失敗，因為正直的她在潛意識裡可能會覺得那是她應得的報應。

為了糾正這種危險的心態，教練和我特意給了她一項吃力不討好的任務，希望能藉此證明試圖和勒索自己的人交朋友是一個註定會失敗的計畫。在這裡學到教訓總比在戰場上好吧。

由於缺乏資金，潔瑪只能負擔一學年的學費，因此我們的介入更是迫在眉睫。除非我們能讓她考慮不同的策略，否則她的論文可能凶多吉少，她恐怕也沒剩多少時間能臨時想出替代方案。

我們也替潔瑪安排了一系列與桃花劫系系主任薇斯塔．特里珀的晤談，希望比起將一個道德敗壞的主教從人生的棋盤上剔除而且毫無悔意的神父，或是曾用射釘槍把銅牌釘在無情的冠軍胸前的前奧運教練，另一位女性的忠告她可能比較聽得進去。在報告的最後，我想說我們兩個都非常喜歡林德利小姐，因此更是放不下心。

米迦勒學期中進度報告

學生：妲爾西．莫恩

指導教授：馬迪亞斯．格拉維斯教授

致董事會：

妲爾西．莫恩是一名模範學生，我們錄取申請者時想要的就是這麼優秀的人才。我是個無可救藥的樂天派，一直渴望遇見像莫恩小姐那樣做好準備且具備多元技能的學生。遇到妲爾西，就像在飢腸轆轆的人面前準備了滿漢全席，讓人為之瘋狂（其實她也有一點瘋瘋的，但是很有魅力的那種瘋）：她聰明絕頂，學得很快，會提出明智的問題並期待對方給出明智的回答。她會按時交作業，內容完全符合老師的要求，她那積極參與所有課外活動的精神也令人敬佩。她顯然見多識廣，但據我所知，她不會把自身經驗和價值觀強加在其他同學或教授身上。有時我會希望她能多花一點時間享受這裡的社交活動，但她似乎一心一意想幫助加州的某個人，可能是姊妹、近親或好友。她顯然很崇拜這個人，會為了對方全心奉獻，不遺餘力，幾乎像鷹身女妖一樣執著。願我們都有像她這樣的復仇天使，豎起羽毛，拍打著翅膀，對抗我們的敵人。

補充：我常常會把進度報告先給道布森警監看，他看完後告訴我妲爾西一心想幫助的加州神祕人士究竟是誰。他說他在「妲爾西．莫恩」來到這裡的幾分鐘內就發現了她的真實身分，而我卻一整個學期都被蒙在鼓裡。警監推測，要登上好萊塢的巔峰絕非易事，要保住地

位更是難上加難，因此動物般的狡猾直覺是不可或缺的。他說他「敢肯定她會獲勝、名列前茅且毫不留情……她是個貨真價實的天才。」

第十六章

（摘錄自克里弗・艾佛森的日記）

親愛的X：我和賈德・赫爾坎普之間的分歧在這學期愈演愈烈，其中一個典型的例子就發生在校內水球比賽的準決賽。不曉得您知不知道，水球是我在加州理工學院很喜歡從事的運動。比賽在露天游泳池舉行，這裡有加蓋玻璃屋頂的泳池、瓷磚露臺以及酒吧，很適合讀書、聊八卦、策劃論文，而且一年四季都可以游泳。

同樣身為守門員，我和賈德都已經證明了自己的實力，雖然赫爾坎普對規則的不屑一顧在奧運比賽是站不住腳的。根據規定，只有守門員的腳可以接觸池底。赫爾坎普利用這點，在高腰泳褲裡藏了一條窄規格的碼頭線，游到可比・特休恩腳下，把他拽到水面下，然後用碼頭線迅速在可比的腳踝和泳池的金屬扶梯底部都牢牢打了結。當我發現離我最近的隊友不見了，我便潛入水中，看到可比距離水面只有幾公分，快溺死了。在我努力解開繩結的同時，赫爾坎普朝我方無人防守的球網射門，拿下了勝利。當我向擔任比賽裁判的塔科特教練提出抗議時，他只是露出微笑，好像在說：「這就是人生。現在不要指望我會提供幫助，到時也不要指望警察會幫助你對付你的菲德勒先生。」雖然教練本身很鄙視赫爾坎普，但他的手段確實有效，這點無庸置疑。

後來，我逮到機會在同樣的地方進行看似無傷大雅的報復，不是在泳池裡，而是在學校半年一次的重返犯罪現場社社團大會擔任講者。這個學生社團成立的目的是為了支持在入學前刪除目標失敗的人。我不只是被要求參加，而是強制參加，就跟寫這本日記一樣；不過我很慶幸自己不是唯一殺人失敗的學生。大會的參與者不少，露臺和泳池後方的看臺都坐了人，幸好這群聽眾都抱持著開放的心胸，樂於接受新的想法。顯然，聽到同學分享過去失敗的親身經歷，讓大多數與會者不會因為自己犯的錯誤或是缺乏自信而感到尷尬。

在講台上，集會主持人馬迪亞斯．格拉維斯撥開一縷濃密的頭髮，開口道：「¡Saludos y bienvenidos!（大家好，歡迎各位！）看到這麼多人來參加，真是太好了！首先，讓我們感謝今天的講者們，勇敢站出來跟我們分享他們的經歷。」他轉向站在講台附近的講者，包括我和梅梅．韋伯斯特，令我驚訝的是，潔瑪．林德利竟然也是講者之一。格拉維斯繼續說道：「在場沒有人會因為你們過去的失敗而評判你們。在缺乏學院提供的教育以及志同道合夥伴的狀況下，你們已經盡力了。」他轉回去對聽眾說：「正所謂『君子報仇，十年不晚』……不過蓋伊．麥克馬斯特喜歡更口語的『你下次就死定了！』」

第一位講者是梅里安．韋伯斯特，她紅潤的臉色更增添了自身的魅力。她常常甩頭，看起來總是像種孤挺花種到一半的模樣。她承認自己曾經試圖毒死她那控制欲強又吝嗇的丈夫。她巧妙地花了一年的時間，打破大型壁掛式溫度計的水銀球（這比買老鼠藥更不容易讓人起疑，而且還不用簽名），以囤積大量紅水銀。將紅水銀倒入丈夫早上喝的咖啡後，她才知道溫度計裡面的水銀如果是紅色的，那就不是水銀。不過她的努力也並非徒勞無功：結果她那小氣的丈夫品嚐下了「毒」的咖啡後，他就要求她從原本便宜的超市咖啡換成更高級的紐約連鎖咖啡品牌。

下一位講者是潔瑪。她說話小心翼翼，彷彿說出口的每個字都有可能會攻擊她似的。她的聲音微微顫抖，我想應該是出於壓抑的情緒，而不是單純的怯場。「跟今天其他講者不同的是，我的……計畫完全沒有出差錯，所以手術很『成功』，病人死了。」我坐在她的旁邊，注意到陽光彷彿在她的臉上留下了一道淚痕。「但那是一次慘痛的失敗，因為我沒有想到殺人的後果，所以現在不得不再次殺人。」這是我幾週來第一次聽到有人把「殺人」這兩個字說出口，在我寫下來的同時，我還在想會不會有武裝警衛衝進宿舍沒收我的筆呢。

她看向文學系系主任馬迪亞斯．格拉維斯，說：「教授，我應該要好好讀莎士比亞的。『血債血還。』」她引用《馬克白》的這句話，彷彿在向沉默的聽眾發出警告。「謀殺可能會導致另一場謀殺。我雖然成功刪除了目標，卻沒能結束一切，現在我不得不再次殺人，而這次的動機更加骯髒自私，違背了我的本性。但我必須這麼做，否則無辜的旁觀者，也就是我那已經大受打擊的母親會徹底心碎。讓我的經驗作為各位的借鑑吧：不要只想著當下的任務，要去思考未來。當你殺了人，你可能以為自己已經跟被害者玩完了，但殺人這件事可能還沒跟你玩完。」

聽眾的反應就跟在縱酒狂歡會聽到禁酒講座一樣冷淡，潔瑪回到座位上時，除了我有拍手之外，台下只響起零星的掌聲。哈洛院長現在才走進露天游泳池，到露臺上跟道布森和史蒂奇坐同一桌，這對潔瑪來說應該是好事，因為院長可能不會贊同她明顯表現出來的悲觀看法。

我本想鼓勵一下潔瑪，但輪到我上台了。我並不想跟同學分享過去的自己有多麼無能，但院長和香波．南達都有分別跟我說明受贊助的學生所應盡的義務，並指出其他人可能會從我以前的愚蠢行為中得到收穫（真希望他們不要這麼直言不諱）。我試著拿出風度，坦然面對，不可否認的是，我就是希望藉由一開始就承認自己以前有多蠢，來避免別人直接公然嘲笑。

如果我是想當喜劇演員的話，我的表現應該可以說是一百分。當我描述我的超大「偽裝」時，就連面無表情的道布森都差點笑了。唯一一個再明顯不過的例外是赫爾坎普，在大部分聽眾深表同情的笑聲中，夾雜著他那充滿輕蔑的冷嘲熱諷。

當我的故事告一段落，馬迪亞斯．格拉維斯也走上講台，問我在這次不幸的遭遇中，有沒有什麼值得學習的部分要和大家分享。我的殺人計畫確實是以慘敗告終，但雖然沒能處理掉被害者，我還是覺得我處理一些細節的手法相當巧妙。

我開口道：「這個嘛，要說我有做好什麼——」

「就算你沒長痔瘡也不可能『坐好』啦，哈哈哈！」赫爾坎普打斷道。

我對他露出了寬恕的微笑，就像一位父親即將送給他那忘恩負義的兒子一輛新跑車的鑰匙一樣。「你知道嗎，賈德？你很快就會覺得內疚了。」我善意提醒道，接著轉向坐在露臺上的哈賓格．哈洛，說：「院長，雖然原本預定在大會結束時才要頒獎，但我可以現在先頒獎嗎？」

院長走近講台，露出寬宏大量的笑容，回答：「當然可以，艾佛森先生，現在正是頒獎的好時機！」

「謝謝院長。」我清了清喉嚨，宣布道：「各位老師，各位同學：我很榮幸能將期中的模範生獎頒發給最能體現麥克馬斯特學院指導原則的學生。請大家以熱烈的掌聲恭喜得獎者……賈德．赫爾坎普！」

我帶頭開始鼓掌，台下驚訝的人們也只能照做。赫爾坎普也同樣震驚，但也高興不已，立刻站了起來，走到講台上。哈洛和赫爾坎普握手，用熱情的語氣說道：「恭喜你啊，賈德，雖然我們有時意見相左，但你今天能站在這裡是實至名歸。」

由於台下觀眾只是意思意思拍個手，掌聲很快就結束了。在一片沉默中，賈德走到麥克風前，開口道：「首先，我想說的是——」

「給我閉嘴，回去坐下。」院長咆哮道，台下的眾人都倒抽了一口氣。有一瞬間，我還以為赫爾坎普會對院長動手，但史蒂奇警佐已經站在旁邊，準備隨時出面，賈德只好惡狠狠地瞪著所有人。我在「動物方程弒」這門課中學到，大部分的毒蛇都有細長的瞳孔，我懷疑他的瞳孔也長那樣。灰頭土臉的赫爾坎普溜回座位上後，院長對大家說：「在此澄清：所謂的『模範生獎』根本就不存在，我懷疑艾佛森先生發明這個獎項只是為了示範一個任何人都可以使用，而且對男性目標效果特別好的強大武器。『傳道者說：虛空的虛空，凡事都是虛空！』[28]無論有多麼牽強，我們大多數人都願意相信自己最好的一面。」

雖然當時的失敗在我心中蒙上了一層陰影，但過程中其實還是有一線曙光。我剛剛的示範成功吸引了聽眾的注意力，我便開始娓娓道來：我如何利用菲德勒的虛榮心，讓他自己站在我要他站的位置……也就是北上列車進站的月台那側。

我在布坎南飯店對面的一間藥房打電話給菲德勒。

「你怎麼知道我住哪？」菲德勒連招呼都不打，劈頭便問道。其實我之所以會知道，是因為菲德勒的祕書梅格．基根很健談，她曾經告訴我，這個大人物每次去紐約時，都會住在布坎南飯店的套房，其中包括一間大臥室，兩側各有一間起居室，一間是商務用，另一間是「非」商務用。

我乖乖回答問題，好像他還是我的老闆一樣。「喔，我剛好人也在紐約，關於你來訪的消息傳得沸沸揚揚呢。」自大的菲德勒肯定會相信全曼哈頓都知道他來了。

「那你又在這裡做什麼？」

「在找工作啊。我失業了，你忘了嗎？」

電話另一頭傳來菲德勒翻閱文件的聲音。「你打給我有什麼事嗎？」他問道。

「我只是在想你有沒有什麼職缺可以介紹給我。」

電話另一頭繼續傳來紙張的沙沙聲。「我有工作要忙，不要再打給我了。」

「我在商業雜誌上看到關於你的那篇文章。」我說。「照片拍得還不錯。」

沙沙聲停了下來。「什麼商業雜誌？」

「《紐約商業週刊》啊，別裝了啦。」我表示嫉妒。

「《商業週刊》？」菲德勒問道。

「真的假的？你沒看到嗎？那你可能找不到了，因為是上週刊登的。我在地鐵的報攤翻了一下，想要找職缺，結果第一個看到的是什麼呢？一篇關於你的專文，還占了整個版面。」我語氣中的怨恨簡直恰到好處，可能是因為我根本不用假裝吧。「還真是個好的開始啊！」

「怪我囉？」菲德勒說，但他確實是罪魁禍首。

「在照片中，蔻拉就站在你後面。」我補充道，菲德勒頓時啞口無言。其實蔻拉並不在照片中，因為我所說的照片和文章根本就不存在，不過紐約的報攤真的有賣《紐約商業週刊》這份刊物。

「她滿漂亮的，但她的腦袋不太清楚。」他終於開口道，好像驗屍官在宣布死因一樣。「真的很可惜。你剛剛說報攤在哪裡？」

關於蔻拉，他就只有這些話要說嗎？我心想。「我剛好是在你住的飯店對面的地鐵站月臺看到的，在ＩＲＴ北上列車進站的月台那側。如果你要去貿易展，可以從那裡搭地鐵到哥

---

28 "Vanity of vanities! All is futile!"，亦可理解成：「凡事不可自私自利、愛慕虛榮，要心存謙卑，看別人比自己強。」

倫布圓環。」我說。

他冷笑道：「我死也不會搭地鐵。」

只要我能引誘你到月臺上，你很快就會死了，我心想。「是喔？可能就是因為這樣，所以你才沒看到吧。地鐵站可能還看得到，因為那裡的報刊會放比較久，畢竟有固定客群嘛。」

「你說ＩＲＴ嗎？」

「北上列車，在Ｂ２。」我的回答就跟百貨公司巡視員一樣不假思索。

「《紐約商業週刊》……封面是什麼？」

「不記得了，我沒買，我現在可沒有閒錢買雜誌。」

「那就去圖書館借啊。掰。」

電話「喀」的一聲掛斷了。希望我能成功引誘菲德勒到地鐵月臺上我要他站的位置。

「對，你那時的確做得很好。」在大會隔天的一對一諮詢中，院長給予肯定。「藉由嘲笑賈德．赫爾坎普，你用一種滑稽的方式證明了王爾德先生說的話，也就是奉承是讓人喪失能力最迂迴的方式。幸運的是，你的目標可能沒有意識到你利用了他自己的虛榮心來控制他，所以如果你按照我的建議，在論文中再次使用這個策略，他可能也不會發現。他樂於接受奉承的態度宛如一個永遠裝不滿的容器，你可以盡情傾注讚美，他也不會抗議說：『謝謝，我這樣就夠了。』」哈洛伸手拿沒有下毒的雪莉酒，說：「不過艾佛森啊，你要小心：你恐怕已經進一步激怒了賈德・赫爾坎普，建議你多加提防他，絕對不要掉以輕心。」

我謝謝他的雪莉酒和警告，並問他對我論文的正式提案是否還有其他建議。哈洛在便條紙上匆匆寫了些東西，說：「這個嘛，我昨天已經提到了《傳道書》第一章第二節關於『虛空』的教誨，這次要傳授給你的是《使徒行傳》第二十章第三十五節，還要請你去上一堂佐佐木教授非常簡短的輔導課。」

不知道數學跟我的論文到底有什麼關係。我低頭看了看哈洛寫下的文字，不禁大吃一驚：「施比受更為有福。」我挑起眉毛，那個偉大的男人回答道：「如果你把每一天都當成人生中的最後一天，對你的菲德勒先生慷慨解囊，或許他人生中的最後一天很快就會到來。」

第十七章

（摘錄自克里弗・艾佛森的日記）

親愛的X，轉眼間，幾週、幾個月就過去了，我後來在房間放了掛曆來記錄時間的流逝，因為日子一天一天過去，秋天卻遲遲不來。最後，滑榆樹周圍茂密的樹林終於變色了，校園化身為色彩斑斕的盛會。梅梅・韋伯斯特似乎對樹藝頗有研究，她辨認出橡樹、楓樹、楓香樹和山茱萸，這些樹的葉子轉紅，就跟米爾頓・史威爾（就是我跟院長同桌吃飯那晚，和可比一樣中毒的瘦弱男子）那蔓越莓般的紅髮一樣紅。「滑榆樹」莊園宅第附近的滑榆樹葉子黃得跟危險號誌一樣，莊園的山核桃和白楊樹金黃的樹葉紛紛飄落，彷彿大自然要褪去身上的廉價珠寶。耙子和鋤頭的教學課程就是在這麼璀璨耀眼的戶外環境進行的，特別是搭配總是很有用的耕耘機時。

隨著冬天的到來，這裡下了幾場小雪，而且第一場雪剛好是在平安夜發生的，甚至有傳言說哈洛院長為了營造出完美的白色聖誕，所以特別安排人工降雪。除了聖誕節當天之外，學校都沒什麼過節氛圍，但到了當天，全校就像痛改前非的史古基[29]一樣盛大慶祝。院長下令，在二十六日中午以前，校內禁止一切欺騙行為，雖然他主張沒有什麼比聖誕節期間那份虛假的安慰和歡樂更有利於刪除目標的了。儘管院長宣布停戰，但賈德・赫爾坎普還是想盡辦法在蛋奶酒裡面摻入肉豆蔻（攝取過量可能會導致失憶、急性焦慮、心悸甚至是死亡）。幸好有人注意到肉豆蔻濃郁的氣味，赫爾坎普後來被罰回房間反省，不能吃布丁。

雖然麥克馬斯特學院至少過了十二天聖誕節的其中一天，冬天並沒有久留，很快就過去了，學生們因此議論紛紛，想進一步推測我們到底在世界上的什麼地方。有一段時間，米爾頓・史威爾堅持我們在尼泊爾，但梅雨季一直沒來，他後來就宣稱自己說的是拿坡里。夜空可能會提供一些線索，但除非你的論文要用到星座，否則學院一律建議對天空太有興趣的學生要低頭小心腳步，以免發生嚴重事故。唯一的例外是月亮，麥克馬斯特學院覺得月亮是屬於大家的。

我後來養成了在散步的合理範圍內盡可能閒逛到靠近莊園外圍的習慣，不是為了逃跑，只是想看看有沒有什麼當地特徵可以作為判斷所在位置的線索。我在西邊（太陽的東升西落至少給了我們四個方位）發現了一口古老的石井，上面刻了某種神祕符號，但那些符號看起來像是最近才刻上去的，我懷疑學院是想誤導我們。

有一次，我漫步經過校園另一頭，看似距離大門好幾公里的汽車藝術車庫，看到一輛寫

29 艾比尼澤・史古基（Ebenezer Scrooge）是查爾斯・狄更斯（Charles Dickens）小說《小氣財神》（*A Christmas Carol*）的主角。他原本是一個討厭聖誕節的守財奴，但在聖誕夜歷經過去、現在和未來三個聖誕幽靈的造訪後，洗心革面，變得不再吝嗇。

著「聖地牙哥仁慈聖母醫院」的救護車，感到興奮不已。但那輛卡車沒有車牌，而且幾天後在實驗室被當成教具，實驗如何瞞天過海，在警察不知情的護送下以時速一百四十五公里逃離犯罪現場。就算那輛車的前身是可比的冰淇淋車，我也不會感到驚訝。

不過，在我斷定是初春的某個週日，我穿過錯綜之森和後面的竹林，不斷往上爬，想看看有沒有制高點，可以從居高臨下的位置更清楚看到外圍的景色。隨著地勢越高，路途越來越崎嶇難行，前面突然出現了一條裂隙，好像我來到了狹縫型峽谷的頂端。峽谷另一側的山坡上矗立著一座石堡，還有一座像長髮公主住的塔樓高入雲霄。仔細一看，我發現那座堡壘只是一個裝飾性建築，利用峽谷兩側明顯的高低差和強迫透視技巧，使堡壘看起來比實際上更遠、更雄偉，搞不好裡面其實只有一間房間。不過裂隙對面的山峰還是比我站的位置高很多，上去的話視野應該會更好，可以進一步觀察周圍的地形。

我以為會有一座長約六公尺的棧橋或繩橋橫跨狹窄的峽谷，卻發現一輛小型空中纜車停在對面的平台上，懸掛在半空中的纜繩一路延伸到我這一側的平台，距離我只有一、兩公尺而已。纜車的大小跟摩天輪的車廂差不多……但要怎麼讓它過來呢？

我往下看，但無法判斷峽谷有多深，因為裂隙越來越小，最後幾乎只有跟我的身體差不多寬。散發著硫磺味的蒸汽從縫隙中冒出，看不到下面有什麼。要是摔下去，卡在兩堵岩石之間，就算掙脫，也只會再次跌入未知的深淵，這是多麼悲慘的命運啊，我心想。

我心想之後一定要報名參加任何能到峽谷對面的活動，這樣或許能對學院的所在位置更有——

「艾佛森。」

我嚇了一跳，猛然轉身，發現西蒙·山普森就站在我身後，但在他出聲前，除了風聲和在城堡裡築巢的禿鼻鴉偶爾發出的嘎嘎聲之外，我什麼也沒聽到。他抿起薄唇，露出冰冷的微笑，接著撿起一塊小石頭，像要在湖上打水漂一樣，將其猛地扔進我身後的峽谷。石頭消失在黑暗中，我也沒聽到它落地的聲音。「你又在到處亂逛了嗎？」他

問道。「如果院長認為你又想逃跑，你就不會是他的寵兒了。而且選擇渡鴉峽谷和蓋伊城堡作為終點站特別不明智，畢竟我只要推你一下，就能獲得加分。死命抓著懸崖邊緣時，我的慈悲就是你唯一的希望了。」他露出微笑，說道：「發現這句話的奧妙了嗎？抓著懸崖邊緣的是你，而句子的懸垂分詞也是『你』喔。」

我在大會上分享自己試圖把菲德勒推下地鐵月臺的失敗經驗時，山普森也在場。我盡可能用最兇惡的語氣和表情咆哮道：「你忘了嗎？我才是那個試圖讓另一個自以為是的傢伙摔死的人。」

山普森似乎覺得很好笑。「你的無能顯而易見，你本來想殺死的目標就是活生生的證明。我建議你開始專心準備學期末的鬼抓人測驗。到時就會激烈開戰，疑神疑鬼會是最能保命的心態，夜路走多了，可能就會遇到拿鉛管朝你的頭蓋骨猛砸的鬼。就這麼約好囉？」

語畢，他就走到一堆巨石後面。

「喂，我受夠你了！」我大喊，並衝到岩石後面，準備追殺他，但他已經消失了。我怕被偷襲，便四處張望，甚至抬頭往上看，但我的對手就像一個沒興趣謝幕的魔術大師，已經消失得無影無蹤。

第十八章

（摘錄自克里弗・艾佛森的日記）

由於擠滿人的社交聚會是刪除目標的絕佳煙幕彈，麥克馬斯特學院常常舉辦舞會，就像軍隊每幾個月就會進行一次戰爭模擬一樣。雖然二月好幾週前就結束了，但今晚，滑榆樹的大宴會廳舉辦了本學期第三場情人節舞會。這次擔任行為監督人的是巨石瓊恩，她看到只有少數幾名學生在舞池上小心翼翼地互動，感到相當不滿。「我可不打算一整晚都看你們這些壁花男女在潘趣酒裡下毒！」她一大吼，別在她禮服左肩帶上的胸花就直接被彈飛。「下一首歌由女生挑舞伴，十秒內沒找到人的話就扣兩分。」

親愛的X，如果您覺得她的命令在晚會的場合聽起來太過好鬥，讓我來說明一下，就算「愛」這個字完全沒有出現在課綱裡，在麥克馬斯特學院，戀愛相關活動可是再嚴肅不過的事情。我們被教導在麥克馬斯特學院的箭筒裡，名為調情、迷戀、欲望、色慾、貪婪、嫉妒和心碎的箭矢都占有一席之地，但可能只是作為了結他人的手段，而不是名為「風流韻事」的障礙賽中的種種里程碑。上週，院長才質疑「人人必殺之所愛」這個說法，他反駁道：「相反地，我們的目的是協助各位殺死你們厭惡的對象，如果披上『愛』的羊皮可以幫助你們達成目標，那有何不可？在麥克馬斯特學院，『愛情』是動詞，不是名詞。」

舞蹈技巧是必修課，因為在舞廳和夜店，目標常常是處於分心或喝醉的狀態，有很多機會可以施展各種伎倆。所以雖然我大學時總是很怕參加襪子舞會[30]，我已經盡我所能，在學院舞會和願意當我舞伴的人隨著音樂起舞，才不會辜負您的慷慨贊助。

巨石瓊恩下令由女生挑舞伴後，有人拍了拍我的肩膀，是我在海吉之家的鄰居室友奧德麗．耶格爾，我們開始隨著錄製的樂團曲目跳起兩步舞。「我需要你的幫忙。」她撥開臉上燕麥色的長捲髮，低聲說道，下唇開始顫抖。我不禁心生同情，卻又對這樣的自己和她感到惱火。「我完蛋了。」她哭喪著臉說道，並用我學校外套裡的手帕擦掉右臉頰上的淚水。

我沒有放開她，但忍不住不安地扭動身體，說：「奧德麗，我不是不同情妳，但我住妳隔壁不代表我們就是一家人。我對妳真的了解不多，在我看來，妳搞不好甚至是某種測試或線人。我已經自顧不暇了，妳不能找別人幫忙嗎？」

「沒有別人了，求求你。」

她究竟要我蹚什麼渾水？「這個嘛，要看妳需要什麼樣的幫助。我是說，像殺人這種事我是一定不會做的。」我說。

她用奇怪的眼神看著我，問道：「但這不就是你來這裡的原因嗎？」

「換舞伴，還是女生挑！」巨石瓊恩宣布，妲爾西．莫恩馬上來到我面前，取代了奧德麗的位置，奧德麗則向妲爾西的上一個舞伴米爾頓．史威爾尋求庇護，對方也很盡心盡責，把她帶走了。

妲爾西是個優秀的舞者，雖然動作稍嫌浮誇，但舞步流暢，我想由她來領舞是個明智的決定。「幫個忙吧。」她開口道，聽得出來這明顯不是問句。「之前你在一場槌球比賽中提到，你在高中時是棒球投手。馬迪亞斯看了你的紀錄，跟我說你是MVP。」我之前就注意到妲爾西傾向於直呼大多數教職員工的名字，而「馬迪亞斯」是她的指導老師格拉維斯教授。她繼續說道：「現在天氣比較溫暖了，我需要有人陪我進行打擊練習。為了我的論文，我得練習一些具挑戰性的球路。雖然我丟球跟女生一樣，但我擊球必須跟魯斯一樣。」

我頓了一下才明白她的意思。「貝比。[31]」

「親愛的。」她回答。「當然，我是可以用細繩把球吊起來，但那跟一顆球朝我飛來，只有半秒鐘可以計算並揮棒還是不一樣。」她靠得更近了一些，說：「相信我未來一定也有辦法回報你的。」

妲爾西口中的「回報」顯然就跟懸掛在細繩上的球一樣，但我完全無法判斷她的提議是否帶有性暗示，因為她所說的每一句話都帶有性暗示，或者聽起來好像有……就連吃早餐時點燕麥粥也不例外。「我有演過一些戲。」她繼續說道，並將臉龐轉向我，彷彿想向我坦露

30　襪子舞會（Sock hop）是二十世紀中葉北美地區的青少年舉辦的非正式舞蹈活動。由於早期的戶外鞋底材質硬，容易刮傷地板，所以舞者們會被要求脫鞋，只穿著襪子跳舞。

31　貝比．魯斯（Babe Ruth）是美國職棒史上最具代表性的二刀流選手，帶領紐約洋基隊取得四次世界大賽冠軍，被譽為「棒球之神」。

更多內心的想法一樣。「如果你的計畫需要戲劇性的轉折，我可以給你一些建議。」

當她說她對演戲並不陌生時，聽起來非常有說服力。她給我的感覺如此熟悉，同時又有一見鍾情的吸引力。而且我的論文現階段完成度已經很高了，實際上也確實需要進行角色扮演。我正要開口答應，巨石瓊恩就命令所有人換舞伴，讓我更加驚喜的是，這次在我懷裡的是潔瑪。

親愛的X，交際舞是人類最偉大的成就嗎？想像一下，如果在街上突然靠近一個陌生人，右手環抱對方的腰，將其抱在胸前，臉頰貼臉頰，在人行道上轉圈圈……對方肯定會報警！然而，只要下音樂，再加上一句「可以請你跳支舞嗎？」就無可非議了。

當我抱著優雅的潔瑪，雖然感到很幸福，卻忍不住脫口而出：「抱歉喔，害妳沒辦法每分每秒都跟赫爾坎普在一起。」我簡直不敢相信自己的語氣竟然這麼酸。

潔瑪本能的反應是一聲苦笑，然後簡短回答：「我討厭他。」

「看妳對待他的方式，真的完全看不出來耶。」我抱怨道。

她看向我身後，可能是想確認赫爾坎普有沒有在附近，然後說：「雖然這不關你的事，但這是我學業的一部分，是我必須完成的任務。」

雖然她有解釋跟沒解釋差不多，我卻頓時覺得飄飄然，因為我以前一直很難接受她對赫爾坎普的盲目崇拜以及她本身討喜的性格之間的違和感。我不再用那麼僵硬的姿勢抱她，她在我懷裡似乎也放鬆下來了。「這項任務難度滿高的。」我說。

「嗯……是我自己選擇來這裡，接受他們的教學方法，所以沒什麼好抱怨的。但如果能有一天晚上可以做跟謀殺完全無關的事該有多好，真想放個春假，哪怕只有一個下午。」

我忍不住告訴她我在渡鴉峽谷發現的城堡，以及可以到達對面的那輛別緻的空中纜車，試圖把那裡描述得像瑞士阿爾卑斯山之旅。我提議可以找個時間帶她去看看。

她搖搖頭。「聽起來是很棒的約會行程。」她說。「但我們不會去約會，而且我隨時都有可能離開。」

我們漫無目的地在舞廳裡移動，宛如一葉扁舟，我想起一旦我們離開麥克馬斯特學院，我就再也見不到她了，我甚至不知道潔瑪是不是她的本名。我頓時感到愧疚，決定盡可能享受這支舞，因為這很有可能是最後一次了。

第十九章

（摘錄自克里弗・艾佛森的日記）

塔科特教練堅信，生活中的所有問題都可以用體育運動來解決，而格拉維斯教授則堅信塔科特教練是個白痴。事實可能介於這兩個極端之間，但當教練試圖將體育運動應用在我的論文中時，我反駁道：「我的目標唯一喜歡的運動是賽馬。」

「賽馬嗎？太好了！」塔科特喊道。「這是最容易被忽視的致命運動之一。賽馬鬧鬨、立鬨、摔馬、被亂馬踩踏而亡，可能性多的是！」

「不是，我指的是賽馬博弈。我的目標喜歡賭勝算不大的馬，但一點也輸不起。如果想和他搞好關係，可以告訴他比賽內幕，但如果那匹馬沒贏，可能連上帝也救不了你。」

「這值得認真思考。」塔科特突然冷靜下來，說道。「找到一個人的熱情所在，通常也會找到對方的盲點。」

「克里弗！」那聲音帶著一種讓人心馳神往的熟悉語調，運動場上剛好沒什麼人，我看到妲爾西・莫恩朝我走來。「我現在正好有空進行擊球練習。我先去換衣服，我們就可以在晚餐前練個半小時。」她說。她沒問我有沒有空，不過說句公道話，她在過去幾週已經履行了諾言，在「裝容義」課堂傳授給我一些非常有用的表演和化妝技巧。

在她的私人小屋裡，我轉過身去（雖然她沒有叫我這麼做），她則脫掉身上時髦的服裝，並換上學院的工裝褲和運動衫。她從箱型床後面拿出一枝路易斯威爾球棒。在塔科特教練證實這枝球棒將用作武器而不僅僅是用於運動後，軍需辦公室才同意讓她申請借用。

學校的美式棒球場和橢圓形的英式板球場分別在一大片牧場的兩端，而且兩邊的草皮都微微向下傾斜，以提醒大家麥克馬斯特學院並不相信所謂「公平競爭的環境」……還有打擊手永遠都應該占有優勢。

妲爾西請我不斷改變投球位置，但只投快速球。我怕自己不小心打到她，就請教練給她打擊頭盔。教練在戴上捕手面罩時忍不住補充道，沒有什麼偽裝比主審的裝扮更自然了，因為他的面罩、寬鬆的黑色制服和護胸就能完美遮掩其長相和體型。我說如果有人想刪除糟蹋國歌的女低音，這是相當有用的資訊。就在這時，妲爾西學布魯克林口音喊道：「來呦，老兄，放馬過來唄！」

我用固定式姿勢投球，結果妲爾西揮棒的位置在球下方三十公分左右，但那並不重要，因為在她開始揮棒前，球就已經落入塔科特的捕手手套裡了。「我只是需要暖身一下才能掌握時機。」妲爾西解釋道，但十五分鐘後，她還是沒有打到半顆球。她把路易斯威爾球棒丟到地上，粗聲粗氣地說這種東西還不如拿來——我只能說製造商當初應該沒有想到她說的那種用途。

我試圖安慰她：「別難過，就算是最厲害的打手，十次中至少也會有六次出局。」

妲爾西頓時哽咽，但不是因為受到鼓勵而覺得感動。「克里弗，你不明白。」她沉默片刻，最後哀嘆道。「我第一次揮棒絕對不能落空。萬一失手了，我就出局了。」

第二十章

在克里弗·艾佛森入學麥克馬斯特學院的幾年前，「桃花劫」這門課從選修課改成「經指導教授提議得為必修」。這麼做是因為雖然大多數女學生都有意願學習性方面的策略，大部分男學生卻都空有自信，以為自己已經沒什麼好學的了。

「桃花劫」是客製化的一對一教學（二對一則是罕見的例外），由高級註冊職業護理師（兼一九五一年的印第安納小姐和一九五二年的啤酒小姐）薇斯塔·特里珀進行指導，有時她還會親自示範。課程內容是根據每個學生的任務量身訂做的，要有一名以上指導教授轉介，明確指出性愛的藝術與該名學生的論文有關，才會開課，畢竟不是所有刪除計畫都是激情犯罪。第一次諮詢一定是一對一的師生晤談，薇斯塔會採用心理治療的座位安排，也就是在昏暗的房間裡放一張沙發。薇斯塔常常會在學生腳邊的茶几上放一支蠟燭，以達到催眠和集中注意力的效果。這樣的座位安排也是為了讓學生在討論這個主題時不會那麼尷尬。

「我執行論文的前提是要跟目標成為朋友。」潔瑪在第一次諮詢解釋道。一股強烈的反感席捲而來，讓她打從心底發寒。「她握有我的把柄，並藉此勒索我，但我必須想辦法讓她相信我不構成威脅。」

「我看了妳的提案以及史神父做的紀錄。」薇斯塔說。「所以我知道妳的論文取決於妳的主管」——她看了一下紀錄——「愛黛兒・安德頓願不願意跟妳去約克郡谷地健行，然而她在勒索妳，也有充分的理由不信任妳。」儘管薇斯塔受過專業訓練，她還是忍不住揚起淡淡的眉毛，面露擔憂。（由於學生常常會被她的外表嚇到，她在諮詢時都不會化妝。）「妳是認真的嗎，潔瑪？妳必須讓勒索妳的人喜歡妳？妳不覺得這是一項艱鉅的任務嗎？」接著她態度軟化，用溫柔的語氣說道：「當然，除非妳希望她對妳產生情慾，這就完全是另外一回事了。」

潔瑪身體縮了一下，說：「不行，那樣行不通。我不覺得自己會有什麼說服力，而且愛黛兒只對男人感興趣。」

「以結婚對象來說，或許是如此吧，但其實女性之間的互相吸引比妳想像的還要常發生喔，這種青春期的迷戀也會持續到成年。」

潔瑪搖搖頭說：「不行，我認為試圖勾起她的情慾只會引起她的懷疑。我們必須想辦法成為『好麻吉』，所以塔科特教練指派了一項任務給我，要我跟一名特定的學生交朋友，並讓對方信任我，就像我必須跟愛黛兒建立的關係一樣。希望妳在那方面也能給我一些建議。」

「那名學生是……？」

潔瑪停頓了一下，才說：「賈德・赫爾坎普。」

薇斯塔不禁渾身顫抖。「媽呀！」她驚呼，同時暴露了自己是美國中西部農家出身。儘管薇斯塔穿著裙子上寬下窄的錘花緞洋裝，又操著在福特模特兒公司學的中大西洋口音，但身為時尚化身的她在感到驚訝或震驚時，常常會變回土生土長山地人的模樣：她曾是印地安納州西塞羅仁愛醫院的註冊護理師，後來被一名紐約時裝設計師發掘，對方原本只是去探望家人，卻好巧不巧突然要動緊急闌尾切除術。「我有跟赫爾坎普先生面談過，如果他捫心自問的話，會發現自己根本沒有良心……而妳還要想辦法讓他喜歡妳？」她搖搖頭，說：「當然，我想我可以告訴妳如何勾引他，衣冠禽獸往往對女色沒什麼抵抗力。」

潔瑪在沙發上坐了起來，說：「不行，塔科特教練禁止我公然做出任何挑逗或誘惑的行為，不是出於道德因素，而是既然我沒有要誘惑愛黛兒，試著對賈德這麼做就沒有意義了。況且，老實說他讓我毛骨悚然。」

薇斯塔知道阿爾文．塔科特是個聰明人，她不禁想知道為什麼教練要給自己的學生一項不可能的任務，也就是贏得赫爾坎普的信任。或許這是為了趁潔瑪還在麥克馬斯特學院的保護網中，讓她意識到自己目前的刪除計畫有多麼無望。

薇斯塔問潔瑪有沒有提議要幫赫爾坎普寫作業以取得他的信任，但潔瑪說她和她的指導老師也排除了這個策略，因為在外面的世界，潔瑪已經在幫愛黛兒做所有工作了……所以這不會為她們的關係帶來任何改變。

「妳有考慮過和賈德一起運動嗎？」薇斯塔又試著從另一個角度切入。「培養團隊合作的情誼？」

潔瑪移動身子，坐在沙發邊緣，說：「我曾經幫他在水球、排球，甚至是羽球比賽中作弊，但他表現得好像當他的共犯既是我的義務，也是我的榮幸。」

薇斯塔手腕一動，闔上了線圈記事本，說：「相信妳知道世界上有一些情感扭曲的人，他們認為其他人的存在只是為了滿足他們畸形的自我。這在心理學稱作『自戀型人格障礙』，但我一直覺得這個取名不太精準，因為這些人實際上並不愛自己。恰恰相反，像赫爾坎普這樣的人缺乏自我，這在他年少時就轉變成一種對奉承難以抑制的渴望。對他這種人來說，杯子既不是半滿，也不是半空，因為人生並不是杯子，而是一個漏斗。當阿諛奉承不夠時——對這種人來說永遠不夠——他們就會因為內心受傷而勃然大怒，不知道會做出什麼事。」話一說出口，她就後悔了，因為這可能會讓像潔瑪這麼敏感的人對赫爾坎普（還有更糟糕的是，她真正的目標愛黛兒．安德頓）心生同情……萬萬不可向未來的刪除者灌輸這麼可怕的情緒！塔科特和史神父把潔瑪轉介給她，是希望精通麥克馬斯特之道的女性可以為這名見習生提供更好的協助，但她能給的建議其實少之又少。

「潔瑪，我的專業領域恐怕沒有什麼建議能對妳的論文有所幫助。比起讓安德頓小姐自願週末跟妳一起去健行，直接劫持她還比較容易。」她靠向潔瑪，說道：「根據妳告訴我的情況，妳的目標沒有賈德那麼扭曲，但可能比他狡猾兩倍。妳真的確定妳選擇的刪除手段是最佳辦法嗎？」

感覺史特里德溪似乎能為潔瑪解決很多問題，只要她能讓愛黛兒跟她一起渡河就好。她拒絕了這個建議，說：「我很容易於心不忍，但用這種方法就不用弄髒雙手，大自然會替我解決一切。屍體一瞬間就不見了，這會被視為一場可怕的意外……我只需要讓她滑倒就好了。」

「這幾乎算不上是謀殺。」薇斯塔承認道，這種理由她已經聽過好幾次了。有些懷有殺意的人心地善良，刪除的各種學理和方法他們都學得來，唯獨就是無法接受自己必須殺人。薇斯塔起身吹熄茶几上的蠟燭，並打開一盞檯燈，說：「我能給妳最好的建議是，去交一個妳沒有很喜歡，但是衣冠楚楚、穿著考究的英國男友，而且愛黛兒對他一無所知。就算他有點遲鈍，有點呆也沒關係。姑且叫他艾雷斯泰好了。向愛黛兒吐露幾次，艾雷斯泰滿三十五歲時就會祕密繼承一筆財產，可以稍微提到吉百利或冠達郵輪之類的，但要說他現在是領固定的生活費，不喜歡讓任何人知道他的財務前景。讓愛黛兒看到妳穿戴昂貴的配飾，妳可以自己花錢買，隔天再退貨，跟愛黛兒說：『喔，這個嗎？這也是艾雷斯泰送我的小飾品啦，他人真好。』這樣應該會讓愛黛兒對他非常感興趣。妳的艾雷斯泰一定有個找不到對象的朋友，姑且叫他奈傑爾好了。傻男人往往會三三兩兩一起行動，就跟公園裡的鴨子一樣。讓愛黛兒無意中聽到妳想找一個女性朋友週末跟艾雷斯泰和奈傑爾一起去約克郡谷地玩。愛黛兒會強迫妳帶她去，因為她會覺得這是從妳身邊搶走富有的艾雷斯泰的大好機會。她一定認為自己比妳更有吸引力，大部分的掠奪者對自己的魅力都有很高的評價。由於她握有妳的把柄，妳只能無奈同意讓她同行，而愛黛兒會以為這全都是她的主意。到了約克郡的度假勝地後，她就會一心只想著自己可以多快擄獲艾雷斯泰的心。男生們留在飯店酒吧看板球比賽，妳和愛黛兒則到附近的史特里德溪散步。她正在盤算要如何讓艾雷斯泰離開妳身邊，心思沒有放在妳或小溪上。她假裝隨口提議道：『或許我們四個晚餐後可以一起去跳——』天啊，她落水了！」

這是薇斯塔所能想到最合理的解決方案，潔瑪看起來半信半疑。她問道：「這個計畫有什麼……不好的層面嗎？」

薇斯塔遲疑了一下，說：「這個嘛，妳可能要在出發前給妳的『艾雷斯泰』一個難忘的體驗，以確保無論他喜不喜歡健行都會跟妳一起去約克郡。僅僅是承諾行房可能還不夠，或許還要讓他期待安可演出。」

「這樣我不就跟一般的妓女沒兩樣了嗎？」

「不會，妳會是一流的，這點我可以向妳保證。」

潔瑪很快就做出決定了，說：「抱歉，我不是這種人。」

薇斯塔懇求道：「潔瑪，妳真的確定這是唯一適合妳的計畫嗎？妳知道自己很有可能會跟她一起落水……或是死的是妳而不是她吧？」

讓薇斯塔沮喪的是，潔瑪竟然回答：「如果是這樣的話，那也是我活該，不是嗎？」

♠

（摘錄自克里弗．艾佛森的日記）

期末鬼抓人測驗的簡報會剛結束，我正在快步跑回海吉之家的路上，卻在這時看到潔瑪從桃花劫系的小屋側門離開，門上寫著「比較宗教學──出口專用！」好啦，我承認我的心頓時涼了一大截。這個牌子肯定是為了顧及面子，讓那些剛結束諮詢或是在桃花劫系系館的私人房間進行的「歡愉訓練」（聽說房間長得像遠洋郵輪的船艙，只是沒有舷窗）的人不會那麼難為情。大家都知道從那扇門走出來的人要嘛在考慮將有傷風化的內容納入論文，要嘛就是在磨練相關技巧。

我感到沮喪，胸口隱隱作痛。X，我向您承認，在那一刻，我赫然發現自己在性方面竟然如此拘謹，真是難堪。「原來她是那種人！」我心想，不禁感到憤慨。（當然，如果她是對我才那樣的話，我會覺得這反映了她的真誠坦率和感性，這點令人感動且情有可原。）但看到潔瑪從桃花劫系系館的側門走出來，我是打從心底感到驚訝的。蔻拉結束了自己的生命後，有傳言說她跟某人（我已經跟您說過是誰了）的關係不單純，公司裡那些大驚小怪的人就嘖嘖道：「……還以為她是個正經的好女孩呢！」但無論蔻拉和菲德勒之間發生了什麼，我還是覺得她是個好女孩，畢竟如果菲德勒能把我變成殺人犯，那麼對他來說，讓蔻拉越過道德底線也絕非難事，尤其是還有藥物的幫助。

雖然我對兩人的情況都不甚了解，但感覺潔瑪確實比蔻拉能接受人生中的殘酷現實。蔻拉當時彷彿處於自由落體狀態，看不見未來，潔瑪給我的印象則是雖然痛苦，但仍下定決心要完成任務。

這讓我既佩服又同情她。但現在我發現她無疑是在薇斯塔．特里珀的專業指導下，從性的角度制定某種刪除計畫。「搞不好她根本不太需要指導。」悶悶不樂的我向旁邊的一隻松鼠傾訴道。現在正值早春，楓樹的有翅種子像直升機一樣旋轉而下，那隻松鼠忙著大快朵頤，沒空理我。

然而，我又有多高尚呢？在我自己的論文中，我不也打算勾起梅里爾．菲德勒貪得無厭的虛榮心嗎？

♠

聽到院長建議她去找薇斯塔．特里珀進行諮詢時，妲爾西．莫恩（也就是偶爾會上醜聞專欄頭條的多莉亞．梅伊）對此半信半疑，畢竟在這方面，她可不是什麼天真的見習生。「哈比，我承認誘惑的特定要素是我論文的核心，雖然到時只是假裝引誘而已。」（妲爾西在沒有先例且未經許可的情況下，開始用綽號稱呼哈賓格．哈洛院長。院長向道布森警監發誓，如果她再繼續這樣，他可能就得以其人之道，還治其人之身。）妲爾西繼續說道：「但我不太可能會做我在大銀幕上或試鏡中沒做過的事情。」值得注意的是，就多莉亞．梅伊早期的角色和試鏡而言，這句保證其實沒有聽起來那麼單純。

院長像在開處方一樣，快速寫了一張紙條，接著將其放進信封並用蠟封起來，說：「去找薇斯塔的時候把這個給她。這會為妳的論文添上最後一筆，以確保妳的目標身敗名裂。」院長差點笑了出來，趕緊用咳嗽掩飾，並將信封遞給妲爾西，說：「親愛的，我相信妳一定會凱旋而歸。」

雖然春天已經來了，但桃花劫系系館的休息室還是維持冬季學期的陳設，布置得像一間豪華滑雪小屋，中央設有壁爐，房間的各個角落放了高背沙發，圍成一個個小圈圈，營造出

「角落裡安靜的小空間」。在比較溫暖的月分，這間系館會化身為熱帶地區一間豪華飯店的玻里尼西亞酒吧，外面的露臺還會播放海浪打在岸上的聲音。布置這些場景背後的基本理論是，沒有什麼比偏遠的度假環境更能降低人們對感情糾葛的抵抗力了，因為你會覺得「噢，我在度假耶，要及時行樂啊，反正回去也沒人會知道！」

薇斯塔態度溫和，以臨床術語向妲爾西解釋院長建議她可以納入論文的特殊程序，以及隨之而來的獨特挑戰。「妳需要掌握一系列妳先前可能不熟悉的配件和邏輯。妳現在可能會想去一趟洗手間。」薇斯塔建議道。

「為什麼？」妲爾西問道。「我們要去長途旅行嗎？」

「不是，」薇斯塔說，「那裡就是我們旅行的終點。」她帶妲爾西去洗手間。由於休息室目前是布置成瑞士一間奢華的滑雪城堡，男女廁門上標示的語言就跟在瑞士的滑雪勝地格施塔德一樣是德文。妲爾西走向上面寫著「Damen」（女士）的那扇門。

「抱歉，不是那裡。」薇斯塔說，並指向對面那扇門。「上面寫著『Herren』的門才是我們要的。」

第二十一章

（摘錄自克里弗・艾佛森的日記）

親愛的X：就其奢華的日常生活、美食、個別指導和美不勝收的自然環境而言，我想能跟麥克馬斯特學院相提並論的學校應該不多……真的非常感謝您，慷慨的贊助人！學院的一大缺點是沒有所謂的畢業典禮，我原本想說或許那天終於可以見到您。但我的宿舍輔導員，也就是一向有話直說的香波・南達告訴我，一旦學生的指導教授和審查委員會認為他們準備好了，他們就會離開麥克馬斯特學院。通常不會提前通知，因為這樣會減少在學院變得親密的學生在回到外面的世界後約見面的機會。在學院安全的環境裡，好友重聚或許聽起來可行且令人期待，但香波表示，這就跟菸草世家女繼承人回到肯塔基州的老家後，與她在地中海郵輪上邂逅的服務生重聚一樣，可能性微乎其微。

但今晚的鬼抓人測驗感覺就像畢業典禮，對我來說也相當合適，因為我的論文已經準備得差不多了，能做的都做了。

「鬼抓人」這個取名有點容易誤導人，可能會讓人想到小朋友會玩的遊戲。可比去年參加過，他說更準確的描述應該是：鬼抓人，人超渡鬼，在這場生死捉迷藏中活到最後。簡單來說就是要刪除目標，至少到學校評審能判斷你是否刪除成功的程度。學校建議在給予「致命一擊」前就收手，但當勝利攸關生死，要收手可能很困難。

可比告訴我，如果天氣允許，鬼抓人一定會在晚上的戶外舉行，而且全校會在運動場上舉行開幕典禮。今晚，他們架設了一個平台，上面有教職員工專用的講桌、發言者站的演講台，以及兩張長桌，上面擺著數百個看起來像畢業證書筒的東西，看來是要發給大家的。學生們陸陸續續到露天座位坐下來，樂隊演奏著學校的體育戰歌，學校的三角旗在傍晚的強風中飛揚。塔科特教練向夜空射出一支火箭，點燃了高聳的篝火。箭矢落在由乾透的樹枝和木柴堆成的小山正中央，南．雷德希爾教授（實用科學系系主任）已事先在樹枝和木柴上灑了化學物質，以便讓篝火在整個典禮期間都能維持青色的火焰。

唱完校歌（是某一首古典樂曲的旋律，但我不能透露曲名，因為這也是校友在外面的世界用來相認的代號）後，大家都正襟危坐。春夜的空氣中瀰漫著大自然復甦的清爽氣味，其中夾雜著我們即將賭上性命的沉重事實。鬼抓人的目的是讓我們為真正的挑戰做好準備，就像飛行員必須進行引擎故障的模擬練習，而警察必須在槍林彈雨下進行障礙訓練一樣。

「我這次就不說笑了。」哈洛說，他顯然認為自己平常都很幽默風趣。「因為每年的鬼抓人都必須被嚴肅看待。今晚，各位將首次踏入自由式刪除法的領域，各位獲得的成績會在學期平均成績占很大的比重，我們也會藉由這次的測驗評估你們是否已經準備好要執行論文。對於表現不佳的學生來說，這是提高分數的絕佳機會，而對於平常成績還算不錯的人來說，這次表現不佳可能會讓分數變得很難看。當然，今晚各位必須即興發揮，沒辦法做事前準備，我們在評分時也會將這點納入考量。但對於『鬼』來說，向評審證明目標會因為你的所作所為而提早上路是至關重要的。相反地，如果你是『人』，就必須證明你有辦法讓要抓你的鬼順利去投胎。跟擊劍和亞洲格鬥術一樣，各位應該要在使出最後一擊前收手，沒有必要真的終結對方……但話又說回來，正如卡斯卡、卡西烏斯、秦納、特萊包涅斯、辛伯、里加律斯和布魯圖斯在尤利烏斯．凱撒被刺殺後所說：『天有不測風雲，人有旦夕禍福。』所以別忘了，今晚不僅僅是一場好玩的捉迷藏遊戲。現在開始進行角色分配。」

校園和村莊已經為這次測驗做好了準備，實驗室和裝容義隨時待命，供想臨時策劃致命場景的人使用。蜜米爾池塘的商店和餐廳燈火通明，放著音樂，員工們做好了迎接深夜尖峰時段的準備，今晚應該有很多人都會想點「牲夜套餐」。

院長開始按字母順序大聲喊出學生的姓氏。當我聽到「伊巴涅斯」和「伊姆勞爾」，我就加入了正在快速往前移動的隊伍。前面熟悉的背影是虎背熊腰的謝爾蓋．伊萬諾維奇，每次消防演習我也都是排在他後面。我很快就踏上平台，迪莉絲．恩萊特手下的一名年輕人查閱帳本，並把我帶到第一張桌子前面。「請拿三號、七號或三十五號，可以自行選擇，但只能選一個。」他說，至少為整個過程增添了一點隨機性。「打開後，請務必好好保存藍色的角色分配單，因為只有那張紙條能證明你要抓的人或要抓你的鬼是誰。」

為了確保所有學生都同時開始狩獵（我覺得這個說法好像滿貼切的），我們被要求留在座位上，直到最後一個筒子發放完畢。槍聲在空氣中響起，我還以為今晚的第一名死者已經出現了，後來才意識到那是塔科特教練的起步槍，代表我們可以打開筒子了，但我決定等到自己獨處時再這麼做。我以前在麻省理工學院打牌的時候，有人告訴我，我的撲克臉就像一家名為「喬叔餐館」的餐廳外面掛著「來喬叔餐館吃飯」的牌子一樣好懂。我怕如果自己知道目標的身分，又太早遇到對方的話，可能會因為不小心瞥了一眼或眼神游移而讓對方產生警覺。於是我低頭小跑著，想回海吉之家看自己究竟是鬼還是人，這時卻聽到有人向我跑來，對方刻意壓低聲音喊我的名字，但還是很大聲。這麼快嗎？我心想。

幸好那個人是可比．特休恩。「別擔心，你不是我的目標，你看。」他說，並從棕色燈芯絨拉鍊外套的口袋裡拿出一張藍色紙條，上面寫著：

你是鬼。
你要抓的人是潔瑪．林德利。
要小心，也有鬼要抓你。
祝你好運。

看到這段文字，我心裡其實鬆了一口氣。如果一定要有人抓潔瑪的話，那麼最不可能讓她陷入危險的人（當然，除了我之外）就是無能的特休恩。我嚴肅勸告道：「別忘了，嘗試失敗會比完全沒有嘗試扣更多分，你現階段分數再扣下去就危險了。」當然，我不知道這是不是真的，但希望這能避免他做出可能會傷害潔瑪的衝動行為。

「你的是誰啊？」可比看著我手中的筒子，問道。

「我還沒看，而且就算我知道，我應該也不會告訴你。要小心點，潔瑪通常跟赫爾坎普在一起，你不想惹到他，對吧？」

我說完就走了，但還是有回頭看一下，發現可比正走向潔瑪住的女生宿舍。他可能覺得她會回房間拿狩獵要用的東西吧。一個高大的男人從小路上煤氣燈間的陰影中走出來，他的禿頭在微弱的月光下發出暗淡的光芒。他叫住可比並走向他，我不敢百分之百確定，但那個人可能是賈德．赫爾坎普。如果可比是賈德的目標，他們兩人今晚都可以早點休息了。

兩分鐘後，我坐在床上，祈禱自己不會聽到奧德麗．耶格爾敲我的浴室門，懇求我幫忙。命運之神還是這麼可靠，聽到我強烈的願望並採取了行動。

「克里弗？」浴室門的另一側隱約傳來奧德麗的聲音，真希望門的隔音效果可以再更好一點。

「不行，奧德麗。」

「求求你，鬼抓人是他們把我退學的完美掩護，你知道『退學』是什麼意思，對吧？拜託讓我進去。」

我發出了一聲「奧德麗嘆息」，並將我還沒打開的藍色筒子放在床上……但這麼做讓我想到奧德麗可能抽到了我的名字，這樣開門對我來說就會是最糟糕的下一步。

「抱歉，奧德麗，我們不應該相信任何人，尤其是在鬼抓人期間。」這句話一說出口，我就意識到，如果我有腦子的話——顯然我沒有——我應該先看看我自己的藍色筒子裡面的名字是不是「奧德麗」，如果是的話，我當然很樂意讓她進來。「等等喔，」我說。「或許……」

我打開筒子並取出裡面的藍色紙條，但我簡直不敢相信印在上面的內容。我感到一頭霧水，因為紙條上面寫著：

你是鬼。

你要抓的人是克里弗．艾佛森。

祝你好運。

我試著搞清楚狀況，奧德麗則在浴室門的另一側繼續說：「克里弗，你不明白。我抽到的名字，我不知道該怎麼解讀，但肯定不是什麼好事。我把紙條塞到門縫裡給你看。」

她把紙條從門底下推過來，我注意到紙張材質和上面印的字體跟我的紙條一樣。她應該沒有時間找到相同的紙張和印刷機來偽造紙條。奇怪的是，上面寫著：

你是鬼。

你要抓的人是奧德麗．耶格爾。

祝你好運。

我打開門，並給她看我的紙條，上面寫著我要抓的人是我自己。「除非學校課程突然變成形上學，不然我覺得應該是弄錯了。」我說。

奧德麗指出發放筒子時她就站在我後面，因為「艾佛森」的下一個姓氏就是「耶格爾」。令人難以想像的事情難道發生了：麥克馬斯特學院失誤了？

奧德麗一屁股坐在我床上，好像我們是夏令營的室友一樣。「那我們該怎麼辦？」她問道。

「就某方面來說，這或許對我們有利。」我如此推斷。「如果我應該要抓的是妳，而妳應該要抓的是我，我們現在知道這件事，但這並不是我們的錯，對吧？而且我們也不想傷害彼此，對吧？」

「當然不想，克里弗，你對我那麼有耐心。」

「所以……如果我們都一起待在安全的地方，那早上我們就可以說兩人同時刪除了對方。」

她似乎願意嘗試，但仍一臉困惑，問道：「要怎麼做呢？」

雖然不知道結果如何，但總之先想再說。「我們共用同一間浴室，所以我知道妳會用牙粉而不是牙膏，而妳知道我醒來時都會喝幾杯水，妳總是抱怨等妳起床時，水瓶幾乎都空了。」說完，我便走進我們共用的浴室，伸手去拿藥櫃裡的滑石粉，並開始往奧德麗牙刷旁的一罐牙粉裡撒。她在這時走了過來。

「你在做什麼啊？」她問道，似乎對我的行為深感興趣。

「我在把番木鱉鹼加進妳的牙粉裡，這裡就用滑石粉來代替，畢竟評審沒有要我真的殺了妳，只是要我證明我有辦法做到而已。」

她一臉懷疑，問道：「這種時候你要去哪裡取得番木鱉鹼呢？」

「米爾塘的藥局會為了今晚的鬼抓人通宵營業，而在外面的世界，老鼠藥也不難買到，五金行和苗圃都有賣。」我把牙粉罐的蓋子蓋回去，說：「輪到妳了，在水瓶裡加一些四氫唑啉，它沒有味道，服用過量會導致昏迷和死亡。」

「如果沒有處方，我要怎麼取得你說的『四氫』什麼？」

「妳已經有了。」我說，並伸手拿她的眼藥水。「它是妳每次哭完點的眼藥水中的活性成分，這是非處方藥，而且很容易放在口袋或錢包裡。之前我在廚房打工時，提希爾大廚說很多高級餐廳的女盥洗室都備有眼藥水，可能跟漱口水和養髮液一起放在大理石洗手台上。如果妳跟目標共進晚餐，想趁此機會在對方的湯或香檳裡下毒，這個小知識就會派上用場。這種成分點進眼睛裡沒問題，但不能吃下肚。當然，我不會真的加妳的眼藥水，只要象徵性地在水瓶裡加一點李施德霖漱口水就好了。」加完之後，我把瓶塞塞回去。「好了。接下來是跟評審解釋死亡的時間點：明天一大早，我喝了兩杯水，然後洗了熱水澡——這剛好會促進鎮靜效果——覺得有點暈，就躺了下來。與此同時，妳跟平常一樣起床盥洗，這樣我才不會懷疑妳。妳一邊刷牙，一邊等我嚥下最後一口氣……結果我加進妳牙粉裡的番木鱉鹼馬上就發揮效果，我甚至有可能在開始全身抽搐前聽到妳倒地的聲音。」

奧德麗很快就明白了。「這樣我們都可以宣稱自己成功『偽刪除』了對方，而且因為沒辦法證明誰先死，校方就必須給我們兩個及格分數。」她說，看起來很高興，我也一樣。我們同意躲在各自的房間裡一整晚，早上再去向評審報告我們的模擬相殺案。

我坐在書桌前，開始記錄今晚發生的事情供您日後參考，這時卻聽到了一聲敲門聲，或是某種東西碰撞房門的聲音。當然，門是鎖著的。我悄悄起身，拿起書桌前的木椅，以免我必須自衛，並將耳朵貼在門上，拼命想聽走廊有沒有動靜，有沒有呼吸聲、咳嗽聲、腳步聲……

什麼都沒有。

我現在又坐回書桌前，但在我寫這句話的同時，我又開始感到擔憂。首先，我覺得告訴奧德麗眼藥水有毒是我太自負了。無論如何，我都不會喝水瓶裡的水，或是她可能接觸到的任何液體，畢竟我無法完全排除她是抓我的鬼的可能性。

再者，我前面寫了可比的紙條內容，他雖然是鬼，但還有其他鬼要抓他，再加上剛剛房門外的聲音，我突然意識到，除了奧德麗之外，可能還有其他鬼要來抓我。坦白說，親愛的X，就算麥克馬斯特學院其實是故意調換我和奧德麗的紙條，好讓我們放下警戒心，我也不會覺得奇怪。我開始在想或許我們最不應該待的地方就是自己的房間，因為任何人都找得到我們。我有想到一個可以過夜的藏身處，但我得習得海豚兩邊大腦輪流睡覺的技能，在睡覺時張著一隻眼睛，以防範潛在的威脅……包括奧德麗．耶格爾。

妲爾西．莫恩和謹慎的克里弗．艾佛森不同，塔科特教練一鳴槍，她就馬上打開自己的圓筒了。她畢竟是一個經驗豐富的演員，覺得就算她的目標就站在旁邊，要保持鎮定也沒有問題。她閱讀藍色紙條上的文字，上面寫的內容正合她的意。

運動場售貨亭的大型布告欄上貼了所有學生的照片和名字，這樣就算有學生不認識自己要抓的人，也能在此查看對方的長相和住處。妲爾西注意到臉色紅潤的梅里安．韋伯斯特正在看「S」區塊，而且直盯著其中一張照片，便說：「米爾頓．史威爾嗎？換作是我的話，我就不會嘗試毒死他，梅梅。」

「為什麼？」梅里安問道，隨即意識到自己露了手牌，雖然她也看不出這麼做有什麼壞處。

妲爾西解釋道：「自從他無意中吃了湯裡的毒鹽後，就變得對任何可能被下毒的東西都非常小心。但要在校園裡找到他應該不難，畢竟他的頭髮就跟紅燈一樣鮮豔嘛。」她看了看自己的紙條。「我還真幸運啊。」她語帶諷刺道，並學德國演員瑪琳娜．迪特利希的口音說：「我抽到了赫——爾坎普先森！」她祝梅里安好運，然後漫步走向「裝容義」那燈火通明的建築，為了今晚的特別考試，那裡現在還開放借用服裝、化妝品，甚至是義肢。

♠

潔瑪第一次看到這麼熱鬧的校園，因為現在學生們要嘛想躲身分未知的鬼，要嘛想找到自己要抓的人。上床睡覺（或至少上自己的床）是不可能的。有些二十歲出頭的學生好像還以為這是某種校園尋寶遊戲，完全不把測驗當一回事，不知道該說是天真還是愚蠢，在這劍拔弩張的夜晚偶爾會聽到他們的嬉笑聲。但大多數人都很認真看待這個夜間狩獵活動，個個神情堅定、警覺、謹慎，或單純只是害怕。眾多學生不是在焦急地尋找避難所，就是在跟蹤前者，教職員工也混入人群中，擔任監考和仲裁人員。

她選的圓筒裡面的紙條內容跟她期待的不一樣。

要小心，有鬼要抓你。

祝你好運。

她就是這個命！就她對規則的了解，她的任務是在天亮前都不能被刪除。她原本考慮回房間，但又想到她有室友，所以沒辦法把自己鎖在房間裡，而且萬一其中一個室友就是要抓她的鬼……

正當她在考慮下一步該怎麼做時，賈德．赫爾坎普從女生宿舍的方向走了過來。他似乎很高興，邊走邊吹口哨，這很不尋常，因此更令人毛骨悚然。他看到她了，潔瑪沒辦法假裝沒看到他，只好跟在他旁邊。過去一整個學期，她都是這麼身不由己。「哇，賈德，我從沒看過你這麼開心耶。」她試著開啟話題。

「因為我抽到了想要的目標啊，幹掉那傢伙一定會很爽。」

潔瑪試著想像有哪個男學生會讓他這麼享受殺人的樂趣，一個名字就立刻浮現在腦海中。「克里弗．艾佛森？」

賈德沒有回答，但他忍住的笑容似乎就足以證實這一點。潔瑪沒想到自己竟然會擔心克里弗，不知道警告他會不會違反規定，畢竟賈德說不定真的會殺了他。但克里弗應該正在狩獵別人，或是躲了起來，要怎麼找到他呢？而且為什麼對她來說，克里弗比其他任何陷入危險的學生更重要呢？「那就祝你好運囉。」她說。「我也有自己的任務要完成，暫時先分頭行動吧。」

「妳是鬼還是人？」賈德問道。

雖然沒有半點自信，她還是硬擠出會心的微笑，說：「這就要看設下陷阱後，落入網子的是誰囉。」在完全沒有計畫的情況下，潔瑪希望這句話聽起來很機敏，甚至是狡猾。

她真心希望能夠警告克里弗，但賈德如果知道她背叛他一定會不高興吧。她又再次提醒自己，她入學麥克馬斯特學院的原因只有一個，那就是為了擺脫自己的困境，而不是為了幫助他人。今晚，身為被狩獵的「人」，她的首要任務是找藏身處，最好是杳無人煙的地方，一路躲到天亮。

她記得克里弗在上次的情人節舞會有告訴她一個地方，聽起來是完美的避難所：竹林後方有一座城堡，只能搭乘橫越峽谷的小型手動空中纜車才能抵達。克里弗解釋道，空中纜車的好處就是若要讓它從對面的城堡過來，唯一的辦法就是由裡面的乘客手動操作，所以一旦你抵達峽谷另一側，如果沒有先進的登山裝備或滑輪組，沒人有辦法到你那邊，而這兩樣東西半夜都不容易取得。當然，她在那裡會是孤身一人，光用想的就覺得可怕。然而在人群裡，任何人都可能是要抓她的鬼，而在城堡那裡，他們就必須現身，同時又無法接近她。她決定就算要完全孤立自己，也要在安全的地方待到天亮。

一開始，她在前往錯綜之森的路上並不孤單，因為很多鬼和人都走在同一條路上，儘管大多數人都是往相反方向走。但當她抵達竹林，附近已經幾乎沒有其他學生了，因為只有傻瓜（或是像她這種有計畫的人）才會在這麼偏僻的地方閒晃。

她怕自己會跌入克里弗提到的峽谷，但當她來到竹林後方的崎嶇地形，少了校園建築和路燈的光害，月光就沒那麼暗淡了。

現在她走在更堅硬的地面上，在夜深人靜的時刻，她那不規則的腳步聲被周圍的石牆精準地反彈回來。她稍稍轉了個彎，峽谷對面蓋伊城堡的壯麗景色映入眼簾，城堡從下方打燈，向上的陰影使其顯得高大雄偉。城堡的燈光照亮了那輛別緻的空中纜車，幸好纜車是停在她這一側的木頭平台。不知哪來的燈光照進了霧濛濛的峽谷，光束消失在散發著硫磺味的混濁霧氣中，為峽谷的深度打上了一個令人不寒而慄的問號。這就像史特里德溪一樣，只是沒有水，她心想。

當她走近停在出發平台、那輛玩具般的纜車時，她意識到纜車停在這一側代表克里弗沒有來，竟感到一陣沮喪。她上次有這麼愚蠢的反應是在諾森伯蘭郡的青少年時期：抱持著能見到一個男生（姑且叫他「安德魯」好了）的期待去參加派對，在那之前花好幾個小時打理外表，換好幾套衣服，問她媽媽這兩件搭不搭，抵達派對時，假裝隨口問道：「對了，安德魯來了嗎？」才赫然發現安德魯全家去倫敦過節了。她其實有點期待克里弗也來這裡尋求庇護，想像他從峽谷對面呼喚她，把纜車開回來接她，兩人一起在城堡過夜，遠離其他人。誰知道之後會有什麼發展呢？可惜現實並非如此，她會獨自乘坐小纜車到城堡那一側，一整晚心驚膽顫，豎起耳朵，聆聽是否有鬼接近的聲音。這可不是度過午夜時光最理想的安排，但情況有可能更糟糕，她心想。

照亮城堡的燈光卻在這時熄滅了。「說糟糕糟糕就到。」她喃喃自語道。

一團漆黑立刻從四面八方湧了上來，考量到她現在離懸崖有多近，這可能是致命的。幸運的是，城堡吊門兩側的鐵架上放了兩把火光搖曳不定的火炬，閃爍的火焰斷斷續續地驅散漆黑的夜晚，彷彿海水退潮一樣。她看了一下手錶，現在是晚上十點。校園各處基本上都會在晚上十點自動熄燈，可能城堡的電燈也不例外吧，她心想。就某方面來說，她很慶幸要搭空中纜車時，自己看不到峽谷到底有多深。她摸索著前進，終於抵達並打開纜車的門。爬上車後，她在伸手不見五指的黑暗中摸索，想找到驅動纜車的曲柄，卻碰到了一隻不屬於她的手。

♠

為了盡可能靠近負責帶路的克里弗，奧德麗以比過去在體育課還要快很多的速度前往錯綜之森。光是兩人一起行動就吸引了旁人的目光，因為鬼抓人是一個「人不為己，天誅地滅」的活動，就算沒有禁止組隊也絕對不鼓勵。克里弗可不是笨蛋，他並沒有排除奧德麗自己調換圓筒的可能性，她可能隨時會掐住他的喉嚨，興高采烈地大喊：「你已經死了！」如果是這樣的話，他希望自己留在書桌上的日記能多少為他加一點分。

但克里弗知道凡事都有一體兩面，他也能同理奧德麗，他推斷由於奧德麗很害怕被麥克馬斯特學院退學，她可能會擔心克里弗要代表學校讓她強制登出人生，並打算利用鬼抓人作為掩護。

當然，克里弗知道自己並沒有心懷不軌，但他也不會怪奧德麗這麼想。於是，兩人都警戒著彼此，小心翼翼穿越竹林，來到了地面變得崎嶇難行的地方。他們打開隨身攜帶的手電筒來照明後，前方約一百公尺處突然出現了一個人影，峽谷另一側蓋伊城堡門口的兩把火炬發出光芒，勾勒出那人的輪廓。「是誰？」那個人影問道。克里弗認出了可比的聲音，便用手電筒照亮自己的臉。可比小跑著過來，敞開的燈芯絨外套像鵜鶘的翅膀一樣在強風中飄動。

「你在這裡做什麼……還有妳？」可比依序看著克里弗和奧德麗，問道。「你們兩個不可以一起來抓我，這樣違反規定！」

「我們沒有要抓任何人。」克里弗告訴他，並反問道：「那你又在這裡做什麼？」

「我在跟蹤西蒙，而且還很成功喔，從洗衣坊到薊花迷宮，經過櫻草樂途，再穿越錯綜之森，我都沒跟丟喔。沒想到他爬上山脊後竟然就消失了。」

克里弗用隨身手電筒掃過四周，說：「這裡的山脊這麼開闊，要憑空消失唯一的辦法就是跳下——」他猛然轉身，質問可比：「等等，你剛剛說你在跟蹤西蒙？你不是說你要抓的是潔瑪嗎？」

可比挺直身體，一臉自豪道：「我跟賈德交換目標了。」

「交換目標？」出乎意料的是，奧德麗的語氣竟流露出擔憂。「西蒙總是侮辱克里弗，我想說可以趁這個機會挫挫他的銳氣！他以為自己很聰明喔？」他又補了一句：「當然，既然他能在我面前消失，我猜他可能真的很聰明吧。」

克里弗真想把可比搖到不省人事。「你明明知道赫爾坎普有多麼扭曲，還放任他去追殺潔瑪？」他問道。

「我想說他們是朋友啊，他們總是形影──」

一聲刺耳的尖叫劃破了夜晚，卻又戛然而止，讓人更加心底發毛。克里弗迅速轉頭，左右張望，彷彿空氣中殘留著尖叫聲，可藉此判斷主人的位置。「聲音是從哪來的？」他問奧德麗。她正在看他們來時的路，城堡的方向卻傳來了一聲尖叫，但比剛才的短很多。

克里弗衝上岩石坡，奧德麗則緊跟在後，還輕易超越了可比（這讓他驚訝不已），三人飛奔向狹縫型峽谷上方的纜車平台。抵達平台後，克里弗忍不住咒罵，因為纜車在蓋伊城堡那一側，除非對面的人把它開回來，否則根本沒辦法讓它過來。

克里弗現在可以聽到潔瑪在峽谷對面向某人求情。他看到兩個人影在城堡的火炬下扭打，雖然看不到五官，但較高的那個人頭部輪廓看起來像被截短的梅花三。那人一定是赫爾坎普，他的頭髮就像戴在禿頭上的超大耳罩。

在城堡的那一側，潔瑪使出渾身解數，用她在亞洲格鬥術學到的所有技巧來阻止赫爾坎普掐住她的喉嚨。他的聲音就像一個瘋子阿姨在哄小孩子吃藥，騙對方味道一點也不難吃。

「別反抗了，越掙扎只會越糟喔。」他用病態的語氣安撫她。潔瑪試圖用斷頭絞反擊，但她知道自己撐不了太久。「我只需要拍一張妳失去意識的照片來證明我刪除妳了。」赫爾坎普繼續說。

「我以為……我們是朋友！」她擠出這句話。

他尖起嗓子咯咯笑，讓她渾身起雞皮疙瘩。「正好相反，我知道妳都在拍我馬屁，妳這個小騙子。」他說。

對赫爾坎普來說，「合法」追殺潔瑪而不是指定的目標西蒙實在是太誘人，即使這可能會違反鬼抓人的規則，他還是欣然接受可比交換紙條的提議。獲准殺人的可能性讓赫爾坎普興奮不已，這對潔瑪和任何阻礙他的人來說都相當不利。他一直尾隨她，確認她是要前往渡鴉峽谷的纜車後，他就先跑過去，以便在城堡熄燈前到纜車上埋伏她。他將在校園裡其他人都無法到達的地方刪除她，光是想到這點就讓他興致盎然。他會因此獲得多少加分呢？

「我可以按照你想要的方式裝死，我保證我不會動！」潔瑪發誓道。

「不行，看起來會很假。」赫爾坎普說。潔瑪的手越來越無力，赫爾坎普成功掙脫了她的束縛。「我需要妳睜著眼睛，但只露出眼白，而且舌頭要伸出嘴巴。」天啊，潔瑪心想，這簡直是他的待辦清單！他有辦法在不殺死她的前提下完成任務嗎？他又補了一句，好像這樣就能充分解釋自己的行為一樣：「學校最近對我不太滿意，所以我需要拿高分。」

麥克馬斯特學院的入學審查過程顯然出了重大問題，潔瑪心想，顯然她將為他們的失誤付出代價。赫爾坎普掐住潔瑪的脖子，掐得越來越緊，精神狀態也愈發瘋狂。「潔瑪，不要反抗我，不然我可能會傷到妳喔。」他建議道。這個說法可笑至極，但潔瑪已經沒氣可笑了。隨著視線變得模糊，她使勁踢他，深怕一旦自己失去意識，就再也醒不過來了。

在峽谷的另一頭，克里弗大吼赫爾坎普的名字，但毫無效果。聽到克里弗的聲音，潔瑪轉過頭，卻只能發出像羊一樣咩咩叫的聲音。

奧德麗大聲吼道：「賈德，放開她！你不能真的殺死人！」

「除非我別無選擇。」他一邊忙著完成手邊的任務，一邊費力地說。

「賈德，這只是演練而已！」克里弗大喊。「只是一場遊戲！」

「遊戲是有贏家的！我跟我的目標在這裡，而你們幾個輸家在那裡！」可怕的是，他聽起來就像是一個不肯與他人分享玩具的小學生。

城堡門口搖曳的火炬提供的光線太少，潔瑪和赫爾坎普看起來宛如在夜色中不斷移動的墨跡。兩個人影就像墨跡測驗，在克里弗的腦海中變成了蔻拉和菲德勒，他無法忍受她再次死去。克里弗站在纜車平台上，低頭看著霧濛濛的漆黑深淵，試圖說服自己雖然峽谷深得嚇人，但裂隙本身其實沒那麼寬。他心想或許可以抓住纜車的滑輪繩索，一隻手一隻手慢慢前進，穿越峽谷抵達城堡那一側。要是他有防護手套就好了……

「可比，把外套給我。」他命令道，特休恩趕緊脫掉身上的燈芯絨拉鍊外套。克里弗站在平台邊緣，把外套掛在纜車繩上，絲綢內裡朝內，燈芯絨那面朝外給他抓握。

「你在做什麼？」奧德麗喊道，但克里弗只聽得到峽谷另一頭潔瑪垂死掙扎的喘息聲。他雙手緊抓著外套，讓雙腳從平台上滑落，就像上吊自殺的人會把腳下的椅子弄倒一樣。滑輪繩索略微向下的角度使他滑向狹縫型峽谷長長的血盆大口。

繩子傾斜的角度趨緩，他在峽谷正上方停了下來。雖然他很怕摔下去，但他更怕掉下去後會卡在下面幾乎相交的岩壁之間，受困好幾分鐘，甚至好幾小時，就算學校緊急出動救援也很難抵達他的所在位置。到時，最好的辦法就是掙脫岩壁，讓自己摔死，痛快解脫。他聽過有人被卡在地鐵車廂和月臺之間，但還能聽到聲音，也能說話。然而，無能為力的救援人員和倉促請來的牧師只能向他解釋，一旦他被解救出來，遲來的死亡就會駛入第二軌道，並問他在「解脫」之前，有沒有什麼訊息要轉達給親人的？

克里弗知道如果往下看，他僅存的勇氣就會煙消雲散，所以他抓著外套向前擺動，心裡慶幸外套的羅紋燈芯絨材質讓他的雙手免於摩擦性熱傷。「撐著點！」克里弗不斷向潔瑪喊道，但他知道他其實是在為自己打氣。

聽到克里弗的聲音越來越近，赫爾坎普嚇了一跳，暫時放開了潔瑪。她癱倒在地上，赫爾坎普則跑到城堡大門，抓起一把火炬，然後走到他那一側的纜車平台。「你每次都想讓我難堪，我受夠了！」他咆哮道，並用火炬點燃繩索。

「你如果燒斷繩子，你自己也會被困在那裡。」克里弗用沙啞的聲音回答，試圖跟那個瘋子講道理。

「我們是目擊者！」可比在峽谷安全的另一側大喊。「他不是你的目標，你會被退學的！」

「他想搞砸我的狩獵，拉低我的平均分數！」赫爾坎普反駁道，彷彿這樣一切就說得通了。被點燃的繩索開始燒了起來，他便將全部注意力轉回潔瑪身上。

奧德麗焦急地對可比小聲說道：「我得去找人幫忙！」接著便飛奔向錯綜之森，根據可比對她平常晨跑總是倒數幾名的印象，他實在沒想到她可以跑那麼快。他不知道奧德麗能及時找到什麼人來拯救潔瑪或克里弗，只能繼續在峽谷另一側大聲制止赫爾坎普。

克里弗慢慢往前移動到繩索著火的地方，希望能用可比的外套滅火。他意識到在滅火的過程中，他會把全身的重量施加在燒焦的那段繩索上，但怎麼樣都比等待繩索完全燒斷要好。他不敢去看宛如間歇泉般從峽谷中噴湧而出的霧氣。濃濃的硫磺味似乎預示著克里弗即將面臨的悲慘未來，他只能眼睜睜看著赫爾坎普俯身靠近半昏迷的潔瑪。

這時，城堡傳出鋼鐵摩擦石頭的刺耳聲音，震耳欲聾到感覺像是有用音響擴音一樣。蓋伊城堡的吊門升起，西蒙．山普森從城堡內現身，耀眼的聚光燈從他頭頂正上方的屠口打在他身上。他穿著修身的白色西裝、襯衫和領帶，聚光燈下的金髮宛如光環，活像個天使派來的使者。他命令道：「夠了，赫爾坎普先生，適可而止吧。」

「沒有纜車，你是怎麼到這裡來的？」大吃一驚的赫爾坎普問道。他被西蒙看似神聖的干預搞得目瞪口呆，注意力暫時從潔瑪身上轉移開來。

「噢，麥克馬斯特學院的教職員工在校園裡移動的方式是你不得而知的。」西蒙告訴他。

赫爾坎普慢慢直起身子，問道：「你什麼時候變成教職員工的？」

「自從我在四年又七個月前完成論文以來就是了。」西蒙帶著一絲自豪說道。「幸運的是，我有移傳到父母的逆齡基因，這樣我就可以混入學生群體，同時密切觀察他們的進度。」他轉向克里弗，後者仍掛在繩索上，手臂肌肉幾乎像他的救命繩索一樣劇烈燃燒著。「我這學期的主要任務就是照顧你。」西蒙說。

「現在我只能說你做得很糟糕！」克里弗看著火焰吞噬繩索最後的幾根細絲，絕望地喊道。

「是的，我很抱歉。」西蒙真誠道歉，繩子也在這時斷了。

他墜入深淵，最後只聽到潔瑪驚恐地呼喊他的名字。

♠

正如妲爾西・莫恩所預測的那樣，生性樂觀、臉色紅潤的梅里安・「梅梅」・韋伯斯特輕易就找到了她的目標米爾頓・史威爾，因為他那頭跟塔巴斯科辣椒醬一

樣鮮豔的紅髮實在太過顯眼，要掩飾就只能剃光頭或把頭髮裹在頭巾裡（但米爾頓不太可能會做這兩件事，管他什麼鬼抓人）。史威爾的修長身材和中等身高讓梅梅能輕易排除大部分忙著尋找藏身處的學生。學生們匆匆穿過四方院，在校園中尋找更安全或隱蔽的地方。這種狀況就像一個往四面八方的奇怪賽跑，對於藍色紙條上寫著自己是獵殺目標的人來說更是如此。

梅里安跟可比一樣，必須要狩獵一個目標（米爾頓），但也是某個學生的目標。她認為不斷移動總比等鬼來抓還要好，但鬼抓人是一場持續到日出的馬拉松，她發現人沒辦法不停下來休息。

她在方尖碑找到了米爾頓．史威爾，那是滑榆樹莊園中一座貨真價實的埃及尖塔。學生們喜歡依偎在長椅上看日落，當然，他們不知道太陽到底是在哪裡下山。據說方尖碑有一個祕密入口，還有一個通往頂部的螺旋式樓梯，從上面的垂直縫隙看出去的景色可以清楚揭露麥克馬斯特學院的位置。但從沒有學生找到進入這座錐形巨石柱的方法。

史威爾平常很孤僻，但這次愛情顯然勝過了自保，因為梅里安黎明前在一盞煤氣燈下找到了他，他在方尖碑附近的公園長椅上和一名金髮女子擁吻，一副無憂無慮的樣子。兩人裹著一條大羊絨毯以取暖，雖然他們親熱應該也會產生熱能才對。米爾頓背對著她，但他那消防栓般的紅髮暴露了自己的身分，而那名金髮女子雖然有點面熟，梅梅卻認不出來她是誰。那名女子閉著眼睛，似乎相當陶醉，兩人越吻越深情，低聲說著情話，因此都沒有發現梅里安偷偷靠近。誰知道身材矮小的史威爾也有這種能耐？看來人不可貌相。

當梅里安拿著在附近的梧桐樹林裡找到的一根斷枝步步進逼，她發現金髮女子的眼睛與其說是閉著，不如說是眯著，她還用粗啞低沉的聲音鼓勵史威爾更進一步。「就是現在。」金髮女子催促道。

生性善良的梅里安宣布道：「只要我再邁出一步，就能給你致命一擊了，米爾頓。」

史威爾猛然轉身，將一把事先藏起來的禮劍刺入梅里安的身側。「正好相反，是我一直在等妳，親愛的梅里安！」看似米爾頓的人說完，便取下從「裝容義」借的紅色假髮，露出了烏黑短髮，原來是姐爾西．莫恩。「我在布告欄那裡騙了妳。」她向目瞪口呆的梅里安解釋道。「我要抓的人是妳，不是賈德．赫爾坎普。幸好我是擊劍專家，所以妳毫髮無傷。」要閉口不談自己在《基督山伯爵夫人》中擔任主角，還在著名的女兒牆決鬥場景親自上陣，讓這位好萊塢影星十分傷腦筋。「看到我把鈍的禮劍完美刺入妳的左手臂和肋骨之間了嗎？如果劍尖是尖的，再往右三十公分左右的話，妳當場就死了。」

「當然，我親眼目睹了這點。」和姐爾西擁吻的金髮女子說道。她取下金色長髮，露出了米爾頓．史威爾嬌嫩的臉龐，他還塗了與他真正的紅髮相配的口紅。米爾頓很樂意待在經驗豐富的姐爾西的懷抱中，一邊幫她留意有沒有鬼從背後接近。這是一種共生的安排：姐爾西充當誘餌，誤導要抓米爾頓的鬼，米爾頓本人則偽裝成別人，在「米爾頓」懷裡幫忙望風。雖然史威爾可能不知道自己在和好萊塢知名浪漫愛情片的主演親熱，但他發現在自己相對受呵護的生活中，姐爾西裝出來的激情比他過去的親熱體驗都還要令人難忘，他覺得自己真是賺到了。

梅梅小心翼翼地抽出巧妙插在她手臂和身側之間的禮劍，除了袖子有一處稍微被撕裂之外，她確實毫髮無傷。

妲爾西轉向米爾頓，似乎又充滿了活力。「好了，換我幫你抓你的目標了。」她堅持道。「君子一言既出，駟馬難追。」

「噢，沒關係，妲爾西。」米爾頓說，一邊用道具錢包裡的手帕慢慢擦掉他塗在嘴上的口紅。「其實妳就是我要抓的人。當妳叫我至少脖子以上要裝扮成女人，我可以輕易使用雷德希爾教授幫我為論文開發的口紅。特製口紅內含蜂毒肽、磷脂酶、蜂毒神經肽、透明質酸酶和組織胺……所有成分加起來就相當於蜂毒。無臭無味，而且對於像妳和我未來目標這樣的人都是致命的，因為你們都對蜜蜂嚴重過敏。」他指著她在公共場合一定會戴的蕭邦錶醫療手環，然後呼喚一位身穿黃色背心的麥克馬斯特學院監考員，對方拿著寫字夾板走了過來。米爾頓總結道：「妲爾西，在我們親熱的時候，我隨時都可以殺死妳，我只要透過給妳一個吻痕或咬妳的耳垂來讓蜂毒滲入皮下就好了。所以妳也算是死了。」

妲爾西想了想，莞爾一笑道：「毋須多言。」

♠

發現死後的世界確實存在時，克里弗非常高興，但也很驚訝竟然還能感受到身體的疼痛。更出乎意料的是，第一個迎接他的靈魂不是可憐的蔻拉，甚至不是他已故的同事傑克·

霍瓦斯，而是奧德麗．耶格爾。他的身體無比輕盈，飄浮在厚厚的雲層上，奧德麗則低頭看著他，關切的眼神彷彿散發著母愛。

「你還好嗎？」那個沒有翅膀的天使問道。「抱歉嚇到你了，但你表現出的決心和勇氣告訴我們，你已經為自己的論文做好充分的準備了。」

「告訴『我們』？」克里弗問道。

隨著雙眼開始適應光線，他發現這個空間看起來就像一個鍋爐房。房間另一頭的鐵箱不斷冒出蒸汽，硫磺味也變得很明顯了。

「嗯，其實我是麥克馬斯特學院的教職員工。」奧德麗語帶歉意說道。她從他上方一、兩公尺的金屬貓道走了下來，繼續說：「抱歉我總是一臉沮喪，還一直靠在你肩上哭泣。由於你不是自願入學麥克馬斯特學院的，哈洛院長需要我們密切關注你。我負責確保你不會計劃再次逃跑或變得太過消沉，所以我就重彈『同病相憐』的老調子。」她做出了奧德麗的經典表情，然後笑道：「我超煩的，對吧？事實上我很喜歡這裡，誰不喜歡呢？希望我明年能講課。」

克里弗躺在上面的海綿蛋糕雲朵就像專門為這個橢圓形房間訂製的地毯，上方帶有欄杆的貓道繞了房間一圈。走道的東西南北四個方位都有一扇不會反光的不鏽鋼門。奧德麗穿著運動鞋，踏上雲朵，輕輕跳向他，並向他伸出手。克里弗站了起來，但還是搖搖晃晃，那雲朵感覺像一張特別軟的蹦床。「這是緩衝墊。」奧德麗解釋道。「拍電影時很常用。你跌落的峽谷是由板材海綿橡膠所製成，只是弄成像石頭而已。」克里弗抬頭往上看，發現岩壁的底端位於上方約三、四公尺左右。「在我來之前，渡鴉峽谷是從一座岩石山開鑿出來的，但它的蒸汽、惡臭和深度都是假的，就跟實驗室和我們在總部後面的假街區『馬斯特市』一樣。資金來源是一位瑞士金融家遺孀的遺贈，她的丈夫在中阿爾卑斯山脈『成功』發生登山意外。有些大學會把校友的捐款花在足球隊上，我們則是拿來投資廠房和模擬實驗。」她指向克里弗左邊的不鏽鋼門，說：「那扇門通往蓋伊城堡的內部。」

蓋伊城堡……他突然想起稍早發生的事情。「潔瑪！她還——？」

「她沒事，我的意思是身體沒有大礙，不過你死了她當然很難過。」

克里弗快步朝通往貓道的階梯走去，但他腳下的墊子陷了下去，好像他在一池巧克力糖漿裡面走路一樣。「我得讓她知道我沒事，要怎麼離開這裡？」他問道。

奧德麗一臉嚴肅，搖搖頭道：「不行，克里弗，我們要在這裡等其他教職員工來。但既然你都問了，面對你的門會通往纜車附近一個偽裝的人孔，西蒙在你和可比面前玩的消失把戲就是利用那個入口。你右邊的門會通往一條地下隧道，可以開四人座軌道車到錯綜之森、總部和滑榆樹。至於最後一扇門，我不能告訴你，因為你要離開了。」

離開？克里弗心一沉。他該不會大難不死，最後卻面臨要被「退學」的命運吧？他很清楚那代表什麼意思。「為什麼？因為我沒能阻止赫爾坎普嗎？」他問道。

奧德麗注意到他的目光掃視著那幾扇門，似乎在考慮要再次逃跑，便安撫道：「別慌張，沒事的。賈德．赫爾坎普違反了鬼抓人的所有規則，因此失去了資格。你在潔瑪受到徹底違反規定的襲擊時試圖拯救她，在過程中壯烈犧牲，算是啦，所以你的平均成績相當不錯，而潔瑪也因為充分運用所學努力保護自己而拿到滿分。所有負責觀察你的人都很擔心赫爾坎普會以鬼抓人為藉口，試圖傷害你，所以校方才假裝弄錯我們兩個的紙條。這樣我就可以待在你身邊，西蒙則從遠處觀察你，我們稱之為『遠距盯梢』。結果可比跟赫爾坎普交換紙條，把事情搞砸了，導致赫爾坎普去追殺潔瑪，我只好去尋求幫助。」

「但如果潔瑪以為我死了，我得讓她知道——」

「這樣對所有人都比較好，真的。」她安慰道，好像她把一個男孩的寵物青蛙放回原本的池塘裡一樣。「可比一定會歌頌你的英勇事蹟和壯烈犧牲，他也相信你已經死了，而我和西蒙則會證實他的證詞。不得不說，你的退場方式確實令人驚嘆。雖然似乎沒有人料到潔瑪那麼喜歡你，但薇斯塔．特里珀認為失去你會讓她更能專注在她自己那充滿挑戰性的論文上，儘管這聽起來可能很無情。」

克里弗突然感到非常孤獨，而且與學院疏遠了，雖然這樣形容可能有點怪。麥克馬斯特學院是如此舒適宜人，而且學餐又好吃到不行。他結識了一些非常有趣的人，他們的平均智商比他在麻省理工學院和加州理工學院念書以來認識的人還要高。雖然他從一開始就知道自己背負著使命，但他沒想到會結束得這麼突然。潔瑪、哈洛院長，甚至是可比……他再也不會見到他們了嗎？

據奧德麗說是通往城堡的不鏽鋼門打開了，身穿白色西裝的西蒙走了進來。「哈囉，克里弗。」那個優雅的傢伙說道。「對於我自始至終都對你這麼不客氣，我深表歉意。這對我來說是很棘手的任務，萬分抱歉。」

對克里弗來說，西蒙過去的無禮言行現在一點也不重要了。「沒關係，但你可以告訴我潔瑪會怎麼樣……」

「她也很快就會離開，雖然我希望她至少還能再負擔一個學期的學費。我實在不敢肯定她跟你一樣準備好了。」

克里弗聽到通往城堡的門再次打開的聲音，一臉嚴肅的道布森警監和史蒂奇警佐走了進來。這感覺越來越像某種祕密俱樂部會議了，他用警戒的眼神看著那兩名便衣警探，問道：「那你們又為什麼在這裡？」

史蒂奇從緊身外套的胸前口袋取出一個黑灰色的扁酒瓶，說：「這是餞別酒，我們又要上路了。」

「這次我不會同行。」道布森說道。「這次是要送你回家，所以我們不認為你會試圖逃跑。」

史蒂奇微笑道：「畢業日喔，克里弗，這就是我們的作風。」

「死亡也應該要是這樣。」道布森說道，語氣幾乎有點傷感。「沒有時間講遺言、道歉、收回或修正過去的言行。你所做的善事以及搞砸的事，那些才會繼續存在。」

克里弗心想：所以……就這樣嗎？他想到自己的日記還放在海吉之家宿舍房間裡的書桌上。學校會把日記給他不知名的贊助人看，並讓對方知道他即將進行期末考嗎？

不知道是不是為了平衡警監嚴厲的話語，西蒙鼓勵道：「我有閱讀你的論文內容，我真心認為可以成功。」

「是啊，但換作是我，執行最後一部分時就會非常小心。」道布森警告道。「有可能會適得其反，就像兩個槍管都被堵住的散彈槍一樣。」他把兩隻手指頭舉到帽沿，向克里弗致意，說：「克里弗，很高興認識你。」

「但哈洛院長呢……而且我難道永遠不會知道我的贊助人是誰嗎？」克里弗有點語無倫次，感覺一切都很匆忙，因為史蒂奇已經量了四指的深度，把扁酒瓶內的液體倒入一個銀色大酒壺了，酒壺很可能是從上面的城堡借來的。

「等你完成麥克馬斯特學院的論文之後，哈洛院長可能會聯絡你，我是說『如果』你順利完成論文的話。」史蒂奇說完，便將酒壺遞給克里弗，並對他點頭鼓勵。

警監和史蒂奇曾經救了他一次，讓他免於死刑的命運，而他在幾分鐘前再次死裡逃生，現在輪到菲德勒去死了。

他想他可以為此乾杯。

第二十二章

滑榆樹的會議室曾經是蓋伊．麥克馬斯特的圖書館，從接待大廳中央的樓梯上樓即可抵達。上樓後左轉，就會進入一個十分寬敞的接待室，裡面的玻璃書架上陳列著數量驚人的稀有藏書和初版書。這些藏書是名副其實的無價之寶，因為它們都沒有被購買過，而是蓋伊．麥克馬斯特去別人的豪華古宅作客時，從那裡的圖書館親自挑選的。

前廳也充當後面董事會會議室的緩衝區，防止走廊上的人無意中聽到哈賓格．哈洛院長和埃爾瑪．戴姆勒副院長（她認為把「副」這個字從她的頭銜拿掉是麥克馬斯特學院最有價值的刪除計畫）爭執時的激烈交鋒。

「潔瑪至少還需要一個學期。」哈洛院長小聲抗議道。

「那你出錢啊。」埃爾瑪．戴姆勒說道。她跟審查委員會的其他成員一樣，坐在宴會桌周圍十二張深鈕扣皮椅的其中一張，那張諾曼式宴會桌就是以前在奧克斯班餐廳的餐桌。兩人對於麥克馬斯學院的運作模式一直無法達成共識，哈洛院長是從哲學和藝術的觀點來切入，戴姆勒則是以經濟和務實考量為重。「哈賓格，我不喜歡偽善。用好聽的話和舒適的環境來粉飾我們真正的目的固然很好，但麥克馬斯特學院說到底就是一門生意。」她說。

「我比較想把它視為一種生活——當然還有死亡——之道。」院長說。

阿爾文．塔科特教練對道布森警監低聲說：「又來了。」

戴姆勒回答：「如果少一點感情用事，多一點理智去經營，學院就可以產生更多利潤。學校宿舍已經快住不下了，你沒注意到嗎？試想一下，學校適度降低學費，但收入增加兩倍。現在學生平均會待兩到三學期，我建議推出速成計畫，縮短到六週。」

院長笑道：「我沒辦法在那麼短的時間內培育出全面發展的刪除者。」

「他們根本不需要全面發展！」埃爾瑪反駁道。「我們教他們怎麼在馬鈴薯沙拉裡面下毒或在電動割草機上設陷阱根本就是在浪費他們的時間，他們搞不好只想知道要怎麼用枕頭悶死自己的阿姨，或是如何報復在畢業舞會放他們鴿子的下流痞子。他們應該告訴我們自己想刪除誰，我們應該告訴他們要怎麼下手，放《威風凜凜進行曲》，然後就換下一位！」

「妳忽略了一個小陷阱。」哈洛說道。

格拉維斯教授撥開眼睛前面的一縷頭髮，他知道院長說這句話代表對手已經正中他的下懷，便難掩好奇，問道：「是什麼陷阱呢，院長？」

院長看著埃爾瑪．戴姆勒回答：「如果歷史老師教妳西班牙宗教裁判所及其酷刑裝置，結果妳跑去用自製的鐵處女在好麻吉身上開洞，那不是老師的錯。同樣地，克里彭醫生在克里夫蘭順勢療法醫學院受訓，因此能熟練運用各種毒品，但沒有人會說應該向醫院員工提告。就連我們在校園裡引用的假設例子也是抽象的練習，我們只是在傳授久遠或沒那麼久遠的過去裡，具有歷史意義的一般原則。但如果我們按照妳的建議，為每個學生量身訂做刪除計畫，包括客製化的時間表、武器、不在場證明……」

「會怎麼樣嗎？」埃爾瑪問道，不知道院長想表達什麼。

「……所有麥克馬斯特學院的學生犯下任何罪行，我們在法律上都會成為從犯。」

埃爾瑪．戴姆勒一時啞口無言，史神父抓住這個機會，說道：「我們可以繼續討論要審查的學生嗎？院長擔心潔瑪．林德利還沒準備好執行論文，老實說我也有同樣的擔憂。」

「她不是生來就是個刪除者，對吧？」格拉維斯提出問題。「為了擺脫勒索者而來這裡的學生無一例外都是受害者，要不然他們絕對不會考慮來這裡學習。」

教練顯然同意他的說法。「沒錯，小伙子，錯的是該死的英國法律書籍，謀殺勒索者應該是一種自衛行為才對。」

文學系系主任難得站在塔科特那邊。「是啊，就像夏洛克．福爾摩斯不願意揪出殺死敲詐犯米爾沃頓的凶手。他說：『就某些犯罪來說，私人報復是正當的。我同情的是刪除者，而不是目標，所以我不會處理這個案子。』」他對哈洛院長微笑道：「當然，我是換句話說。」

神父無奈地指出：「然而無論我們怎麼想，潔瑪恐怕一定得回去。她跟醫院請了產假……」他看到幾個委員揚起了眉毛。「……當然，這對她來說只是請假的藉口，但她如果沒有在產假結束時回到崗位上就會被解僱，而她要執行論文就必須接近目標。」

院長搖搖頭說：「好吧，那就沒辦法了。警監，如果需要學院介入的話再告訴我。那麼，下一位是……」

「妲爾西．莫恩。」道布森說，委員們都笑了。

塔科特翻了個白眼，說：「我們甚至可以向她學習呢。」

「她一掌握我們的做法，幾天後就把論文提案交到我桌上了。」道布森難得表示讚賞。「她的方法不適合所有的學生，但她入學時，工具箱裡就已經比別人多了幾把斜口鉗，相信各位都知道我的意思。」

「那就送她上路囉？大家都同意吧？」埃爾瑪問道。「毛地黃小屋的候補名單可是很長的。」委員們紛紛點頭同意。

哈洛院長繼續說道：「再來是艾佛森先生。警佐已經帶他離開了，因為他冒著生命危險想拯救林德利小姐，代表他對她的感情已經到了有害的地步。再繼續待下去，我擔心他可能會失去決心，就像希臘人相信混合利底亞調式的音樂可能會削弱軍隊一樣。他的贊助人知道他離開了嗎？」

「我今天早上請人寄信通知了。」副院長說。

「這樣就剩下……」他瀏覽眼前的名單，頓時臉色變得難看。

「赫爾坎普？」塔科特教練問道，顯然等不及了。

哈洛院長探詢地看著在座的每個人。「怎麼會發生這種事？」他問道，聲音不大卻不容忽視。「我們的篩選流程怎麼會失敗得這麼徹底？我們的使命是培養出目標明確的刪除者，可以執行經過批准的特定任務……不是幫殺害五名妓女的開膛手傑克再去殺更多人！埃爾瑪，招生委員會是妳的管轄範圍，是哪裡出錯了？是誰錄取賈德．赫爾坎普的？是誰審核他的？」

戴姆勒副院長查閱一份檔案，但裡面的頁數少得可憐。「他，呃，財務狀況符合條件，也有填申請表。」她說。

院長狠狠瞪了她一眼，問道：「那是誰面試他的？」

「呃……我想我們當時是讓他提交書面回答，因為」──她找到了一封用打字機打的簡短信件──「因為要在他居住的地方安排面試很困難。」

「他居住的地方是……？」

「他說是」──她又找了一下──「梅特羅波利斯大都市。」她環顧四周，說：「我猜應該在希臘？」

「埃爾瑪，」哈洛用緩慢且嚴肅的聲音低聲說道，「妳可以請一名同仁審核沒有面試過的在校生的申請紀錄嗎？我會推薦薇斯塔．特里珀或南．雷德希爾，但人選交給妳決定。」

塔科特教練傾身向前，一副迫不及待的樣子，問道：「院長，要我替你處理赫爾坎普嗎？他不值得你弄髒自己的手，而且我還欠他一整副黃牌呢。」

院長搖搖頭說：「不，阿爾文，我可不能把這份榮幸讓給你。」

♠

「妲爾西．莫恩」從以前就很好奇毛地黃小屋壁爐左邊石牆上的通風口有什麼用處，要是無味的氣體被悄悄釋放到房間內時，她還沒就寢的話，她很快就會知道真相了。但她已經處於進入夢鄉前的昏沉狀態，空想變得支離破碎，淪為荒謬的思緒斷片，接著就會沉沉睡去。她想像自己期待已久的日子很快就會到來，屆時她將讓同學們知道混入他們之中的到底是哪一號人物。沒錯，我就是鼎鼎大名的多莉亞·梅伊，她會咯咯笑道，而他們會感到驚詫不已，說她的聲音明明就很耳熟，但他們做夢也沒想到……接著，咯咯笑聲包圍並淹沒了她，氣體蓋過了所有有意識和無意識的想法，她就如任何麻醉師所希望的那樣，完全不省人事了。說到曹操，曹操就到，從前門溜進來的正是一位大材小用的麻醉師（他的醫學頭銜可多的呢），就是醫學藝術系系主任克萊曼·平克尼醫生。他用總是掛在胸前，像保羅領帶一樣的聽診器聽她的心跳，然後對兩個抬擔架的護理人員說：「好了，把她抬上車吧。」

就這樣，妲爾西·莫恩準備重返好萊塢了。

♠

潔瑪再次來到薇斯塔·特里珀的辦公室，坐在沙發上，以為她的諮詢師要給她進一步的指導。薇斯塔·特里珀則發現她很難掩飾自己對於學生即將離開的不安。她後來越來越喜歡這名年輕女子，很擔心麥克馬斯特學院沒能幫助潔瑪為論文做好充分的準備。這有點像在印第安納州普拉姆特里替小妹送行，看著她搭上公車，前往惡人住的大城市。

她點了沙發末端的冥想能量蠟燭，然後假裝忘了帶筆記，說要回去拿，請潔瑪盯著蠟燭做靜心練習，專注於自己的任務，從一百開始慢慢倒數。離開前，她在門口停了下來，用溫和的語氣說：「潔瑪，妳是個好人，只是陷入了任誰都完全無法接受的情況。妳的目標完全是自找的，時機成熟時別忘了這點，因為當妳與投機取巧者打交道，妳必須搶在他們之前抓住機會。」然後她就走了，而且沒有再回來。

潔瑪心想學院應該很少對學生說這種鼓舞士氣的話，她果然有什麼問題。要是克里弗，勇敢的克里弗，還活——她聽到房間裡有微弱但持續不斷的嘶嘶聲。麥克馬斯特學院就是這樣讓失敗者退學的嗎？

她試圖從沙發上起身，卻反而陷得更深，不只是身體，連意識也不斷往下陷。在昏過去之前，她最後一個念頭是如果自己還能再次睜開眼睛，她會看到入學前還活著的母親，還是她親手殺死的父親呢？

♠

「那麼，讓我來好好看看你。」哈洛院長對賈德．赫爾坎普說，態度十分友善。赫爾坎普站在院長辦公室敞開的門口，塔科特教練和道布森警監稍早「護送」他到那裡，但神情愉悅的院長揮揮手請他們離開。「兩位可以在外面等，我想跟這個桀驁不馴的年輕人私下聊聊。」他揮手示意，要那名忐忑不安的學生靠近一點。「來吧，別害羞，我沒有要對你發火。要不要來點雪莉酒？」

「呃，好啊，我想我就來一點好了。」赫爾坎普回答，舉止異常溫順，但一條看似熟睡的致命毒蛇可以在十三分之一秒內發動攻擊。

在赫爾坎普襲擊潔瑪，克里弗墜入渡鴉峽谷之後，西蒙和四名高大健壯的助理從蓋伊城堡護送這個惡棍回他的住處。他受到限制出入，直到他的案件提交給學生會，學生會再將其建議轉達給教師審查委員會。他不認為自己會完全不受懲罰，至少會被罵吧，但院長請他喝一杯，比他預期的狀況還要好。

「不用客氣，自己來吧。」哈洛說，但當赫爾坎普走向窗戶附近放著玻璃酒瓶和玻璃杯的桌子時，院長警告他：「噢，不行，賈德，那瓶雪莉酒下了毒！我和自己受不了的人共處一室時都是靠它來解決的。還是我來倒好了。」他從自己桌上一個較小的酒瓶倒出兩大杯金盞花色的液體，說：「你真的很走運，幸好林德利小姐沒什麼大礙，否則你會面臨更嚴重的懲罰。」他向赫爾坎普遞出一杯酒，但後者只把酒杯拿在手裡一秒鐘，杯子就從指間滑落，掉到鋪了地毯的地板上。

「抱歉。」賈德語帶歉意，但院長完全沒被騙。「幸好杯子沒破，但如果我弄髒了地毯，我很樂意賠錢。」

「噢，我想你要擔心的不是這筆小錢。」院長說道。「等你完成論文，繼承遺產後，我們將收取高額罰款，以補償你刪除艾佛森先生的行為。」他咂了咂嘴巴。「真是的，賈德！他可是受贊助的學生，對我們來說很賺錢……但我們總不能繼續向他的贊助人收錢吧。將來得請你彌補差額，但我相信到時你一定有辦法負擔的。」

事實上，院長對克里弗．艾佛森逝去的生命不以為意，讓赫爾坎普鬆了一口氣，他很慶幸學校的反應是基於貪婪和補償，而不是責備和譴責。但一間將該隱奉為守護聖人的學校這麼冷血不是很正常嗎？

哈洛把剩下的雪莉酒一飲而盡，然後放下酒杯，說：「好了，我們來討論你的另一個問題。刪除克里弗．艾佛森是完全沒有必要的，而襲擊潔瑪．林德利是完全無法接受的。這你就得道歉了，我的朋友。」

赫爾坎普努力表現出懊悔的樣子，但最後露出的表情看起來比較像膽汁過多。「我想向學校證明我是你們最優秀的學生，而且我不會手下留情。」

對於自己不得不對赫爾坎普手下留情，院長真心感到遺憾，但還是繼續進行表面上的談判。「我們已經問過林德利小姐她希望什麼樣的賠償。她的直覺反應是要我們剝下你的人皮，還要經過鞣製和加工處理，但她後來認真要求你親自為克里弗．艾佛森打造他最後的安息之地。」

「我得挖他的墳墓嗎？」赫爾坎普帶著一絲挑釁的口氣問道。

「沒這回事。現在的問題是用甕來裝艾佛森先生的骨灰比較合適，還是用標準的棺材埋葬在校園裡會更有意義。林德利小姐認為如果你有參與決策過程，你比較能反省自己的魯莽行為。所以她請你——應該說是要求——你為他選擇，就像為你自己選擇一樣：要不是骨灰甕，就是棺材，由你親手製作……正如你親手葬送他一樣。」

潔瑪．林德利根本沒有說過這種話，但院長迷人的演講風格就像所羅門的審判一樣，賦予這個完全捏造的故事一種合乎邏輯的正義。

赫爾坎普想了一下，說：「呃，我對那種事不太了解。」

院長高興了起來，說道：「噢，手工藝是一門值得欽佩的課程。我要把你交給陶瓷和木工大匠終劫先生，他是一位真正的工匠，有著強而有力的前臂和雙手，是處理木材的高手。他幾乎不用一根釘子就能為你建造可以住一輩子的家，而且完全沒有縫隙喔。」他起身走向辦公室的門，繼續說：「但別忘了，這完全是你的決定：林德利小姐和我們都可以接受骨灰甕。這恐怕就是你為艾佛森先生的悲慘結局和襲擊同學的可憎行為所必須付出的代價。最好馬上開工，盡快了事吧。在地下二樓。」

「在地下室？」

哈洛眨了眨眼，說：「對啊，其實是地下室下面的樓層啦。陶瓷會用到鍋爐室旁邊的大窯，所以在地下第二層。我就不送你了」——他的眼睛閃閃發亮，看來又要講俏皮話了——「但你當時可是毫不猶豫就送艾佛森先生上路了，對吧？你可以走了，終劫先生在等你呢。你該慶幸自己只要受這點懲罰就好。」

賈德咕噥了一聲，似乎感到不滿，連一句「謝謝院長」都沒說就走了。後來，除了與他有短暫一面之緣的終劫先生之外，再也沒有人看到賈德．赫爾坎普這個人或聽到他的消息了。

第二十三章

（摘錄自克里弗・艾佛森的第二本日記）

親愛的X，雖然突然離開麥克馬斯特學院（史蒂奇警佐一再提醒我這不是畢業）讓我措手不及，但我猜我留在海吉之家的日記應該已經轉交給您了。又有一本新的日記在家裡等著我，空白的紙張彷彿迫不及待要我繼續寫下去，直到我的論文完成（或我完蛋）為止。

從麥大師學院回家的路上，每隔幾個小時（或者可能是幾天，因為當時的我無法判斷時間的流逝）我就會稍微恢復意識，史蒂奇就會用簡短的話語鼓勵我。當我躺在某個舒適的貨艙或船艙中，我可以聽到引擎的運轉聲並感覺到其震動……當然，這一切有可能都是假象，但無論是不是真的，我會醒來一下下，然後又失去意識。

最後，我在半夢半醒之間，睡意漸漸退去，花了好幾小時才完全清醒過來。我發現自己已經回到家了，當初跟著菲德勒去紐約時，我還以為再也不會回來了。然而現在我卻在這裡，回到了巴爾的摩郊區，距離華頓工業和菲德勒不到八公里。自從道布森和史蒂奇在曼哈頓敲了我飯店房間的門以來，這是我第一次可以隨心所欲，想去哪就去哪，想做什麼就做什麼。

我必須提醒自己，我已經離開麥克馬斯特學院「思想開放」的環境了。在那裡，刪除某些人是可以被接受的，而且這種話題可以像參謀長聯席會議計劃暗殺一名大家公認的暴君一樣公開討論。但現在我身處敵營，我必須假設遇到的每個人無論有意無意，都在與我作對。

我已經開始想念麥克馬斯特學院了。

親愛的X，請放心，我從來沒有想過：「這該不會只是一場夢吧？」我在麥克馬斯特學院經歷的一切都是真的，現在我有正事要做了。

我從床上起身，又馬上往後倒，天知道我已經躺了幾天。漸漸能站穩之後，我發現一切都跟我離開時一樣。（最好是啦，明明就變得更整潔了。）我扶著牆壁和傢俱以維持平衡，拖著腳走向狹窄的廚房去喝水。走到冰箱前時，我看到門上貼了一張紙條：

> 歡迎回家。針對你不在的這段時間，對外的說法是你在蒙特婁的加拿大飛機公司找到了工作，該公司現在是美國通用動力的子公司，一位校友已確保那裡有你的就業紀錄。離開的這段期間，你把房子轉租給來自格林維爾的約翰・邁克

看到那個名字和地點，我不禁莞爾一笑，因為我在「普通刪除學」這門課中學到，最容易忘記的假名是由兩個名字組成，例如詹姆士・安德魯或瑪莉・詹姆士，而且美國幾乎每個州都有一個叫「格林維爾」的地方。

來自格林維爾的約翰·邁克。他正在研究美西戰爭期間的巴爾的摩軍隊，沒有人會對這個主題有興趣。他預付給你現金，錢在廚房裡一盒未開封的早餐麥片底部，還包括你的贊助人的一大筆捐款，以及你在學院打工存的錢（其實還不少喔）。你的汽車停在指定的停車位，而且已經加滿了油。

請牢記紙條的內容並將其燒掉。我們只會在適當或必要時與你聯繫，不要試圖聯繫我們，否則你將受到退學的懲罰。請注意，廚房桌上有一本分類帳本，你還是必須為慷慨的贊助人繼續記錄論文的執行進度。如果跳過這項作業，無論你的論文結果如何，都會被視為不及格。

——哈教授

我很高興看到我的繪圖桌和工作所需的所有工具都還放在客廳的角落裡。要複製我的W-10設計圖會很耗時，但不是一個很大的挑戰，不比請一位母親描述自己小孩的長相還要困難。我不只是W-10的共同設計者和繪圖員，還負責了華頓工業對製造合作夥伴和航空公司的報告，回答疑問並處理技術問題。菲德勒只有在報告的開場和結尾邀功，他給別人的印象是他不僅創造了W-10，更解開了飛行的奧祕。

我很高興能在床腳上鎖的箱子裡找到我最早的草圖，這可以幫助我回溯設計過程，有些部分還可以直接照著描。我的計畫是重新畫出設計藍圖，這樣只要有一點專業知識的人就會注意到菲德勒為了降低成本，對飛機的飛行控制線和液壓系統的線路所做的改動可能會引發災難。當我私下向他指出這一點時，菲德勒作為一名值得信賴的主管，對他犯的災難性錯誤立即做出理智的反應，也就是解僱我和我的同事傑克·霍瓦斯，並毀掉我們的聲譽。

那樣最好是能解決可能會致命的設計問題啦。

我打算反向建立一個示意圖，用若無其事的態度比較改動的線路，並寫上「除非發生減壓狀況，不然尾翼控制系統不會有風險」這類令人安心的圖例，還要在第二頁委婉註明「駕駛艙沒有可顯示門閂鬆脫的指示器」，諸如此類。只要是專業人士，都很難不去追查這條線索，並明白一場可怕悲劇的禍因就隱藏在菲德勒為了省小錢而做的改動中。

由於藥物誘發的長時間睡眠，我感到口乾舌燥。我回到廚房，在爐子上點燃那封歡迎信，並將灰燼沖進下水道。麥克馬斯特學院的相關人士很體貼，在冰箱裡放了一壺冰咖啡以及好幾瓶新鮮牛奶和鮮奶油。我給自己倒了一大杯，然後開始工作。

第二十四章

潔瑪．林德利被送回諾森伯蘭郡了，但她也可能根本沒離開過，畢竟誰知道麥克馬斯特學院是不是在哈德良長城的步行範圍內呢？

能夠回到從小快樂長大的家，再次和母親一起在廚房裡煮抱子甘藍，她內心很高興。她們住在一排緊挨在一起的磚房中，其中一間兩上兩下的小房子，雖然這些房屋外觀都被煙燻黑，但裡面都是一塵不染且整整齊齊。她住的街道名為海明臺，街道的一頭可以看到一排排工廠煙囪，另一頭則是特羅金頓小溪的河岸，這條溪幾乎可以算是一條河了，還有以它命名的小鎮。

她把一盤馬鈴薯放在小烤肉下面，以便在開火後接住油滴。她假裝不經意提起自己很在意的話題：「媽，妳會希望爸當時在醫院能活得更久嗎？或是希望當初能有更多時間道別之類的？」

潔瑪的母親名叫伊莎貝爾，但從小大家就叫她「伊莎」。身為帝國化學工業工廠食堂的大廚，她以專家的效率削蕪菁皮，這時卻停了下來，把注意力放在潔瑪身上。雖然她是托巴哥出身，說話卻帶有北方口音。「哎呀，親愛的，」她說。「他走得那麼突然是一件幸事。我相信他是自己放手的，因為他知道自己會成為負擔，而且……會很痛苦，妳知道嗎？」她狠狠刨下最後一個蕪菁的皮，好像它也負部分責任一樣。「妳爸很堅強，他每天都去工地，直到沒辦法下床為止。但當他輕聲說：『伊莎，我再也受不了了。』我就知道我們不會有幸福的結局了。所以我很感謝慈悲的耶穌那麼快就帶他走了，我當時就告訴過妳，現在再講一次。而且過了這麼多年，我還能對他說什麼呢？他知道是我先愛上他的，毫無疑問，他也是我唯一的摯愛。」

「如果有人告訴妳什麼會讓妳以為我不愛他的話，妳也不會放在心上，對吧？」

伊莎貝爾放下削皮刀，嘆了一口氣，收尾彷彿帶有笑意，潔瑪從小聽到這個熟悉的聲音就會感到安心。「誰會講這種話呢？我和妳爸都找不到比妳更孝順的孩子了，我們的寶貝潔瑪。」她說。

他們三人組成了一個簡單又幸福的家庭，而且令人驚訝的是，她的人生並沒有因為父母的婚姻而產生太多緊張關係，只有小時候會因為膚色被辱罵，但這也不意外。鎮上大多數人都縱容她的白人父親娶一位前托巴哥人為妻，然而潔瑪可沒那麼天真，她知道如果父母的膚色互換的話，鄰居或同學對他們家的接受度就會大幅降低。

在麥克馬斯特學院就讀時，她每週都會寫信給母親，而她的信會從法羅群島首都托爾斯港的某個通訊地址轉寄給伊莎貝爾。大部分從學院寄出的信件都是從這裡轉寄，而選擇這個地點是因為很少人知道這個群島或其位置。

潔瑪說服她母親自己是去托爾斯港參加院務主任的培訓計畫，並在那裡住了將近一年，但她向自己在醫院的雇主提出了一個截然不同的藉口。當時上演的戲碼相當尷尬，她越過愛黛兒．安德頓，直接向董事會申請休假九個月左右，以處理「家務事」。她還欲言又止，說自己的男朋友最近「大大辜負了她」，所以她迫切需要換個地方。

董事會成員幾乎都是男性，有些人清了清喉嚨，有些人則在座位上挪動身體。董事會主席問她需不需要一杯水，還有一個人則是自己去拿了一杯。他們問潔瑪，在這個為期九個月的問題……解決之後，她是否確定自己準備好恢復全職工作。潔瑪表示肯定，說她在北方有個已婚但無法生育的姊姊，她想或許自己能為這對膝下猶虛的夫婦做出一點貢獻。

董事會主席用牙齒輕敲菸斗柄，以表明當下狀況的嚴重性，然後說潔瑪做的是正確的選擇。他說只要潔瑪的直屬主管愛黛兒．安德頓同意，她回來時就可以繼續做原本的工作。當時是她在利弗諾的親戚茱莉亞把她介紹給麥克馬斯特學院的招生人員，潔瑪知道對方替她捏造的故事會讓愛黛兒在她念書的期間安分一點，因為她絕對不敢推翻醫院受託人的裁決。

但她的學業結束了，或許結束得太快了，潔瑪現在必須想辦法接受自己要執行論文的事實。

她一週前醒來，發現自己在一間B＆B，搭公車很快就能到他們家住的排屋。隔天，和媽媽開心敘舊之後，她把掛在煤棚裡的腳踏車取下來，踏上她在念書時承諾自己的短途旅行：到小斯威本水庫，南下到角背農場，往東到大巴文頓，最後抵達好小溪（是一條叫做「好」的小溪，不是指一條很小的溪）和布萊斯河的交會處。她抵達了港口附近的岩石露頭，她和父親過去常常在那裡尋找退潮時躲在岩池裡的一種會脫殼的小螃蟹。這種螃蟹會褪去舊殼以換上新殼，她父親稱之為脫殼蟹。以脫殼蟹來當作魚餌，幾乎沒有魚能抗拒得了，尤其是在冬天。以他們家的經濟狀況，沒辦法負擔這麼昂貴的魚餌，但如果願意在岩池中翻找，就可以免費獲得，尤其是小孩子的手可以伸進鋪滿海藻的小石塊之間。當她一臉自豪，將玩沙桶裝滿誘人的魚餌後，她和父親就會到河口的防波堤，釣出一大堆閃閃發亮的鱈魚和綠青鱈。他們會把戰利品帶回家，讓廚藝精湛的伊莎清洗、切片、裹粉和油煎，做出連上流社會人士都羨慕的美味晚餐。

現在她擺脫了學校環境的壓力，她希望能藉由重訪這些使人平靜、令人懷念的地點來提振精神，激發靈感，改善她提出但學院不太支持的計畫。她感覺教授們不太相信她的提議，可能是因為計畫是否成功大大取決於大自然，而大自然充其量就是個反覆無常的同謀。但至少她的第一步很明確，而且肯定是最關鍵的，因為如果這第一步失敗了，其他一切都不會成功。

對潔瑪來說很可怕的是，她和愛黛兒共用一間私人辦公室。潔瑪坐在角落的一張小桌子，桌上的資料堆積如山；愛黛兒的桌子比她的大一倍，但上面除了兩台電話、黏合皮革桌墊和同款雙筆架之外，什麼也沒有。這樣的場景給訪客的印象是愛黛兒顯然比潔瑪完成了更多工作，而相較之下，潔瑪根本是個無可救藥的苦工，愛黛兒私底下也常常證實這樣的評價。

她們共用辦公室的門平常都是關著的，除非愛黛兒想引誘有前途的住院外科醫生進入她的巢穴，在這種情況下，潔瑪就會被派去拿飲料和餅乾。因此，當兩人獨處時，愛黛兒可以隨心所欲，對潔瑪說任何她想說的話，不用擔心會被別人聽到。

「妳不在的時候，對我來說真的很難熬耶。」愛黛兒在她回去的第一天告訴她。「什麼事情都沒完成。」疊成一座山，看起來搖搖欲墜的資料顯然證明了「潔瑪只工作不玩耍」是愛黛兒的當務之急。

「抱歉離開這麼久。」潔瑪說。「妳應該知道我是在處理家務事吧？」她停頓了一下，給對方時間理解背後的含義。「我必須讓事情順其自然發展。」

聽到這種話，除了關心一下虛構出來的孩子，表示同情之外，也沒什麼好說的，但愛黛兒自然是連問都沒問。「多說誤事。妳的代理做自己的工作做得很不錯，但她幾乎都沒有幫我。」她說。

可能是因為妳沒有找到任何可以勒索她的東西吧，潔瑪心想。但她忍住沒說，以免愛黛兒察覺到她壓抑的敵意並因此更加謹慎。她知道院長會說什麼，彷彿他就坐在旁邊：一定要為妳的受害者帶來幸福感，就跟醫生宣布死囚身體狀況良好，隔天就可以執行死刑一樣。

「總之……我回來了，而且會盡我所能讓事情像以前一樣順利。」潔瑪發誓道。「還會努力做得更好。」

「萬一我覺得妳可能會遠走高飛，」愛黛兒說，聲音在空中飄盪。「我就會被迫與董事會分享我所知道的祕密，更不用說警察了。希望妳沒有忘記我託付給里金斯老先生的信。」

潔瑪當然沒有忘記那信封，她是在出發前往麥克馬斯特學院之前看到的。那是一個米色公文信封，愛黛兒帶著儀式感在裡面放入三個信紙大小的信封。「一封給醫院董事會，一封給警察局，一封給《諾森伯蘭報》。」她愉快地說，然後點燃一根紅色封蠟，沿著公文信封的封口滴下大量的蠟，同時建議道：「只是為了保險起見啦。我不是在暗示妳會試圖做些什麼讓我永遠閉嘴，但話又說回來，妳已經殺了一個人，不是嗎？」

潔瑪還是像往常一樣，小聲抗議她這麼做是為了讓父親不要再受苦了，愛黛兒的回應卻是：「不管怎麼說，親愛的，妳和妳媽媽都拿到了死亡保險金，不是嗎？好了，我對妳父親之死所知道的一切都在這三封信中，我會把信寄給里金斯父子律師事務所的里金斯老先生。」這是一家當地的律師事務所，負責處理醫院大部分的法律事務，只有醫療疏忽訴訟這種庸俗的事務是委託給紐卡索一家更強硬的公司處理。裝著那三封信的公文信封放在愛黛兒的桌上好幾個小時，凝結的紅褐色封蠟使其看起來像一道裂開的傷口，直到收發室的男孩來收信為止。接著，愛黛兒愉快地打電話給里金斯老先生（她曾在幾次招待會上跟他調情），並解釋說她剛剛寄了一個信封給他，希望他能替她好好保管。「『只有在我意外死亡的情況下才能打開。』我知道這看起來很戲劇化，但這只是寫給親戚的幾封信啦，因為我今年夏天要上飛行課，誰知道會發生什麼事呢？」她對潔瑪眨了眨眼，好像這一切都只是一個天大的玩笑，但當然，愛黛兒可是百分之百認真的。

潔瑪剛到麥克馬斯特學院不久，就講述了這個令人厭惡的事件，哈洛院長、史神父和薇斯塔．特里珀都語重心長建議道，在開始執行論文之前，一定要先處理那個公文信封。潔瑪希望在沒有保險箱密碼，甚至連幾根炸藥都沒有的情況下，從律師私人辦公室上鎖的保險箱中取出密封信封的重大挑戰，可以幫助生性溫柔的她鐵了心，刪除愛黛兒．安德頓。

第二十五章

碩士論文

刪除者研究生：妲爾西・莫恩（藝名：多莉亞・梅伊；本名：多莉絲・梅・塔普洛）
目標當弒人：列昂尼德・科斯塔（綽號「列昂」）
地點：洛杉磯及週邊地區

多莉亞・梅伊不需要別人告訴她自己在麥克馬斯特學院期間的對外說法，因為她（在格拉維斯教授的大力幫助下）寫了她去歐、亞、非三洲旅遊的詳細紀錄，而且每個月都在《科利爾》雜誌上刊登文章，雖然內容全部都是虛構的。她還把她在比佛利峰社區的「小豪宅」轉租給一位年輕的阿拉伯酋長，他喜歡的不是石油而是助曬油，由他按摩到身材跟多莉亞的沙漏形泳池一樣且有明星相的年輕女演員背上。

現在，一名臨時聘用的司機開著多莉亞那輛略顯過時的林肯世界轎車，載她到製片廠的大門。離開後，司機會把林肯轎車交給文圖拉縣的一家經銷商，對方用現金買了這輛車，並承諾永遠不會宣傳它來自電影製片廠。賣車的收入將作為多莉亞執行論文的資金，而她在學院學到的一些非法技能可以幫助她在需要時取得合適的車輛。

自第二次世界大戰結束以來，從下午四點到午夜十二點，芬頓．弗洛迪（綽號「芬仔」）都是擔任藍花楹路安全門的警衛。剛任職不久，他就發現迎合製片廠大人物的偏好，成為他們能吐露祕密的心腹是很有利的，只要像想領更多小費的侍者領班一樣阿諛奉承就好了。因此，他表現出夠浮誇的熱情來迎接多莉亞的歸來。

「噢，梅伊小姐，妳終於回來了！妳這次不會再離開了吧？」他用地方口音大聲說，彷彿在講一個關於猶太教拉比、佛教僧侶和愛爾蘭牧師的笑話的哏。

雖然化名為妲爾西．莫恩時，多莉亞把頭髮剪短了，但多虧了一頂精緻的假髮，她現在又頂著她特有的烏黑長髮。「當然啊，芬仔，如果他們願意讓我回來的話！我跟整個製片廠的衣食父母有約呢。」她在後座打趣道。「大爺出錢，我說了算！」

弗洛迪查看當天的時程，發現多莉亞五點鐘確實與製片廠老闆列昂尼德．科斯塔有約。他伸手去拿停車證，問道：「那之後妳會回原本的住處休息嗎？」自從她離開後，她的套房就一直空著，除了科斯塔在沒有攝影機和其他工作人員的情況下，一個人為年輕女星進行試鏡時。

「為希律王跳舞[32]之後，我就不知道還有沒有地方住了，或許他還會砍我的頭呢！」她回答。雖然芬仔完全不明白她的意思，但還是跟著她開懷大笑。他在一張金色停車證上寫下日期，將其塞到林肯轎車的擋風玻璃雨刷下，車子便開了進去。他不禁好奇多莉亞．梅伊十二歲的時候是不是也那樣說話。

「我沒有要給妳住，因為妳不需要。」科斯塔說道。他坐在辦公室的沙發上，在那裡，很多女演員都透過配合科斯塔精心安排的計畫，從臨演晉升為小角色。獎勵通常是多莉亞所謂的「床上的客串角色」。他斜躺在沙發上，用靠枕支撐背部，在劇本上做標記。多莉亞進來時，他完全沒有要起來的意思，而是繼續維持仰臥的姿勢，態度十分無禮。「在浪費了我們律師的時間和金錢之後，妳能回到這裡同意拍豬的電影是很好啦，但我當初給妳套房住只有兩個原因：第一個是妳應該要有私人的娛樂空間——」

「你是說你希望我娛樂你的『私密處所』吧。」她忍不住回嗆，但很快就用俏皮的微笑緩和語氣中的諷刺。

「——第二個是讓妳早上拍片找化妝師報到前，可以盡可能睡多一點美容覺。但妳幫卡通配音就不需要展現最好看的一面了，事實上，妳就算看起來『胎哥』也沒差。」多莉亞不需要翻譯也知道他想表達什麼。「所以跟妳的套房說再見吧。既然妳不在乎自己跟誰睡，我也不在乎妳在哪睡。」

她很想說，可是列昂，住在套房對我的論文來說很重要，我只需要在你活著的期間使用而已，所以應該不會用很久！幸好她有接受麥克馬斯特學院的教育，所以已經準備好相應的

32 在王爾德的戲劇《莎樂美》（*Salome*）中，猶太公主莎樂美為繼父希律王跳舞之後，向父王要求施洗約翰的頭顱。然而當希律王把約翰的頭放在她面前，她卻捧著約翰的頭談情說愛而拒絕了希律王的要求。希律王一怒之下，下令也把莎樂美砍頭。

回答了。

「好吧，但如果你想要這樣讓我退休的話，你應該不會想在好萊塢媒體眼中看起來像個惡棍吧。從公關角度考慮一下：我可以宣布，我這個曾經紅極一時的女演員被無情的製片廠老闆強迫引退……或是我可以昭告天下，儘管我敬愛的恩師列昂尼德．科斯塔極力挽留，我還是決定退出影壇，不過他還是好心讓我住在以前的套房裡，給我時間收拾我在這個珍愛的製片廠多年來收集的紀念品。其實我已經安排下週在那棟套房接受《科利爾》雜誌的告別採訪，解釋我在世界各地旅行後，對人生的追求有什麼不一樣的想法。」不用說，她根本沒有安排這場採訪，但如果她成功的話，科斯塔也不會活到那個時候。哈洛院長教導她，可以向目標承諾未來的任何事件，以引誘或脅迫對方，只要目標的人生在那之前到期就好。時機就是一切。

她跪在他腳下（就跟許多年輕女星一樣，如前所述），懇求道：「為了保全面子，就讓我再多住幾週吧，列昂，我只要求這些！答應我的請求，我就幫你心愛的豬配音，為你嚄嚄叫，而且毫無怨言。」

在那一刻，冷酷無情的科斯塔終於展現出了人性，因為他很享受首映之夜和頒獎典禮上的掌聲，以慈父般的面容沐浴在眾人的仰慕中。他喜歡自稱為「科斯塔老爹」，將製片廠的合約女演員視為自己親愛的家人，還可以經常跟她們發生亂倫。因此，他對電影業界其他人對他的看法很敏感（僅限這方面）。科斯塔雖然不情願，但還是允許多莉亞使用她的舊套房，前提是一定要在月底搬出去。

「列昂，我向你保證。」多莉亞發自內心承諾道。

第二十六章

「我希望把賭注押在第三、四和五場比賽的所有馬上。」說話的金鬍子男子戴著紅框太陽眼鏡，身穿充滿熱帶風情的亮黃色衣服，上面還有滿滿的紫色鸚鵡圖案。英文顯然不是他的母語，教他的人看來英文也不怎麼好。「這是可以的嗎？」

那天，聖塔克拉利塔賽馬場天氣特別好，而且因為當時還不到中午，也沒有其他人等著下注，所以櫃員選擇耐心解釋，甚至提供建議。

「這個嘛，先生，」櫃員說道，「當然沒有法律禁止這麼做，我也很樂意為你下注，但既然上帝給了我良心，我覺得有必要告訴你，這麼做獲利的可能性很低。管理階層已經從不同的角度全面考量過了，你懂嗎？所以我們才會有同注分彩法，會先提取賽馬場的固定佣金和國家的稅金。當然，如果每匹馬都下注就一定會贏，但你也肯定會輸十幾次，甚至更多。雖然你可能會想在賠率高的馬身上下注更高的金額來彌補，但牠們賠率高是有原因的，就是容易輸。你還想這樣下注嗎？」

「我想。」男子說道，接著壓低聲音說：「我有一套方法。」

「喔，一套方法啊！」櫃員故作尊敬道。「我不知道你有一套方法，那就另當別論了！」

一分鐘後，他遞給那名男子一疊用橡皮筋綁好的彩票，說：「拿去吧，這是第三、第四、第五場的每一匹馬。我是想祝你好運啦，但你這樣下注基本上就沒什麼運氣可言了，所以我只能說，勝敗乃兵家常事。」

克里弗接過那疊彩票，一言不發便離開了，臨走前又讓櫃員看了一眼他的花襯衫。如果是在公共圖書館，他的外表可能會引人側目，而且看起來像卡通人物。然而，在週二下午的賽馬場，當認真過生活的人都忙著工作時，他就是個典型的自我感覺良好魯蛇。

這是他還在麥克馬斯特學院時，在妲爾西．莫恩的指導下創造的幾個角色之一，其背景故事足夠詳細，讓他可以在當下順利進入該角色。

克里弗翻了翻彩票，知道從數學上來說，他手中一定有三個贏家，雖然其他都是失敗者、飯桶和老馬。

他覺得自己應該會有好手氣。

第二十七章

潔瑪絞盡腦汁思考，在不用鑽頭或炸藥的情況下，到底要如何打開里金斯老先生的古董保險箱。然後她想起哈賓格．哈洛院長關於破門而入、越獄和被動離開的一系列講座。「如果門上了鎖就不要管它，把注意力放在被託付鑰匙的傻瓜身上！」他主張。「每一座無法逃脫、難以入侵的監獄，都有一個工資低的牛奶業務司機可以像小鳥一樣自由進出。幫幫忙，去認識送乳員吧！」

跟里金斯律師的祕書凱．庫克森搞好關係簡直就是兒戲，事實上她們小時候可能真的一起玩過，因為凱和潔瑪同校，只是小她幾歲，是個天真可愛的人，主要特點是擅長盲打。首先，潔瑪將一般的信件，例如醫院義賣會公告或捐血傳單送到律師事務所，她宣稱是因為「剛好很順路」所以想節省醫院郵資，但其實一點也不順路。潔瑪和凱發現彼此對臺夫特刺繡有著共同的興趣後，便一拍即合，但潔瑪其實對這門技藝一無所知，只是因為任務所需，必須偷偷學起來罷了。她忍不住咒罵凱（事實上，她看起來有點像臺夫特茶杯和磁磚上的荷蘭女孩）為什麼不是喜歡小說家史考特．費茲傑羅，或是爵士樂歌手艾拉．費茲潔拉更好。但是，當潔瑪一大早在里金斯老先生到之前去送無關緊要的信，並與凱互相分享她們在各自的蕾絲手帕上繡的藍色風車的進度，潔瑪會假裝隨意看看，尋找里金斯的保險箱或保險櫃。

自愛德華時代以來，這些辦公室就一直位於大街的同一個位置。律師事務所的前身是魚店，潔瑪可以發誓，門廳仍然散發著剛捕獲的鰈魚和黑線鱈放在新鮮碎冰上的誘人氣味。「里金斯老先生」其實是創始人里金斯的孫子，創始人的律師兒子後來變成了「里金斯」，而他又說服唯一的兒子放棄對化學的熱情，成為里金斯父子律師事務所中的「子」。辦公室裡的鑄鐵保險箱顯然是老里金斯那個時代的物品，是久富盛名的米爾納型號保險箱，隨隨便便就重達兩百五十公斤。

這跟潔瑪希望的不一樣。她知道在消除公文信封的威脅之前，自己沒辦法執行論文，因此她在麥克馬斯特學院的「黃金組合」課堂上花了好幾小時研究掛鎖（由於掛鎖是鉤環和凹槽的設計，重點在於阻塞和阻力點，所以意外好開）和現代保險箱，她用包在頭巾裡的稀土磁鐵成功打開了後者。但除了震耳欲聾的鑽頭或炸藥之外，沒有什麼巧妙的方法可以打開這種古董保險箱。這時麥克馬斯特學院全面發展的教育方針就派上用場了，因為學校課程會持續鑽研最薄弱的環節，而這環節通常是人類。

「哇，好美的舊保險箱啊！」潔瑪說道，並用指尖拂過門上的華麗字體和鍍金裝飾。保險箱上方掛著一張裱框的古董元素週期表，上面的日期寫著一九〇八年。「我有個叔叔把這種保險箱當酒櫃來用，後來他忘了密碼，之後就滴酒不沾了！」

凱咯咯笑了起來，很高興能聽到一個她既能理解又與她無關的笑話。「這麼多年過去了，里金斯先生應該早就把密碼牢記在心才對。」她一邊準備打一封信，一邊跟潔瑪閒聊。「但他抱怨最近越來越常要查看密碼，畢竟他也年紀大了。」

「想當然耳，妳每次都要告訴他密碼囉。」潔瑪試探道，就跟高爾夫球手本．霍根用高超的技巧將距離洞口七英寸的球推入洞中一樣。

「絕對不可能！」她噗哧一笑道。「他永遠不會把密碼告訴我或其他任何人。他只會嘆一口氣，說：『那個該死的密碼是什麼？』只是他不會說『該死』啦。但等他穿過房間走到保險箱時，他又想起來了，真是個老糊塗。他說要不是沒有運氣這個元素，他就不可能會記得。」

潔瑪試圖掩飾自己濃厚的興趣，說道：「不知道這話是什麼意思。」

凱聳肩道：「他表現得好像自己說了什麼有趣的話，但如果是笑話的話，我沒聽懂。當然，很多笑話我都聽不懂。」

「他可能連密碼都放在金庫裡了。」潔瑪盡可能漫不經心地說。

「搞不好是放在他的內褲裡呢。」凱開玩笑道，她很高興自己想到這麼世故的笑話，而且潔瑪還很捧場地笑了。「他起身說：『那討厭的密碼是什麼？』但神奇的是，等他走到保險箱時就想起來了，好像密碼寫在空中一樣。」

「世界上應該沒有可以在空中書寫的隱形墨水吧。」潔瑪繼續繞著話題打轉，看還能不能問出更多情報。

「他搞不好有辦法做出來喔。里金斯先生告訴我，他一直想要從事化學相關工作，他在第一次世界大戰做了火箭燃料之類的工作，但他爸爸說服他去讀法律，傳承里金斯父子律師事務所的薪火。我覺得他一直很後悔當初這麼做。」她說。保險箱上方裱框的元素週期表現在就說得通了，就像是在致敬羅伯特．佛洛斯特的詩〈未行之路〉一樣。「我在學生時代不喜歡化學。」凱繼續說道。「聞起來很臭，而且大家都叫我『鉀』。」

潔瑪轉身，一臉困惑，問道：「為什麼？」

她壓低聲音說：「鉀的化學元素是K，就跟我的名字聽起來一樣。」她眉頭一皺。「而且我暗戀的男生——隆納．洛克伍德，妳記得他嗎？不記得了嗎？——就是他帶頭給我取綽號的。」

潔瑪拍拍她的手臂，說：「小孩子有時候真的很殘忍。」

「是啊，大人也是。」凱說，她的人生似乎過得很辛苦。

「今晚要不要一起去看電影？有一部基隆．摩爾主演的作品。我們可以先去阿爾貝托吃點東西。」

「阿爾貝托？」凱問道，好像潔瑪是提議要去尼加拉瓜一樣。

「在貝克斯利街。他們的海鮮番茄義大利麵很好吃，而且只要二先令六便士。服務生每次都還會請我喝一杯，我敢打賭如果我們跟他調情，搞不好還會有續杯呢。」

看完電影，兩人因為喝奇揚地酒產生的暖意，加上一起對基隆．摩爾的側臉發花痴，關係變得更加親密。在回家的路上，經過里金斯父子律師事務所時，潔瑪的「大姨媽」突然來訪，需要使用盥洗室。附近沒有酒吧，所有商店都關門了，但凱說不用擔心，並帶著潔瑪穿過律師事務所和隔壁菸草店之間的通道，來到建築物後面鋪了鵝卵石的馬廄街。後門前面有三級木台階。「我恐怕得請妳轉過身去。」凱向她道歉。「里金斯先生說不准讓任何人知道鑰匙藏在哪裡，非常抱歉！」潔瑪照做，並說她完全可以理解。對潔瑪未來的計畫來說，光是知道房子外面藏了一把鑰匙就夠了。她聽到石頭摩擦發出刺耳的聲音，打開門鎖的聲音，又是一陣刮擦聲，然後凱低聲說：「門開了，快進來吧，小心腳步，我不能開燈。」

走進黑暗的辦公室時，潔瑪問為什麼防盜警報器沒有響起，凱解釋道：「里金斯先生買了貼紙貼在門上，說我們有警報器，但他只願意花這個錢。他說珠寶商、銀行和商店才會需要警報器，我們的事務所沒有存放任何貴重物品，頂多只能偷他的內褲吧！」凱笑得很開心，一天講兩個黃色笑話對她來說顯然是個新的里程碑。「走吧，我帶妳去廁所。」

潔瑪估計下次來的時候，她應該只要花一分鐘就能找到鑰匙藏在哪塊磚、石頭或瓷磚下方或後面。現在又聽到不用處理防盜警報器這個好消息，她決定隔天晚上就回來。如果可以的話，她不想再縫一個藍色風車了。

第二十八章

（摘錄自克里弗・艾佛森的第二本日記）

X，我有好消息要報告，就是我們的賭運不錯。在我下注每一匹馬的三場比賽的優勝者中，好啦，其中一匹是熱門馬，我們獲利甚微。但第二匹算是半冷馬，賠率是十倍，而第三匹完全出乎意料：才剛升了一級的蓋尼米德（如果我聽起來好像我知道自己在說什麼，相信我，那只是塔科特教練在我離開親愛的麥大師學院前，向我灌輸的賭馬相關知識）。沒人對蓋尼米德抱持什麼期望，但他卻以三十二比一的賠率獲得了冠軍！多虧了新手的好運氣（雖然其實沒有運氣成分），我的三個優勝者當中有兩個讓我們發大財了。

有了這份好運的加持，我從家裡撥打了華頓工業的電話，說要找菲德勒，然後等電話接線員幫我轉接。

「這裡是梅里爾・菲德勒的辦公室？」梅格・基根說道，她每次接電話聽起來都像在問問題。

我用我最熱情的商會男中音說道：「妳好，小姐，我想和妳的老闆談談，我們洛克威爾鄉村俱樂部希望能邀請他擔任年度千金泳裝比賽的主審。」對方請我稍候一、兩分鐘，但菲德勒很快就接了電話。我果然很了解他。

「你好，我能為你效勞嗎？」菲德勒問道，顯然很期待能夠履行這份公民義務。

「莫瑞，我是鮑伯。」

「是梅里爾，不是莫瑞。」

「喔，抱歉，打錯了。」我說完便掛斷電話。確定菲德勒在辦公室後，我便前往距離華頓工業僅十分鐘路程的豪華公寓，也就是他的住處。以前我曾把設計圖和精描圖送到那裡一、兩次，我知道那裡二十四小時都有警衛在電梯附近的講台看守入口，而且大廳另一頭有一個公共電話亭。

那名警衛（他的名牌寫著他叫瑞奇）我之前沒看過，但就算是我遇過的那位也不會認出我，因為我戴著仿角質鏡架的平光眼鏡，穿著海軍藍色的工裝襯衫和褲子，還留了我在複製W-10的藍圖時故意沒剃的濃密鬍渣。「提姆．東尼先生的包裹。」我說。

「我不認識提姆．東尼這個人，公寓號碼是多少？」瑞奇說，並從我手中接過包裹，但看了一眼就馬上還給我，還翻了個白眼，顯然覺得我很不稱職。「你看地址，你要去的是梅雷迪斯街六號，這裡是梅利迪恩街六號。」他說。

我道了歉，然後走去大廳的公共電話，撥打家裡電話，一邊跟不存在的調度員說我送貨會遲到，一邊記住公共電話撥號盤上的號碼。接著我繞過轉角，走到我停在附近的車，並開車回家。

我在阿布塔斯的舊姑娘之選巷的一家當舖買了一台破舊的安德伍德可攜式打字機，以及一本不相關的照片剪貼簿，上面寫著「渥太華狄奧多・史蒂文斯的財產」。

我戴著乳膠手套，將那天比賽的三張勝利彩票放入一個信封中，並用漢莫米爾造紙公司生產的紙張打了一封信，這種紙全國每家文具店都有賣。X，我會在日記裡附上信件副本供您參考。

（信件內容如下。——哈教授）

致永遠的贏家菲德勒先生：

您和我素不相識，但您救了我一命。我甚至不知道您是有意無意，但您確實救了我，我一輩子都欠您這份人情。這個信封裡有三張昨天在聖塔克拉利塔賽馬場的比賽的勝利彩票，這是我下半輩子對您報恩的第一步。

我想到了一個辦法鑽同注分彩法的漏洞。就技術上來講，我的方法是合法的，但我在賽馬場工作，如果他們發現就會解僱我，這樣就會斷了財路。

在彩票上所寫日期的一週內，您可以在回家的路上去賽馬場將彩票兌現。菲德勒先生，我知道您是品德高尚的正人君子，我提議與您分享我的一套方法，作為回報，我只想請您將一半的獎金留給我。這不是詐騙，我永遠不會要求您花一分自己的錢或以任何方式參與其中，除了兌現合法贏得的獎金並保管這些錢。等我向您表明真實身分，如果您拒絕分享獎金的話，那就是我的判斷失誤，屆時我欠您的人情就算還清了。我知道沒有人會質疑獎金是哪來的，因為大家都知道您是贏家。每天我都會給您勝利彩票，所有彩票都是在賽馬場合法購買的。我不會直接與您接觸，若要知道我每天把勝利彩票放在哪裡，只要早上八點三十分在您公寓大廳的電話亭等我的電話即可。如果是忙線中，我會每隔十分鐘再試一次。我不會再寫信給您了。雖然您本人不知道，但謝謝您救了我的命。

不能輸的朋友「好冰友」敬上

我把信對折並放入信封，信封上已經打了梅里爾．菲德勒的名字和公司地址，以及「個人機密郵件」的字樣。最後，我隨信附上一張黑白照片，照片中有一位非常迷人的年輕女子站在一片樹林附近。這張照片是從先前提到的狄奧多．史蒂文斯的相簿裡拿的，雖然我對這位來自渥太華的先生根本一無所知。

在一場名為「限時掛掉」的一日研討會上，我學到沒有什麼比在未拆封的信件中摸到一張照片更能引起人們的興趣了，特別是如果信封上有「私函」或「機密」等手寫的字詞。那張照片對菲德勒來說毫無意義這點只會讓人更感興趣。我知道菲德勒的下屬沒人敢打開一封寄給他且標有「機密」字樣的信件，以免惹他生氣，就連好奇心旺盛的梅格．基根也會怕。最後貼上郵票，就完成了。下午微風徐徐，我漫步到賽普拉斯街，把信丟到郵筒裡，這樣明天這封信就會送到菲德勒桌上了。

我知道他不太可能在上班時間離開公司去賽馬場，但他回家時去一趟就很順路。

親愛的X，明天我會繼續重建W-10藍圖，但等到菲德勒下班時，我會再次戴上紅框太陽眼鏡並穿上充滿熱帶風情的衣服，前往賽馬場，然後再買一輪彩票（裡面會有下一次要給菲德勒的勝利彩票）。接著，我會在聖塔克拉利塔的付款窗口附近閒逛，看看鯊魚會不會被我撒的第一輪魚餌引誘。我很有信心他會上鉤，畢竟他總是喜歡輕鬆發大財。

第二十九章

潔瑪穿上自行車褲，告訴母親她自願在醫院的櫃台上週六夜班，然後從小巷子騎車進城。她的腳踏車車籃裡放了一個油布袋，裡面有一個公文信封，上面寫著「只有在我意外死亡的情況下才能打開」，還精心偽造了愛黛兒的印刷體字體。雖然可惡的安德頓小姐當時直接把公文信封放在桌上，只是為了炫耀它所代表的威脅，但愛黛兒聰明過頭了，因為這樣給了潔瑪足夠的時間來記住信封的模樣（不過封蠟等真正的信封到手後再對照著滴會比較準確）。要偽造愛黛兒的字跡簡直輕而易舉，因為潔瑪之前就被要求要用主管的筆跡寫評論和旁注，讓別人以為是愛黛兒在做事，而不是潔瑪。她想用來調包的信封一定會通過里金斯這關，自從將近一年前把信封放入保險箱後，他很可能就沒有再拿出來看了。

小路兩側的樹木在她的頭頂上方樹枝交錯，讓她想起自己和克里弗從實驗室搭車回宿舍的那天晚上。自從潔瑪在樹林裡第一次見到他就深受吸引，要不是在這所學校，要不是她主修的是「謀殺」這門學科，她一定會讓對方知道自己對他有興趣。

但現在她再也見不到他了。「該死，克里弗。」她對著夜晚哀嘆道，卻無人傾聽。一場突如其來的冷雨將她拉回了現實。她可是有任務在身。

潔瑪選擇不走大街，而是從北邊兩個街區的住宅區騎到里金斯父子律師事務所後面的馬廄街。她把車停在另一頭的腳踏車架，通道裡空無一人，兩旁都是送貨入口和私人車庫。她從腳踏車車籃裡拿出油布袋，走上木台階，來到里金斯的後門。按照邏輯來看，凱不夠高，沒辦法自己伸手到門上方拿鑰匙，而且如果她在台階附近翻找的話，應該會發出更大的聲音。雖然門口有地墊，但即使是里金斯老先生也不會傻到把鑰匙藏在下面吧。她很快就在後牆找到了那塊突出來的磚塊，雖然不太可能留下指紋，但她還是用未完成的臺夫特刺繡手帕包住。磚塊被拉出來時發出了刺耳的聲音。

辦公室十分昏暗，唯一的光源是馬廄街的路燈從後窗照進來的微光。她在黑暗中摸索，來到里金斯的密室，裡面的百葉窗和窗簾都拉上了。她用自己的濕手帕蓋住一盞小檯燈再打開，然後開始思考要怎麼打開保險箱。

錶盤的數字從零到八十，根據過去所學，她敢肯定密碼是三個數字的組合，每個數字是一或兩位數，這是當時的業界規範。她也學到，購買那個年代製造的保險箱是無法要求使用容易記憶或是對個人有意義的數字組合作為密碼的，不然可能會導致10-20-30之類的密碼泛濫，或是考慮到保險箱的年代，也會有很多11-11-18來紀念第一次世界大戰結束。製造商總部會記錄每個保險箱的序號及其獨一無二的密碼，但不會記錄其位置或買家。廠商會提供買家一份密碼的副本，而且會鼓勵他們記住密碼並將其藏在保險箱所在地以外的其他地方，但大部分的人還是會把那張紙貼在辦公桌右手邊抽屜的內部。

有些人特別聰明，還會貼在辦公桌「左」手邊抽屜的內部呢。

她坐在辦公桌前，但不打算浪費時間去檢查抽屜，因為凱說里金斯老先生從來不會去看那裡；他只會走向保險箱，抵達時就知道密碼是什麼了。難不成密碼就藏在看得見的地方，就跟愛倫．坡失竊的信一樣？哈洛院長告訴她，曾經有個商人在桌上放著一九三四年的行事曆，而且一直停在十二月八日那一頁，因為他拿到的密碼是12-8-34。隨著時間流逝，到了一九四〇年代中期，就有人開始起疑了。

她站了起來，並像里金斯一樣走到保險箱前，發現上方的元素週期表幾乎就在她的視線高度。凱之前說了什麼？里金斯說自己能夠想起密碼都是因為「運氣這個元素」，好像他說了個笑話一樣……

哈洛院長曾經在課堂上說過：「忘了『vino』吧！是『in risu veritas』……笑中吐真言才對。如果有人說：『我當然在開玩笑。』他們很可能是認真的。」

潔瑪的父親以前都會說「戲言寓真理」，但里金斯老先生的笑話又是什麼呢？重點似乎是運氣，或者說是運氣這個元素——

「喔，天哪。」潔瑪說道，因為她意識到自己正直直盯著元素週期表。

元素週期表上的字母可以組成字詞，這點並不奇怪（四年級時，男生曾在課堂上反覆喊著：「氟、鈾、碳、鉀！」這樣可以變相罵髒話又不會被老師罵）。運氣，也就是「luck」這個元素，「luck」是否可以用週期表中元素的化學符號來拼寫，而每個元素對應的數字就會組成保險箱的密碼？她已經知道「luck」的最後一個字母有在週期表上，因為凱以前在學校的綽號就是「鉀」（原子序數為十九）。她由後往前想，記得以前有學到——是在四年級的科學課，不是在麥克馬斯特學院——「C」是……鈣嗎？不對，應該是碳才對，原子序數是六。所以還有「U」和「L」嗎？（或許密碼是由四個數字組成的。）看到了，在最下面，「U」是鈾！現在她只要找到「L」就好了。

但她找不到，只有看到「Li」、「Lv」、「La」——等等，別管鈾了，找到了，是原子序數七十一的「Lu」，也就是鎦。

71-6-19，所以確實是三個數字的組合，她心想。如果數字順序跟里金斯的助記順口溜一樣的話，那就太巧了……但就算不一樣，也只有六種組合要試。當然，還有在每個數字之間鎖要轉動幾圈的問題。在學院，他們說舊保險箱都是向右轉兩圈，然後是第一個數字，向左轉一圈，再向左轉轉到第二個數字，然後再向右轉轉到最後一個數字。她開始動工，雖然Lu-C-K不是正確的組合，但她並沒有心灰意冷，試了第三次就打開了保險箱，她感到十分滿意。

愛黛兒的信封在比較裡面的位置，放在一些遺囑文件上方。她仔細比較兩個信封，發現自己幾乎完美複製了愛黛兒的筆跡，要不是真正的信封滴了封蠟，她可能也分辨不出來。她從褲子口袋裡拿出自己準備的鮮紅色封蠟（跟愛黛兒的一模一樣，因為當地文具店只有賣這款）和一盒火柴。她點燃封蠟，對照原始信封上的圖案來封緘自己的信封。完成後，她把替代信封放進保險箱，關上門，然後將錶盤重置為零。她已經像負責未爆炸彈藥的拆彈小組一樣成功化解了愛黛兒的指控信所造成的威脅，心裡感到踏實。愛黛兒的保險措施已經失效了。

她的替代信封內含三個標準尺寸的信封，上面打了「致我親愛的姑姑」、「致我親愛的姑丈」以及「致潔瑪」。每個信封都包含一段從被丟棄的醫院聖經上剪下來的文字，她後來將那本聖經放在愛黛兒辦公室的底層架子上。愛黛兒的父母都過世了，但她曾兩度提到住在克洛敦的姑姑和姑丈，她每次想要去倫敦玩又不想花自己的錢時，就會去跟他們住。

她選擇的經文除了提供聖經溫柔的救贖外，本身沒有什麼特別的啟發性。給她的那段經文旨在強調她和愛黛兒的關係有多親密，出自《馬太福音》：「哀慟的人有福了，因為他們必得安慰。」給愛黛兒的姑姑和姑丈的兩段經文則選自《詩篇》：「耶和華靠近傷心的人、拯救靈性痛悔的人。」以及「他醫好傷心的人、裹好他們的傷處。」

如果她的論文進展順利的話，愛黛兒的姑姑和姑丈很快就會收到這些令人欣慰但毫無用處的安慰，以及里金斯父子律師事務所的慰問信。

第三十章

（摘錄自克里弗・艾佛森的第二本日記）

親愛的X：從麥克馬斯特學院回來後不久，我就去拜訪了傑克・霍瓦斯的遺孀。我開車到托尼敦，心裡希望她沒有搬離他們心愛的家。到了步槍巷，那裡矗立著他們那棟第二帝國維多利亞式建築，規模雖小但設計典雅，三樓上面是傑克稱之為曼薩爾式屋頂的空間，不過最高層其實是閣樓空間，不是給僕人住的。

我走上台階，來到有屋簷的前門，看到莉莉安娜・霍瓦斯還住在這裡，我感到十分高興。她一認出我就露出了熱情的笑容，並帶我到前廳，從那裡可以看到門廊和人行道上間距適當的胡桃樹。

「我們在這棟房子裡度過的歲月很快樂。」她一邊說，一邊放下一盤冰茶，上面裝飾著從後花園現摘的薄荷。傑克・霍瓦斯的原名其實是雅塞克；他和莉莉安娜在戰後移民到美國，由於他在推進系統方面的專業，許多像華頓工業一樣的公司都搶著招攬他。我是由姑姑和姑丈撫養長大的，而傑克和莉莉安娜都比我年長很多，我不需要維也納的精神科醫生就能推斷他們取代了我已故的姑姑和姑丈。雖然傑克在華頓工業是我的下屬，但我還是很尊敬他，並把他視為嚴謹直率、忠言逆耳的盟友。

莉莉安娜說話仍然帶有一種優雅的口音，而且她會拉長自己認為重要的字詞或音節。「我想我遲早都得賣掉它，但我還沒準備好把它交給陌生人。那樣等於是對雅塞克不忠，我知道他希望我留在這裡。」她說。

她花白的頭髮有一半還是紅褐色的，而她的雙眼還是像以前一樣目光銳利。我還來不及問她這段時間都在做什麼，她就問了我同樣的問題，語氣中帶著一絲責備：「自從他的葬禮之後，我就再也沒見過你了，一次也沒有。你知道他一直把你當兒子看待。」

於是我便講述自己在加拿大工作的故事，並向她發誓，傑克對我來說意義重大。我提醒她，當我失去蔻拉，是傑克說服我埋首於工作而不是借酒澆愁的。設計出W-10既是我的救贖，也是我們最棒的合作成果，直到菲德勒扭曲了我們的作品。

我很好奇她聽到菲德勒的名字會有什麼反應。「菲德勒，piszkos gazember[33]。」她低聲咕噥道，平常的優雅蕩然無存。「雅塞克過世後，那個混蛋」——X，我以前從來沒聽過她咒罵，至少沒有用英語——「他寄給我一張支票。沒有信件，沒有卡片，只有他從個人帳戶簽發的五十美元現金……他以為我會去存嗎？我把支票放在這裡，希望他每個月都會查看銀行對帳單，但遲遲找不到這筆款項，這就是我對他的不屑。」她用手一指，原來支票插在壁爐旁的撥火棍上。

33 匈牙利語，意指「卑鄙的惡棍」。

我試探道：「莉莉安娜，我可以用五十美元跟妳換那張支票嗎？我這次回來剛好會需要用到。」

她仔細打量著我，說：「我不收錢，但如果你想要的話可以拿去。但你花這筆錢時，別忘了：這是血腥錢。」

「我不打算拿去兌現。」

「那就把它當作雅塞克送你的禮物吧。」她說道，雖然沒有獲得她的祝福，但至少有得到她的許可。我把支票收進口袋裡，因為莉莉安娜剛好幫我和我的邪惡論文省去了幾個繁瑣的步驟。

我很想向她保證，我並沒有不為傑克著想或是打算什麼都不做。我先前已經在曼哈頓試圖為傑克報仇（雖然徹底失敗了），而且多虧了您的慷慨解囊，我從那時起就一直在努力學習，以替傑克和蔻拉尋求一絲正義，而我回到這裡唯一的目的就是終結梅里爾・菲德勒的政權，但我什麼都不能跟她說，這簡直快讓我抓狂了。我想我今天來拜訪她，一定是下意識想告訴她這一切，但一進門，我就知道自己不能這麼做。在「普通刪除學」這門課中，我們學到雖然「坦承錯誤，身心泰然」，但公開坦承是死後的事。我必須對莉莉安娜保密我的任務，直到我成功或成仁為止。

我問她能不能去看導師的舊書房，我們曾在那個舒適的房間一邊計算 W-10 的空氣動力學，一邊喝裝在小三角杯裡的烏尼昆草藥酒，那是霍瓦斯在家鄉最喜歡的利口酒。桌上仍然整齊堆放著他的筆記和圖表，彷彿他隨時都有可能走進來繼續工作一樣，這令人既心碎又毛骨悚然。

書房的一面牆上掛著來自大西洋兩岸親朋好友的黑白照片，包括野餐、畢業典禮……就像家裡那種鋪了網眼墊布，沒人彈的鋼琴上會放的照片一樣。我注意到一張之前從來沒看過的照片，那是牆上唯一的彩色照片：是一張裱框的巴爾的摩局部街道圖，藏在一整面牆的黑白照片中。我也沒多想就仔細看了一下，發現有人把一個小小的陶瓷愛心黏在地圖中央標有「埃爾伍德公園」的綠色長方形上。我的內心頓時結了霜。

我試圖轉身走開，但莉莉安娜一直在門口看著我。「他就是在那裡被謀殺的。」她說，彷彿我不會一輩子記得他是在哪裡死的，又是怎麼死的一樣。她的喉嚨一緊：「……在那裡被找到的。」

是什麼原因會讓傑克這個年紀的人去那個可怕的公園，而且還是在午夜之後去巴爾的摩最危險的地區？他一定是去跟某人碰面，但就是那個人殺死他的嗎？我怎麼可能不懷疑菲德勒是否跟這件事有關？不可否認，我當時已經認為無論我們怎麼試圖揭發飛機的缺陷，都會被當權者完全忽視，而且菲德勒也會矢口否認並掩蓋事實。我們已經名譽掃地，職業生涯無法挽回了，但或許傑克並不這麼想。也許他試圖與菲德勒和解，或者更危險的是，威脅要揭發他。

當我第一次聽說有人在埃爾伍德公園發現傑克的屍體時，我以為莉莉安娜會告訴我他是自殺。我不認為傑克有自我毀滅的傾向，但被華頓工業開除後，他的狀態一直都很糟。我至少還夠年輕，可以考慮展開新的生活和事業，但傑克已經快退休了，他知道自己沒辦法重操舊業，也不可能重新開始。

X，這聽起來可能很冷血，但當警察立即認定他是被謀殺的，我內心有一部分幾乎是鬆了一口氣。如果他被判定為自殺，這對莉莉安娜來說會是難以忍受的沉重打擊。「我是怎麼辜負他的？我當時應該要怎麼說才對？」她可能會這麼想。但沒有必要，因為他是心臟中槍而死，是立即死亡，現場也沒有武器。坐在公園附近傑佛遜街和奧爾良街門廊上的居民有聽到一聲槍響，然後看到一群可能是街頭幫派的年輕人衝出公園並如鳥獸散。在那個社區，這樣的聲音和景象在晚上很常見。傑克的錢包和一隻家傳多年的手錶不見了，他的婚戒是一枚普通的白鑞指環，是在夫妻生活困苦的時期買的，凶手顯然覺得不值得浪費時間取下來。

關於傑克的悲劇，最困擾我的並不是凶手的身分，因為我很確定傑克本人並不認識他（或她）。我從莉莉安娜那裡得知，警方跟我一樣，認為這是一場擦槍走火的搶劫。在麥克馬斯特學院，我學到射穿他心臟的點二二口徑子彈是簡易槍枝可能會使用的子彈類型。但正如我先前所說，自從他去世以來，一直在我心中揮之不去的疑問是，為什麼傑克要離開他在托尼敦舒適的家，半夜大老遠跑去那種地方？我小心翼翼地問莉莉安娜她對那天晚上發生的事有什麼想法，或是傑克有沒有說什麼……

「他當時處於『részeg』的狀態，警察說他喝醉了，他們是從他的血液看出來的。他們進行了，你知道的……」她顯然不想說出「驗屍」這個詞。

我老實告訴她，我這輩子從來沒看過傑克喝醉。他很喜歡喝烏尼昆草藥酒，有時是晚餐後，有時則是我們在這間書房的深夜討論會結束時會喝一杯，但從來沒有喝醉過。

「他們告訴我，他的血液酒精濃度是零點二九。我不知道他喝的是什麼，因為他們說他的屍體附近沒有酒瓶，但不是他平常喝的烏尼昆草藥酒，因為這裡沒賣，他每次都要特別從紐約買。我想……我想他是這輩子第一次失業，不知道要怎麼養活我們兩個，我覺得他想要喝得爛醉，但又不想讓我看見。可能是因為這樣，他才會去一個沒有人……」她看向裱框的地圖，再次低聲咒罵菲德勒。

我問莉莉安娜有沒有什麼事是我能為她做的。她說沒有，謝謝我的好意，但親愛的雅塞克一直都很擔心自己會先走，所以已經把一切都安排好，確保她衣食無虞。「這間房子是我們的，所以我不用付房貸，我需要的也不多。但你呢」——她面露擔憂——「……你說你之前在加拿大工作，你賺的錢還夠用嗎？菲德勒的那張支票你是不是自己需要？不要逞強，對親愛的雅塞克來說，你就像他的兒子一樣。再給你五十美元，會有幫助嗎……？」她看了一眼她的手提包，我趕緊向她保證自己有足夠的資金滿足目前的需求（我確實有，而這都是多虧了您）。

我告訴她，我會欣然接受一瓶傑克最喜歡的利口酒，這樣我就可以在他的忌日為他敬酒，而且正如莉莉安娜所說，這種酒在紐約市以外的地方很難找到。她微微一笑，然後從書桌上的吸墨紙板拿起一把鑰匙，打開右邊的抽屜，傑克以前都會把家裡所有的「違禁品」藏在那裡，每次我們一起喝酒時，我都會看到裡面的東西：口感特殊、喝起來有藥味的烏尼昆草藥酒；他祖父的海泡石菸斗和年代久遠但設計華麗的左輪手槍；一本自費出版的袖珍版《雅歌》，內有「精緻」插圖；以及一個琺瑯鼻菸盒，似乎是他母親的。莉莉安娜想把黃色書刊、菸斗和鼻菸盒都給我，他桌上打開的鞋盒只裝了這三樣東西。我開玩笑說自己正在努力戒掉，這是我今天第一次看到她露齒一笑。

現在抽屜裡只剩下兩瓶利口酒，其中一瓶還沒開封。她將其遞給我，就像在洗禮上把孩子交給教父母一樣，說：「我很高興你跟我要這個，他很喜歡在一天的工作結束後跟你喝一杯。我知道比起任何人，親愛的雅塞克會更希望你擁有這個。」

親愛的X，我心想雅塞克應該會希望我為他、他的妻子、蔻拉，以及菲德勒過去和未來的所有其他受害者報仇。第一個大哉問是「這場謀殺是必要之舉嗎？」我心中的答案從未如此明確。

第三十一章

多莉亞成功跟列昂尼德．科斯塔要回了她的套房，這是她的論文中不可或缺的第一步。接著，她設法跟蹤並「巧遇」萊迪．葛拉漢。

「哈囉，萊迪。」她率先打招呼，並立刻表現出強忍淚水的模樣。扮演故作堅強的受害女性是她的拿手好戲之一。

他那憐憫的眼神好像在說，士兵，我可以把刺刀從你的胸口拔出來，但它是你現在還活著的唯一理由。但萊迪是個正人君子，在必要時可以表現出輕鬆活潑的體貼態度。「這不是我在這個製片廠最喜歡的女演員嗎？」他說。

「真希望我在其他製片廠。」她生悶氣道。

「這裡總比會標影業或共和影業好吧。」萊迪舉了兩間製作低成本電影的小片廠來安慰她。「那些貧窮片廠都只拍B級片。」

「對啊，但是總比在這裡『沉寂』好吧。如果你要去開車的話，我可以跟你同行嗎？我要回我的套房，跟你一起走可能會讓別人以為我的電影生涯還沒完蛋。」

「當然可以啊。」萊迪一口答應，完美展現紳士風度，他們便一起踏上拉雷多街。她注意到他打開的背包，裡面一定裝滿了為當代議題發聲而不是叫演員為豬獻聲的劇本。「睡前讀物嗎？」她開啟話題。

「至少有一、兩部是我希望能跟妳合作的。」他的語氣很真誠。

她撇起嘴，神情略帶傷感，並引用茱蒂．嘉蘭在《綠野仙蹤》的台詞：「那個黑色袋子裡應該沒有要給我的東西。」這讓萊迪很困惑，因為他的公事包是咖啡色的。

他從敞開的包包裡拿出一本劇本，在她面前揮舞，彷彿在向法庭提供物證A一樣。「多莉亞，這是我要和丹尼．凱伊合作的喜劇驚悚片，我發誓我一看到劇本，第一個就想到了妳，但當我提到妳的名字，科斯塔就說——」

「噢，我超愛丹尼！」多莉亞喊道。「片名叫什麼啊？」

「『——門都沒有！』」

「真有趣的片名。」

「不是，片名是《海上驚魂夜》。『門都沒有！』是科斯塔說的話。」

他們離開拉雷多街，漫步到巴伐利亞街。多莉亞知道她必須表現出無可奈何的態度，勇敢接受自己被流放的事實，這對她的計畫來說很重要。「唉，如果我要為了這個製片廠把自己變成豬，我決定要像梅爾．布蘭克幫豬小弟配音一樣令人難忘。至於我的銀幕生涯，我要宣布：『就這樣囉，各位！』只是不會像豬小弟一樣口吃啦。老列肯給的，老列也會要回。」

「多莉亞，如果我是老闆的話，我一定會給妳一個又一個好的角色。」萊迪語帶遺憾向她保證。「重要的角色，讓妳能夠角逐……我是說……」他沒把話說完，因為他知道對多莉亞來說，那不可言說的愛就是奧斯卡。

他們從巴伐利亞街走到巴黎街，多莉亞提醒自己，表達對科斯塔退位或萊迪登基的渴望都是危險的。好萊塢的大多數人都認為那個電影巨頭退休或過世（想到就覺得讚）後，繼任者會是萊迪。

「等你當上老闆，我的年紀應該就可以演《湯姆進國會》中的波莉阿姨了，但我想我也風光過了啦。」她說。在出手前，她必須表現出接受現實的堅忍態度。「科斯塔讓我成為了明星，他在法律上完全有權利把我從他的天空摘下來，我只求光榮退場，讓大眾以為我是自願退出大銀幕的。」

他那意味深長的沉默證實了多莉亞的未來有多麼慘淡，除非她採取行動改變命運。他們在一條中西部街道拐過最後一個轉角，多莉亞的套房便映入眼簾，那棟建築幾乎就在製片廠大門內。她冒昧地說：「謝謝你陪我一路走到這裡，但這一趟也未必毫無意義。我發現了一個很棒的劇本，想跟你分享。」

他面露遺憾，婉拒道：「但正如我所說，科斯塔不會——」

「噢，相信我，裡面沒有適合我的角色，我只是覺得這應該會合你的口味，如果你有特定喜好的話。如果你喜歡的話，我想你可以給我一筆中介費。現在我在金錢方面恐怕得開始精打細算了。」

這對萊迪來說是相對容易答應的請求，兩人便走進陪伴她多年，但她很快就要離開的套房。

這個便利的小窩原本是一棟樸素的住宅，位於廣闊的波洛納牧場，面向一片萊姆園。雖然現在這棟房子位於製片廠粉刷過的高牆後面，但它的位置比大門本身更靠近藍花楹路，所以在過去，警衛芬頓．弗洛迪時不時會在崗位上看到多莉亞回到後院，準備回房休息，他們還常常會揮手打招呼。但在看似友善的互動背後，芬頓其實在替列昂尼德．科斯塔暗中記錄她的行蹤和舉動，尤其是誰跟她一起進出套房。

兩年前，科斯塔決定他已經把多莉亞．梅伊塑造成夠有名氣和魅力的明星，她現在夠格到他那充滿田園風情的托瑞松度假屋和他一起共度週末（以及春宵）。他希望能扶著她走下自己為她建的基座，一路扶到他的床上。令他驚訝的是，多莉亞竟然迴避了他所有示愛的表現，就像喜歡漢默斯坦但討厭羅傑斯[34]的音樂劇愛好者一樣。

科斯塔勃然大怒，便叫芬頓．弗洛迪注意梅伊小姐有沒有做出什麼不可告人的行為，任何雞毛蒜皮的小事都不要放過。當時，芬仔不確定「不可告人」的定義是什麼，雞毛和蒜皮又要去哪裡找，但回家查字典後，他就比較了解科斯塔的要求了。

多莉亞可能在製片廠和別人偷情，這種事情可沒辦法讓芬仔挑起他的一字眉，畢竟在影視業，兩個明星（無論是否已婚）之間的幽會被巧妙地稱為「他們在為明天的愛情場景練習走位」。（芬仔的理解是，瑞典演員英格麗．褒曼小姐在拍浪漫愛情片時，通常會跟飾演男主角的演員上床，直到電影殺青為止。當她飾演在兩個男人之間左右為難的女主角時，就會打亂她的日程安排並挑戰她的持久力。）

但幫助芬仔度過戰爭的生存本能在好萊塢製片廠仍持續發揮作用。他很快就意識到，雖然那些合約演員表面上光鮮亮麗，但其實跟他一樣都是製片廠的員工。他知道是誰讓他有飯吃，誰可能一夜之間就會丟了飯碗，所以他決定跟行政部門同甘苦、共患難，而不是演員。因此，正是他舉報了多莉亞繼續跟馬克・丹納幽會的事，他還因為這項祕密任務得到了豐厚的報酬，所以他很希望梅伊小姐能再次做出不檢點的行為。

她才剛回到製片廠不久，芬仔的願望似乎就已經實現了，因為他注意到多莉亞・梅伊不僅成功奪回了她的舊巢穴，現在還帶著製片廠的製作總監走進去。當她轉向警衛室，直接向他揮手時，芬仔大吃一驚。她穿著長及腳踝且樸素的深灰色裙子，上半身搭配的淡黃綠色罩衫閃閃發亮，就像聖誕禮物的包裝一樣。至於萊迪・葛拉漢，芬仔只有在他開車進出製片廠時會跟他寒暄幾句，但據說他見多識廣，而且嚴於律己。

她會把他生吞活剝，再來點蕁麻當點心，芬仔心想。

34　羅傑斯與漢默斯坦是指作曲家理察・羅傑斯（Richard Rodgers）和作詞家奧斯卡・漢默斯坦二世（Oscar Hammerstein II）。他們是一個極為成功的美國音樂劇團隊，在二十世紀四〇和五〇年代創作了一連串的百老匯音樂劇，開創了音樂劇的「黃金時代」。

第三十二章

菲德勒走到賽馬場的兌現窗口，儘管午後天氣炎熱，他那藍白相間的泡泡紗西裝卻完全沒有被汗水浸濕。「輸到脫褲子吧，老兄。」他說，並露出得意洋洋的笑容。過去四次來訪時，他每次都說了這句話，但他覺得炫耀總是不嫌多。光就這一點，菲德勒就該死，在附近偷聽的克里弗心想。

「又是你。」櫃員沒好氣地說。雖然賽馬場規定有客人拿勝利彩票來兌現時，應該要面帶笑容恭喜對方，但菲德勒炫耀自己的賭馬技巧實在是令人難以忍受，尤其他根本就是不勞而獲。克里弗一如往常，待在賽馬場的現打柳橙汁攤位旁，他注意到菲德勒總是找同一個櫃員兌現，彷彿沾沾自喜的樂趣和獲勝的戰利品一樣重要。

菲德勒很快就接受了這些不斷送到自己手中的意外之財。他不記得自己的哪些作為或不作為可能引發了「好冰友」如此深切的感激之情（他只知道自己當之無愧），但那些彩票是合法的，而且賽馬場可以承受這點程度的損失，因為同注分彩法顯然會避免它輸得精光。反正他在回家路上順道去一趟賽馬場也不會少一塊肉，或許還可以去贏家酒吧喝一杯，當他大搖大擺走進去，酒保也會對他說：「又是你。」這聽起來真是個好主意。

（摘錄自克里弗．艾佛森的第二本日記）

這次我給了菲德勒五張勝利彩票，五張！我承認，在五場比賽對每一匹馬下注確實意味著我會輸一些錢（我很抱歉，X），但為了讓他感覺和表現得像一個「勝券」在握的男人，這是我從一開始就打算進行的投資。

菲德勒一邊吹著口哨，一邊往我的方向走來。我轉過身去，漫不經心的他就這樣跟我擦身而過，還用肩膀把我頂開，好像為了一個穿著俗艷的路人調整自己的路線對他來說太麻煩一樣。菲德勒那種對他人充耳不聞的人，五音不全是再自然不過的事，但他盲目的樂觀主義在我耳中卻宛如一首哈利路亞大合唱。

X，告訴您一個好消息，我今天比較保守，只挑了四匹明天的大熱門，賠率低，能賺的也不多。在這四匹當中，一定會有不令人意外的優勝者，所以菲德勒還是能拿到一、兩張彩票，但不會大賺一筆。

我現在好像生活在兩個不同的時間框架中：在週一下注，週二把我選擇的勝利彩票給菲德勒，他在當天傍晚兌現，而我又下了注，準備在週三把彩票給他。接下來，我每場比賽只會下注一匹馬……而且只下注賠率最高的。的確，可能有一、兩匹真的會贏，到時候我很樂意保留這些獎金，以彌補我（我們）因為計畫所遭受的一些損失。但我也知道在這些黑馬當中，一定會有一些輸得很慘，而我希望最大的輸家會是梅里爾・菲德勒。

第三十三章

在套房裡，萊迪仍坐在長沙發上，因為沒什麼其他事好做，只好觀察手中那杯薑汁汽水的碳酸化作用，一邊等多莉亞從臥室拿那部令她興奮不已的劇本。五分鐘、十分鐘過去了，萊迪便喊道：「妳找到了嗎？」

「我找到我放劇本的那個盒子了。」她回答。幾分鐘後，多莉亞走出臥室，她還穿著原本那件閃閃發亮的淡黃綠色罩衫，但現在扣子完全解開了，灰色長裙也脫掉了。看到她裸露的雙腿，萊迪不小心灑了一些薑汁汽水出來，後來才發現她的穿著並沒有原先想的那麼暴露，因為她換上了一件黑色連身泳衣，表面光滑，剪裁符合現在高雅又大膽的時尚風格，敞開的罩衫變成了一件短版的卡夫坦長袍。「別驚慌，萊迪！」她笑著安撫他。「不要想歪。你離開後，我要在露臺上曬日光浴，反正現在我不用擔心突然要去演瑪麗・安東妮，所以可以曬黑了。」她迅速扣上罩衫的扣子，繼續說：「不過我得穿這件，因為我的肩膀很容易曬傷。好了……劇本在這裡。」

她遞給他一本用曲頭釘裝訂的《快樂的真理》，那是一部認真想要傳遞某種訊息的電影，明顯帶有社會意義，如果真的拍出來，一定會讓觀眾在散場時吵著要揪出當初提議看這部電影的罪魁禍首。這部劇本對多莉亞來說毫無意義，只是她為了把萊迪留在套房裡的藉口而已……但她把故事描述得天花亂墜，好像那是新版《羅生門》一樣。「有一段老婦人的台詞是——噢，你要鬆開領帶，放鬆一點，我才能演給你看啦，傻瓜。」她一邊說，一邊調整他領帶上的結，並解開他領口的扣子。「我知道你是天才，但現在你要把自己當成電影觀眾啦！」她眨眨眼責備道，並弄亂他的頭髮，好像在鬧著玩一樣。

那段台詞原本聽起來可能有點假惺惺，但她像患有關節炎的擠奶女工一樣小心翼翼，輕描淡寫帶過比較偽善的部分。結束後，兩人已經待在套房裡將近二十分鐘，對她的目的來說已經足夠了。「總之，你再考慮看看，謝謝你撥出寶貴的時間。」她說，並送他到露臺門口。

跟著他出去時，多莉亞迅速把罩衫的扣子一路扣到脖子上。芬仔看到時嚇了一跳，因為他跟萊迪不一樣，不知道多莉亞的長版罩衫裡面穿著泳衣。在警衛的眼中，沿著她裸露的雙腿往上看，閃閃發亮的黑色緞面三角泳衣若隱若現，看起來就跟內褲一樣。外人第一眼看到的印象是，兩人在屋內時，她因為某種「難以想像」的原因脫掉了裙子。萊迪看起來也有點衣衫不整。

和他道別時，多莉亞傾訴道：「對了，我之前就想告訴你，我很喜歡你幫大都會拍的紀錄片《苔原之子》，那部真的很棒。」

「很高興有人有看那部片。」已經邁步離開的萊迪回頭說道。多莉亞朝製片廠大門看了一眼，發現這一切芬頓都看在眼裡，便用她最有穿透力的聲音，在萊迪身後喊道：「我每分每秒都很愛，真的太～棒了！」她似乎情不自禁，快步走向萊迪並觸碰他的肩膀，讓他轉過頭來。她又揉了揉他的頭髮，嘴唇輕輕拂過他的臉頰，說：「你是個善良又才華洋溢的人，我愛你……這樣的人。」

多莉亞．梅伊從來沒想過麥克馬斯特學院有辦法教她怎麼演戀愛場景，但卡莉法．塔勒布教授在她那十分有趣的研討會「惑從口出」中，教她怎麼把口型當作欺敵的武器。「這樣的人」這四個字基本上可以用同樣的嘴型說出口，從「我愛你」接過去只是稍微再把嘴巴張開一點，讀唇語的人可能會解讀成欲言又止，或是希望對方吻她之類的。

萊迪露出尷尬的笑容，再次轉過身去，多莉亞咯咯笑道：「天啊，萊迪，你的拉鍊好像沒拉！」

他趕緊低下頭，並拉了一下拉鍊。這只是她在構築的畫面的一小筆，卻是畫龍點睛。萊迪神色不安，匆匆離開，最後又回頭看了一眼，有一瞬間甚至和芬頓四目相接，不過芬頓馬上就別開視線了。

三分鐘後，芬仔看到多莉亞穿著拖鞋和長袍，快步穿過她的小後院朝他走來，老實說他一點也不驚訝。「芬仔！」她笑著說，並表現出懊悔的樣子。「我現在才意識到剛剛那樣可能會引起誤會。我只是把我找到的劇本給萊迪而已，我找了好久才終於找到。」

「妳說的是，梅伊小姐，況且這也不關我的事。」芬仔安撫道，一邊心想，的確不關我的事，但列昂尼德．科斯塔一定認為這關他的事！芬仔已經不只一次在製片廠老闆開車駛出大門時，輕觸帽簷以示尊敬，並偷偷遞給他一張折起來的紙條，說：「老闆，或許有件小事您會想知道。」每一次，科斯塔都不發一語接過紙條，然後就開走了，但芬仔手上會多一張十美元的鈔票。多莉亞這次不可告人的行為搞不好能讓他賺二十美元呢。

多莉亞蜷縮在長沙發上，回顧這一天。雖然時間很短，但她目前還擁有這間套房，而芬頓肯定猜測她和萊迪．葛拉漢在幽會，畢竟他就是那個向列昂尼德．科斯塔說她和馬克．丹納在深夜約會的傢伙。他一定會再跟科斯塔打小報告的。當然，萊迪知道什麼也沒發生，就算有，或許列昂尼德．科斯塔現在也不在乎了，但就她的論文而言，這些都不重要，因為這整個場景都是專門為一名觀眾上演的。

第三十四章

在約定好的早上八點半，竟然有一名年輕女子占用了公寓大樓的公共電話亭，這讓菲德勒很不高興。在等待的時候，他和那個叫瑞奇的警衛（他每次都要看對方的名牌才會想起他的名字）閒聊了幾句，試圖解釋自己為什麼這麼多天的早上八點半都要在大廳接電話。「我姑姑如果知道我家裡的電話號碼，一定會整晚一直打。」他抱怨道。「所以我讓她每天在固定時間打公共電話給我。」

「你真貼心。」瑞奇說，他覺得菲德勒的臉很不討喜。年輕女子打完了電話，菲德勒希望他的贊助人好冰友能夠遵守諾言，每隔十分鐘打一次電話。他可不想要整個早上都在等他的錢。

八點四十分時，公共電話響起。「我們必須想其他辦法溝通。」菲德勒連招呼都沒打就開始抱怨。「我感覺自己好像一個害相思病的青少年，每天早上都在等你的電話。」

「我現在只能用這種方式。」克里弗用「好冰友」的聲音說道。「幾天後會有一個發財的機會，然後我們就可以休息一段時間了。」他給了六點三十分取票的指示，步驟詳細到菲德勒必須跟那個忘記叫什麼名字的警衛拿紙筆寫下來。他必須把一份當地的報紙丟進垃圾桶作為掩護，以從中取出裝有勝利彩票的容器，好冰友強調一定要嚴格遵守指示。

菲德勒把紙條放進口袋裡，並把鉛筆還給瑞奇。「我得幫姑姑買點東西。」他解釋道。

「你剛剛說你姑姑叫什麼名字？」瑞奇問道。他開始懷疑菲德勒的說詞了。

菲德勒不喜歡被任何人的員工質疑，即使他不是對方的老闆也一樣。「做好你的工作，別多管閒事。」他建議道，便出門上班去了。

第三十五章

「鮑伯・沃倫特明天會從倫敦上來，替國民保健署評鑑聖安妮醫院。」愛黛兒告訴潔瑪。「如果妳能和他發生性關係，那就太好了。」

正在看資料的潔瑪抬起頭來。愛黛兒是在開玩笑吧？潔瑪笑了出來，心想這樣就不可能不是笑話了，但愛黛兒向她保證：「放心，沒有要妳做什麼齷齪的事啦，他答應會好好跟妳約會的。在金鹿餐廳吃晚餐，去梅卡跳個舞，然後回到飯店。紅獅酒店的經理對年輕情侶的態度非常開放，就算是膚色不同的年輕情侶也沒關係喔。」

「妳瘋了嗎？」潔瑪問道，但她已經知道答案了。

「沒必要這種態度吧！如果一切順利的話，鮑伯搞不好還會想再約妳出去呢。他每一、兩個月都會來一次，而且他對充滿……異國情調的女人很感興趣。」

「妳已經跟他討論過了？像某種老鴇一樣嗎？」

「這個嘛，其實鮑伯是在追求我啦──我原本不打算提起的，因為怕傷到妳的心──但我告訴他自己已經有對象了，希望彼得・艾利斯登也是這麼想的啦。然後他就說出差路上有多麼孤單，他的老婆又對那個那個沒什麼興趣，就問我能不能為他介紹一個……有趣的對象。我告訴他，我覺得妳是一個滿友善的女孩，可以說什麼事情妳都願意嘗試，他聽了很高興呢。其實妳只需要跟一位有影響力的同事度過一個愉快的夜晚，好啦，應該說是『非常』愉快的夜晚。這一定會對今年的預算有很大的幫助。」

「我死也不要！」

「噢，可是潔瑪，死的又不是妳，對吧？對妳媽媽來說，聽到哪一件事更糟呢？妳寵壞鮑伯，用善良殺死了他，還是妳用戊巴比妥殺死了妳爸爸？」

第三十六章

在向菲德勒說明六點半在植物園取票的詳細指示後，克里弗打電話給華頓工業最強悍的競爭對手：空前工業的艾迪．奧德曼。當然，奧德曼完全不知道打給他的人是誰，克里弗正是希望如此。

在馬里蘭州白堊岩平原被稱為「飛機巷」的地區，華頓工業一直以來都和規模較小但很成功的空前工業爭奪政府和商業航空公司的合約。空前工業的全名是「空氣動力前瞻研究工業股份有限公司」，其實這樣命名主要是為了能在行銷上使用「空前絕後」這個成語，例如「空前絕後的飛行饗宴，就在空前工業」。

在兩家公司的層級結構中，精明的艾迪．奧德曼和相較起來很無知的梅里爾．菲德勒處於同一層級。儘管艾迪有著一張孩子氣的臉，頂著一頭花白的頭髮，又留了同樣花白的八字鬍，但在為自己的勝利和對手的落敗而戰時，他和菲德勒可說是旗鼓相當。不過由於他育有兩位有健康問題的子女，因此培養了同理心，可以平衡他那好鬥的天性，同時讓他意識到他的一些員工也有小孩。

和（匿名的）克里弗講完電話後，奧德曼呼叫空前工業的安全部隊負責人魏斯．特拉希特，要他現在立刻馬上來他的辦公室。幾乎就在這時，一個拿著外帶咖啡杯的男人出現了，他的身高一百七十公分左右，但舉手投足間卻讓人覺得他比實際上還要高大很多。他對自己的工作和魁梧的身材有足夠的安全感，所以都穿polo衫和卡其褲去上班。當初就是魏斯．特拉希特不斷告訴空前工業的董事會，艾迪．奧德曼是推動公司進步的最佳人選，而魏斯現在很高興能聽命於以前的軍中夥伴。

「發生了一件很奇怪的事。」艾迪開口道。「我剛剛接到某個人打來的匿名電話，他刻意偽裝了聲音，說他有華頓工業新的產品設計圖要跟我分享，想先給我看第一頁來證明設計圖是真的。我去看會有什麼風險嗎？」

「我不是律師。」特拉希特說，但如果他有意願的話，絕對有辦法勝任。他在一張由合板做的曲木椅上坐了下來，面對著艾迪的丹麥現代辦公桌。「但我覺得應該沒問題，畢竟你得查證設計圖是不是真的，之後才能決定要採取什麼樣的措施。這有可能是惡作劇、騙局，也有可能是華頓工業某個人為了牟取暴利，甚至可能是為了告發公司而提供的真貨。只有親眼看到才會知道。」

「好吧，假設他說的是W-10之類的設計圖或規格，那光是一頁資訊就很豐富了。那傢伙指定了一個取貨地點，這就是神神祕祕的地方：『今天六點四十五分整，植物園的垃圾桶，一個人來，不得早到或遲到。』」

「他一字不差這麼說嗎？」魏斯問道。

艾迪．奧德曼從記事本上撕下一頁，上面已經有他的潦草字跡，並將其交給特拉希特，說：「在植物園的停車場。他說有一個垃圾桶，『垃』字的『土』被撕掉了，那張紙包在一週前的《堪薩斯城信使報》裡面，埋在垃圾桶下面一點。」

特拉希特想了想，說：「嗯，那確實是隱藏和識別設計圖的好方法。除了有販賣外地報刊的報攤之外，在這兒是買不到堪薩斯城的報紙的，代表垃圾桶裡不太可能有其他堪薩斯城的報紙。」他把剩下的咖啡喝完，說：「他要求準時這點很有趣，可能是他不確定什麼時候收垃圾，或是他擔心可能會有人把奶昔丟到垃圾桶裡，毀了設計圖。我的猜測是，如果他說六點四十五分整，連一分鐘都不能早，他就會在時間快到的時候把設計圖丟進垃圾桶。」

「你覺得會有風險嗎？想到我的小孩……」

自從韓戰以來，魏斯就一直喜歡著艾迪．奧德曼，雖然他從未表達過自己的感受。比起冒險追求不可能發生的事情，他們的友誼對他來說更重要。奧德曼沒有那樣的傾向，他愛他的妻子，事情就是這樣發展的。也沒辦法，只能一輩子隱隱作痛。魏斯起身並丟掉紙杯，說：「別擔心，我絕對不會讓你一個人去。」

♠

進行大部分的盯梢工作時，魏斯都會開一輛永遠髒兮兮的二手DeSoto汽車，是底特律製造的車輛中最不起眼的一款。他當時立刻從空前工業總部出發，到了植物園已經將近晚上六點，從那時起就一直蜷縮在後座。他把自己塞在兩張綠色帆布沙灘椅之間，身上蓋著深綠色的野餐桌布，這是他以前獵鴨時用過的偽裝，效果很好。他腿上的相機用的是遠攝鏡頭，無論是透過擋風玻璃還是對著後視鏡，拍起來都很清楚。

根據特拉希特手錶的時間，六點二十八分時，一輛光彩熠熠、車身側面有四個鍍鉻圓圈的紅色別克Roadmaster駛入半滿的植物園停車場。一名留著金色和深灰色平頭的男子下了車，手裡拿著一份折起來的報紙。他迅速環顧四周，然後徑直走向一個標有「立圾桶」的垃圾桶。男子按照「好冰友」的指示，把當天的當地報紙塞進垃圾桶裡，並用報紙作為掩護，取出放在垃圾堆最上方的甘草糖盒並將其放入口袋裡，接著便回到車上並開走了。特拉希特記下了車牌號碼，並拍下了車子和駕駛，他總覺得以前見過那個人……可能是在工業展之類的？

從他的角度，魏斯只有看到那個男人把報紙丟進垃圾桶，但這確實符合神祕來電者的時程及其不為人知的意圖。畢竟有多少人會為了丟報紙就把車子停在植物園裡？

他很想尾隨那輛車，但無論是職責還是個人私心，他的第一要務都是艾迪・奧德曼的安危。於是他在原地等待，到了六點四十五分整，艾迪的Ford Crestline旅行車準時駛入停車場。艾迪打開樺木鑲邊的車門，四處張望，想知道魏斯・特拉希特躲在哪裡，然後走向垃圾桶並在裡面翻找，直到找到一份緊緊對折起來的上週的《堪薩斯城信使報》。他快速翻閱報紙，發現裡面真的夾了一張折起來的飛機設計圖，感到十分滿意。他微微點頭，讓特拉希特知道一切順利，然後把報紙帶回旅行車上，並開車離開植物園。

與此同時，在離「立圾桶」不遠的長椅上，一位老人和一位年輕人相談甚歡。兩人之間放著一個午餐盒，年輕人從中拿出一個包在防油蠟紙裡面的三明治，並盡責地將其遞給長輩，就像一個孝順的孫子對待自己敬重的祖父一樣，老人也欣然接受，兩人的談話完全沒有中斷。這對兩人來說似乎都是愉快的日常互動，但眼前所見不一定為真，因為他們毫無血緣關係，而且不到半小時前才第一次見面。在日落之前，克里弗在熱鬧的公園裡找到單獨坐在長椅上的老人，並開始和對方閒聊，這對他來說並不困難。他只要坐下來，問對方這個小鎮這些年來是否變了很多就好。老人的領子上還別了美國海外作戰退伍軍人協會的徽章，克里弗便詢問他過去在哪裡服役，僅此而已。（如果對象是一名老婦人，克里弗就會從午餐盒中拿出一本填字遊戲袖珍雜誌和一枝鉛筆頭，並向她討教；傍晚植物園人很多，大部分有一定年紀的女性都很樂意和這麼迷人的年輕人互相交流，一起腦力激盪。）

因此，克里弗可以一邊監視「立圾桶」周圍的狀況，一邊專心聆聽長輩說話。夕陽在他們身後西下，他們則悠閒吃著塗了美乃滋的美式烤起司三明治，還有一大塊燕麥餅乾當飯後點心。當克里弗說：「天啊，沃倫，我在想什麼啊？我不可能吃得下第二個三明治，你可以幫我吃嗎？」老人並沒有質疑他的午餐帶太多，因為光是聽到「幫我」這兩個字就讓他精神為之一振，他也同意好好的食物不吃就太浪費了。這場看似臨時起意的野餐不僅合理化克里弗在附近監視的行為，他一小口一小口吃著自己的三明治和餅乾，現在又在吃香蕉，加上他還戴著低簷棒球帽，更是讓旁人無法看清楚他的臉。麥克馬斯特學院教導說，雖然可以透過遮住眼睛周圍的區域來掩蓋自己的身分，但遮住嘴巴和下巴也能達到同樣的效果。吃東西時雙手拿著三明治或咖啡杯，不僅看起來很自然，還能隱藏下半部臉孔特徵。當然，奧德曼和特拉希特都沒見過克里弗，但麥克馬斯特學院有一個原則是如果你不顧風險，命運也會棄你於不顧。

克里弗很享受這次的臨時野餐。他原本很餓，現在卻倍感滿足，因為他看到一名男子從一輛髒兮兮的DeSoto汽車後座爬出來，坐進駕駛座，並跟著艾迪．奧德曼的旅行車離開植物園。克里弗並不感到驚訝，因為他早已預料到奧德曼會找人來見證他和菲德勒的「交易」。盯梢的人一定有清楚看到菲德勒開進停車場，將一份報紙放進垃圾桶然後離開，但奧德曼從垃圾桶取出的《堪薩斯城信使報》其實是克里弗在打電話給他之後就放進去的。由於垃圾桶同時是投遞和取貨地點，看起來肯定像是兩人進行了交換。就算是最平庸的間諜也能趁菲德勒下車的那一分鐘記下他的車牌，而且他們很可能還拍了別克Roadmaster和菲德勒本人的照片，這樣更好。

克里弗讓自己和那名海外作戰退伍軍人的對話自然收尾，並熱情向他道晚安。今天完成了很多工作，但其實他只不過是在公園散步而已。

離開植物園的半小時後，菲德勒來到了賽馬場，從甘草糖盒取出兩張彩票存根聯，並將其交給他最喜歡的櫃員兌現。對方快速看了一眼，說：「這次只有兩張喔？」他毫不掩飾自己看熱鬧的心態。「哇，對你來說幾乎就像是輸了一樣，而且兩個都是大熱門。」由於菲德勒已經習慣了大贏，他甚至懶得看彩票上的金額，這才發現賭注金額很小，獎金也少得可憐，幾乎可以說是白跑一趟了。

菲德勒天生就是個沒風度的贏家。「輸家才會輸。」他說，還覺得這個論點無懈可擊。他拿起自己極其微薄的收入，快步離開，打算在下次通電話時和好冰友好好談談，畢竟他的時間就是金錢。

♠

艾迪．奧德曼回到辦公室，迅速將看起來像九頭蛇的鵝頸燈全部三個燈泡都對準他在植物園找到的設計圖，彷彿那張紙是警察審訊的對象一樣。半小時後，魏斯走進辦公室，艾迪頭也不抬就問道：「找到車牌的主人了嗎？」

魏斯也走到辦公桌後面看設計圖，說：「我打了電話，但現在很晚了，明天早上才會知道答案。我們不是警察，所以事情有點棘手。你有發現什麼有趣的事嗎？」

奧德曼揮手要他坐下來，說：「這個嘛，乍看之下，我覺得W-10的設計很創新，能夠降低成本，對華頓工業來說是邁出了一大步，而且可能會致命。」

身為願意為公司赴湯蹈火的人，魏斯輕輕嘆了一口氣，問道：「你是說對空前工業來說是致命的嗎？」

奧德曼露出了痛苦的表情，幾乎是用氣音回答：「不，我的意思是，第一次發生機組人員以為已經封閉艙門，實際上卻沒有的狀況時，W-10機上的所有人都會死。」他怎麼也忘不了自己曾以顧問身分前往墜機地點的經驗，在那之後，為了孩子們著想，他總是堅持不跟妻子搭同一班飛機。「第一頁只是暗示了這點，但如果接下來的幾頁證實了我的懷疑，代表華頓工業有人為了省錢，決定付出攸關人命的高昂代價。當然……」他沒有把話說完。

「……我們知道這件事，對空前工業來說應該非常有利。」特拉希特說出了奧德曼不確定該不該講的話。「所以……你覺得我們的舉報人是個好人嗎？」

奧德曼皺眉道：「不確定。我是發現了這個設計中的缺陷，但我對這個領域有一定的了解——」

「不只是一定的了解吧。」

「——我從一開始就想抓有問題的地方。繪製這張設計圖的人可能犯了錯，不小心添加了華頓工業絕對不想讓別人知道的機密資訊。我們的匿名消息來源可能沒有意識到其重要性，他搞不好只是想賺外快，所以給我們機會提前了解競爭對手的創新發明。」

「所以他有可能根本不是告發者嗎？可能只是為了錢？」

「嗯，對啊，而且他對錢的要求非常明確。」艾迪露出了古怪的微笑。「三千三百三十三美元……而且最後三美元要是銀元。」

「好喔……」特拉希特拉長音說道。「三三三三。為什麼？」

奧德曼只能聳肩表示歉意，說：「我也不知道。我們的線人幾分鐘前打電話過來，他只說這是他提供其餘設計圖所要求的代價。根據你的專業，你覺得這個數字有什麼含義嗎？」

特拉希特思考了一下，說：「這個嘛……我知道有些人因為欠賭債或是家庭成員需要動手術而處境艱難，他們迫切需要現金，但只會要求他們需要的確切金額，一分錢都不會多要。在他們看來，這麼做就能符合更高的道德標準。或者三三三三這個數字可能對他個人有特殊意義。對方要求最後的三美元一定要是銀元，這真的很奇怪，搞不好是某種迷信。」

「他要的沒有我想像的那麼多。對我們來說，那個設計圖的價值遠超過這個金額。」

「那我們要上鉤嗎？」

奧德曼毫不猶豫，馬上回答：「當然要。三千多美元這點小錢根本不算什麼，只要我們說這筆預算是為了『收集競爭對手新設計中潛在安全問題的相關數據』就好了。畢竟我們兩家公司的飛機共享同一片天空，我們有權知道他們是否打算推出會危害航空安全的機型。」他開始演了起來：「參議員，我們必須知道華頓工業是否會因為敝公司發現的安全問題而無法如期交付W-10機型。因此我們加速生產敝公司的機型，以確保這個偉大的國家在稱霸天空的競賽中永遠不落人後。這也是為什麼在發現這些嚴重的設計缺陷後，我們立刻就向民用航空委員會通報這件事。這是我們應盡的道德義務！」

魏斯表示讚賞，補充道：「沒錯，如果在我們的調查過程中，導致主要競爭對手的聲譽大大受損，我們又無意間深入了解他們的創新設計，這也是無可非議的，畢竟我們這麼做是因為愛國，不是出於私心。」

艾迪會心一笑，捲起那張藍圖，說：「除非另有證明，我們會將這位線人視為崇高的烈士，他賭上了自己的職業生涯，將公司的危險設計昭告天下。為了表達感激之情，我們已經預付給他一筆款項，為他的司法保護基金盡一點棉薄之力。」

魏斯覺得有必要考慮更糟糕的可能性，畢竟要確保交易成功的是他。「以防萬一我還是確認一下，我們想要知道這個人是誰，對吧？至少進行交易會比較保險？我的意思是，他可能只是個沒那麼小心眼的詐騙犯……或是俄羅斯間諜。」

奧德曼表示同意，並叫魏斯多請幾位特工監視交易地點以及追蹤拿走錢的人。接著兩人陷入沉默，他們心裡都在想同一件事，但誰也不想說出口，也不想聽到這種話。

魏斯終於試探道：「是說……『有一些』主管可能會放任華頓工業製造這些有缺陷的飛機，然後……你知道的，直到發生，呃，一、兩場意外。屆時，華頓工業生產的所有飛機都要停飛，他們還要退款……有可能會因此破產。」

「你的意思是我們應該假裝不知道這件事，讓W-10載客，等到發生一些人道主義災難後，我們的競爭對手自然就會陷入滅頂之災？魏斯，我可不是樂天派，為了讓空前工業獲勝，只要能全身而退，什麼非正當手段我都願意使用，但我們不能成為華頓工業的幫凶，隱瞞他們偷工減料所造成的致命風險，懂嗎？我們不會幫助別人殺人。」

第三十七章

列昂・科斯塔從他的得意門生那裡接下了劇本。他常常稱萊迪・葛拉漢為「神童」或「神通」，因為他不知道兩者意思不一樣。萊迪建議道：「這是《安貝爾・摩根回家了》的最新版本，順帶一提，我覺得片名叫《安貝爾・摩根》就好了，這樣電影院的招牌上就還有空間放其他明星的名字。」科斯塔沒有回答，只有伸手去拿桌上的白鐵藥盒，並取出兩顆藍色藥片。「胃又不舒服了嗎？」萊迪問道。

「是這張椅子的問題。」科斯塔說。

「那我們幫你買一張新椅子。」萊迪提議道。

「把這張椅子放在米科諾斯島上任何一間能看到愛琴海的咖啡廳裡，我的胃就沒事了。問題在於這張椅子放在這個製片廠的這間辦公室裡。欲居高位，必然反胃。」他配水吞下藥片，然後問道：「所以劇本還要再重頭修改嗎？」他也常常會混用「從」和「重」兩個字。

「恐怕是這樣。現在篇幅變短了，但感覺反而更漫長。我週末會盡可能把改編團隊刪減的內容補回來，然後請人把劇本送到懸崖小屋。你週日會在那裡嗎？」

科斯塔表示肯定，萊迪便起身準備離開，卻又表現得好像突然想到一件事一樣。「對了，多莉亞・梅伊昨天請我去她的套房一趟。」他假裝隨口提到。「她有一個劇本想給我看。」

「而你一看就看了二十分鐘。」科斯塔說。

該死，萊迪心想。他本想透過主動提起這個話題來打預防針，但科斯塔顯然到處都有眼線。「呃，我會主動提起只是因為我怕你誤會。」他解釋道。

科斯塔瞇起眼睛，說：「也有可能是你發現警衛看到了，現在怕我知道真相。」就連科斯塔也覺得自己的嫉妒心很奇怪，但過去幾年來，他在度假屋每次都被多莉亞拒絕，讓他心裡很受傷，以至於他到現在都還無法接受被其他男人比下去。「你一直都很欣賞梅伊小姐，對吧？」

「在這個性交相當於某種口頭協議的行業，她只是親了我的臉頰。列昂尼德，我知道她是碰不得的，我不會做出任何危及我和你的關係的事情。」

科斯塔做了個鬼臉，說：「相信我，我會密切注意她的，所以不要再有下次了。如果你沒把事情搞砸的話，以後坐在這張椅子上的就會是你，或許這天來得會比想像中快。」他又伸手去拿白鐵藥盒。「那你可能也會常胃痛。」

♠

戰爭期間，芬頓·弗洛迪曾在北非為第二裝甲師進行偵察工作，因此他認為警衛的職責不僅僅是在車輛進入時將製片廠通行證塞到擋風玻璃下，他還必須要明察秋毫。

當芬仔看到那個穿著桃紅色高領毛衣的女人時，他注意到的第一件事是當時的氣溫高達攝氏三十三度，而那女人竟然還穿著桃紅色高領毛衣。在好萊塢，這並不是完全無法解釋的景象，通常在炎熱的天氣裡穿高領毛衣代表那個人有火雞脖。圍著昂貴圍巾的女演員和戴著領巾式領帶的男主角誰也騙不了，大家都知道他們犯了多麼愚蠢的罪，也就是讓自己變老。

穿著桃紅色高領毛衣的女人還戴著一頂帽簷極其寬大的園藝草帽，所以她的臉隱藏在帽簷的陰影中。她假裝在看報紙，好像在製片廠等公車一樣，但她站的位置並沒有公車站，而且比起報紙，她更常看的是多莉亞．梅伊的套房。芬仔離開了自己的崗位，走過去跟她打招呼：「早安，請問妳來製片廠有什麼事嗎？」

「我在等朋友。」她用沙啞的聲音低聲說，一邊用戴著白手套的一雙大手調整手提包的帶子。

「是哪位朋友呢？」

「或許是你也說不定。」她用低沉沙啞的聲音小聲回答。當芬仔的眼睛慢慢適應草帽帽簷下的陰影，他發現在大熱天穿著桃紅色高領毛衣還有另一個原因：為了隱藏突出的喉結。高領毛衣的領子明顯突起一塊，就像一個想當毛衣女郎的平胸女孩穿著帶有襯墊的胸罩一樣。除此之外，化得太濃的粉餅妝容下有明顯的鬍渣，口紅顏色俗艷且塗得亂七八糟，睫毛像一對狼蛛一樣大得嚇人，毛衣和裙子掩蓋不了結實粗壯的身軀，腳上穿著矯形長筒襪和平底鞋，手上戴的白手套顯然太小，加上硬是裝成沙啞女低音的刺耳聲音，芬仔根據以上種種線索判斷對方其實是個男人。

「這是怎麼回事，老兄？」芬仔問道。

男人低下頭，用男中音低聲說：「小聲點，我正在為科斯塔先生做監視工作。」

「私人偵探嗎？」

「你再不小聲一點就要害我穿幫了。」

他戴著手套，用笨拙的動作打開大包包，朝裡面的法律文件點點頭。包包裡還有一包老金牌香菸、一些綠色的紙花、一把口袋梳，以及幾個保險套。他遞給芬仔一張經過公證的文件，低聲說：「這是我的授權書，認得上面的簽名嗎？」

授權書的持有人是布萊斯偵探社的盧·布萊斯，上面不僅有科斯塔的簽名，還有製片廠兩位律師的簽名，芬仔認得其中一位律師約翰·漢考克斯的簽名，因為在每天的簽到簽退表上都會看到。

「喔喔，但你為什麼要男扮女裝？」芬仔問道，又忍不住補一句：「還是你喜歡穿這樣工作？」

布萊斯似乎對這種幽默無動於衷。他拿回授權書，並遞給芬仔一個信封，說：「讀裡面的信。我們不應該在公共場合聊這麼久。如果你喜歡錢的話，這是有錢賺的。回去你的崗位，我在這裡等。」

弗洛迪當然很好奇信中的內容，便帶著信封及裡面裝訂好的紙張回到自己的崗位。他把夾在最上面的名片放進口袋，然後開始閱讀標有「布萊斯偵探社」的附函，上面寫著一個位於北七路上的地址以及昨天的日期。信件開頭的第一句話讓弗洛迪覺得自己很重要，他不禁感到欣喜：

最高機密，非芬頓．弗洛迪本人不得閱覽：

我是布萊斯偵探社的高階探員盧．布萊斯，正在為這個製片廠的某位高層進行調查。有跡象表明，有一名合約演員「明天晚上九點」跟另一名員工「有約」，可能會做出違反合約中道德條款的行為。雖然過去高層常常對這種行為睜一隻眼閉一隻眼，但這次他們決定要殺雞儆猴。

你應該知道，每個藝人的合約中都有權利放棄證明，授予製片廠保全人員進出所有試衣間、更衣室、辦公室和製片廠提供之住房的權限。在此附上該藝人的合約影印本供你查核。

影印本上有畫記，還有紅色箭頭標明特定段落，看到是多莉亞．梅伊的製片廠合約，芬仔一點也不驚訝。所以他跟列昂．科斯塔打的小報告並沒有被忽視！太好了，雖然這樣代表萊迪．葛拉漢可能惹上麻煩了。他喜歡萊迪，但身為警衛可不能偏袒任何人，畢竟保全工作可是重責大任呢，他心想。芬仔繼續讀下去，越看越高興：

由於你多年來的忠心服務和謹慎行事，列昂尼德・科斯塔先生希望委託你協助蒐集上述違反藝人合約的證據，他也授權我支付你五百美元的現金作為酬金。

為了避免調查對象察覺，這項祕密任務需要使用到偵察攝影技術，但不須具備關於夜間攝影的特殊知識。你將獲得一台已配備紅外線鏡頭和底片的標準相機。

看到「偵察」這個字讓芬仔血脈賁張。沒錯，他在戰爭期間就展現出當間諜的天賦了，雖然當時主要是把走私波本威士忌偷偷帶進軍官食堂。而現在，當科斯塔先生需要有人進行臥底行動，便求助於他。雖然芬仔常常對多莉亞・梅伊阿諛奉承，但他知道付他薪水的人是誰，以及自己該效忠的對象。當然，還有那個讓人內心澎湃的咒語：祕密任務。

如果你接受這項任務，請在信封封口外側寫下電話號碼，我的祕書明天中午會聯繫你並提供進一步的指示。如果你拒絕這項任務，請勿在封口寫下電話號碼。無論如何，請將這封信和所有文件放回信封，拿回來給我，並給我任意一枚硬幣。我會在你的領子上別一朵紙花，好像你有捐款一樣。紙花裡有一張一百美元的鈔票，作為你接受這項任務的預付款項，或是你撥出寶貴時間閱讀這封信的謝禮。

弗洛迪把信和文件都塞回信封裡，小心翼翼地在封口上寫下自己家裡的電話號碼，然後走回偵探身邊，對方低著頭，頭上還是戴著園藝帽。想到要當間諜，芬仔就興奮不已，還故意把手伸進褲子口袋深處掏來掏去，並遞給盧一枚二十五分硬幣。作為交換，偵探把手伸進他那飾有花卉圖案的包包，拿出一朵三葉草紙花並將其別在芬仔的領子上。警衛注意到有一張鈔票緊緊包在由鐵絲製成的莖上，心裡很高興，希望那是五張一百元的第一張。這可是一大筆錢，而且還有製片廠才能提供的文件證明其正當性。儘管如此，芬仔還是必須要問：「但為什麼找我？為什麼不找你自己的親信呢？」

盧笨手笨腳地調整手提包，再次用沙啞的聲音低聲說：「科斯塔是自己想要這個情報，他不想讓媒體知道，比起第三方，他更相信你對製片廠的忠誠度。而且作為一名資深警衛，如果發現有人在製片廠做出不當行為，你完全有權拍照存證。」

弗洛迪覺得這些話聽起來很有道理，跟多莉亞想的一樣。

她扮演男扮女裝的男人時，最具挑戰性的部分是創造看起來夠真實的鬍渣，即使對麥克馬斯特學院來說，這也是一個未知的領域。幾個月前，在「裝容義」的實驗室裡，她嘗試用刷子的邊緣塗上鬍渣，但成品缺乏質地。鐵銼屑太細了，而且電話聽筒中的磁鐵還直接把她臉上的「鬍渣」吸進話筒裡。

最後，她用了來自加州謝爾特科夫黑沙海灘的紀念沙子（想不到吧）。她先在臉上塗一層凡士林「鬍鬚」，再上沙子，然後塗上肉色泥面膜固定，有裂縫也沒關係，最後再上一層厚厚的粉餅妝容。幸運的是，她的目標就是刻意讓自己看起來很俗艷，就像任何男演員飾演查理的姨媽[35]，拍大特寫時的模樣。高領毛衣下的喉結很簡單，只要把東西綁在喉嚨上就好了，就跟胸罩襯墊是一樣的道理，同樣地，特大號手套是套在更多層手套外面。對於在圓形劇場表演時，在沒有麥克風的情況下還是必須說出「舞台旁白」的女演員來說，要發出讓人無法分辨性別的沙啞耳語簡直輕而易舉。她也盡量減少說話的部分，以免露出破綻；她把大部分需要傳達的內容都打在信件中，還讓芬仔在離她有一段距離的地方讀信。

至於「盧」給弗洛迪看的簽名，科斯塔和製片廠律師的簽名都是多莉亞照著自己的合約完美偽造的（多虧了麥大師學院的「書寫技巧」課程），而弗洛迪看到的道德條款確實也是擷取自真正的合約。

她和萊迪午後的「約會」是演給芬頓．弗洛迪一個人看的，目的是為了增加科斯塔監視多莉亞感情生活的可信度，這樣她就可以誘使弗洛迪參與「監視」行動。因此，雖然芬仔可能以為這種情況牽扯到梅伊小姐、萊迪．葛拉漢、列昂尼德．科斯塔、私人偵探盧．布萊斯以及他自己的利益，但這一切其實都是多莉亞一個人編排的雙人舞，目的是為了取得道布森警監口中「麥克馬斯特學院最令人嚮往的同謀」：刪除列昂尼德．科斯塔當晚無懈可擊的不在場證明。

第三十八章

魏斯．特拉希特將一本宣傳手冊放在奧德曼的辦公桌上，封面是一張男人的臉，他看起來相當自滿，眼神充滿自信，凝視著前方。這名男子一定不是請來拍照的模特兒，但看他的姿勢就知道，本人顯然不這麼認為。他頭上的標題寫道：選擇華頓工業獲獎的W-10飛機，保證利潤大增！

「這個自以為是的男人是誰？」艾迪問道。

「就是把設計圖丟進垃圾桶的傢伙。」特拉希特說道，奧德曼知道自己可以相信對方篤定的回答。「我看到了他，拍了他的照片，還查了他的車牌號碼。知道他的身分後，你搞不好會很驚訝，但也搞不好不會。他是梅里爾．菲德勒，抱歉這樣比較，但他就相當於華頓工業的你。」

奧德曼點頭道：「喔，菲德勒，我在大會上看過這個人，只會爭權奪勢，毫無專業可言。」他瀏覽了小冊子，看到菲德勒說W-10的收入能力無上限。「但他要三千美元幹嘛？他

35《查理的姨媽》（*Charley's Aunt*）是布蘭登．湯瑪斯（Brandon Thomas）創作的三幕鬧劇。在劇中，大學生梵科．巴布里勳爵在朋友傑克和查理的慫恿下，冒充為後者的姨媽，引發一連串鬧劇。

一年賺得比這樣還多啊，為什麼要為了這點小錢突然背叛華頓工業？」

魏斯猜測道：「呃，有各種不同的可能性吧，可能是被解僱或是沒能得到預期的升遷……」他向來討厭分析，便回到實際面，說：「那你想要怎麼做？當然，我們是可以報警……」他沒把話說完，但覺得自己至少有義務把這個選擇說出口，幸好艾迪的回答沒有辜負他的期望。

「然後讓這個優秀的傢伙陷入危險之中嗎？」他故作驚慌道。「梅里爾・菲德勒可是個英雄耶，他冒著毀掉自身職業生涯的風險，與自己的公司作對，向敵人求救，而且純粹是出於對公共安全的關心！」他露出會意的微笑，繼續說道：「而且如果我們現階段就報警，就永遠無法看到剩下的設計圖並了解W-10到底是什麼情況了。」他低頭看著小冊子上菲德勒那張自以為是的臉，說道：「但在查清楚這個王八蛋有什麼企圖的同時，我們也要查出他要用這筆錢做什麼。」

♠

（摘錄自克里弗・艾佛森的第二本日記）

親愛的X，在麥克馬斯特學院的圍牆內住了這麼長一段時間後（不過校地幅員遼闊，且大部分時間都充滿了詩情畫意，這點是無可否認的），在前往我要艾迪・奧德曼去的交易地點時，我真的很享受一路向南開的旅程。這是我那週第三次去納格斯海德，我沿途欣賞崎嶇的海岸線，連綿起伏的沙丘上長滿了海濱草和海燕麥，還有無數的小屋提供煎魚、魚餌和釣具。每隔八百公尺左右，就能看到一艘艘板條船停在碼頭或船塢附近，彷彿為了安全而擠成一團，俯瞰著不倫瑞克群島、外灘群島或是更遠處的大西洋墓地。

幾小時前（畢竟戴爾郡離空前工業很遠），我打電話給艾迪．奧德曼，叫他把指定的現金裝進公事包，並將其放在魯德古姆碼頭唯一一間釣魚和潛水用品出租店附近的鐵長椅旁邊。交易時間是下午三點整，我知道時間這麼趕，艾迪和他的保全人員一定會匆匆開車上路。為了這次的交易，我已經事先透過郵政包裹寄給奧德曼一個輕薄短小的公事包，並指示他在裡面裝三十三張一百美元的鈔票、一張二十美元、一張十美元和三枚一美元銀幣。我不擔心錢被加注記號，坦白說，有記號的話反而對我的計畫更有幫助。

我還叫艾迪用洗衣專用記號筆在公事包內部做一個小小的標記。我總共買了兩個公事包，這種款式太小太薄，藏不了空前工業可能會想使用的笨重追蹤裝置，但它那些便宜、閃亮的扣子完全符合我的需求。

過了克羅亞頓和羅阿諾克海灣後，我把車停在納格斯海德的一條小街上，接著往魯德古姆碼頭盡頭潛水用品店的方向閒晃。我三天前去過那家店，研究他們出租的潛水用品，然後往南開一小時，在另一間店購買一模一樣的裝備。我現在背著一個大型防水手提袋，原本是用來裝潛水用呼吸調節器，但裡面其實裝著執行任務所需的物品。一踏上碼頭，我就從手提袋裡拿出一個像蒙頭斗篷一樣的橡膠頭套，戴到頭上後再戴上游泳面罩，遮住我的臉。碼頭上已經有不少潛水愛好者，許多人都穿著全套潛水服，也背著類似的裝備袋。我走進魯德古姆潛水用品店，付了兩美元以使用商店後面的儲物櫃和男更衣室，然後換下便服並穿上潛水服。

我在麥克馬斯特學院精進了游泳技巧，但沒有深潛的經驗，今天也不打算這麼做。麥克馬斯特學院有一句格言，如果你下西洋棋的第一步是白棋國王前士兵到E4，其他人無法以此判斷你是大師還是新手。（身為會彈鋼琴的人，我更喜歡這樣的類比：無論你是鋼琴家還是在姑婆前廳裡玩的幼童，在平台鋼琴彈中央C這一個音聽起來都差不多。）要營造專業的假象，通常只要知道何時該收手就好。當我穿上潛水服（至少我有練習這部分），別人根本無從判斷我是熟練的潛水員，還是跳水會以肚子先著水的傻瓜。

♠

兩點五十八分，艾迪．奧德曼手裡拿著廉價的公事包，按照指示坐在魯德古姆潛水用品店門外的長椅上。他一直盯著手錶，魏斯．特拉希特則在馬路對面的冰茶攤旁盯著他。到了指定的時間，奧德曼起身並走到特拉希特旁邊，將黑色公事包留在長椅上。

克里弗現在穿著全套潛水裝備，只差沒背高壓空氣桶。他走出魯德古姆潛水用品店，拿起公事包，在原處留下一個大信封，又回到店裡。特拉希特和奧德曼希望信封裡裝了剩下的W-10設計圖。

「好，我們先拿設計圖，那才是最重要的。」特拉希特建議艾迪，接著轉向兩個在飲料攤附近釣魚的男子，說：「檢查出租店後面，確保沒有人從那裡溜走，如果有的話就進行遠距盯梢。我們只是想確認他的身分，還沒有要跟他對峙。我和艾迪負責前門。」

奧德曼去拿長椅上的信封，然後小跑步回到魏斯身邊。這時，八名男子和幾名女子穿著標準的黑色潛水服和裝備走出商店。有些人已經戴上了面罩，其中有一名背著氧氣瓶的潛水員手裡拿著黑色公事包。

魏斯說：「我們不用跟太緊，他穿蛙鞋應該不太能跑。」

「你覺得那是菲德勒嗎？」奧德曼看著潛水員走到碼頭盡頭，問道。

「有可能。跟在植物園相比似乎矮了一點，但話又說回來，蛙鞋沒有鞋跟。」

他們看著潛水員從碼頭的木梯往下爬到幾乎與水面齊平的浮動平台。他仍然拿著公事包，和其他穿著類似潛水服的人一起坐在平台邊緣，艾迪和魏斯則在上面觀察他，不確定下一步該做什麼。又有更多潛水員爬到下面的平台，有一位拿著寫字夾板的年輕女子似乎在核對名單。魏斯轉向她，問道：「不好意思，請問這是怎麼回事？這些潛水員在做什麼？」

「今天是淨灘日。」她解釋道。「每個月業餘水肺潛水員都會撿從碼頭丟下去的垃圾。有些人會戴水下呼吸管，但要潛到水底就需要氧氣瓶了。他們會發現各式各樣奇妙的東西：婚紗、電視機、彈簧刀，甚至還有屍體呢。」

浮動平台上的潛水員就像在進行水中歌舞表演一樣，每個人都往後倒，輕輕落入水中。令特拉希特震驚的是，他們懷疑是梅里爾．菲德勒的人竟然也下水了，而且手裡還拿著公事包。

「萬一他寄給我們的公事包不防水，那些錢就這樣沒了耶！」艾迪說道。

「不會，只要序號還能辨認就沒問題。」魏斯安撫道。兩人低頭凝視著靜止的水面。

幾分鐘過去了，艾迪終於開口道：「我知道心急水不沸，但也煮太久了吧。」

「他總得浮出水面吧。別忘了，你跟蹤他的時候，別擔心會被發現或跟丟他，因為你是誘餌。我和我的手下會另外跟蹤他。」

「搞不好他只是個中間人，不是菲德勒本人。」艾迪一邊說，一邊伸展足弓。「天啊，我好想看看這些設計圖，搞清楚他想幹嘛。」他偷偷看了一眼他用公事包換的信封裡的內容，說：「看起來是真的，至少乍看之下是這樣，或許他有遵守諾言。」

特拉希特突然直起身子，發出懊惱的聲音，說：「我在想什麼？！他可能會在水面下沿著海岸線游泳，然後在海灘的其他地方或另一個碼頭上岸啊！你留下來守著這裡，我帶我的團隊搜索海岸。」

特拉希特衝回車上拿無線電對講機，艾迪這才意識到現在只剩他一個人站哨……而水肺潛水員經常隨身攜帶折疊刀，以抵抗梭魚或是在被東西纏住時脫身。艾迪的工作範疇可不包括解除持刀蛙人告密者的武裝，但這個令人不安的想法很快就消失了。他們跟蹤的潛水員浮出水面並爬上岸，他手裡的公事包是開的，除了滴下來的水之外，裡面空空如也。

潛水員脫下橡膠頭套並四處張望，似乎在期待些什麼。他的臉看起來一點也不像菲德勒的照片，而是個二十幾歲的年輕人。他開始爬上梯子，表情越來越生氣。

「喂，老兄，你潛水都會帶公事包喔？」艾迪問道，假裝覺得很有趣。「那是哪招？」

那傢伙抱怨道：「還用你說。有個人付我一百美元，要我換上潛水服，把裝滿他公司防水手錶的公事包帶到海底，打開包包後等五分鐘再帶上來，證明手錶全部完好無損而且時間準確。我到了海底，大概十五、二十公尺深吧，然後打開公事包，結果除了一點沙子作為壓艙物之外，什麼都沒有。」他再次環顧四周，先是抱持期待，後來一肚子火又上來。「他還說有人會拍我上岸。」

「他可能也騙了我。」奧德曼撒謊道。「讓我看看。」他檢查公事包，但沒有找到他按照指示做的記號，他只能假設菲德勒先在出租店裡調換公事包，才將其交給這名潛水員。「他長什麼樣子？」他問道。

潛水員揮揮手表示無奈。「這是我們第一次見面，而且他戴著潛水頭套和面罩。我有在教業餘人士潛水，他在魯德古姆潛水用品店的布告欄看到我的名字和電話就聯絡我，我們是在電話中達成交易的。我們今天沒有說話，他只有給我這個。」說完，他又看了一眼手中滴著水的公事包，發現裡面不完全是空的，其實還釘了一個防水收納小袋。把袋子撕開後，他眼前一亮，說：「不過他留了三百美元給我，所以我也沒什麼好抱怨的啦。」

（摘錄自克里弗·艾佛森的第二本日記）

在把（跟奧德曼裝滿錢並留在長椅上的公事包一模一樣的）公事包交給我那不知情的蛙人同夥後，我在魯德古姆潛水用品店的更衣室迅速脫掉了潛水服。雖然這套潛水服和我的超大手提包是在其他地方買的，但跟這間店出租的是同一個品牌，所以一定會被收起來並放到架子上。

當艾迪·奧德曼跟著那群淨灘活動的潛水員走到碼頭盡頭，我穿著健行短褲和印有「愛丁堡大學」的運動衫，戴著一頂橄欖綠漁夫帽，背著一個超大的背包走出前門。背包原本是裝在手提包裡，現在拿來裝空前工業放了錢的小公事包。我離開店裡時，一直在跟一對從猶他州來度假的親切夫婦聊天——他們告訴我，猶他州的綽號是「蜂巢之州」——直到我抵達碼頭的停車場。我慢慢往北開，期待著有望成功的下一步：如果我的論文按照我在麥克馬斯特學院規劃的那樣進行，梅里爾·菲德勒就在不遠處，沒有不在場證明，而且很快就會拿到這個公事包，並在上面留下指紋。

♠

如果你是第一次來到納格斯海德郊外的弗蘭基萊恩保齡球館，你可能會以為那裡是以知名歌唱家弗蘭基．萊恩命名的，但弗蘭基其實是坐在收銀台前的那個臭臉老闆，他會扣留你的鞋子作為人質，直到錢都付清為止。菲德勒走進保齡球館時，聽到自動點唱機播放的節奏藍調以及彈珠台的聲音，讓這地方聽起來還算熱鬧。保齡球館特有的炸薯條和木材清漆的氣味撲鼻而來，好像馬鈴薯是用清漆去炸的一樣。但裡面其實沒什麼人，只有幾個長了粉刺的置瓶員；只有三條球道亮著燈，而保齡球館的老闆兼酒保（也就是前面提到的弗蘭基）在收銀台那裡顧酒吧。

菲德勒把那個大個子男人叫了過來，說：「嘿，我的朋友『好冰友』把他的保齡球包寄放在你那裡給我用。我叫史密斯。」菲德勒對這個名字並不滿意，但這是好冰友那天早上打電話時要他報的名字。他很想問弗蘭基好冰友長什麼樣子，但是忍住了，因為可能會引起懷疑，而且他也不知道這個魁梧的男人是否有涉入好冰友的詐騙行為，有的話是扮演什麼樣的角色。

「喔，對，史密斯。」酒保說道。「那傢伙幾分鐘前才剛拿來寄放。」弗蘭基把手伸進口袋，摸著一張皺巴巴的十美元鈔票。剛剛給他錢的男人身穿奇裝異服，還戴著假髮和鬍子，完全看不出長相，他有可能是任何人，甚至有可能是現在的史密斯先生本人。「他告訴我，你用完之後要把保齡球包還給我……他說那個包包是他爸的。」菲德勒覺得沒差，好冰友說包包裡會有一隻保齡球鞋，他只對藏在鞋子裡的東西感興趣。

「就是今天了。」早上打電話到大廳的公共電話時，好冰友告訴菲德勒。「我知道上次的獎金不怎麼樣，但那是為了今天的重頭戲做準備。我下了很大的賭注，你只需要兌現我們的獎金就好。」接著他說明去保齡球館拿彩票的指示，並總結道：「……然後我們就休息一下。之後，我們可以繼續進行這個模式。」

菲德勒還沒決定他針對「獎金對半分」要採取什麼樣的立場。他自己當然沒有做任何違法的事情，只是在下注的地點兌現合法的彩票罷了。如果好冰友用了什麼骯髒的手段，菲德勒也不可能知道，而如果菲德勒決定不要分那麼多獎金給他，好冰友可能也無法報警。目前已經累積了不少獎金，菲德勒已經愛上了把錢裝進自己口袋（還有花錢）的感覺。

弗蘭基萊恩保齡球館一條球道一局五十美分，心不甘情不願的菲德勒只好掏出兩枚二十五分硬幣。老闆給他一張計分表，並從高架子取下一個容量大的古董Brunswick保齡球袋，說道：「你的朋友要我轉達你的保齡球鞋在袋子裡，但以防萬一我還是要保管你的鞋子，這是規定。」菲德勒不太高興，但還是把自己的樂福鞋給了他，弗蘭基將其和其他外出鞋放在一起，然後又回到吧台切萊姆。這間保齡球館竟然沒有人因為喝琴通寧而得香港腳，簡直就是奇蹟。

菲德勒打開保齡球袋，發現裡面有一個廉價的公事包。白痴中國包，他心想，他真受不了好冰友戲劇化的神祕遊戲。雖然這一切都很幼稚，但菲德勒還是會想自己是否應該在取票時戴手套……但那樣會看起來很可疑。反正彩票本身是合法的，不知道好冰友下注的方法，他也樂得輕鬆。好冰友只是對他過去的善行表示感謝，這就像打開生日禮物一樣，完全沒有犯法之虞。

這個廉價的公事包雖然是新的，但假的皮革表面上已經貼了一小塊黑色膠帶。要把兩個閃亮的滑扣往外推開，才能打開中間的鎖扣。打開箱子後，他以為還會有另一個容器，幸好裡面是一隻小小的恩迪科特約翰遜保齡球鞋，鞋舌下塞了一個折起來的信封。他瞄了一眼，發現信封內裝著六張昨天的彩票，他趕緊將其收進口袋裡。他把鞋子放回公事包，把公事包放回保齡球袋，然後把保齡球袋還給弗蘭基，說他後來不想打保齡球了，但五十美分不用還他。弗蘭基掩飾了對這筆意外之財的喜悅之情，把菲德勒的鞋子還給他，並將保齡球袋放回高架子上。

回到他那輛紅色的Roadmaster後，菲德勒更仔細看了一下彩票存根聯，以確認自己大老遠從華頓工業開到戴爾郡是值得的。他愛上了拿獎金的感覺；最近的一筆收入沒什麼好誇耀的，而菲德勒既想要兌現時沾沾自喜的機會，又渴望口袋裡多一大筆完全不勞而獲的錢財。

當他看到存根聯上印的數字，一種類似性快感的感覺頓時湧上心頭。這次的金額很驚人，總共有六張，而且賠率都很高：35–1、42–2、45–1、30–1、18–1，哇，真沒想到，竟然還有幾乎可說是荒謬的65–1……而且這些賭注都比好冰友之前的任何賭注大很多！菲德勒並不擅長三角學，但只要前面加了金錢符號，他就會變成數學高手。光憑今天的收入，他就可以去一趟環遊世界的郵輪之旅了，但前提是他要捨得離開賽馬場的搖錢樹那麼久。菲德勒的內心宛如萬里無雲的晴朗天空，唯一一片討厭的烏雲就是要瓜分這筆錢的承諾。獎金對半分的事得跟好冰友重新協商才行。

（摘錄自克里弗・艾佛森的第二本日記）

在保齡球館對面的街道上，我壓低身體坐在車子裡，身上還穿著我去寄放保齡球袋時故意穿的笨拙裝扮。親愛的X，相信您可以想像，當我看到菲德勒在我指定的時間（我有留給自己足夠的時間從附近的魯德古姆碼頭過來，並將袋子寄放在保齡球館）抵達弗蘭基萊恩保齡球館，而且不久後就離開，我的內心有多麼高興。

他顯然已經上鉤了。保齡球館距離他平常的生活圈有好幾公里遠（「菲德勒先生，你常常會開車好幾個小時去一間破舊的保齡球館，後來又決定不打球嗎？」），但距離魯德古姆碼頭只有很短的車程。一小時前，一個戴著頭套的蛙人憑空消失了，他帶走的公事包裡有艾迪・奧德曼所做的標記，以及艾迪的「贖金」。我取出公事包裡的現金，並放了一隻保齡球鞋，裡面裝著我昨天在賽馬場下的六個賭注。菲德勒有來到戴爾郡，這點是無可爭辯的。至少，弗蘭基萊恩保齡球館的老闆有清楚看到行為可疑的「史密斯」先生……我還用了另一種方式將弗蘭基和菲德勒聯繫起來，這點我稍後會解釋，我的朋友X。

所以現在，做了記號的公事包那光滑的表面和子母扣上都有菲德勒的指紋。無論是空前工業還是警方的調查人員，對他們來說，唯一的問題是：（一）菲德勒是派一名同夥去碼頭拿錢，接著同夥穿上荒謬的裝扮，把公事包留在保齡球館讓菲德勒取回，還是（二）這一切都是菲德勒在自導自演，包括穿著這套明顯的服裝把錢送到保齡球館給自己……當然，那個人其實是我……看著菲德勒開車離開弗蘭基萊恩保齡球館時，我身上還穿著那套裝束。

現在我要穿著同一套可笑的裝扮，去拿回我寄放在弗蘭基那裡的Brunswick保齡球袋（裡面的公事包已經空了，但多了菲德勒的指紋），並給他我承諾的五十美元獎金……也就是梅里爾·菲德勒親簽的支票！（當弗蘭基抱怨為什麼是給支票時，我點點頭，又給了他五十美元現金；他只是保管保齡球袋一小時，結果賺的還真不少。）

那張支票來自菲德勒的帳戶，上面還有他的親筆簽名，是莉莉安娜·霍瓦斯無意中給我的額外「道具」。親愛的X，在麥克馬斯特學院，我們被教導永遠不要指望偶然的情況，我現在也在想哈洛院長是否會建議我不要使用那張支票。我只希望在您的慷慨贊助下，我所接受的教育能夠幫助我做出正確的決定。親愛的X，我獨自身處戰場，除了您之外沒有人可以傾訴，希望您現在仍然祝我一切順利。

♠

在開車回巴爾的摩的路上，菲德勒停在一個服務區加油，並用公共電話打給會計部門的莎莉·杜根，說他晚上要帶她出去，叫她放下手邊的工作，盛裝打扮一番。她還不是他的玩物之一，但他覺得這點應該不難改變。他認為莎莉是個聰明人，不僅心中有數，也很清楚自己的立場。

如果他今晚要兌現這筆驚人的獎金，怎麼能不找人來見證他的成就呢？莎莉，這份殊榮「菲」妳莫屬，他心想。想到晚上要跟莎莉做的各種事情，他就加快了撥電話的速度。首先，他要在賽馬場給她留下深刻的印象，好像他贏的錢比莊家的賭本還要多一樣。接著，他們要在巴爾的摩勳爵酒店的凡爾賽廳享用晚餐和一杯又一杯的香檳，最後搭電梯上去景觀套房，景色和女色都一覽無遺。他覺得飯店套房會讓她印象深刻，同時確保如果兩人之間的關係出問題，她不會知道他住在哪裡。

他在前往賽馬場的路上接了莎莉。她穿著合身的冰藍色上衣和海軍藍鉛筆裙，腰間繫著金色腰帶，很合他的口味。她的頭髮和妝容也和平常工作時不一樣，他對她這麼努力所代表的含意感到高興。

除了禮貌性的同意之外，莎莉幾乎沒有對菲德勒說什麼。她的目標是在不丟掉飯碗的情況下度過這個逃不了的夜晚。她很討厭這樣的狀況，但或許她可以充分滿足他的自尊，從而獲得加薪或是額外的假期。船到橋頭再收費吧，她心想。

菲德勒帶莎莉到賽馬場的付款窗口，好讓他的「熟」櫃員（相對於熟客）看看「百賭百勝」的他即使沒在兌現獎金時，也有如此漂亮的女人陪伴身旁。

「輸到脫褲子吧。」他說。「全部都換十美元以下的小鈔。」他想要盡可能拉長兌現的時間。他對莎莉眨了眨眼，確保她有注意到交易過程的所有細節。

他的「熟」櫃員皺起眉頭，仔細端詳彩票，若有所思道：「呃，不好意思，我去核對一下。」他離開窗口，去跟兌獎室內一名坐在辦公桌前的年長男子交談，並給他看彩票。年長男子查閱了一本大活頁夾，拿彩票去對照裡面的內容，並向櫃員點頭表示肯定，櫃員便回到窗口。「抱歉花了一點時間。」他說。「因為賠率和賭注都很高，所以我們必須仔細檢查，這是州立法規，不是我們的規定。」

「沒事。」菲德勒說，並對莎莉笑了一下，對方也反射性地回以微笑。

櫃員伸手去拿西裝外套裡的手帕，並將其從窗口下方的開口推到菲德勒那側。「你可能會需要這個。」他說。

菲德勒一頭霧水，說道：「我不明白。」

櫃員把彩票還給菲德勒，一臉高興的樣子，說道：「輸到脫褲子吧。這些馬全部都輸了，有一匹甚至沒能完賽。」

菲德勒說：「可是……這些應該都是優勝者才對，不可能啊。」

櫃員在抽屜裡翻找，遞給他一張紙，說道：「這是週三的結果，坐下來自己看吧。你不可能每次都贏，有時候你就只是個輸家。」

♠

隔天早上，菲德勒跟往常一樣，在公寓大樓的大廳等好冰友的電話。前一天晚上從頭到尾都很糟糕。他的憤怒讓共進晚餐的莎莉吃盡苦頭，他在凡爾賽廳喝了太多酒，當莎莉中途離席去補妝，他不是給她二十五分硬幣來支付盥洗室小費，而是把一張二十美元的鈔票塞到她手中，還眨了眨眼。莎莉很害怕他會以目前的狀態開車送她回家（他還沒有跟她解釋兩人要一起在飯店過夜），便溜出盥洗室和餐廳，請飯店門衛幫她叫計程車，再也沒有回去吃她的火燒櫻桃白蘭地香草冰淇淋。最後，菲德勒被迫跟飯店酒吧一名與他年齡相仿的女人共度一晚。

隔天早上，他沒吃早餐就退房了，因為他想趕快回公寓大廳向「好冰友」發洩他的憤怒。克里弗晚了五分鐘打電話，更是讓菲德勒勃然大怒。他咆哮道：「老兄，你那是什麼爛系統？這次的全都是輸家！」

「出了差錯。」好冰友說道。「至少你沒有損失自己的錢。」

「我損失的可多著呢！」他注意到警衛別過頭去，故意不往他的方向看，便壓低聲音說：「我浪費了一個下午的時間開車去一個蠢保齡球館，你還害我在我之前看上的人面前看起來像個白痴。晚餐和飯店套房都花了我很多錢。」他沒有說自己在飯店搭訕的女人也有跟他收錢，因為對方是在酒吧工作的人。

好冰友語帶悔恨道：「真的很遺憾。下一批彩票會彌補——」

「不，我已經受夠了這些『芝麻開門』的間諜廢話！過去兩次都在浪費我的時間精力。從現在開始，你要親自來找我，而且在去賽馬場之前，我一定要先確認比賽結果。」

電話另一頭的好冰友停頓了一下，然後說：「我可以給你一半你昨天應得的獎金，我們今晚八點可以在賽馬場附近的——」

「你要親自把錢送到我的辦公室。」

好冰友沉默了片刻，然後說：「好吧，但請你把我的那一半獎金帶來。」

「老兄，你會拿到你應得的。」菲德勒惡狠狠地說，他現在完全無意與他的「好冰友」分享目前累積的獎金。

「你說什麼？訊號有點弱……」

「**我說，你會得到你應得的！**」他吼道，然後注意到警衛瑞奇又移開目光了。「我的辦公室在——喔，對，你之前有寄信給我，所以你早就知道了。今晚八點來見我，一個人來。在櫃檯登記，他們會打電話給我，我會叫他們放你上樓。一定要把我他媽的錢拿來！」

第三十九章

列昂尼德·科斯塔是個生活極有規律的生物。（當然也可以說他是個生活極有規律的人，但不知為何「生物」似乎更加貼切。）每當他的製片廠在週五晚上舉辦試映會——科斯塔很討厭這種標準業界慣例，因為試片結果可能會挑戰他的觀點和決定——他就會在傍晚六點前離開辦公室，到貝爾卡農（一家為非猶太人但又不完全是白人盎格魯撒克遜新教徒的權力掮客開設的高級鄉村俱樂部）吃晚餐，然後直接開車前往懸崖小屋。那是他在托瑞松的度假屋，可以俯瞰太平洋。這樣一來，他就不用去管試映會、觀眾的反應，以及因為不知道如何「修理」他們幾小時前還引以為傲的電影而兵荒馬亂的下屬。科斯塔比較喜歡等歇斯底里的情緒平復後，週一再聽報告，況且他傾向於按照直覺行事。

因此，他通常會獨自度過週五的試映之夜，為週末儲備能量，那天晚上，他唯一會帶上床的就是劇本。週六，他會招待一位性感的新人，對方通常會由一對迷人的年輕男演員陪同，但那兩名男演員其實只對彼此感興趣。

週日的行程則主要取決於週六晚上的發展。

科斯塔還擁有一棟整潔的三房建築，位於懸崖小屋正下方的一小片私人海灘上，他稱之為「海濱小屋」。懸崖小屋是由他的管家芙蕾雅及其丈夫阿克塞爾負責保養的，他們也包辦所有家事，而作為交換，他們可以免費住在海濱小屋。這對夫婦會在週六晚上吃完甜點後默默消失，然後在週日早上十點左右現身準備早午餐，他們話不多，看到的更少。

在入學麥克馬斯特學院之前，多莉亞曾兩度到懸崖小屋作客，當時科斯塔在工作上把她捧在手掌心，在肉體方面也不斷對她獻殷勤（她拒絕稱之為「浪漫」）。那兩次週末她都勉強守住了貞操。第一次去懸崖小屋時，她是跟金髮的塔利・法雷爾和陰晴不定的博爾特・羅森在週六一起開車過去的。吃完晚餐後，三人到能俯瞰洛斯佩尼亞斯奎托斯潟湖的東陽台休息，但多莉亞才離開一下子，回去就赫然發現科斯塔已經叫兩個男演員跟阿克塞爾和芙蕾雅一起回海濱小屋了，接下來的晚上她都必須跟科斯塔兩人獨處。多莉亞設法以「每個月的那個時期又來了」為藉口，躲到懸崖小屋的唯一一間客房，還用椅子抵在門把下方……果不其然，她就寢後至少有看到門把試探性地轉動一次。

第二次去時，是阿克塞爾從洛杉磯載她過去的。抵達後，她得知這次不會有其他客人或僕人，立刻偏頭痛發作，頭痛欲裂，需要阿克塞爾送她回家，這樣她才能敷上以她的臉模型製成的客製化冰袋，這是她目前找到唯一能緩解劇痛的方法。當然，這個冰袋根本不存在，她也不曾受偏頭痛所苦。

在接受麥克馬斯特學院的教育後，她將第三次拜訪懸崖小屋，但這次沒有受邀。無論如何，這一定都是最後一次了。

製片廠的所有人都知道，由柯納・王爾德和簡・格里爾主演的《暗巷》將在週五傍晚於奧克斯納德的希爾斯阿拉伯劇院進行試映。在將改變雙方人生的這一天，多莉亞在早上十點用套房的廚房電話打給科斯塔：列昂，我打給你只是想確認你今晚會不會開車去你的懸崖小屋，像往常一樣逃避試片後的檢討，以及小屋會不會有其他人。但由於我問今晚的情況會引起懷疑，所以我要問你明天一大早的事，雖然我希望你看不到明天的太陽。

但她當然不能這麼說，所以她說：「列昂，我是多莉亞，我要說的事跟我無關。我問你喔，你知道達賴喇嘛嗎？噢，你一定聽過，就是那個挺身對抗紅色中國，統治西藏的英勇男孩啊。是這樣的，我在旅途中認識了他……」

她說達賴喇嘛的使者希望能資助一部以他年輕時的故事為主軸的電影，其中要有圍繞他一九五〇年提前親政的驚心動魄的動作場面，以及持續至今的激戰與衝突，以爭取美國支持他們英勇對抗紅色中國。多莉亞同意幫他們牽線以換取一筆中介費。不，她說，這部片沒有要給她演的角色，而且完全是由西藏出資，他們只是想要製片廠批准並協助發行，所以對製片廠來說只有利潤，毫無風險。「你願意搶在傑克．華納之前，明天早上十一點左右在懸崖小屋與使者談一下嗎？我不會去，掛掉這通電話後，我所扮演的角色就結束了。」當然，這一切都只是多莉亞在胡說八道。

以做生意優先的列昂尼德同意了，但接下來才是多莉亞編出這個故事的真正目的。「太好了，但有一件小事：到時不會有你的床伴在房子裡或陽台上嘻笑打鬧吧？使者並不喜歡放蕩的行為。週六下午之前都不會有人去嗎？對，我記得，你的女性客人通常都是那時到的，對吧？太好了，我會轉告他們的。到了週一，傑克．華納就會覺得自己像個沒有兄弟的孩子。別忘了，塵埃未定前一定要保密喔。」

當然，週六早上十一點不會有任何達賴喇嘛的代表與科斯塔會面，因為這全都是多莉亞捏造的。她只是想知道科斯塔那天晚上是不是獨自一人，還有週六何時會有客人到訪，因為她想知道他的屍體大概過多久會被發現。

第四十章

在麥克馬斯特學院，潔瑪（以及所有主修謀殺老闆的學生）都被強烈建議不要在工作地點執行論文。但現在潔瑪回到工作崗位已經快一個月了，她很擔心除此之外別無他法，因為她找不到可行的藉口跟愛黛兒去聖安妮醫院以外的任何地方。醫院很少舉辦野餐或郊遊活動（如果全體工作人員都在同一天休假，好奇的病人可能會注意到），愛黛兒也不是她的朋友……她們從來沒有一起約吃午餐，也不會在週五去附近的酒吧喝一杯琴通寧。兩人唯一的共同點就是潔瑪以愛黛兒之名所做的辛苦工作。

她回家的第一個週末就開始進行史特里德溪作戰計畫。這個致命深淵偽裝成一條歡樂的鄉間小溪，如果不幸落水就會被吸入錯綜複雜的水中墳場。潔瑪在博爾頓大教堂附近找到了一間主要接待巴基斯坦客人的Ｂ＆Ｂ。雖然管理層並不反對非巴基斯坦客人入住，但經營這家小店的女士只會基本的英文，可以辦理入住手續以及提供毛巾和早餐。潔瑪知道老闆娘不太可能會警告她們史特里德溪很危險，所以打算為自己和愛黛兒訂一間雙人房。她們會在日落時分去散步，她會給愛黛兒看一家餐廳的小冊子，說晚上可以去那裡吃飯，藉此分散對方的注意力，然後走在愛黛兒前面，在相對安全的地方跨到史特里德溪的另一側。再往前走十五步有一個特別狹窄的地方，愛黛兒好像只要跨出一步就能到對岸。潔瑪會招手並向她伸出手。

她還養成了隨身攜帶一管絲柔水感護手霜的習慣，常常拿出來塗抹，一邊說自己討厭雙手太乾燥，目的是讓這個行為變得司空見慣，最終甚至不會引人注目。她打算在穿過史特里德溪之前塗抹大量護手霜，這樣當愛黛兒抓住她伸出的手，只要迅速捏一下，她的手就會像浴缸裡的一塊濕肥皂一樣滑出對方的掌握。在麥克馬斯特學院，她有練習將左手伸向右側，這樣愛黛兒要不必須用非慣用手的左手抓住，再不就要用右手，但這樣會導致她過河的姿勢變得很奇怪。愛黛兒總是把時尚看得比實用性重要，所以她可能會穿著鞋底光滑的時尚鞋款，潔瑪則會跟練習時一樣穿著足球鞋。她考慮過使用手杖，塔科特教練示範要如何把手杖的末端伸向愛黛兒，再將她翻入水中，就跟羅賓漢與小約翰在木橋上以長棍決鬥一樣，但他們最後認為如果被其他健行的人看到就會露餡。透過柔術動作「伸出援手」似乎是她能想到的最佳辦法。

這個計畫只有一個缺陷，就是愛黛兒不會跟她一起去健行。

潔瑪不認為這是因為愛黛兒太過多疑，她的宿敵應該以為自己的「保險措施」還好好鎖在里金斯老先生的保險箱裡，萬無一失。而且自從回來之後，潔瑪就竭盡全力說服愛黛兒自己已經完全接受兩人之間討厭的約定了。她甚至從醫院租借車隊的紐卡索公司租了一輛奧斯汀敞篷跑車，希望能為之後的週末遠足鋪路。愛黛兒欣然接受每天晚上坐車回家，不用在雨中等待從莫伯斯開來的公車，但她總是堅持要開車，為了保護自己，她做任何事情都喜歡掌舵。

至於要把敞篷車開到更遠的地方，無論是翻山越嶺還是到致命的史特里德溪，勒索潔瑪的人除了想確保自己以後有一輛克萊斯勒 Town & Country 休旅車之外，對任何跟戶外活動有關的事情都沒有興趣。現在，她的心思全都放在一位名叫彼得．艾利斯登的年輕醫生身上，她只在意「愛黛兒．艾利斯登太太」這個稱呼是如夢般的悅耳順口，還是如繞口令般的拗口難念。因此，潔瑪只要一提起鄉間漫步的話題，愛黛兒就左耳進右耳出，不再回應了。除了拿槍指著她，強迫她登上開往西伯頓的火車，並將她五花大綁，拖過約克郡谷地之外，潔瑪根本沒辦法執行麥克馬斯特學院批准的刪除計畫。

針對麥克馬斯特學院的教育方針，哈洛院長和埃爾瑪．戴姆勒副院長意見不合是校園裡眾所周知的事。戴姆勒在教職員工和學生群體中有許多支持者，她堅信申請者只需要知道如何執行自己的論文，而哈洛院長則極力主張只有全面發展的執刑人才應該回到「戰場」上，也就是平民生活。

潔瑪祈禱哈洛的理念是正確的方針，因為她將不得不即興發揮，全靠老天保佑了（雖然只要是品德高尚的神都不會保佑她）。

第四十一章

那天晚上，舊金山歌劇團在洛杉磯的聖殿劇院演出《帕西法爾》，由於開演時間是晚上七點，因此很多人會訂位盧卡等附近的餐廳以提早吃晚餐。哈福．韋克斯勒和他的妻子貝芙沒有要去看《帕西法爾》，但貝芙從一個多禮拜前就開始暗示自己想要吃義式香煎小牛了，哈福的朋友便推薦這間餐廳給他，還提醒他那天看歌劇的人會很多，最好事先訂位。

哈福把他們的橄欖綠福特雙門小轎車停在餐廳旁邊，對他的妻子說：「這附近好像沒有停車位，妳先進去，以免他們取消訂位，我停好車再過來。」貝芙表示她不敢一個人去確認訂位，因為她是在中西部長大的，從小就被教導女性不應該在沒有他人陪同的情況下進入異國餐廳。但停車問題很快就解決了。

「你好，請問是要來用餐的嗎？」一名容光煥發的黑髮女子來到駕駛座的車窗旁邊，問道。她穿著一件剪裁合宜的燕尾服西裝外套，上面別著盧卡餐廳的徽章，繫著漂亮的領結，戴著白色手套，穿著修身長褲搭配一條寬腰帶，頭上還斜戴著一頂帽簷閃閃發亮的司機帽，不得不說她穿著這套泊車員的裝束十分迷人。哈福表示他們的確是來用餐的，一邊心想洛杉磯總是不乏好看的泊車員和「免下車」餐館服務員，他們都立志要成為演員，希望能被發掘，這名女子也不例外。她衝到車子後面，在一張卡片上匆匆寫下車牌後四碼和「綠色福特」字樣，卡片上方還印了餐廳的標誌。她把卡片遞給哈福，並連忙背誦一串她顯然經常重複的話：「請在用餐完畢後把這張卡交給服務員，我會把你的車停在餐廳門口。你們要趕著看表演嗎？沒有？那就祝你們用餐愉快！」她繞過車子前面，衝到副駕駛座為貝芙開車門，貝芙雖然不喜歡她的緊身褲子，但很欣賞她那謙恭有禮的舉止。有另一輛車停在他們後面，泊車員關上貝芙的車門後，跑到新來的那輛車旁邊，氣喘吁吁地問道：「你好，請問是要來用餐的嗎？我馬上回來，請不要熄火。」接著她又跑回正要下車的哈福旁邊。

他問道：「妳有二十美元的小鈔嗎？」哈福的妻子別開視線，因為丈夫故技重施而感到尷尬。

「沒有耶，不好意思。」泊車員語帶遺憾道。「但等你們吃完晚餐，我就會有小鈔了，而且我會在這裡待到十一點。所以別擔心，祝用餐愉快！」

哈福領著貝芙走進餐廳時，她嗤之以鼻道：「二十美元的小鈔咧！你明明就有零錢，因為剛剛加油三點二五美元，而你付了五美元。」

「聽說這裡的小牛肉真的很好吃。」哈福轉移話題以避開妻子的蔑視。他環顧四周，欣賞餐廳裡浪漫的裝飾，讚嘆道：「這地方真不錯。」

「這次不要再點千層麵了。」貝芙說。與此同時，多莉亞．梅伊開著韋克斯勒夫婦的綠色福特揚長而去，已經離餐廳有四個街區遠了。她從外套上取下自己手工製作的盧卡代客泊車徽章，把司機帽放在副駕駛座，並將韋克斯勒夫婦的車開到南菲格羅亞街，把哈福和貝芙遠遠拋在後頭，也拋諸腦後。

皇家街停車場的生意不是大好就是大壞，取決於附近的聖殿劇院是否有舉辦大型活動。這天晚上簡直就像在慶祝狂歡節，由於《帕西法爾》是由挪威歌劇演唱家希爾斯滕·弗拉格斯塔和智利男高音拉蒙·維尼搭檔主演，可容納六千三百人的劇院門票幾乎銷售一空。當特洛伊人隊舉辦大型體育賽事，晚上皇家街停車場的入口和出口都會擠得水洩不通，停車場也會因應賽事僱用許多兼職泊車員，通常都是住在附近的南加州大學學生。

停車場的下車處目前一片混亂，構成像黑白片一樣的場景：穿著晚禮服的銀髮男士和身著霧銀色禮服的女士乘坐黑色大型豪華轎車抵達，來打工的大學生立刻蜂擁而至，他們身穿不合身的黑色外套、夾式領結，以及需要好好漂白的白襯衫。

多莉亞把韋克斯勒夫婦的福特汽車開進停車場，但沒有排在大排長龍的有篷四輪馬車和轎車後面，而是轉進員工專屬停車區，旁邊有金屬樓梯通往停車場上層。她下了車，脫下白手套並將其放到司機帽裡，再把帽子放在滅火器上。一個外套袖子顯然太短、又高又瘦且笨手笨腳的泊車員三步兩步衝下樓梯。當他跑到最後一階，多莉亞抓準時機往後退，然後跌到地上，痛得大叫，好像是那名大學生把她撞倒的一樣，這是「麥大師」在「扭曲人體運動學」的課堂上教她的。

那名大學生驚恐萬分，說道：「天啊，我很抱歉，都是我的錯，妳需要幫忙嗎？」他可能才二十歲，夾式領帶歪了一邊。如果他在南加州大學不是主修社會科學，多莉亞可能會嚇一跳，話說回來，她現在就是假裝被對方嚇了一跳。

「如果你想幫我的話，」她坐在地上，一邊揉著小腿一邊說道，「比起那些穿著晚禮服的肥貓，你可以行行好，先幫我停我爸的車嗎？」他扶她站起來時，她指了指自己的制服，說道：「我在聖殿劇院的大廳酒吧工作，我得在開門前到，不然他們會叫我打包走人。」

多年來，每當她出於某種原因來到平民的世界時，周遭的環境通常會掩飾她的真實身分。鼎鼎大名的多莉亞．梅伊不可能代客泊車、顧酒吧，或是穿著工裝褲，包著頭巾去農民市集買牛奶。如果不化妝，她就要站在收銀台前，被迫跟其他人一起排隊結帳。「妳看起來就像年輕時的多莉亞．梅伊。」排在她後面的女子可能會這樣說。「只是她高很多啦。」

因此，那名大學生沒有認出他在電影中一定看過的明星，只知道自己希望以後還能再見到這名年輕女子。「聖殿劇院錢好賺嗎？」他問道。

她會意地笑了笑，說：「今晚是華格納的歌劇，會有四次中場休息，到了最後一次，已婚男士們就會像休假的水手一樣，給小費都是掏鈔票。拜託你幫個忙，我得趕快停我爸的車，不然我就完蛋了。無產階級必須團結一致，對吧？」

「沒錯。」他表示同意（她就知道自己很會看人），便拿出一張標有「皇家街停車場東入口二樓」的憑證，沿著虛線撕下來，並把存根遞給她，順便問道：「對了，有空要不要一起喝一杯？」

「啊，可惜我已經訂婚了，不然事情就不一樣了。」她看到他看了一眼她的手指，便解釋道：「不戴戒指的話，拿到的小費會比較多。謝謝你，你是我的英雄！」他聽了很高興，便坐進韋克斯勒夫婦的福特汽車，將其開上坡道。

多莉亞又戴上剛剛放在滅火器上的司機帽和手套，接著大步走出停車場入口，外面有很多駕駛人都急著想要停車。一個看起來像銀行家的白髮男子把頭探出駕駛座的車窗外，無視隊伍狂按喇叭，想要得到特殊待遇，同行的有他的妻子和另一對夫婦。當她示意四人下車時，他鬆了一口氣。那是一輛不起眼的黑色帕卡德Patrician，完美符合她的需求。她用管家的口氣問道：「請問今晚是要看《帕西法爾》嗎？」

他咕噥了些什麼表示同意，她便將剛剛從大學生那邊拿到的停車收據遞給他。白髮男本可以給她小費，感謝她讓他們插隊，但看到他沒有這樣的打算後，她便上了車，用親切的語氣說：「祝看戲愉快！」

「那不是戲，是歌劇。」銀行家沉著臉回答。

她把車開上二樓，再來是三樓，全程都低著頭以免經過剛剛那名大學生。在三樓的另一頭，她開下兩個坡道，駛出較少人使用的三十二街出口，那是她一週前來偵察時找到的。多莉亞摘下帽子，甩了甩頭髮，沿著傑佛遜大道行駛，再以平穩的速度開上港口高速公路，向南部長堤的方向行駛。

她感覺自己就像父母去一趟郵輪之旅時，可以充分使用家庭用車的大學生。她可以自由使用這輛極其無趣的車子至少六到七個小時（《帕西法爾》加上白髮男在停車場發現自己車子不見的時間），幾個小時就足以讓科斯塔和她面對兩人共同的命運。

在盧卡餐廳，在把假憑證交給困惑的服務生之前，韋克斯勒夫婦應該不太可能會發現他們的車被偷了。就算他們在她開車離開幾分鐘後就發現了，那輛綠色福特也已經被藏在皇家街停車場的二樓，車裡沒有任何線索可以追查到多莉亞身上。與此同時，帕卡德的車主甚至還沒看到《帕西法爾》開演呢。好幾個小時後，白髮男就會交回那張貨真價實的皇家街停車場收據，等了好久，看到很多人領回他們的車之後，車子終於開下來了……但那輛車卻是韋克斯勒夫婦的綠色福特。

這是什麼？「是您的車啊。」一位冷漠的服務員會這麼回答。這才不是我的車，你弄錯了，你這個白痴！我的車是帕卡德，黑色的！但無論找幾次都無濟於事。你們弄丟我的車了！你們一定是給別人了！「先生，不好意思，我們十分鐘後就要打烊了，您要不要明天早上再來……？」

造成陌生人的不便，多莉亞會感到內疚嗎？或許吧。但話又說回來，她只是給他們添了一點麻煩，但她可是要置科斯塔於死地的。相比之下，吝嗇的韋克斯勒和白髮男已經非常幸運了，或許下次遇到打工的窮女孩時，他們就願意給小費了。

時間差不多，計畫進行得很順利。耀眼的太陽逐漸西下，準備在晚上與太平洋幽會，導致洋紅色的蒸汽從海面上升起，至少看起來是這樣。多莉亞幾乎可以聽到《帕西法爾》開頭的旋律，為這星雲般的景象錦上添花。

她從通往機場的出口下高速公路，把車子停在收費停車場，接著前往入境大門。她手上有大門附近其中一個置物櫃的鑰匙，她打開櫃子，並從中取出早上寄放在那裡的條紋旅行小包。她很快又回到了一一〇公路，前往新港灘的巴爾柏半島。

接下來就要放手一搏了。

第四十二章

小鹿街花店的老闆恩迪羅・吉安桑特完成了粉色翠雀花的乾燥作業後，從花店的閣樓上下來，發現他新僱用的送貨員盧迪斯・蘭卡站在收銀台附近，手裡拿著兩張十美元的鈔票。

「有個男人走進來，你在樓上，所以我就幫他結帳了。」他說，並露出燦爛的笑容，顯然感到自豪。

「盧迪斯，你是個好人，但你不應該跟顧客打交道，除非他們是拉脫維亞人。」他微笑著補充道。「那樣的話我會請你幫忙翻譯。」

盧迪斯坦承道：「他給了我兩美元的小費。」他把手伸進口袋，好像他覺得應該要跟恩迪羅平分一樣。

「不，兩美元你就留著吧，但你是送貨員，不是推銷員。」恩迪羅說。盧迪斯大概二十幾歲或三十歲出頭，他看到了櫥窗裡的徵人啟示，幾天前開始在花店工作。天知道這個討喜的傢伙要怎麼靠他給他的微薄薪水過日子，恩迪羅心想。他肯定跟親戚住在一起吧。

「Es biju citur。」盧迪斯說，意思是「我在別處」，雖然用在這裡不太適合，但這是克里弗在麥克馬斯特學院學會的第一句拉脫維亞用語，他還被稱讚發音很標準。

那天晚上，他一邊仔細燙平自己買的那件不合身的連身工作服，一邊回想起哈洛院長第一次談到制服的力量。集會在歐典劇場舉行，這是一個有屋頂的小型圓形劇場，跟馬賽近郊的圓形劇場長得一模一樣。兩者的相似度之高簡直不可思議，當然，除非麥克馬斯特學院實際上位於馬賽近郊。

「光是制服成為你的一部分是不夠的，你還必須成為制服的一部分！」院長開口道。時間接近傍晚，他身後的天空布滿了橢圓形的紫色雲朵。「蓋伊・麥克馬斯特常常講這句話，而這句至理名言至今仍適用。」

他一一凝視台下個別學生的面孔，仔細觀察並評估他們的理解程度，一邊講述他最喜歡的事件之一：「麥克馬斯特學院史上最無恥且明目張膽，同時也是最受推崇的刪除計畫是由法迪・哈斯凱爾和阿爾緬・哈斯凱爾兩兄弟執行的。他們開著一輛租來的救護車到達目標下榻的飯店，下車時，兩人都穿著護工一塵不染的白色制服，上衣鈕扣位於鎖骨上方的那種。法迪的脖子上掛著聽診器，看到的人都會以為他是醫生，很少有人會想到他也有可能是開保險箱的竊賊。哈斯凱爾兄弟抬著擔架跑過大廳，指示剛走進電梯的人出來等下一班，沒有提高音量卻散發出十足的急迫性，電梯裡的人馬上照做。到達八樓後，他們抬著空擔架穿過長長的走廊，大力敲目標的門。困惑的房客開門後，法迪就從他旁邊擦身而過，好像在找需要救護的對象一樣。當目標跟著法迪回到房間裡，一邊說他們搞錯了，根本沒人受傷，阿爾緬就當場糾正他，從後面用棍子把他打昏。他們將這名新傷患放到擔架上，抬著他衝回電梯，貼心的電梯服務員從剛剛到現在還一直幫他們開著電梯，接著迅速把他們送下樓，不停靠其他樓層。到了一樓，門衛把大廳的門打開，厲聲警告飯店客人：『請讓開，謝謝！』讓法迪和阿爾緬能夠順利帶著不省人事的獵物離開。阿爾緬轉過頭來建議門衛：『請櫃檯查一下八一四號房客人的入住資料，看能不能聯繫上他的家屬。他會在仁愛醫院！』

「他們把『傷患』抬進救護車，阿爾緬留在瀕死的目標身邊，法迪則負責開車……他們就這樣呼嘯而去，等到拐過兩個街區外的轉角才關掉警鳴器和旋轉燈。法迪在市區慢慢開，阿爾緬則在救護車內這個私人空間刪除了目標。在移動中的車輛裡下手，這對所有人來說都是一次『動人』的經驗。那天晚上，他們為被刪除者舉行了非正式的海葬，把他丟進好幾個縣外的水庫中。」

哈洛笑容滿面道：「漿過的白色上衣、白色褲子、白皮鞋和隨意掛在脖子上的聽診器每次都管用。被問及相貌時，旁觀者往往會描述制服而不是那個人本身，甚至會描述他們認為穿著該制服的人應該要長什麼樣子。根據人們的假設和偏見，建築工人會被描述為堅毅果敢，護理師是有愛心，士兵則是品德高尚。」

克里弗敢發誓院長正直盯著他，雖然大多數與會者都有同樣的感覺。「但制服不只包含服裝，配件也是非常有用的。任何人都可以戴上寫著『新聞攝影師』的證章，但如果你還拿著一個裝了相機和閃光燈的三腳架，人群就會自動讓出一條路給你。神職人員的長袍可以遮掩一大堆缺點，包括可疑的污漬，但如果你必須回到犯罪現場，拜託帶上一串念珠，這樣你就可以在警察同情的目光下為受害者舉行臨終祈禱！」

男人戴著一頂過時的費多拉帽，帽簷拉得很低，遮住了他的臉。他還戴著一頂亂蓬蓬的灰白假髮、顏色幾乎一樣的假鬍子，以及一副五星上將麥克阿瑟喜歡戴的那種太陽眼鏡。他穿著特大號風衣，裡面明顯加了襯墊。就算是傻瓜也能看出他想要隱藏自己的身分，但只有克里弗能夠真正欣賞自己的裝扮有多麼詩意，因為它幾乎跟他在紐約地鐵月臺謀殺未遂那次所選擇的偽裝一模一樣。真希望道布森警監和史蒂奇警佐能看到他現在的模樣！跟多莉亞作為擊球練習的回報所傳授給他的假冒身分技巧不同，麥克馬斯特學院的「裝容義」實驗室教會了他，最簡單的是人人都看得出來，但同時又能隱藏真實身分的偽裝。

或許他在地鐵月臺犯的錯誤其實沒有那麼離譜；他的想法是對的，但他缺乏專業知識，因此沒能在正確的情況下使用這套偽裝。

他把小公事包放在一個有提把的大型購物袋裡，以免沾到菲德勒的指紋。公事包是稍微打開的，只要把手伸進購物袋就能輕易拿到裡面的東西。他走到一位女出納員的窗口前，數出三十三張一百美元的鈔票、一張二十美元、一張十美元和三枚一美元銀幣，然後將錢和填好的存款憑單推向她，單子上面寫了金額、指定之受款人的姓名及其帳號。「我想要存這些錢。」他說。

出納員愣了一下，說道：「呃，不好意思，請等一下……哈丁先生？」她離開窗口去找一位銀行行員商量，對方從自己的辦公桌起身，悄悄走向這個穿著可笑的男人。

「你好，先生，三千美元對於現金交易來說可說是一大筆錢。」銀行分行經理說道。

「是三千三百三十三美元，而且不是交易，是存款。」那個男人說道，他的外國口音會讓人聯想到馬克思兄弟電影裡的外交官。「我想要把錢存進梅里爾．菲德勒先生的帳戶。這家銀行不收現金嗎？」

「這個嘛，如果沒有提供身分證明和資金來源的紀錄，我們不會收超過五百美元的現金。」哈丁解釋道。「這是為了避免我們成為洗錢或逃稅的共犯。」

「梅里爾．菲德勒在這個分行沒有帳戶嗎？」

「我不認識這位先生，但是……」

哈丁跟出納員說了些什麼，對方在檔案櫃的抽屜裡翻找了一下，然後遞給他一張卡片。

「我們能做的就是為你開一個帳戶，你只需要提供姓名、身分證明、居住地等相關資訊，就可以開一張支票給這位，呃」——哈丁查看了一下卡片——「菲德勒先生。」

「這太誇張了！」穿著可笑服裝的男人大聲說，吸引了其他客人和工作人員的注意，銀行的警衛甚至擔心他的憤怒可能是為了在搶劫前轉移大家的注意力。憤怒的男子把銀行拒收的現金塞到風衣超大的口袋裡，說道：「菲德勒先生把錢存在你們銀行那麼多年，如果你們不想要他拿到錢，那我就去找其他銀行！」他掉頭就走，那頂四處亂翹的假髮還差點掉了。

哈丁為了這次的騷動向銀行的顧客道歉後，注意到那個男人一怒之下，竟然忘了帶走購物袋和裡面空的公事包。一塊膠帶從公事包的邊緣剝落，露出了「M.F.」字樣，這是克里弗在華盛頓特區買了公事包後，到附近的珠寶店請人壓印在包包上的。

哈丁把購物袋遞給一名年輕的實習生，說道：「把這個放進我們的保險箱，不要碰到公事包。那個……男人想把那麼多現金給這個叫做梅里爾．菲德勒的人，實在有點可疑。如果他來要回公事包，告訴他我們需要看他的身分證件。」他更仔細端詳那張上面有菲德勒的簽名和相關資訊的卡片，說道：「如果到時候要報警的話，我敢打賭他們會在公事包上驗到誰的指紋。」

♠

下午四點，菲德勒公寓大樓大廳裡的公共電話響了很久，久到警衛瑞奇決定與其聽它響到下班，還不如自己接起來。

「喂？」

「你是什麼人？」一個語帶威脅的聲音問道。

「我是一棟公寓大樓的警衛，這是公共電話，我想可能是有人給錯電話號碼了。」

「不，是有人給錯支票了。我來告訴你你在哪裡工作，你在基爾福德紀念碑之城聯排公寓的大廳跟我講電話，對不對？」

瑞奇想不到說謊的理由，便老實說：「對。」

「好，告訴梅里爾．菲德勒先生，他的賭注登記人不只知道每天早上要打去哪裡給他，還知道他晚上在哪裡睡覺。讓他知道，如果他明天不還清他欠我的三金，我會讓他的右手碰到他的右手肘。他還欠我一些同事更多錢，我也會把他的地址告訴他們。懂了嗎？」

瑞奇結結巴巴地說：「呃，不太懂，他欠了多少……？」

「他欠我三千三百三十三美元。有那麼難記嗎？三是他的幸運數字，但這次不是了。如果我明天沒拿到錢，他那幸運的鼻子就會斷成幸運的三等分。你告訴他，三千——」

「三三三三三，記住了。」瑞奇連忙說道。電話「喀」的一聲掛斷了，瑞奇便回到他的崗位。他記得傳達壞消息的人常常會被遷怒，甚至可能會丟了飯碗，所以他決定假裝是夜班警衛接了電話，反正他一直以來都不喜歡菲德勒。

克里弗在電話中扮演了那個不存在的賭注登記人，他知道如果自己那天晚上成功的話，警衛就永遠沒辦法把話轉達給菲德勒了。但如果當局詢問的話，瑞奇一定會記得那通電話的重點，還有菲德勒所欠的賭債不只這一筆。誰知道菲德勒欠了多少不存在的賭注登記人同樣多的金額……或是更多呢？

♠

（摘錄自克里弗・艾佛森的第二本日記）

回到巴爾的摩幾天後，我就到現場，也就是華頓工業的送貨入口試試水溫。神奇的是，我只要穿上一條破舊的圍裙，故意在上面沾一些義式蕃茄醬，戴上一頂髒兮兮的白色船形帽，手裡拿著一盒熱騰騰的披薩，就可以輕易進入他們的貨梯。那盒披薩是我在穿上制服前買的，我只是在收據上草草寫下大樓的地址，以及菲德勒祕書的姓名和樓層，他們就讓我進去了。除了披薩盒裡味道很重的大蒜和奧勒岡葉之外，我只要指著收據就可以進入大樓，不需要出示任何證件。在我還是員工的時候，那名警衛見過我一、兩次，現在卻對我視而不見。我只是一個沒刮鬍子的披薩外送員，有什麼好注意的？單一測試成功後，我在較低的樓層出電梯，把披薩放在公共休息室讓大家享用。簡直是小菜一碟，或者應該說是披薩一片。

兩天前的早上，我已經在小鹿街花店獲得了令人嚮往的送貨員職位，於是我從家裡訂了一束貨到付款的花束，請店家在當天早上把花送到菲德勒的祕書梅格．基根的桌上。接著，我一樣沒刮鬍子，去了華頓工業，在梅格和菲德勒開始上班前把來自「祕密仰慕者」的便宜花束送到梅格的桌上。在這最後一次的排練中，我確認了辦公室的布局和陳設跟我去麥克馬斯特學院之前一樣，還有菲德勒辦公室的備用鑰匙仍然藏在梅格的辦公桌裡。當然，我回到花店時，就自掏腰包付了花束的費用。

親愛的X，我明天就要執行論文了。如果事情出差錯的話，這就是我的最後一篇日記了。這篇論文無論是對我自己還是對菲德勒來說都是生死攸關的。我沒有任何後路，這違背了麥克馬斯特學院的原則，哈洛院長也盡他所能勸我不要用這種方法，但這對我來說是唯一可行的辦法，唯有這麼做，我才能背負著奪走他人性命的重擔繼續活下去，前提是如果我幸運活下來的話。所以雖然這不是自殺式任務，但確實需要拚死一搏。

讓我感到心安的是，不管論文有沒有過，我都已經完成揭穿 W-10 缺陷的布局了。作為一名心懷不滿的前員工，我如果在可疑的情況下死亡，只會促使空前工業更積極調查在菲德勒的統治下進行的可能致命的設計改動。順利完成論文是我真心期盼的最佳情況，但無論結果如何，這次跟菲德勒最後交手可以拯救許多無辜的生命。我無法讓蔻拉或傑克死而復生，但我可以盡我所能保護別人，雖然我永遠不會見到他們，但我們的生命都一樣有價值。

無論如何，我想再次重申（或許是最後一次了），謝謝您給我第二次機會，還資助我到麥克馬斯特學院唸書，那對我來說是無比珍貴的禮物。明天，我將終於跨越純屬想像與不可逆轉之間的界線。親愛的X，祝我好運吧，因為我非常需要您的祝福。無論結果如何，都再次感謝您。

第四十三章

那名年輕男子可能是古董推銷員或是藝術品鑑定家。當他走進隱藏在巴爾柏大道旁的多莉溫斯洛酒吧，他看起來緊張又害羞，神色不安，好像他以前沒來過這種酒吧一樣。然而，在他那柔美的儀態之下，卻又透著一種文雅又有教養的自信，就像是他擁有精緻的五官、苗條的身材和貴族的風度，一切都是那麼理所當然。他穿著一套剪裁考究的華達呢西裝，可以肯定的是，他非常有魅力。他脫下與西裝相襯的捲邊氈帽，將其放在吧台上，露出一頭柔順且富有光澤的杏仁色長髮，而且還往上梳成了龐巴度髮型。他顯然不想被認出來，因為儘管多莉溫斯洛酒吧跟愛情隧道一樣昏暗（其目的也差不多），他還是堅持戴著墨鏡。酒吧裡唯一一名女子在角落的直立式鋼琴彈奏〈我的一片痴心〉。

酒保是一名五十幾歲的開朗男子，看起來活像早上剛剃掉鬍子的聖誕老人。他的長圍裙上有複雜精細的花朵圖案，讓他看起來像個訓導員。他把一個紙杯墊放到吧台上，說：「晚上好啊，年輕人，想喝點什麼？」

「完美曼哈頓？」年輕男子語尾音調上揚，好像在問問題一樣。

看到客人越來越多，酒保其實比較希望他點「黑麥威士忌酒加冰塊」，但他還是開始調製雞尾酒。他的眾多職責之一就是讓初次來訪的人賓至如歸，因為他們可能是猶豫了很久才鼓起勇氣來的。「你是外地來的嗎？」他一邊將等量的甜苦艾酒和不甜苦艾酒倒入雞尾酒調製器，一邊轉頭問道。

「這是我第一次來，我是說洛杉磯？」他的聲音有一種抑揚頓挫，在這個場合很迷人，但小時候在校園裡可能會因此被欺負。

「噢，別讓當地人聽到你稱這裡為洛杉磯。這裡是新港灘，對我們來說，洛杉磯距離這裡大概一百萬光年遠吧。」

有人輕輕用一隻手臂摟住年輕男子的肩膀，是一名四十幾歲的男子。他皮膚黝黑，穿著白色長褲、敞開的藏青色襯衫和白色領巾。「我們坐在那邊。」那個熱情的傢伙指著鋼琴附近的一張桌子說。「我交了一些新朋友，他們下一輪要請客，要不要加入我們？我叫做基思。」

「我叫戴蒙。」年輕男子說道。「或許晚一點吧？」

吧台另一頭有兩個男人毫不掩飾地盯著他，其中一位五十幾歲，他一看到戴蒙，瞬間覺得他旁邊較年輕的同伴沒有他想要的那麼年輕了。較年輕的男子低聲說了些什麼，年長男子笑了一聲。戴蒙也看著他們，似乎有些好奇，雙方都沒有移開目光，不過年長男子隨即露出會心的微笑。

酒保把飲料放在戴蒙面前，並報出一個高得離譜的價格。看到戴蒙挑起眉毛，他勸道：「孩子，沒有人要占你的便宜。要確保當地警察對我們視而不見可要花不少錢，加州酒精委員會又要分一杯羹，我們還雇了幾個彬彬有禮的保安混入人群中，如果有任何麻煩，他們就會介入。而且我們希望能維持環境整潔，你懂吧？」他朝洗手間的方向看了一眼。

戴蒙把手伸進口袋，並在桌上放了一張十美元鈔票。

「非常感謝。」酒保說，完全沒有要找錢的意思。「我來傳授你一點智慧吧，如果你決定跟別人一起回家，我會建議稍微慎選一下對象。週五晚上有時會有一些粗魯無禮的客人，而像你這樣聲音柔和的小伙子可能會遇到問題，我是說，萬一事情變得有點……瘋狂的話？」

戴蒙說：「但我還滿喜歡……瘋狂的？」他喝了一小口酒，然後以優雅的姿態滑下凳子，說：「嗯，確實是完美曼哈頓呢。你可以幫我看一下我的酒嗎？」

經過鋼琴並穿過掛了門簾的門口，會來到一條長得驚人的走廊，兩側掛滿了八乘十的裱框劇照，是瑪麗．馬丁在表演趣味高雅的脫衣舞，衣服隨著照片越來越少。走廊的盡頭是洗手間的門，戴蒙走進「男士」的洗手間。

洗手間像醫院一樣一塵不染，目前似乎只有戴蒙一個人，當然，很快就會有人來了。無菌的環境以及松樹和葡萄的殺菌氣味刺激著「戴蒙」的感官，使她脫離原本徐緩從容的角色設定，專注於「手頭」的任務。

無論她在「桃花劫」使用薇斯塔．特里珀提供的道具排練了多少次，這種約會對她來說都是一個全新的未知領域。她摘下墨鏡，仔細觀察洗手台上方鏡中的自己。

由於假髮如此巧妙，偽裝效果又這麼好，她一時也認不出自己的臉，但過了幾秒後，她就在鏡中看到了多莉亞．梅伊。少了口紅、粉餅和化妝筆，她就成了最俊美的年輕男子。

她真的要繼續執行計畫嗎？她必須提醒自己，這與醫生或護理師處理人體的各個方面，包括器官、體液和功能，以拯救素不相識的人的生命沒什麼不同。她的動作會很快，未知的另一方應該不會感受到任何痛苦，而且對方正是在尋求這種匿名的交易，代表他是知情且自願參與的。我不是要做任何不道德或墮落的事情，她告訴自己。我只是想謀殺一個人而已。

上次來的時候，她有調查過男廁。當時她扮演一個氣喘吁吁、急著想上廁所的女子，「不小心」衝進男廁，並迅速確認那裡確實符合她的論文需求。

總共有四個隔間，多莉亞走進離門口最遠的那間。正如她上次來時所確認的那樣，在這個隔間和第三個隔間之間的牆上，大腿高度的位置有一個圓孔，類似薇斯塔·特里珀在麥克馬斯特學院給她看的那樣。

薇斯塔本人究竟是怎麼想到這個方法的，誰也不知道。但現在，舞臺和銀幕明星多莉亞·梅伊站在男廁的隔間裡，準備向酒吧裡一位不知名的顧客伸出援手……而這一切都要歸功於她接受了高等教育。

她把手伸進褲子口袋，取出一小瓶黑金油和一隻華麗的按摩師手套，一面是貂皮，另一面是仿麂皮。

她從胸前內袋裡取出一個淺罐子並旋開蓋子。

她聽到男廁門打開又關上的刺耳聲音。是有需求的客人嗎？她心想，同時感到擔憂、愚蠢和緊張。但她在好萊塢並不是沒有經驗的天真女孩；她曾為特定的選角導演、男主角，甚至還有一位女主角進行各式各樣的「背部按摩」——當然這裡沒有受害者，除了列昂·科斯塔之外（但願如此）。但萬一是刑警隊的臥底警察怎麼辦？那她究竟要怎麼解釋這個怎麼樣都不對的狀況呢？光是道德聯盟就會確保她以後再也不能拍電影了！

然後她想起來，這已經是她的未來了，如果她在這裡以及接下來的漫漫長夜有任何一個環節失敗的話，她將無法扭轉自己的命運。

僅僅幾分鐘後，任務就完成了，她匆匆走出洗手間並離開多莉溫斯洛酒吧，意識到很多人的目光都在她身上。她拐過轉角，走到她順手牽「車」的帕卡德，然後繼續往南開，前往托瑞松。列昂．科斯塔應該在鄉村俱樂部剛吃完晚餐，而俱樂部在酒吧以北一個多小時的車程。她已經搶得了先機。

她已經等不及要「剋死他」了。

第四十四章

大哉問#2：你有盡可能給目標贖罪的機會嗎？

那名金髮女郎穿的裙子採開衩設計，上半身則穿著一件黃色巴斯克衫，她的身材凹凸有致，已經快把上衣平行的黑色條紋撐歪了。對於那些相信自己有車就魅力大增的男性駕駛人來說，她彷彿變成了讓路標誌，讓他們忍不住減速或停車。當她在浪峰汽車旅館入口的附近等著穿過車水馬龍的高速公路，一輛路過的卡車在她前方不到兩百公尺處一邊劇烈震動一邊停了下來，展現了其氣動煞車器的效果有多好。駕駛讓引擎空轉著，期待金髮女郎在漸暗的天色中滿懷感激衝向他的車，但她卻一動也不動，駕駛只好倒車到她旁邊。

「我要到墨西哥的恩森那達。」駕駛大喊。「妳要去哪？」

「佛蒙特州。」她回答，連看都不看他一眼。

駕駛聳聳肩，卡車就搖搖晃晃開走了。她把閃閃發亮的包包從一邊的寬肩移到另外一邊，一輛龐帝克停了下來，駕駛開始跟她分享自己對車頭燈的想法，對此她只建議他把量油尺用在一個他可能從未想像過的地方。不到一分鐘就有兩輛車停下來，代表她的裝扮很成功。

車流暫時中斷，她終於穿越了全部四個車道，到達一條狹窄的上坡路，這條路從沿海高速公路分岔出來，通往她的目標的家。如果科斯塔在接下來的一小時內還是沒有來的話，她就得徒步上山，走到他的度假屋，假裝自己的車在主幹道上拋錨了，但她真的希望——一輛車頭特殊的跑車正在駛近。她伸出大拇指，拋出魚餌，目標立刻上鉤：矮小的列昂尼德．科斯塔坐在駕駛座上，問道：「妳需要搭便車嗎？」

金髮女郎站在路肩打量他。「我需要很多東西，你有嗎？」

列昂尼德．科斯塔每天都會看到不少想成名的年輕女星，對這個令人厭惡的男人來說，看到一個迷人的「免下車」餐館服務員時有一種似曾相識的感覺，後來才發現她上週有來試鏡過，這種狀況並不罕見，有時候對方甚至還有讀過一些台詞。雖然好萊塢聲名狼藉，但它其實並不大，他經常在選角時遇到好像曾經看過的人、在看毛片時發現面熟的臨時演員，或是在辦公桌上一疊八乘十的大頭照中看到隱約熟悉的面孔。

「我是在問妳是否需要搭便車。」他說。

她故意低頭看向自己那件鮮豔的上衣，反問道：「你覺得呢？」

科斯塔微笑道：「妳想去哪？」

「你能帶我去哪？」她立刻回答。科斯塔心想：不是編劇多蘿西．帕克，甚至不是記者多蘿西．吉爾蓋倫……但她那粗俗的玩笑話帶有一種令人愉悅的熟悉感，他的編劇們就是喜歡寫這種遊走在灰色地帶的台詞。事實上，她的舉止讓人想起《安貝爾．摩根回家了》的主角，她的外表也是如此：那件緊身條紋上衣和法國街頭妓女會穿的裙子幾乎跟小說的封面一模一樣，只是小說封面的上衣是鮮黃綠色的，這個女人的上衣則是淡黃色的。她的金髮也讓他沒有立即注意到兩者的相似之處，因為安貝爾的頭髮是火紅色的。但如果露西兒．鮑爾可以從黑髮變成金髮，再從金髮變成紅髮，那麼這個女人已經成功一半了。她看起來比他想像中的安貝爾還要年輕一些，而且他需要時間來培養她，建立知名度——他到底在想什麼？！他根本不知道她有沒有辦法帶入感情念台詞，他甚至不知道她是否識字。

「我是拍電影的。」他很樂於承認。「妳有演過戲嗎？」

「只有逢場作戲而已。」

如果她能自己寫台詞，誰還需要編劇呢？科斯塔心想。

她拍了拍張開的嘴，假裝打哈欠，說：「誰都能說自己是製片人。你搞不好是一個推銷員，花了一年的薪水買這樣的車，只為了讓我這樣的女孩留下深刻印象。你住哪？你的小金人呢？」

科斯塔打開副駕駛座的車門。「上車吧，我帶妳去看。」他說。她上了車，他便一路開上長長的阿庇亞道，最後抵達這條死胡同的終點，也就是懸崖小屋。

在懸崖小屋，他的客廳懸在太平洋上方，就像在無風的日子裡，齊柏林飛船的休息室一樣。科斯塔招呼安貝爾的潛在人選進門，但並沒有開燈。坐在他的環繞式沙發上，從寬大的窗戶望出去看不到下方的沿海山丘，只能看到昏暗的海洋一路延伸到地平線。但在大海與天空之間那條黑色的交界處，已經沉入地平線的太陽還是不服輸，試圖照亮最後一點天空，而寬闊的海面更是放大了僅存的一抹雲彩。科斯塔讓自然光成為唯一的光線來源，不僅營造出浪漫的氣氛，仁慈的黃昏更能掩蓋他那沒那麼好看的長相。他很懂得利用家中環境上演一齣浪漫的夜晚。

當她欣賞著越來越令人傷感的景色時，那個小個子男人走到曾經為《縱情瘋狂》的片場增色的時尚吧檯，他很高興芙蕾雅在離開前有留新鮮的冰塊給他。他還沒有問這位客人她叫什麼名字（這不怎麼重要，因為如果他要讓她成名，他就會替她選名字），也沒有問她想喝什麼，而是直接開始調製一壺毒刺雞尾酒，因為他覺得效果很好。他一邊從吧檯下面的架子拿出干邑白蘭地和白薄荷香甜酒，一邊說：「妳剛剛問我住哪，答案是霍姆比山……這裡只是我的度假屋而已。不過妳覺得這裡看起來像推銷員住的地方嗎？」

「不知道耶。」她說。「我從來不和推銷員一起回家。有幾間臥室？」

「夠我們用了，要選哪一間就看妳喜歡什麼顏色的床單。」

「乾淨的。」她說。「燙過和漿過的白色棉布，特別適合幹壞事。」她大步走到一張毛絨休閒椅，一屁股坐了下來，說：「你做出了相當大膽的假設呢。」

他用長玻璃棒攪拌調酒壺裡的內容物，並說：「妳接下來一小時的表現可能會大大改變妳的人生。」

「噢，我從來沒吃過人蔘。」她說。「我媽都不會給我吃那種東西，也沒錢讓我接受教育，只有教我要怎麼應對像你這樣的男人。」她伸長雙腿，把腳跟跨在沙髮腳凳上。科斯塔沿著她小腿的曲線往下看，發現她竟然穿著一雙明顯太大的涼鞋。

「這看起來不太像女生穿的鞋子耶。」他說。

「這不是我的鞋子。有個讓我搭便車的男人決定在一家汽車旅館為我舉辦一場自帶酒瓶的酒會，就在你發現我的地方附近。免費的酒不喝白不喝，但他砸太多錢在我身上了，所以我趁他去廁所時就趕快溜了。不幸的是，我的鞋子也在廁所裡，這是他的涼鞋。至少這樣一來，如果他要追我就必須赤腳或穿高跟鞋。」她把右腳的涼鞋掛在大腳趾上，繼續說：「所以我當時才準備走上山，希望能遇到一個開著閃亮跑車的騎士來英雄救美。」

科斯塔端著兩杯淡古銅色的雞尾酒穿過房間，並以莊嚴的態度將酒杯遞給她，好像他遞出的是合約一樣。某方面來說這也沒錯，不過要看她今晚在他面前還有之後在鏡頭前的表現。她接過雞尾酒，神色無奈，卻又不甘於自己的命運。「你知道嗎？有些人生來就相貌平平、身材普普，沒人會對他們有任何偏見。上帝決定給我一張注定會惹麻煩的臉，以及一個『船到橋頭自然直』的身材。過了一段時間，你就會決定，好吧，既然大家都覺得我是這樣，那我就不要讓他們失望好了。」比起怨恨，她的語氣更像是傷感，很適合當下的氛圍。「我曾經是個好女孩。我去上浸信會的主日學校，結果牧師和我調情，一直問我什麼時候滿十六歲。絕望之下，我皈依了天主教，但愚蠢的我卻向教區唯一一位異性戀神父懺悔。我頭腦還算不錯，我看過很多書，也有認真思考書中的內容。我試著看到所有人的優點，但人們在我身上卻只看到誰都可以享受的美好時光，這實在不太公平。」

雖然科斯塔性慾旺盛，但他從來沒有忘記工作的事。他心想，如果她能在大銀幕上傳遞出這種堅韌又脆弱的感覺，安貝爾的人選就有著落了。他要怎麼讓她出道？讓她演B級片，看觀眾喜不喜歡她？還是一部大片的一個關鍵場景？他舉起酒杯，說道：「這杯敬妳……妳叫什麼名字，親愛的？」

「托比。」她說。「托比．瓊斯。謝謝你問我。」

這名字絕對不行。「托比，妳現在正處於所謂人生的叉路。」他說。

「是多『差』的路？」她的語氣有些尖刻。她迅速喝了一小口酒，好像那是冰鎮的毒藥一樣。

「我是說我有一個電影角色想要給妳演，妳有機會在一夜之間成名。」

「喔，我想『一夜之間』是關鍵詞吧。好喔，所以你有一輛豪華的汽車和一間豪華的度假屋，你搞不好甚至有一座豪宅，但這都不能證明你是從事電影產業的。我遇過的男人每三個就有一個會說他可以讓我演戲，但到目前為止，最接近拍電影的傢伙是個角色扮演愛好者。」

「來我房間。」他說，並拿起兩人的雞尾酒，頭也不回就走了。

「真令人耳目一新。」她說。「你肯定對所有失貞的女人都這麼說吧。」她閉上眼睛片刻，以免不小心流露出憤怒的情緒。他沒有問她是哪裡人、以什麼為生、為什麼要搭便車……他顯然對她這個人沒有興趣，心裡只想著她在滿足私慾和工作方面的利用價值。她其實鬆了一口氣，因為這樣要執行下一步比較容易。

她跟著他爬上一小段樓梯，來到一個居高臨下的豪華套房，外面的海景一覽無遺；今天太陽已經下班了，窗景的一側可以看到黑漆漆的懸崖。房間裡有個溫暖的壁爐，由斑駁的棕色大理石雕刻而成，壁爐架上擺著兩座奧斯卡小金人。

「那些只是小獎。」他朝壁爐的方向揮了揮手，動作看似隨意，但其實是為了引起她的注意。「最佳短片和最佳動畫短片。更重要的奧斯卡獎在霍姆比山和我的辦公室。」

「這些是真的嗎？」她希望自己的反應表現出的是恰到好處的敬畏。

「如果是贗品的話，妳覺得我會選《咪咪貓貓》這部動畫片嗎？」

托比走向壁爐架左邊的獎盃，語氣中充滿崇敬，說道：「我的老天爺啊。我可以拿拿看嗎？」

「可以，但拿的時候要小心。還有如果妳是想偷走它的話，我醜話先說在前頭，我沒有把車鑰匙留在車子裡，我手邊有一把上膛的槍，而且奧斯卡小金人只是鍍金的。」

托比白眼都要翻到天邊去了。「拜託，你以為我會愚蠢到在你給我試鏡機會時偷你的東西嗎？你……」她坐在床的另一邊，手裡拿著閃閃發亮的獎盃，然後將其放在離她最近的床頭櫃上並盯著它，彷彿想要藉此下定決心。「……告訴我你想要什麼。」

他把西裝外套丟到床邊的休閒椅上，開始解襯衫的扣子。看來今晚的誘惑階段已經結束了，她連酒都還沒喝完呢。「我有一個特定的角色想要讓妳演，而今晚是一系列測試的第一項，妳應該盡力而為。妳的外表和舉止很適合演一個不輕易動感情的堅強角色。」他把襯衫放在西裝外套上。她一開始以為科斯塔有穿背心內衣，後來才發現他的胸前和背部長了濃密的雪白毛髮。「我需要知道妳也有熱情和……」──他思索了一下──「溫柔的一面。我不在乎是不是裝的，我只需要知道妳能呈現出來就好。光是讓我擁有妳還不夠，妳懂嗎？我需要妳讓我喜歡妳，讓我不僅僅是渴望妳，還要在乎妳。這是一項艱鉅的任務，妳做得到嗎？

妳能夠滿足我的要求嗎？」

她的表情變得溫和，下唇稍微突出，她用比剛才柔和的聲音低聲說：「我可以試試看。在成長的過程中，我經歷了許多艱苦的磨練，所以必須狠下心來，你懂嗎？或許別人會覺得我是個硬心腸的女人，但我只是一直在尋找一個願意花時間心力了解我的男人。為了那樣的人，我什麼都願意做。」她垂下眼簾，似乎有些尷尬。「我是說真的。」她說。

他非常喜歡她的回應，一點也不在乎是不是演的。如果是的話，那她已經是個實力不俗的演員了，如果不是的話，那她就是個天才。

「很好。」科斯塔點了點頭表示滿意。「非常好。」

她又回到先前粗魯的態度，說道：「嗯，但在開始之前，先幫我預約試鏡的時間。」

他噗哧笑了一聲，說：「現在快九點了耶。」

「如果你是製片廠老闆的話，他們會接你的電話的。」

科斯塔嘆了一口氣，但還是伸手去拿他那一側床頭櫃上的電話。負責處理預約的祕書應該在家，因為她要照顧母親而且沒有自己的生活，這是他雇用她的關鍵原因。托瑞松的這個區域還沒有撥號盤，他跟接線員說：「幫我轉接好萊塢五三一三的史丹利家。」

在等電話接通時，托比繼續討價還價：「你必須讓我聽到電話另一頭的人的聲音，這樣我才知道你真的有打。」

科斯塔看了她一眼，但還是讓她坐在他旁邊的床上，並傾斜聽筒，讓她可以聽到瑪莎的回應。「瑪莎，我是科斯塔。我想在週一下午四點進行試鏡，名字是托比……？」他帶著詢問的目光望著她。

「瓊斯。」她提醒他。她三分鐘前才告訴他，但這個名字很難記。

「……瓊斯。叫惠蘭拍，我也會出席。把試鏡排進我的行事曆。」

他傾斜聽筒，讓托比聽瑪莎的回答：「好的，科斯塔先生，托比．瓊斯，週一下午四點，沒問題。祝您晚上愉快——」最後一句話似乎有言外之意。這並不是科斯塔第一次這麼晚預約試鏡，往往到了週六下午，他又會打電話取消。

科斯塔掛了電話，問道：「滿意了嗎？」她顯然很滿意，因為這通電話完美達成了她的目的。科斯塔站了起來，並解開皮帶扣，說道：「那就來看看妳有沒有得獎的實力吧。」

「我可以在首次登台前先發表得獎感言嗎？」她撇起嘴，用俏皮的語氣問道。

至少這個女人是有幽默感的，科斯塔心想。這是無庸置疑的，因為多莉亞．梅伊偷偷開了個小玩笑，她為了這個身材矮小的製片廠老闆特別從壁爐架上拿走了最佳短片獎的獎盃。現在，她把獎盃輕輕抱在懷裡，對想像中的觀眾致詞。「我要感謝一個人給我這麼棒的機會，要不是因為這個男人，我今天也不會站在這裡。」

如果她想證明自己是一名優秀的演員，此時此刻，在她給目標最後一次撤銷死刑的機會時，她能夠成功隱藏顫抖的雙手和狂跳不已的心臟就是最好的證明。

科斯塔怕她看到自己「猿形畢露」就會瞬間沒了心情，便趁她還願意配合時趕緊脫掉褲子。匆忙之中，他差點把床頭櫃上的電話、水瓶和白鑞藥盒撞到地上。

她把獎盃放在床尾，並解開條紋毛衣後面的扣子。毛衣連同她大部分的肩膀一起落到地上，露出了一件雙肩帶子彈胸罩，其懸臂結構堪稱工程設計的壯舉。她帶著自豪的微笑，解開內衣的八個背鉤，然後動動肩膀讓內衣掉到地上。看到她那海綿般的乳房從胸口脫落時，科斯塔先是倍感震驚，後來憤怒不已。她的手又一揮，把頭上的金色假髮扯了下來，雖然她的妝容仍然掩蓋了她真正的相貌，但她的聲音和姿態毫無疑問就是那個女人。

「現在你願意承認應該由我來演安貝爾了嗎？」多莉亞懇求道。她從未感到如此坦率和脆弱，尤其是她現在和科斯塔袒裎相見，她那經常被稱讚的胸部就直接裸露出來給他看。她證明了自己可以完美詮釋安貝爾．摩根，以至於他甚至考慮要讓一個沒有演過戲的老練搭便車女郎來飾演這個角色。他只要說「好」就好了，從很多方面來看，這對他們兩人來說都是正確答案。

科斯塔的選角天賦黯然失色，「性致」也沒了，看著她的眼神就跟X光機一樣冰冷。

「嚄嚄。」他學豬叫，這是他人生中最大也是最後一次的誤判。

對多莉亞來說，這作為他的遺言再適合不過了。但他卻轉過身去，伸手拿電話，說道：「我要叫計——」作為退場台詞或得獎感言來說都不怎麼樣。獎盃底座命中他的頭蓋骨時，他當場就死亡了。即使到了最後，當她準備饒過他，他的行為還是證明了自己無可救藥。科斯塔獲得這一記奧斯卡，確實是當之無愧的。

第四十五章

大哉問#1：這場謀殺是必要之舉嗎？

在你的人生中，你或許曾經有過一、兩次經驗，醒來後突然意識到接下來這一天可能會改變你的人生。這天早上，克里弗．艾佛森醒來時，確信某人的生命將在這一天畫下句點……但結束的究竟是菲德勒還是他自己的生命仍不得而知。與大多數麥克馬斯特學院的學生不同，他已經失敗過一次，他的論文也沒有提供第三次嘗試的機會。就像西部街頭的槍戰決鬥一樣，他和菲德勒只有其中一人能夠活著離開……除非雙方同歸於盡。

接近傍晚時，他以盧迪斯．蘭卡的身分和偽裝，趁老闆在後面的房間工作時，最後一次離開小鹿街花店。克里弗從冷藏展示架上拿了一個很高的大型插花擺飾，並在收銀台上留下了足以支付其費用的現金。他的車停在三個街區外，在走到那裡的路上，女性看到他和他手裡的鮮花都會露出微笑，心裡可能在猜想這些花是為了慶生、為了送給母親還是為了求婚。克里弗懷疑她們恐怕不會想到「這束花是要送給他要謀殺的人！」

後座有一個打開的厚紙板搬運箱，裡面裝了莉莉安娜．霍瓦斯給他的那瓶利口酒，以及一只跟便攜式電唱機一樣大的小木箱。他把花瓶放在紙箱內，然後開車到華頓工業總部。

當他在華頓工業的送貨入口跟警衛打招呼，他的臉不僅因為亂蓬蓬的鬍鬚變得完全認不出來，還被箱子裡的插花擺飾遮住。他在最近的測試中確認，入口仍在六點準時關閉，而現在是週五的五點四十九分。他一邊比手畫腳，一邊用不流利的英語告訴警衛，自己必須把花放在辦公室窗戶旁邊、噴水並施肥，因為這些花週末將無人照顧。時間這麼晚了，他知道警衛急著下班去過週末，所以會建議他從大廳的出入口離開。這正符合克里弗的計畫，這樣就不會有人注意到他在十四樓待了多久……而等到他終於離開大樓時，就不會是以盧迪斯・蘭卡的偽裝離開了。

「如果」他成功離開大樓的話。

克里弗搭貨梯到達十四樓，繞過幾條走廊，來到寫著「華頓工業—行政部門」的雙開玻璃門前。除非菲德勒決定留在辦公室，直到約定的晚上八點，克里弗或許可以獨享整個空間。根據他以前在這裡深夜加班的經驗，他知道夜間守衛十點才會來巡視。

正如他在幾週前進行勘察所證實的那樣，複印室中仍然有一個小櫥櫃，還有整齊堆疊的咖啡杯和一個電動滲透咖啡壺。他擺弄了一下電動酒精複印機，偷拿了一個咖啡杯，然後從布告欄上取下菲德勒的每週勵志備忘錄，上面有他用鮮豔的苯胺紫色簽的名字。他把這些東西放進搬運箱裡，然後直接走向菲德勒的辦公室套房，因為他在預演彩排時已經確認梅格・基根還是有在她的辦公桌放一把備用鑰匙。（菲德勒曾經被一位女會計師鎖在辦公室外面，因為他在男歡女愛的時刻不小心用前任會計師的名字稱呼她。）但當克里弗輕輕轉動門把，他很高興地發現門並沒有從裡面鎖上。

當然，如果有人留在辦公室，他送的花就可以解釋他來到這裡的理由，而不斷擺弄插花擺飾，包括調整位置、澆水、施肥，可以讓他一直待到晚下班的人都離開為止。菲德勒一定會想要保密他和「好冰友」之間的任何交易，因此可以指望他會指示所有加班的員工趕快下班去過週末。萬一克里弗走進辦公室時，菲德勒剛好在的話，那就代表他們的對決將提前開始。但克里弗的推測是對的，整層樓現在只有他一個人。華頓工業的清潔人員總是在週五和週六晚上休息，週日晚上才會來打掃辦公室，準備迎接新的工作週。

克里弗非常清楚，他提議在菲德勒的工作地點刪除他，完全違背了麥克馬斯特學院的準則。但菲德勒的私人辦公室實際上也是他的單身套房，因此克里弗成功說服院長允許他直搗黃龍，與前老闆正面對決。

他脫掉工作服，裡面穿了一件黑色襯衫和長褲，接著一口氣把盧迪斯．蘭卡凌亂的頭髮連同假髮膠帶一起取下。從麥克馬斯特學院回來後，他決定光頭會是最有效的偽裝，至少對菲德勒來說是如此，因為他在華頓工業工作時還有一頭濃密的頭髮，而很少有年輕人會在短短一、兩年內就完全禿頭。剃光頭也讓他更好使用最近幾週用到的幾副假髮，而且就算假髮滑落，旁人也能馬上理解他為什麼戴假髮：當然是因為他沒頭髮啊！

黑色衣服加上亂蓬蓬的鬍鬚、黑框太陽眼鏡和平滑發亮的頭皮，無疑會使他的外表偏向「有威脅性」，菲德勒絕對不會用這樣的詞來形容克里弗．艾佛森。但他不需要欺騙目標太久，因為他希望菲德勒在論文結束之前知道他的真實身分。

坐在菲德勒的辦公桌後面真的很爽快，但他只能享受片刻。接下來他將面臨巨大的風險，以至於哈洛院長當時不太願意批准計畫的最後一步。克里弗可以理解為何他的指導教授會持保留態度，但他解釋道，這是唯一能讓他有機會重拾昔日生活並且問心無愧的殘局……如果他成功的話。危險之處在於他必須盲目相信自己對菲德勒性格的理解，兩人的命運將取決於他的評估有多準確。

克里弗從厚紙板搬運箱裡拿出一大捲手術紗布。他可以在六分鐘內包紮好雙手，而且現在還不到六點三十分，但他覺得最好早點做好準備，以免目標提早回來。

♠

晚餐吃了倫敦烤肉和炸馬鈴薯佐洋蔥後，梅里爾．菲德勒回到華頓大樓，他還要求黑麥威士忌酒的基酒加倍，好讓他在面對好冰友時可以維持趾高氣揚的姿態。他的賽馬獎金半毛錢都沒帶，既然好冰友蠢到在信裡寫「如果您拒絕分享獎金的話，那就是我的判斷失誤」，那只能說是那個白痴自作自受。那六張賭輸的彩票害他浪費了時間，自尊心受損，或許跟莎莉．杜根也沒機會了，所以他不會為他所做的決定道歉。他要搬出「現實佔有，九勝一敗」和「贏者全拿」等道理，這樣就到此為止了。

菲德勒問大廳的警衛，過去十五分鐘內有沒有陌生人進入大樓，對方畢恭畢敬地回答：「沒有，菲德勒先生。」因此，當他發現已經有一名光頭男子在昏暗的辦公室裡，他著實嚇了一跳。那個男人從頭到腳都穿全黑，還把穿著黑色帆布鞋的雙腳——去他的！——跨在菲德勒的辦公桌上，好像這是他家一樣。

入侵者敏捷的身軀、光頭和亂蓬蓬的鬍鬚讓他看起來像一個只要裁判分心就會作弊的表演摔角手。雖然入侵者的雙手手腕以下都包著紗布，但他像拿著玻璃杯一樣拿著一個辦公室咖啡杯，無視菲德勒辦公桌上的皮革杯墊，直接把杯子放在桌上。他招招手，用友好的態度拉長音道：「你好啊，我的朋友，拉張椅子坐吧，別客氣。」

看到他桌上擺著一盆高大的插花擺飾，旁邊是一個利口酒矮瓶，上面貼著「Zwack Unicum」這個奇怪的標籤，還有一個帶有電木提把的小木箱，菲德勒感到驚訝不已。他一頭霧水且滿腔怒火，如果他曾經救過這個人的命，那肯定是無心之舉，看到對方沒有經過他的同意，就把自己的辦公桌據為己有，他現在也後悔了。

但菲德勒很謹慎：錢先拿到手，再把乞丐趕出去。於是他在訪客的座位坐了下來，面對著坐在自己辦公桌前的陌生人。

「你就是『好冰友』吧？」他沒有掩飾語氣中的不快。克里弗緩緩點頭，很高興菲德勒沒有立即認出他的真實身分。當然，室內唯一的光源是角落的一盞立燈也有助於掩蓋他的身分。菲德勒朝好冰友的雙手點點頭，問道：「你的手是怎麼回事？」

好冰友勉強擠出一絲扭曲的笑容，他那優雅圓滑的說話方式有一部分要歸功於麥克馬斯特學院的平克尼醫生。「賽馬場有幾個工作人員與我的手熱烈討論爐子外部的溫度可以達到幾度，不測試的話就弄斷我的指關節，我很感激他們給我選擇權。」

「所以你選擇優勝者的方法已經沒用了？」菲德勒問道。他只在乎好冰友的傷會如何影響他的自身利益。

「遺憾的是，我們得休息一段時間，至少要等我的手痊癒。」

「在我們等待那一天的同時，不如你先離開我的位子，按照承諾把錢給我怎麼樣？」在菲德勒看來，他所獲得的意外之財都是他應得的，現在對方應該要補償他最近損失的獎金，雖然他自己既沒有下注，也沒有損失一分錢。

「當然，這正是我來這裡的原因。」好冰友立刻答應，態度相當友善。「如果可以麻煩你打出收據的話，這筆錢馬上就是你的了。」他把腳從桌子上放下來，打開木箱的蓋子，裡面是一台雷明頓牌可攜式打字機，大概只有十五公分高，裡面已經裝了一張紙。

「你說『收據』是什麼意思？」菲德勒立刻起了戒心。

好冰友用恭敬的態度回答：「菲德勒先生，不瞞你說，我的妻子即將對我提起離婚訴訟，我寧願破產也不想看到她得到我辛苦賺來的錢。所以我這段時間都在還債，包括金錢上還有人情上的，就你的情況來說，我要還的人情是你的救命之恩。」

「所以我到底是什麼時候救了你一命的？」菲德勒問道。其實就算沒有理由，菲德勒也會欣然接受這個男人的獎金，但他有點好奇自己究竟是做了什麼高尚的行為。

「我待會再來喚起你的記憶。」對方回答，接著壓低聲音，傾訴道：「事實是，如果我的妻子得知我在賽馬場贏了錢，她可能會主張那是夫妻共同財產。我寧願把錢給你，而我也相信品德高尚的你會在離婚程序結束後與我平分獎金。所以我才需要收據，只要打：已收到賭債的全額付款，金額為……」

他說出的五位數金額立刻大幅降低這位行政主管的警戒心。「有道理。」菲德勒輕描淡寫道。「所以我們要把我的獎金稱為賭債嗎？」

「對，而這也算是事實，如果你願意」——他拿出一枚很大的硬幣，將其推向菲德勒——「擲硬幣，然後選正面還是反面。」

菲德勒看起來半信半疑，但反正不管叫什麼都一樣是錢。他拿起硬幣並將其拋到空中。「正面。」他說。硬幣落在桌上，是老鷹朝上。

「三戰兩勝如何？」好冰友用狡黠的語氣問道。菲德勒還是選正面，這次自由女神很給面子，連續兩次都朝上。好冰友用一隻纏著繃帶的手把硬幣滑回他那一側，說道：「雖然試了幾次，但你在一場機率遊戲中打敗了我，贏得光明正大，可以進行測謊來證明。好了，現在你只要把收據打出來——」

「我不會打字，我有員工幫我打。」菲德勒說道。

「你會一指神功吧？」好冰友舉起他那纏著繃帶的雙手，說道：「我顯然沒辦法。」俗話說：「餽贈之馬，勿看牙口。」但菲德勒就是那種不但會把馬的嘴掰開，還會仔細數牙齒的人。「但為什麼不用寫的，要用打的……而且明明辦公室有其他更好的打字機，為什麼要用你帶來的？」他問道。

「因為我可以把這台可攜式打字機丟進乞沙比克灣，但我不能亂丟華頓工業的打字機，因為你的員工會發現。至於為什麼要用打的，這張收據是為了保護我們兩個，如果是用手寫的就做不到了——」好冰友快沒耐心了。「聽著，我已經幫你賺一筆錢了，把收據打出來，我會解釋要怎麼做。如果你不喜歡我的計畫，就不要簽名就好，對吧？」

「那倒是。」菲德勒承認道。他已經超過十年沒用打字機了，所以花了一段時間，但最後還是完成了這件有損尊嚴的事情。

接著，好冰友拿出他從布告欄上取下的備忘錄，說道：「這張有你簽名的便條紙貼在大樓各處，任何人都能拿到手。所以不要直接徒手簽名，而是把收據疊在備忘錄上面，仔細描摹自己的簽名。」

菲德勒難掩好奇心，問道：「意義何在？」

好冰友微笑道：「沒有人會用一模一樣的方式簽兩次名，這是不言而喻的，對吧？假如哪一天你想證明這張收據是假的，你只要請隨便一個專家比較這張收據和這份備忘錄上的簽名就好了。看到兩者幾乎一模一樣，警方一定會覺得是偽造的。所以如果我的妻子跟我要獎金，我有這張收據可以證明你贏走了我的錢。但是萬一哪天我用對你不利的方式使用這張收據，你就可以給警察或是任何其他人看你在備忘錄上的簽名，來證明這是偽造的。一舉兩得，不錯吧？所以我們才要用打的，如果徒手寫是行不通的。」

菲德勒明白其中的邏輯，但他生性謹慎多疑，可不會輕易上當。「不要，我不喜歡這個計畫。」他斷然拒絕。「我覺得你是想把這張收據給燙傷你的手的人看，然後他們就會來找我要錢。門都沒有。」他把收據從打字機抽出來，揉成一顆球，然後丟進辦公桌旁邊的廢紙簍，說道：「現在我想知道我到底是什麼時候救了你的命。」

好冰友一臉無奈，把打字機放回盒子裡，說道：「有一次你在紐約的地鐵站，在列車進站時差點被推下月臺，你就是在那天救了我的命。」

菲德勒頓時愣住了，感到不知所措。好冰友的語氣平淡，說出來的話卻像電熨斗一樣灼熱……他到底是怎麼知道那件事的？菲德勒期待可以拿到這筆賽馬場的非法基金以備不時之需，卻出現了奇怪的轉折。「那我……是做了什麼救了你一命？」他問道。

好冰友關上打字機外盒，回答：「你沒死。如果你死了，我可能就得去坐電椅了。」

菲德勒不知道該攻擊這個陌生人，還是跑向電梯走為上策。「你就是那個推我的傢伙？」

克里弗還記得自己在紐約那個奇怪的早晨所說的話，因為他是字斟句酌後才說出口的。他不再用南方口音，而是用原本的聲音引用自己的話：「有一天，我希望你能明白，你讓多少好人對上班感到恐懼。你也很樂意管監獄或醫院，對你來說根本沒差，因為你只要當老大就夠了。」

現在他終於知道自己在跟誰打交道了，克里弗心想。

結果，他根本沒認出他來。

「你最好告訴我你到底是什麼人。」菲德勒要求。

看到自己完全沒被對方放在眼裡，克里弗大為震驚。「是我啊，菲德勒，克里弗·艾佛森。」他摘下墨鏡，語帶厭煩道。「我在這裡工作了幾年，記得嗎？」

菲德勒鬆了一口氣。他原本以為對方是個精神錯亂的入侵者，但艾佛森一點也不讓他害怕。「在月臺上推我的就是你嗎？我要報警把你抓起來。」他說。

「你得先找到證據，而且所有痕跡都被完美掩蓋了，雖然不是我的功勞。」

「還有『好冰友』這一齣……如果是惡作劇的話，你要付出的代價很高昂，因為我拿到的獎金一分錢都不會分你，而且既然你浪費了我這麼多時間，你承諾我的獎金一分錢都不能少。我來這裡的唯一一個原因就是要拿到這筆錢。」

克里弗恐怕難以苟同。「不對，你來這裡是為了對你對蔻拉和傑克所做的事情負責，搞不好你早就忘記了。為了要確保你記住他們，我們要為他們乾杯。」他伸手去拿放在菲德勒桌上那瓶奇怪的利口酒，「啵」的一聲拔出瓶塞，聲音十分悅耳。「教授慶祝計畫結束時都會喝烏尼昆草藥酒，所以今天喝非常合適。但我得提醒你，第一次喝可能會不太習慣。」

「老兄，我才不會喝你倒給我的任何東西呢。」菲德勒哼了一聲說。「畢竟你已經試圖殺死我一次了。說不定那瓶酒已經被下藥或下毒了。」

「喔，別傻了，這東西是無害的，雖然很多人都覺得味道怪怪的。」他往咖啡杯裡倒了一大口，然後一口氣把利口酒喝下肚，說道：「看吧？你的痛苦都還沒開始，我幹嘛殺了你？從你的吧檯挑兩個有男子氣概的酒杯吧。在我們倆都為他們乾杯之前，你是拿不到錢的。」

對菲德勒來說，現在這筆錢既是利益問題，也是原則問題。他一把抓起酒瓶，說道：「那這個我拿著，以免你偷偷把什麼東西倒進去。」

「沒問題。」克里弗說道。「酒杯你選，酒也你倒，一切都掌握在你手中。」

菲德勒從辦公室吧檯選了兩個不透明的綠色King's Crown酒杯，拿到辦公桌後將暗金色的液體倒進酒杯裡，然後把其中一杯推向克里弗，同時警戒著他的一舉一動。

克里弗拿起酒杯，說道：「梅里爾，這是我唯一的要求。敬一杯酒，敬那些你擊垮或貶低的人心、那些你毀掉或危害的人生……更不用說你為了討好華頓工業董事會而罔顧其生命安全的W-10乘客。」他停頓了一下，看著菲德勒的雙眼，繼續說：「還有蔻拉。」

「她是自殺的，那是她的決定。」

克里弗很努力控制自己的情緒，說道：「自殺一定是一種選擇嗎……還是一個人可以讓他人感到如此孤獨和羞愧，到了別無選擇的地步？你讓蔻拉相信結束自己的生命是最不會痛苦的選擇……」他擠出一絲微笑，繼續說下去，好像在閒聊一樣：「我希望你很快就會有同樣的感覺。是這樣的，這段時間，我一直很努力要讓你陷入可能會導致你今晚考慮自殺的糟糕處境。」

他從口袋裡翻找出一個上面有骷髏圖的不透明藥瓶，耐心解釋道：「這是翠雀鹼，是一種來自毛茛科翠雀屬的有毒生物鹼。聽說它能幫助你順利過渡到另一個世界：血壓迅速下降、心跳過緩，然後你就上路了。進入亢奮狀態後很快就會失去意識，不會有任何痛苦。總而言之，這算是很仁慈的退場方式。」他把軟木塞小瓶子推到兩人杯子之間的位置，說道：「我支持你做出正確的決定，就像一位英國軍官遞給一位名譽掃地的士兵一把書房鑰匙，同時告訴他辦公桌右邊的抽屜裡有一把左輪手槍。」

菲德勒看起來似乎恨不得想撲向克里弗，但他只是微微點頭，一邊打量對手，就像經驗豐富的重量級拳擊手不會在第一回合馬上進攻一樣。

克里弗很有把握以自己的實力可以和菲德勒匹敵，尤其是經過麥克馬斯特學院的訓練之後。儘管如此，這似乎是投下震撼彈，讓對手慌了手腳的好時機。「梅里爾，我來說明你會面臨什麼樣的問題吧。」他解釋道。「明天，我會寄一份報告到紐約給德特里克．華頓，透露你為了償還賭債，把機密設計圖賣給了空前工業的艾迪．奧德曼。」

聽到如此荒謬的說法，菲德勒忍不住笑了出來。「那我又是賣了什麼設計圖呢？」

「我在這裡工作時，你要我畫的W-10設計圖的副本。」

菲德勒伸手去拿桌上的菸盒，說道：「我根本沒有要你做過那種事，我手上也從來沒有什麼設計圖副本。」

「艾迪．奧德曼在空前工業的一位同事看到你把車子停在離你家好幾公里遠的植物園，只為了把一份報紙丟進垃圾桶裡。」

「我明明就有從垃圾桶拿出一個甘草糖盒……就是那些彩票。」

「糖果盒太小了，他沒看到，但他肯定有看到你的車牌號碼並拍照，還有拍你的車，以及你把報紙丟進垃圾桶的瞬間。」

「那是為了掩飾拿糖果盒的動作，而且那是你的指示耶。」

「我們當初是講電話，沒有我說過這句話的紀錄。你把報紙丟進垃圾桶後不久，奧德曼就從中取出一份外地的報紙，內含只有這間辦公室才有的飛機設計圖。後來，奧德曼在魯古姆碼頭拿到剩下的設計圖，不到一小時後，你就出現在納格斯海德附近的保齡球館，距離你的生活圈有好幾百公里。但你一局都沒玩，只有把手伸進一個保齡球袋，而那個袋子是一個穿著笨拙偽裝的男人——姑且叫他顯眼先生吧——寄放在保齡球館的，他答應老闆只要替他保管袋子一段時間就給他五十美元。顯眼先生離開後，過了剛好夠你脫下拙劣偽裝的時間，你就出現了，並跟他要那個保齡球袋。你檢查了袋子裡的內容物，過了不久之後，顯眼先生回來領回袋子，並給老闆一張五十美元的支票，而那張支票是從你的個人帳戶簽發的，上面還有你的簽名。」

「你竟然偽造我的簽名？」

他那偽善的憤怒讓克里弗覺得很有趣。「沒有啊，那真的是來自你個人帳戶的支票，上面有你本人的簽名，是貨真價實的喔。」他停頓了一下，幾乎可以聽到菲德勒大腦中的齒輪開始轉動──那是哪一張支票？是什麼時候……？──克里弗又繼續說道：「顯眼先生前天又出現在你的銀行，試圖把三千三百三十三美元存入你的帳戶，這正是你向艾迪．奧德曼索取的金額。後來，顯眼先生一怒之下，帶著錢憤而離去。可悲的是，他留下了你在保齡球袋裡找到的公事包，鎖扣和提把上都是你的指紋，公事包上還貼了一段膠帶，底下刻了『M.F.』字樣。我相信銀行認為你或你的同夥試圖在喬裝打扮的情況下把錢存入你的帳戶。對了，雖然很難在紙鈔上留下指紋，但你剛才擲的銀幣上印有你的拇指和食指指紋，這是你跟空前工業要的三枚銀元之一。」他指著桌上那枚一九三五年的和平銀元，說道：「當我把這枚硬幣跟剩下的三千三百三十二美元放在一起，它就能把那些現金和 W-10 設計圖跟你聯繫在一起，還有公事包上的指紋、保齡球館老闆弗蘭基的證詞、你給他的親簽支票，以及奧德曼他們在植物園拍下的照片。」

菲德勒回想起過去艾佛森在專案的規劃階段往往就能發揮自己身為設計師的強項，而這一切聽起來都經過了有條不紊的巧妙設計。但他們的角色並沒有改變，他是艾佛森的上司，而員工有責任說服老闆。「那你告訴我為什麼一個薪水很高的高階管理人員要做這種事。」他說。

克里弗傾身越過桌面，傾訴道：「因為你賭上癮了。你喜歡賭馬，自以為有一套不會輸的方法，你老是大肆炫耀自己的勝利，成了付款窗口不受歡迎的熟面孔。後來你開始大輸錢，莎莉．杜根和賽馬場的櫃員應該會津津樂道那一天，你因為妄想自己是無敵的，確信六張賠率高的彩票都是贏家，還試圖拿去兌現。」

「明明只發生過一次而已！」菲德勒喊道。

「梅里爾，你能證明自己輸了多少次嗎？賽馬場的大看臺上到處都是輸掉的彩票。我們之所以會知道你那次輸慘了是因為你妄想那些都是勝利彩票。我們怎麼知道你沒有一直輸，只是偶爾贏的時候都會沾沾自喜？也有那種沉迷輪盤的賭徒每次都會同時下注紅色和黑色，因為他們一定要贏……直到珠子落在零號為止。」

菲德勒哼了一聲，並朝克里弗手上的繃帶點點頭，說：「試圖在賽馬場作弊而導致雙手被燙傷的人是你耶。」所以菲德勒還沒意識到纏繃帶只是為了避免留下指紋，克里弗心想，因此信心大增。「只有你這種輸家才會賭博。」

「你不賭博嗎？」克里弗裝出困惑的表情，問道。「你的警衛瑞奇每天早上八點半看到你在大廳的公共電話接電話，這樣你的賭注登記人就不會知道你的家裡電話和地址。同一名警衛也聽到你對著電話大吼：『這次的全都是輸家！我損失的可多著呢！我說，你會得到你應得的！』你的賭注登記人還告訴瑞奇，你欠他三千三百三十三美元，並威脅要打斷你的手。」

菲德勒氣勢洶洶地站了起來，威脅道：「我會讓你去坐牢。」

「我犯了什麼罪呢，梅里爾？把我合法下注所贏得的獎金送給你嗎？還是利用我身為繪圖員的專業來揭露你忽視的W-10致命的設計缺陷？」

「你拿了空前工業的錢。」

克里弗用笨拙的動作從口袋裡掏出一個錢包，給他看裡面厚厚一疊的百元鈔，說道：「我一分錢都還沒花呢。奧德曼告訴我，他們會說這筆錢是預付給我的，用來當我作為告發者的法律辯護基金。」

「你冒充了我。」

「我從來沒有跟任何人說我是你，我發誓。」克里弗向他保證。「順帶一提，我這段時間人都在加拿大，現在也還在那裡。自從你上次見到我以來，我有了願意支持我的新上司，根本無從涉入你深陷的麻煩，老闆。」

菲德勒開始感覺自己像一頭一歲大的閹公牛，被攔牛馬一步步與牛群隔離開來。他坐在自己桌子的另一側，客人低矮的椅子上，看到夜空布滿了層雲，艾佛森身後的高大窗戶看起來宛如黑瑪瑙。他的辦公室逐漸變成了一座豪華的監獄。但菲德勒在人生中取得的成就絕非偶然，他沒什麼同情心，但卻狡猾得很。

「好了，時間到了。」他說，好像他要結束面試，再次掌控局勢一樣。「你想要我重新僱用你嗎？」

克里弗笑了，而且是發自內心覺得有趣，完全不帶有任何憤恨。「我的天啊，你又要當我的老闆？你真幽默。」他思考了一下要怎麼表達，然後說：「呃，不，你不需要為我做任何事。你就……回家吧。」菲德勒看著他，一臉不解的樣子。「我說真的，或是你要去哪都可以。接下來的發展不是由我決定的，重點在於德特里克．華頓和董事會想要逮捕你或是單純解僱你。對你來說，好消息是他們可能不想公開華頓工業差點就要出售致命的機型，所以可能會讓你在沒有退休金的前提下辭職。但是消息會傳出去，我會確保這點，這個行業就再也不會有人雇用你了。」

克里弗起身，好像這次見面差不多要畫下句點了，說道：「但如果他們提告，你恐怕涉嫌重大盜竊，而且由於一些W-10預計將供政府使用，你可能還會面臨聯邦政府指控。坐牢之後，你頂多只能在車牌工場當工頭，不過在監獄裡，你的下屬可能會用不同的方式表達他們對你的恨意。」

菲德勒評估新資訊的速度總是很慢，而且他必須在幾分鐘內處理大量訊息，但他卻緩緩露出幾乎可說是平靜的笑容，讓克里弗倍感驚訝。

「那張五十美元現金支票……就是你說有我親筆簽名的那張，我想你犯了一個錯誤。」菲德勒察覺到克里弗臉上略過一絲不安，繼續說道：「我會極力避免開出隨便哪個阿貓阿狗都能使用的現金支票。近幾年我只開了一張五十美元的支票，是給霍瓦斯的遺孀的，叫露露還是什麼的，我不記得她的名字，所以才開現金支票。」

菲德勒伸了個懶腰，令人擔憂的是，他看起來很放鬆，一點也不像插在展翅板上的帝王斑蝶。拜他的掠食者天性所賜，他可以在對決時發現對手的致命弱點，而他很高興自己抓到了克里弗的破綻。「我可以指控她是你的同夥，把她拉下水。她又老又孤獨，一連串的指控、審問和恐懼可能會讓她活不下去。」

看到花了好幾個月精心策劃的心血變得毫無意義，克里弗試圖掩飾內心的沮喪，菲德勒十分享受眼前這一幕。

「和你對決，我永遠都會處於下風，對吧？」克里弗說道。他盯著漆黑的窗外，想著一切的努力都是徒勞無功。「因為你不在乎誰受到傷害。過去幾週努力的成果，卻因為一個愚蠢的錯誤……」他用纏著繃帶的右手掌跟猛擊桌面。「所以你從個人帳戶開現金支票時，都會記錄是要給誰的嗎？」

「我的祕書會做紀錄。」菲德勒非常樂意回答。「告訴我吧，當警察問霍瓦斯的遺孀，除非你們兩個打算聯手陷害我，不然她為什麼要把我那張微不足道的支票給你，會發生什麼事呢？」

克里弗低聲咒罵了一聲，突然之間，他的虛張聲勢就像從疏通的排水管流逝的積水一樣消失殆盡。但作為一名飛機設計師，就算唯一的選擇令人難以接受，他也從來不會磨蹭。「我不能讓莉莉安娜再受更多苦了。」他說。

「對啊，她已經夠可憐了。」菲德勒難得表現出善良的一面。「但你要受的苦可多著呢。」不知為何，克里弗的心情竟然變好了。「不過話說回來，我也不是沒有預料到這一點，這就是接受高等教育的優勢。」語畢，他便取下貼在打字機外盒內部的公文信封，並從中取出兩張美式法定紙大小的紙張。

「那是什麼？」菲德勒問道。

克里弗把紙張抱在胸前，就像一位嚴厲的校長要給一個不值得信任的學生進行最後一次補考一樣。「這個嗎？這是你的出路。」他說。

「你在說什麼鬼話？等我跟你算完帳，你還能離開這裡就該偷笑了。」菲德勒說道。

「噢，我們兩個都會離開這棟大樓。」克里弗向他保證。「唯一的問題是我們之中誰會自己走出去，誰會被抬出去。」他把紙張遞給菲德勒，面帶和藹的笑容，說道：「我非常想知道你的立場。」

第四十六章

道布森法則第三條：製造恥辱

被科斯塔學豬叫的遺言「嚄嚄」再次貶低後，多莉亞在麥克馬斯特學院培養的超然態度和沉著作風瞬間消失，她怒吼了一聲，將奧斯卡小金人打向他的後腦杓，一擊送那隻可惡的猩猩上西天。以麥克馬斯特學院的標準來看，這是一個令人不快的行為，學院永遠不會正式認可學生被情緒沖昏頭而盲目行事，但這無疑增加了她揮棒的殺傷力。

多莉亞還可以將自己的一擊必殺歸功於她在棒球打擊練習場的日常訓練。她在麥克馬斯特學院的運動場上成功練就了短而有力的揮棒技巧，因為她從一開始就知道自己必須一擊就達成目標。一想到如果只有把他打得頭暈眼花，就要看著他像一隻半死不活的蜘蛛一樣爬來爬去，還要一次又一次地打他，她就覺得反感，雖然她知道由他扮演蜘蛛，自己則是展開復仇的豬，正好呼應了他要她配音的動畫電影。幸運的是，她所使用的奧斯卡小金人不是戰時製作的，當時由於金屬短缺，小雕像改為用塗金的灰泥製成。這座獎盃重達四公斤，她緊緊握住小金人的軀幹，讓獎盃的底座成了真正「傑出」的鈍器，被奧斯卡小金人送上路的榮耀，大概僅次於被諾貝爾和平獎獎盃打死吧。

在像《玩偶之家》的娜拉一樣認真做了準備後，她終於完成了刪除計畫。她回到客廳，從包包裡拿出一雙橡膠手套和一瓶百分之九十一的消毒用酒精（麥克馬斯特學院的首選溶劑，因為它具有消毒傷口、去除墨漬和生火等額外用途，但又是學校最不喜歡的毒藥之一，因為會造成很大的痛苦，也不保證能殺死目標）。「手不要亂摸！」是麥克馬斯特學院的格言之一，所以她非常小心注意自己碰了哪些地方。奧斯卡小金人和她的雞尾酒杯當然需要好好擦拭。指紋幾乎不可能從布料上採集，所以她不需要處理自己要故意留下來的衣物，包括她那加了襯墊的胸罩背面的掛鉤，因為掛鉤太小，無法保留完整的指紋。

她迅速穿上從包包裡拿出來的普通胸罩和深灰色罩衫，然後再取出看起來像一條黑色緞面內褲的東西（但其實不是）和密封標本瓶，瓶子現在用手巾包起來保暖，內容物是她在多莉溫斯洛酒吧取得的。

接下來的任務對她來說是最困難的，但幸好不用花太多時間，只要拍拍屁股然後走人，就能把事情拋諸腦後，至於是誰的屁股就不多說了。

♠

一輛私人保安巡邏車沿著阿庇亞道長長的彎道往上開，在距離沿海高速公路六個街區的地方停了下來。「小姐，妳還好嗎？」副駕駛座上的男人用手電筒照著一位留著短髮、穿著深灰色罩衫和黑色裙子的漂亮女子，問道。

她抬起頭，手裡握著牽繩，她的狗躲在一棵牠最喜歡的樹後面動來動去。「還好，不過謝謝你的關心。」她用手示意自己的狗，說道：「他的名字是阿吉，但媽媽說他應該叫尿吉，因為他每次都很急。」牽繩在她的手裡動了一下，巡警笑了笑，便繼續往前開。

多莉亞用力拉了兩下牽繩，一個逼真的馬海毛㹴犬娃娃就落在她的腳邊。巴黎的性工作者很久以前就知道，遛狗是深夜獨自外出的絕佳藉口，問題是要全神貫注服務客人時，狗要怎麼辦。如果她被巡邏車發現，這個用堅固牽繩栓著的絨毛娃娃可以幫助她脫困，而事實證明這樣的準備是明智的。

她把狗娃娃放回包包裡，又繼續往下走四分鐘，回到浪峰汽車旅館。兩小時前，她把她「借」的帕卡德停在那裡，並租了一間小屋——「請先付現金，『先生』。」冷漠的老闆說道，他打量著這位名字登記為「托比．瓊斯」的拘謹男子，特別強調了「先生」兩個字。現在，她把車開到廢棄的卡藍營區外的托瑞松賽車場，停在幾間破舊的營房旁邊，並把鑰匙留在點火開關裡。一定會有閒閒沒事做的青少年把車子開去兜風並丟在別的地方，她則會從營區門口搭十點十五分的洛杉磯公車到聯合車站。到那裡後，她會用公共電話報警，用粗啞低沉的聲音透露托瑞松阿庇亞道八零五號有一具屍體，然後把包包放進置物櫃並扔掉鑰匙，在女廁戴上「多莉亞」的假髮，化好妝，搭計程車到製片廠對面的巴勒摩義式餐廳，喝她這輩子最得來不易、最值得犒賞自己的一杯馬丁尼酒（或是兩杯），再回到她那位於製片廠內的套房，好像她只是走到對街去喝一杯，但剛好沒人看到而已。

她看了看手錶，現在是九點五十五分。科斯塔打給祕書瑪莎的那通電話證實他在快九點時還活著。她不認為自己會需要不在場證明，但認真的麥克馬斯特學院學生還是會準備。令多莉亞欣慰的是，如果一切都按照論文的計畫進行，那麼此時，有人在距離這裡約兩小時車程的製片廠外景場地奇蹟般地拍到了她的身影，而且還是拍到她在套房裡的各種半裸姿勢。

道布森警監可能會問：但這怎麼可能？如果她處理得當，洛杉磯警方永遠不會問這個問題。

♠

康格里夫副警監看著懸崖小屋的犯罪現場，把一片口香糖放進嘴巴，試圖驅除眼前景象帶給他的不適感。必須等待二流驗屍官的許可才能繼續進行調查更讓他不高興，他便把氣出在過去這週自己負責帶的菜鳥警探身上。「怎麼樣？快說吧，你有什麼看法？」他問道。

「搶劫出差錯嗎？」蒂蒙斯回答得太快了。他用手示意現場的金色假髮、特大號胸罩和看起來像黑色緞面內褲的東西，猜測道：「女飛賊闖入電影製作人的家，被他發現後就『砰』？」

「所以我應該要為一個胸部大的裸女發出全境通緝嗎？」康格里夫問道。「這樣大部分的警力應該都會出動吧。她為什麼要脫衣服？」

「他強行脫她的衣服嗎？」蒂蒙斯問道。

康格里夫對他咒罵了一聲，假裝耐著性子說：「看看四周，除了那個可憐的蠢貨的頭蓋骨之外，犯罪現場看起來非常和平，沒有任何扭打或翻箱倒櫃的跡象。那傢伙雖然蓋著被子，但已經一絲不掛了，而他的客人在床腳脫衣服。仔細觀察，動動腦。」

「交給你們了。」一本正經的驗屍官說道。他從屍體旁起身，並將取下的化驗標本放進薄玻璃紙信封袋，說道：「我會讓市中心進行解剖。受害者似乎是好萊塢的大人物，他們在這方面通常會小心行事，尤其是在這種情況下。」

「是不堪入耳的故事嗎？」康格里夫問道。

驗屍官迅速點了一下頭，明顯表現出反感。

副警監轉向他的助手，問道：「要不要再試一次？」

那名有抱負的警探環顧四周，似乎有些絕望。「至少可以肯定我們要找的是女人吧？」

「你認真？金色假髮、特大號胸罩但地上有襯墊、十二號涼鞋，還有塑形三角褲？」

「塑形三角褲是什麼？」菜鳥警探問道。

「噢，你也太天真了吧。塑形三角褲就是遮羞布，是一種前面有額外布料的內褲，冒充女明星的男藝人會用來隱藏自己的性器官。」康格里夫彎下腰，指著黑色內褲，問警署攝影師：「你拍了嗎？」攝影師說拍了，康格里夫便用鉛筆末端的橡皮擦把內褲從地上鉤起來，盡職地觀察內部，說道：「裡面有污漬，我敢打賭是精液。」他把內褲拿給正在脫手套的驗屍官看，問道：「是精液嗎？」

「當然，我們得等化驗結果出來，但就算是也不令人意外。」驗屍官語帶輕蔑道。

副警監轉向蒂蒙斯，說道：「所以有精液。看來我們要找的不是女人，對吧？汽車旅館說今晚有一名聲音柔和的可疑男子入住，但連床鋪都沒碰就離開了。」蒂蒙斯還是呆呆地看著他。「動動腦！加了襯墊的胸罩、特大號內褲和精液的痕跡？」

「我在死者身上的其他地方也有找到。」驗屍官補充道。

「其他地方……？」康格里夫冒昧問道。

「不要問，你會怕。」驗屍官嚴肅地回答。

第四十七章

「雖然你對飛機設計沒興趣，」克里弗一邊將那兩張紙遞給菲德勒，一邊解釋道，「你也知道當我為政府製造內含最高機密系統的飛機時，我也必須設計自爆裝置，以免系統落入敵人手中。而自爆裝置的第一條規則是萬一被不小心觸發，一定要有辦法可以關閉。如果沒有的話，五角大廈、駕駛員和機組人員一定會恨死我。」克里弗將紙張轉向菲德勒，說道：「對你來說，這封信就相當於那個『復原』開關。」

菲德勒審閱了那封言簡意賅的信。

敬啟者：

克里弗．艾佛森應該為我陷入可能會名譽掃地，甚至失去自由的困境負責。我在此聲明，沒有其他人應對我所面臨的問題負責任，我想確保責任不會歸咎於任何「無辜的旁觀者」，特別是已故的雅塞克．霍瓦斯的遺孀莉莉安娜．霍瓦斯女士。如上所述，造成這種糟糕狀況的罪魁禍首只有一個，我不怪其他人。

簽署日期：

空白的日期下方還有一行是簽名欄。

看到菲德勒困惑的表情，克里弗立刻解釋道：「在我把你寄給莉莉安娜・霍瓦斯的五十美元支票交給保齡球館老闆的一小時內，我就擔心自己可能犯了一個錯誤。遺憾的是，我的首要責任不是讓你垮台，而是保護莉莉安娜。因為我自不量力的幼稚行為，導致我自取滅亡。那張支票是我意外獲得的把柄，但我其實不需要，我後來才意識到你或你的祕書可能會記得支票是寄給誰的，導致可憐又無辜的莉莉安娜被捲入我的計畫，但為時已晚。我剛剛隨口提到支票是為了測試你，希望你不會發現，但果然沒那麼走運。你比我想像的還要更敏銳。」

「這是當然的。」菲德勒同意道。

「我被教導一個好的計畫絕不允許有任何多愁善感的餘地，但即使受過進階訓練也無法完全改變我的本性，所以我今晚來這裡已經做好了心理準備。免除莉莉安娜的責任，我就幫助你擺脫你陷入的困境。」

菲德勒用指尖拎著那張紙，好像怕被感染一樣。「但為什麼是我簽名？」他問道，還是相當警戒。「是你陷害我的，不是應該由你簽名嗎？」

「是我陷害你的，所以由我免除莉莉安娜的責任根本沒有分量。但如果身為受害者的你說這一切都是我一個人造成的，那就站得住腳了。無論我發生什麼事，我都希望莉莉安娜有這張紙作為你不會傷害她的證明。」

菲德勒搖搖頭，說：「在你解釋如何為我洗清罪名之前，我什麼都不會簽。」

「用這個。」克里弗回答，並把他從公文信封裡拿出的另一張紙遞給他。「這是我承認自己陷害你的完整始末。」

那份文件詳述了克里弗採取的所有行動。菲德勒不慌不忙，看得很慢，久到克里弗一度看了一眼桌上的時鐘，補充道：「就是這樣。你為莉莉安娜簽署免責聲明，我為你簽署認罪書。這是我最好的提議，如果你不接受的話，我鼓勵你選擇第二好的方案。」菲德勒倒的兩杯利口酒到現在都還沒有人動過，那瓶毒藥靜靜放在兩個杯子之間，彷彿在等待適當的時機。他盯著那瓶毒藥，說道：「但不管你做出什麼選擇，我們都要向傑克和蔻拉敬酒，承認你對他們做的事。這是交易的一部分。」

菲德勒又看了看莉莉安娜．霍瓦斯的「免罪」聲明，說道：「好吧，但你要先簽認罪書。」

克里弗翻了個白眼，說道：「不要侮辱我的智商。你可能會一把搶走我簽署的認罪書然後逃離現場，讓我深陷困境，也沒辦法讓莉莉安娜脫身，這種事我相信你做得出來。」

「誰知道你會不會做同樣的事情呢？」菲德勒的反駁也並非毫無道理。

克里弗搖搖頭，好像菲德勒是個小孩子一樣。「別傻了，梅里爾。我的認罪書會讓你脫身，但我要你簽的文件只會讓莉莉安娜脫身，無論如何，我都麻煩大了。」克里弗又看了一眼時鐘，說道：「如果我沒記錯的話，清潔人員應該很快就會開始打掃了。」菲德勒本來想說點什麼，但後來改變主意了。克里弗用纏著繃帶的雙手，設法從菲德勒的辦公桌文具組拿出一枝筆，滾向他，說道：「你先簽名，然後把筆滾回來給我，我也會簽我的認罪書，我們再交換。」

菲德勒坐在位子上，一動也不動，克里弗知道這是他最危險的模式。在會議上，他可能看起來在沉思，權衡大家提出的意見，但實際上他就像蜘蛛靜靜待在剛織好的網上，耐心等待有人犯錯，成為他的下一個受害者。現在菲德勒正在算機率，這是他真正擅長的一種數學。

「好吧。」他終於說道，便毫不猶豫在證明莉莉安娜無罪的文件上簽名，然後交叉雙臂遮住紙張。

「等一下，讓我看看你是不是簽了自己的真名。」克里弗說道。菲德勒聳聳肩，拿起文件給他檢查，然後將筆和克里弗尚未簽名的認罪書推到他那一側。

克里弗用纏著繃帶的手伸手去拿筆，目光轉向桌上的時鐘，咕噥道：「好吧，我就簽吧。然後我們再交換文件，就像在東西柏林的橋樑之間交換間——」

辦公室外突然傳來聲響。「該死。」克里弗起身說道。「我沒想到他們這麼早就開始打掃了……」他大步走出辦公室，把認罪書留在桌上。

聲音是從辦公室後方的複印室傳來的。他打開門，走到一台複印機前，雖然裡面沒有裝紙，但它不知為何啟動了列印程序。他迅速按下開關，機器規律的運轉聲就停止了。

他只有離開菲德勒的私人辦公室一會兒，回來時，他的前雇主還是坐在原本的位子上，一動也不動，克里弗的認罪書和筆也是原封不動放在桌上。「幸好只是虛驚一場。」克里弗解釋道。「複印機自己打開了。我們剛剛進行到哪裡？」

「你正要簽那份認罪書。」菲德勒用異常平靜的聲音提醒他。「然後你要用它來交換這個，呃」——他低頭看了一下——「這張給霍瓦斯那女人的出獄卡。」

克里弗努力用纏著繃帶的手握住筆，寫下「克里弗」，然後停了下來，說道：「你知道嗎？這對我來說不是一個容易的決定。雖然我在這裡工作時也是被你支配，但現在我的生殺大權掌握在你手中。由於我因為擔心莉莉安娜的安危而偏離了原本的計畫，我的最終成績肯定是不及格的。」

當然，最後這句話對菲德勒來說毫無意義，但奇怪的是，他卻回答了：「我想你還是可以說我拿槍對著你之類的，強迫你簽名，並聲稱我打算讓你當我的代罪羔羊。」

「喔，你已經都充分考慮過了，是吧？」克里弗說道。他努力維持悶悶不樂的表情，脈搏卻似乎加快了一倍。天啊，如果他能正確解讀菲德勒的想法，那真是個好兆頭！「對啊，到時就是各說各話，看法官相信誰了。」

「看誰能笑到最後。」菲德勒立刻回答。這似乎是一個奇怪的反應，除非克里弗正確理解了菲德勒的思路，而他真心希望是如此。

克里弗嘆了一口氣，在認罪書底部自己的名字後面加上了「艾佛森」，並在下面寫了日期。他有點好奇菲德勒會不會撲過來搶走這份文件，但他只是點點頭，就像一位高中校長很高興看到學生終於做了正確的事情一樣。

「現在要交換了，對吧？數到三。」菲德勒說，然後開始大聲數數，好像他們在玩剪刀石頭布一樣。

克里弗也加入他鄙視的這個男人，一起說出「二」，數到「三」時，他把認罪書推到桌子對面，菲德勒也這麼做，兩人便完成了交換。

克里弗打破了短暫的沉默：「我還是想要敬那杯酒。」他堅持道，並折起莉莉安娜的免罪聲明。

他的前雇主露出了一副惱怒的表情，說道：「這在我看來只是很庸俗傷感而已，但如果你想這麼做的話，我可不會讓你說我沒有履行諾言。我們可以為他們倆乾杯，我還會免費唱兩段《友誼萬歲》的副歌。」菲德勒拿起離他最近的綠色酒杯並將其舉起，說道：「敬傑克和蔻拉：所有人都難逃一死，無論是大鯨魚」——他指了指自己——「還是小蝦米。」他對克里弗眨了眨眼。「乾杯。」

他們一口氣喝下一整杯。克里弗的喉嚨反射性地縮了起來，因為他的舌頭嘗到了一種噁心的怪味，跟他和傑克．霍瓦斯晚上常常一起喝的烏尼昆草藥酒完全不一樣。但他的理智戰勝了衝動，他便把酒喝下肚。

菲德勒看了看酒瓶。「這酒真烈。」他評論道。「我以前從來沒喝過這種酒。或許有點像茴香酒？」

克里弗一直覺得烏尼昆草藥酒有一種像櫻桃味止咳糖漿的藥味，還隱約帶有甘草和火燒聖誕布丁的味道。但這杯辛辣的利口酒嘗起來一點也不像他以前喝過的草藥酒。「那我想我們就結束了？」他問道。

菲德勒忍不住說道：「如果『我們』是指你自己的話。」

兩個男人互相打量彼此。

「現在要幹嘛？」菲德勒問道。

「就等吧。」

「等什麼？」

「等毒藥生效。」克里弗說道。

菲德勒一點也不驚慌，反而假裝受傷，說道：「噢，你怎麼這樣傷我的心！你覺得我趁你離開辦公室時在你的酒杯裡下毒？這樣就能徹底擺脫掉你和你所知道的W-10內幕？然後拿走你剛剛給我看的錢包裡的錢，撕掉我為霍瓦斯那女人簽的免罪聲明，最後再把你的認罪書留在你的屍體旁邊，讓別人以為你是自殺的？克里弗，你的疑心病也太重了吧！你有沒有想過我可能什麼也沒做，酒並沒有被下毒？」

克里弗搖搖頭，似乎有點難過，說道：「不，我可以向你保證，兩個酒杯裡都有毒。」

菲德勒不急著回答，因為他覺得時間現在站在他這邊。「我發誓我沒有把瓶子裡的毒藥同時倒進兩個酒杯裡。」

克里弗微笑道：「喔，好吧，事情是這樣的：毒藥瓶裡的不是毒藥，而是過錳酸鉀，又稱PP粉，和翠雀鹼相互作用時會立刻使其變得無害。它其實不算是解毒劑，只是會把毒藥變成無毒但難喝的液體，這點我可以證實。但為了簡單起見，我們就姑且稱之為解毒劑吧。」

「所以這又是一個噱頭嗎？根本就沒有翠雀鹼？」

「有啊，真的有翠雀鹼，但已經在利口酒裡了，含量足以殺死我們兩個。我是今天把它加進酒瓶裡的，所以我們兩個的酒杯裡都有。」

菲德勒沒那麼容易上當，搖搖頭道：「不，毒藥不可能在酒瓶裡，因為你一開始就喝了你從酒瓶裡直接倒出來的酒。」

「對啊，我把酒倒進我的咖啡杯裡，但杯子裡也含有能中和毒物的過錳酸鉀。我在你來之前就先把解毒劑倒進杯子裡了。」

菲德勒的笑容消失了，取而代之的是根深蒂固的恐懼。對克里弗來說，這是最賞心悅目的景象。「你是說你同時對我們兩個下毒嗎？」菲德勒問道，似乎喘不過氣來。

「這個嘛，如果你沒有試圖在我的酒裡下毒，而且我們都只喝了從酒瓶裡倒出來的草藥酒的話，那麼沒錯，我們兩個都中毒了。但別擔心！你現在還有足夠的時間可以服用解毒劑，應該還在毒藥瓶裡。恐怕只夠一個人用，但我就給你吧。來，我幫你倒——」他說完便拔掉粗陶瓶的瓶塞，試圖將內容物倒入菲德勒的酒杯中，但當然，瓶子是空的。

「噢，天啊。」克里弗說道，露出十分傷腦筋的表情。「看來你真的有把你以為是毒藥的東西倒進我的酒杯裡，所以現在已經沒有解毒劑了。我其實也算是孤注一擲，懂嗎？對你來說，這是我最後的賭注。」

菲德勒雙手環抱腹部，表情從愈發恐懼變成痛苦難耐。克里弗露出了友善的微笑，說道：「你要死了，你明白嗎？如果你沒去碰所謂的毒藥，那麼我們兩個都會死……但我會讓你服用解毒劑，真心不騙。到時我的下場就會是」——他思考了一下要用哪個說法——「以其人之『藥』，還治其人之身。」對菲德勒來說，克里弗的聲音彷彿透過傳聲管從很遠的地方傳來。「喔，對了，我想你應該也發現我說這種死法沒有痛苦有點誇大不實了。」

對垂死的男人來說，房間開始分裂開來，他感覺自己好像滑下陡峭的斜坡，同時又滑上懸崖峭壁。他察覺到自己的內心萌生了從未有過的想法，並聽到自己的身體告訴他，我沒辦法打敗毒藥，就算我的每一塊肌肉都痙攣，我最終還是必須屈服，我的心臟必須停止跳動。他感覺到某種比自己更偉大的存在，但他內心深處知道，他永遠無法到達這個層次。菲德勒很快就斷絕了與這個世界的所有聯繫，但這個世界在沒有他的存在或回憶的情況下也能順利運作下去。

雖然翠雀鹼的致死過程很痛苦，但至少很快就結束了。再過一分鐘，菲德勒就不再是任何人的老闆了。如果地獄有一個油鍋是專門給罪大惡極的雇主的，那菲德勒現在確確實實被炒了（或者應該說被炸了），直到永遠。

看著眼前只剩一具空殼的前老闆，克里弗希望當時有更多華頓工業的員工挺身對抗這個男人，說：「你有什麼資格毒害我們僅有的人生？」或許這樣就能以其他方式化解這個怪物的威脅。但克里弗可沒有天真到以為自己不用承擔責任。他的論文成功的關鍵在於菲德勒會不會對他起殺心，克里弗彷彿成為一名馴獅員，表演內容就是在餵食時間躺在表演場中央。如果菲德勒沒有試圖謀殺他的話，克里弗就會服下毒藥。如果真是這樣的話，他真的會把粗陶瓶裡的解毒劑給菲德勒。克里弗說服院長自己在這方面是真誠的……

當然，克里弗沒有自殺傾向，所以他的口袋裡還有一瓶解毒劑。但在菲德勒試圖毒死他後，他就覺得自己沒有義務告訴目標這點了。

克里弗很清楚，他和所有麥克馬斯特學院的畢業生一樣，必須為自己的刪除計畫負責，但這樣的死法是他可以背負的。

他取下紗布繃帶好方便活動，並戴上口袋裡的手術手套。他從桌子上拿起菲德勒為莉莉安娜簽的免罪聲明，並從公文信封中取出另一張同樣是法律規格紙大小的文件，但這張他沒有給菲德勒看。他把兩張紙拿到辦公室後面的裁紙機。

身為一名繪圖員，他對直線並不陌生，他將兩張紙放在邊緣超過裁紙機剛好七點五公分處，並將其頂部切掉，不留任何痕跡。在菲德勒簽名的頁面上，這巧妙切掉了克里弗故意打在分界線之上的「敬啟者」標題。他已經在新的第一頁的分界線下方打了「敬啟者」。

他從梅格．基根的辦公桌拿了一個大型釘書機到菲德勒的辦公室，把菲德勒的右手手指放在上面，並用他那毫無生氣的手將兩張紙釘在一起。接著，他將可攜式打字機移動到菲德勒在喝下毒藥前可能會使用的地方，並將紙張和釘書機放在旁邊。

新的第一頁（也就是菲德勒沒看過的那張）寫著：

> 敬啟者：
>
> 我，梅里爾．約翰．菲德勒，必須為降臨在我身上的不幸承擔全部責任。這就是為什麼我選擇結束自己的生命。

我開始賭博，一開始每賭必勝，但我現在只能稱之為新手的好運氣。後來，我在賽馬場損失慘重，也欠了非法場外投注站和賭注登記人很多錢。

由於我急需一大筆錢，我做了一個非常糟糕的決定，也就是將華頓工業製造的W-10飛機的設計圖賣給競爭對手。我在此免除競爭對手的全部責任，也不會透露對方的名字。設計圖是由前員工克里弗．艾佛森為我個人使用所繪製的，而競爭對手之所以會感興趣，是因為設計中有致命缺陷。

我也要為造成該缺陷的決策承擔全部責任。我要在此鄭重聲明，我在華頓工業共事的人當中，沒有任何人，特別是雅塞克．霍瓦斯和前面提到的設計師

第一頁就在這裡結束了。第二頁現在去掉了頂部七點五公分以及標題「敬啟者」，繼續接下去：

克里弗．艾佛森應該為我陷入可能會名譽掃地，甚至失去自由的困境負責。我在此聲明，沒有其他人應對我所面臨的問題負責任，我想確保責任不會歸咎於任何「無辜的旁觀者」，特別是已故的雅塞克．霍瓦斯的遺孀莉莉安娜．霍瓦斯女士。如上所述，造成這種糟糕狀況的罪魁禍首只有一個，我不怪其他人。

最下面當然是當天的日期以及用打字機打的菲德勒的名字，而他剛去世的雇主稍早才用鋼筆在名字上方簽了名。克里弗把鋼筆放在新裁切好的兩張美式信紙尺寸的紙張上。

昨天，在為不知情的菲德勒打這份認罪書之前，他拿了一把隨身小折刀，在打字機字模臂上的幾個字母畫了幾道刻痕，確保在那台打字機上打出的任何內容都可以被視為是在當鋪買的打字機打的。然後，他戴著手術手套，把一條新的色帶放入打字機，將其推進十轉，然後打了那兩頁「自殺遺書」，如果只看第二頁的話似乎就只是莉莉安娜的免罪聲明。

打完後，他把色帶捲回最前面未使用的部分，而在這最後一小時，菲德勒正是用這段色帶打了他後來決定不簽署的「全額付款」收據。

克里弗根本不在乎菲德勒有沒有在收據上簽名，它唯一的目的就是讓菲德勒在打字機按鍵上留下指紋。

現在，他還是戴著手術手套，仔細調整色帶，直到距離他昨天開始打自殺遺書只有幾個字的地方，再把色帶推到剛過最後幾個字的地方。雖然不太可能發生，但就算警察檢查色帶，看起來也會像是菲德勒先打了一張收據給賭注登記人簽名，本意是要償還賭債，而現在這張紙被揉爛，丟進廢紙簍裡，上面也有菲德勒的指紋。後來，他意識到空前工業和艾迪·奧德曼很可能會揭穿他掩蓋W-10致命缺陷的事實，因此打了那封自殺信。就算這張沒簽名的收據被發現，也更能彰顯走投無路的男人在最後時刻有多麼絕望。

克里弗拿起自己的酒杯，在菲德勒小酒吧的水槽裡沖洗，以確保他剛剛喝下的液體沒有殘留在杯子裡（儘管由於菲德勒已經中和了液體，裡面已沒有毒物），再把酒杯放回架子上。他用菲德勒茶几上的大打火機點燃自己的認罪書，享受著看它燒成灰燼的過程，再把水開到最大，將其沖下水槽，沖了好一陣子才關水。

他當然把那瓶有毒的烏尼昆草藥酒留在桌上，而且瓶身上還有菲德勒的指紋，不過他把先前纏在手上的繃帶和空的毒藥瓶放進了口袋。他會在出電梯前脫下手術手套，從大廳離開大樓後，再把手套、紗布和空的毒藥瓶處理掉。大廳並沒有他來的紀錄，在他人眼中，他只是個加班到很晚的員工罷了。他把穿在黑色衣服外面的普通送貨制服摺好放在雜物間裡，沒有任何線索可將之與花店聯繫起來，而盧迪斯·蘭卡從此人間蒸發，老闆只記得曾經有個外國人願意領微薄的薪水和小費工作。

他用梅格·基根辦公桌裡的備用鑰匙鎖上了死者的辦公室，並將鑰匙歸位。當菲德勒臭名昭著的巢穴上鎖，夜間守衛就會知道最好不要打擾。在週一早上前，沒有人會發現他雇主的屍體。

在複印室裡，他關掉了自己在複印機設定的定時器，就是這個定時器讓複印機發出聲音，短暫分散注意力，讓克里弗得以暫時離開辦公室，給菲德勒機會在他的酒杯裡下毒，如果他選擇這麼做的話。

警方一定會認定菲德勒的死是自殺，但克里弗知道真相。

梅里爾·菲德勒謀殺了自己。

第四十八章

大哉問＃3：有沒有無辜的人會因為你的行為而受到傷害？

儘管潔瑪已經失去了方向，現在只能見機行事，但她擔心麥克馬斯特學院還是期望她執行刪除計畫。她知道無論是失敗還是不採取行動，後果都不堪設想，但學院批准的行動計畫顯然已經不可行了。雖然麥克馬斯特學院永遠不會用「不殺就等著被殺」這麼露骨的說法形容她目前的狀況，但這是潔瑪腦海中最重要且最急迫的念頭。

雖然她沒能按照學院課程強烈建議的那樣，想到辦法在遠離工作場所的地方把愛黛兒處理掉，但她至少找到了總院外的下手地點：一間建造中的兒科中心，位於一座廣闊的員工停車場後面。

潔瑪在建築工地感到輕鬆自在，甚至覺得很溫馨。工地是她童年的一部分，因為她父親在工作時，她常常在他附近玩耍。現在回想起來，她很驚訝大人們竟然讓她在新房間、樓梯和祕密通道這些不斷變化的遊樂場中自由探索。至少她父親都沒讓她離開自己的視線範圍，甚至不知道從哪裡拿了一個兒童尺寸的防護頭盔，並在上面刻了她的名字。她特別喜歡跟他一起搭乘施工電梯。

因此，新拌好的水泥的濕冷氣味以及電弧焊接槍的奇妙味道對她來說就像是爆米花和棉花糖的香氣，她希望在這個喚起美好回憶的環境執行她新構思的刪除計畫，可以將這個犯罪行為轉變為對她父親的致敬。隨著她一步步制定計畫，她就愈發覺得這比致命的史特里德溪還要好。

她選擇執行論文的時間點是根據愛黛兒的約會時間，以及從希格內．蔡爾茲關於月相和夜間冒險的系列講座中所學到的概念。在麥克馬斯特學院的地下天文館，她看到漆黑的夜空中誕生了眉月，被地球反射的暗淡光芒所照亮的一彎銀光（她父親稱之為「新舊雙月爭輝」），正好能提供足夠的光線，讓她可以在不用手電筒的情況下布置好犯罪現場。她的膚色會讓事情變得更容易（這輩子大概就這麼一次吧！），讓她能隱身在陰影斑駁的暮色中。

晚上八點零三分，她潛入了未來兒科中心的鋼筋與混凝土架構。中心預計蓋五層樓，目前蓋的三層像參差不齊的壁壘般矗立著。就連八點零三分這個時間也不是隨便選的。在麥克馬斯特學院比較快樂的日子裡，她在玉花泉中餐館（其裝飾會隨著中國的四季遞嬗而變化）請前同學克里弗吃午餐，以換取一堂家教課……這和他來到學院第一天，在森林裡和她四目相接的那一刻，她就深受吸引一點關係也沒有。

「簡單來說，佐佐木的原理就是態向量隨著時間流易而演化，而算符則與時間無關。」克里弗解釋道。潔瑪正在舀熱騰騰的什錦炒麵，卻在這時停了下來，克里弗才意識到自己解釋得一點也不簡單。「概念就是在一天中的某些時刻，人們會集體變得鬆散，時間則變得靈活，他稱之為『虛無的平靜』。」克里弗補充道，並露出了孩子般的笑容。「他聲稱四點十四分是一個沒有知覺的時間，實際上並不存在。」

她喝了一口茉莉花茶，問道：「所以如果某天晚上，我想展開行動，但不想被注意到的話……」

他嘎吱嘎吱地嚼著荸薺，回答：「他說理想的時間是八點十一分到九點零三分之間，但我是不信這一套啦。」

她真希望克里弗現在在她身邊，不只是作為參謀，還是……

想這些有什麼用？她可是有任務在身。

麥克馬斯特學院教導她，當技術高超的刪除者發現自己最縝密的計畫出了差錯，必須開闢一條新的道路，穿過迷宮到達目標，可以審視目標日程中任何可靠的例行公事，作為找到其弱點的替代途徑。「如果你跟我說有一個廣告主管下班後都會去廣場的橡樹酒吧喝一杯馬丁尼，我就會告訴你要把毒橄欖用在哪裡。」這句校園格言有很多種不同的說法，不過蓋伊．麥克馬斯特一開始就用四個字完美表達其核心概念：「舊習難改。」

潔瑪認為自己在愛黛兒身上發現了這樣的習慣。愛黛兒常常會提早下班，和她日益穩定的男友，也就是前途無量的彼得．艾利斯登醫生共進晚餐。身為實習醫生，他的工作勞累，連續排班時，他晚上常常會在醫院食堂吃晚餐。愛黛兒自行決定潔瑪租的奧斯汀敞篷跑車可以任她使用，她經常會指示潔瑪繼續獨自在辦公室工作，並在她和彼得吃完晚餐後和她會合。接著，愛黛兒會開車載潔瑪先回自己的家，才把車交給潔瑪，讓她開回家，雖然潔瑪的家在反方向二十五公里左右。會有這麼奇怪的慣例是因為愛黛兒擔心絕望的潔瑪有一天可能會玩一把命運輪盤，朝一輛迎面而來的卡車踩下油門，結束她被奴役的日子，若非和愛黛兒同歸於盡，就是在愛黛兒死亡的情況下生還（這對潔瑪來說是更好的結局）。

由於愛黛兒在路上一定會是坐在駕駛座上，以確保潔瑪不會故意造成事故，潔瑪便開始考慮是否有可能趁愛黛兒坐在駕駛座上時，但又「不在」路上時造成事故。所以昨天，當愛黛兒說她隔天晚上（眉月的第一個晚上！）會再次跟彼得・艾利斯登共進晚餐，要潔瑪在八點三十分左右在員工停車場和她會合時，她就知道時間、地點和月相預示著現在正是出擊的時刻，或者更準確來說，是明天。

愛黛兒去吃晚餐後，只剩潔瑪一個人，她就可以在無人監視的情況下離開聖安妮醫院。她輕鬆穿過醫院建築工地後面的樹林，遠離唯一一名停車場管理員的小屋。他經常打瞌睡，主要職責是把訪客從員工停車場趕走，並引導他們到訪客停車場，常常一邊揮手要他們離開，一邊說著難以理解的話：「如果我企醫院，我會把車停在你工作的地方嗎？」

兒科中心的建築工人都會把梯子和鷹架留在現場，為隔天的工作做好準備，所以潔瑪可以輕易爬上去。她本來柔軟度就很好，又在塔科特教練的訓練下變得更加敏捷。她戴著租敞篷車時買的小牛皮駕駛手套，拿著後車箱裡的千斤頂把手，迅速從輪子已固定的金屬樓梯爬到鷹架的第二層，然後爬上梯子到第三層，也就是目前施工的進度。她從堆在那裡的幾十塊煤渣磚中，搬了其中一塊爬上另一個移動梯，來到由木板搭建而成的四樓臨時平台。她很快就在蓋了一半的四樓牆上疊了四塊煤渣磚，並將中空的部分對齊，形成一口井，再把千斤頂把手插進去，使其直立，彎曲的那端從頂部突出。作為測試，她稍微推動把手，以確認四塊磚都會跟著一起微微傾斜。

她在米爾塘釣魚時精通的打結學在這時派上了用場。她脫下手套，用她口袋裡一捲十五公尺長的透明尼龍釣線，以熟練的動作迅速在千斤頂把手的套筒扳手孔洞打了一個帕洛瑪結。她把那捲釣線從未完工的牆上丟下去，直到捲軸掉到地面上……然後又拿了第五塊煤渣磚，一樣從四層樓高的位置丟下去。煤渣磚落在地上時碎成了三大塊，還有較小的碎片和水泥灰。她等了一下，看停車場管理員有沒有聽到那一聲悶響，但他並沒有注意到。

她回到一樓，再次戴上駕駛手套，並從打卡鐘旁的一疊黑色安全帽中拿了一頂。（幾天前，她還參加了醫院員工參觀建築工地的活動，確保自己有機會戴那裡的安全帽，因為她的頭髮在小巴文頓相當容易辨識，萬一有人在安全帽裡發現了她的頭髮，她必須要能提供合理的解釋。）保險起見，她在頭上又放了第二頂安全帽，然後走到她停放奧斯汀敞篷跑車的地方。那天早上，愛黛兒開到醫院的正門並下車後，潔瑪特別把車子停在那裡。那輛車光鮮亮麗且蓄勢待發，完好如新的擋風玻璃很快就會被砸毀。考慮到車子待會即將發揮的作用，她還不如直接在那裡放一個斷頭臺。

她把車停在建築工地附近，車篷拉下且車窗降下。停車場裡空無一人（早上主要是手術時間，下午是醫生查房，晚上七點探望時間結束後，護理長會查床）。她開啟奧斯汀敞篷跑車的點火開關（但沒有開車燈），排入空檔並拉起手煞車，推車到差不多是步行的速度後，便跳過車門坐進駕駛座，平穩地放開離合器並打入一檔。她成功推發敞篷車，幾乎沒有發出聲音，接著便慢慢把車子開到前水箱罩和新建的牆齊平的地方，而正上方四層樓高處就是她剛剛堆疊煤渣磚的地方。這其實是她計畫中最危險的部分，因為此刻她正坐在煤渣磚會落下的位置，萬一突然刮起一陣強風……所以她才會戴兩頂安全帽，並且提高警覺，在熄火時往上看了一眼。

她下了車，拉起車篷但車窗還是降下，然後從地上撿起快用完的那捲透明尼龍釣線。她脫下駕駛手套，並拿出口袋裡的羚羊皮擦拭布，假裝清理擋風玻璃上的鳥屎作為掩護，以免有人在看。她把尼龍線綁在車篷架上的鐵門上，並輕輕調整結的位置和鬆緊，直到整條釣魚線從車篷到上方的煤渣磚都拉緊了。接著，她又戴上駕駛手套，找到了她剛剛故意丟的煤渣磚碎塊。在那三塊當中，最重的一塊邊緣特別參差不齊，她將其塞到駕駛座屁股下方的位置。然後她把安全帽放回原位，並審視自己的成果。在黑暗中根本看不到從敞篷車頂向上延伸的透明粗尼龍線，從駕駛座上看的話，由於尼龍線的角度很斜，所以不在駕駛的視線範圍內，除非他們抬頭往上看。但愛黛兒坐在駕駛座上時，要嘛會是在倒車前往後看（因為再往前就要撞牆了），要嘛就是跟潔瑪講話，而她一定會想盡辦法分散對方的注意力。

她跟愛黛兒約在停車場管理員的小屋附近的入口碰面，到時潔瑪一定會跟管理員打招呼，以確保對方有看到她與愛黛兒同行。除非下雨，不然愛黛兒晚上喜歡把車頂打開。潔瑪會幫愛黛兒開車門，然後迅速走到副駕駛座那側，無論愛黛兒有沒有要求，她都會把帆布車頂往後拉到後座靠背。這樣就會拉動千斤頂把手，使那四塊煤渣磚傾覆，砸到車子上，至少有一、兩個應該會命中擋風玻璃和沒有車頂的駕駛座上。潔瑪還沒上車，而且知道即將發生什麼事，所以她會在愛黛兒搞清楚狀況之前就跳開。煤渣磚撞擊金屬和玻璃時會發出很大的聲音，愛黛兒也很有可能當場被刪除，永遠不知道自己是怎麼死的。無論發生什麼事，潔瑪都會不斷向停車場管理員大聲呼救，後者聽到四塊煤渣磚摔碎的聲音，可能會有不祥的預感，已經從小屋走出來查看狀況了。他一定會注意到焦慮不安的潔瑪站在被砸壞的車子旁邊。管理員聽到（潔瑪希望能造成致命傷的）撞擊聲的幾秒後，就會目睹她在車子旁邊尖叫，她不可能在幾秒鐘內從四層樓高的地方丟東西到車子上，再跑到她所處的瓦礫堆中。接著，他會看到她跑到愛黛兒那一側，到時愛黛兒可能已經死亡、失去意識，或只是受到驚嚇。潔瑪會向管理員大喊，叫他直接打電話到醫院叫救護車。管理員會跑回小屋打電話，到時如果愛黛兒還活著的話，潔瑪就會用戴著手套的手抓住她藏在駕駛座下那塊有銳利稜角的碎磚。「那是什麼？」她會指著愛黛兒的左邊尖叫，等她轉頭去看時，潔瑪會給她致命一擊，再把煤渣磚丟到地上，好像它是先砸到愛黛兒的頭再彈開似的。然後她會把手套扔進車子裡，解開掉落的千斤頂把手和敞篷車鐵門上的尼龍線活結，將把手丟回後車箱裡，並將尼龍線塞進一個釣具盒。她已經事先在釣具盒旁邊放了一個急救箱，如果管理員回來，看到她在後車箱裡翻找，她就會營造出自己在找急救箱裡的繃帶給愛黛兒止血的假象。

潔瑪祈禱（但她很好奇什麼樣的神會回應這種祈禱）自己不需要用碎掉的煤渣磚給愛黛兒致命一擊。她希望四塊煤渣磚中至少有一個能夠直接命中目標，這樣她就不用讓自己的雙手染上鮮血（雖然她會戴手套）。她輕聲咒罵了一聲，譴責自己，深知這一直都是她的致命弱點：她曾希望史特里德溪能替她解決一切，就像她現在希望煤渣磚可以替她完成刪除計畫，而重力則是沉默的同謀。

她渴望延後整個行動，但不知道麥克馬斯特學院會給她多久時間，以及他們何時會判定她是事到臨頭打退堂鼓，應該要被永久刪除。她繞過建築工地的後方和後面的一小片樹林，急忙沿著通往停車場入口的道路繞回去。現在是八點二十五分，愛黛兒跟她約八點半碰面，但她每次都遲到。

八點四十七分，愛黛兒走了過來，宣布道：「人家到囉！」有那麼一刻，潔瑪擔心她把實習醫生男友也帶來了，但在黑暗中，她只看到愛黛兒一個人，才發現她的「人家」是自稱。愛黛兒對自己遲到的事隻字不提，她這個人從來不道歉。當愛黛兒真好，不過或許今晚除外，直到永遠。

「再見，保爾丁先生！」潔瑪向管理員喊道。只要遇到漂亮的女性，管理員都很樂意放下手中的《約翰牛》雜誌跟對方聊天。「我們兩個都要下班了。」

「晚安囉，潔瑪。晚安，安德頓小姐。」他對兩人的稱呼方式透露了他認為愛黛兒在醫院的地位比較高。他提出了寶貴的建議：「路上小心。」

「好的，保爾丁先生！」潔瑪故作愉快道。她跟上愛黛兒的腳步，問道：「晚餐好吃嗎？」

愛黛兒做了個鬼臉，回答：「噁，最好的選擇是咖哩蝦和薯條。」

「那彼得吃什麼？」

「喔，他連續值兩個班時都是一天吃三頓早餐，蛋、薯條、豆子，還有食堂稱之為『咖啡』的東西。等我們結婚後，我會改掉他這個習慣。」

愛黛兒曾數度暗示自己在誘騙彼得·艾利斯登，但這次她聽起來明顯更有自信。潔瑪心想，如果他們要結婚的話，她是否應該考慮按兵不動，看看問題會不會自行解決？……但即便如此，麥克馬斯特學院那邊又要怎麼辦呢？

「如果妳結婚的話，妳覺得妳會辭掉工作嗎？」她假裝隨口問道，但愛黛兒不知道的是，這其實是迫在眉睫、生死攸關的大事。

「想得美。如果妳以為這樣就能脫身，那妳就大錯特錯了。」愛黛兒斷然拒絕道。「我可能會請假好好享受蜜月旅行還有建立一個美好的家。但醫生在開自己的診所時需要妻子在身邊支持他，這就是為什麼醫生離婚時都會對妻子很慷慨，因為她在那段打拼的日子投入了大量時間心力，和丈夫同甘共苦。幸好有妳負責『共苦』的部分。」

如果愛黛兒的耳朵有預知能力，她可能會聽到自己的話語宛如一把大鎚，將最後一根釘子釘入她的棺材。

她們快走到了廣闊的停車場的盡頭。「妳幹嘛停那麼遠？」愛黛兒問道，語氣中帶著一絲懷疑。「妳想趁我一個人時下手嗎？希望妳沒有忘記我寄給里金斯老先生的信，不然妳就徹底失算了。」

「喔，妳每次找到機會就要提醒我信的事。」潔瑪說。「儘管我不想讓聖安妮醫院的任何人讀到那封信，但我更怕我媽媽知道自己的女兒做了什麼事。只要她還活著，妳就沒什麼好擔心的。」

這番話似乎成功安撫了愛黛兒，潔瑪便為她打開駕駛座那一側的車門。她繞到車子的另一側，看著愛黛兒坐進駕駛座。

「彼得向妳求婚了嗎？」潔瑪盡可能假裝隨口問道，但其實她的內心正在尖叫，我現在真的要殺了她嗎？？？她把手伸向敞篷車頂的鐵門，心臟怦怦狂跳，感覺已經超過每分鐘兩百下了。

「他快要開口了。」愛黛兒邊說邊找車鑰匙，但鑰匙還在潔瑪的錢包裡。「我打算下次見面就提起這個話題。」

她解開鐵門，說道：「妳聽起來很有把握。」

愛黛兒從手提包裡掏出一支口紅，打開蓋子，說道：「他一定得娶我。到時候我會請假好幾個月，代表妳會忙得不可開交。」潔瑪拉開車頂，高處傳來混凝土刺耳的刮擦聲，她用盡全身的意志力才沒有抬起頭，不然可能會太早露出馬腳。當潔瑪準備從車子旁邊跳開，愛黛兒語帶自豪，繼續說：「彼得要當爸爸了，因為我懷孕了。」

「小心！」潔瑪尖叫道，並反射性地撲過去護住愛黛兒，煤渣磚從天而降，砸在擋風玻璃和潔瑪身上。

愛黛兒刺耳的尖叫聲從潔瑪的意識中迅速遠去，把她留在寂靜無聲的黑暗虛空。她最後的念頭是，我果然不是做這行的料。

第四十九章

在多莉亞刪除列昂尼德．科斯塔的隔天，接近中午的時候，她像我們大多數人一樣醒來——恢復意識，但仍被無知和純真包裹著，直到我們逐漸明白自己在哪裡、做了什麼，以及接下來這一天可能會面臨什麼。對於一個逐漸回想起自己正在等待受刑的死囚來說，從夢中醒來反而才是惡夢的開始。

窗外，太陽掛在淡藍色的天空中，多莉亞在緞面棉被下醒來，慢慢想起自己是多莉亞．梅伊（太好了），已經回到了製片廠設備齊全的套房（真棒），她刪除了一個人（天哪），而那個人就是列昂尼德．科斯塔（讚啦），而且到目前為止，她並沒有被指控殺人。

套房外傳來正經八百的敲門聲。雖然她在麥克馬斯特學院學習時培養了信心，但畢竟她還是人，她頓時感到口乾舌燥，背脊發涼，寒意一路鑽進她的胃裡。她穿著與床單相配的緞面睡衣，在外面套了一件家居袍，從臥室走到一條短短的走廊，走下六階鋪著地毯的夾樓台階，來到套房的門廳。敲門聲再次響起，她透過露臺門的蕾絲窗簾，看到那個人穿著一件看起來像州警察的制服，嚇了一跳……後來才發現是藍花楹大門的警衛芬頓．弗洛迪，不禁鬆了一口氣。

她打開門，用關心的語氣回應他嚴肅的表情，柔聲低語道：「芬仔，親愛的，你的臉色好差，進來吧，發生了什麼事？」

芬仔走進套房，那是他生平第一次進入這裡，因此有些不知所措。她示意他進去那間塞滿東西的晨間起居室，他在沙發上坐了下來，微微顫抖的雙手拿著一個灰色大信封。「梅伊小姐，我做了一件事，但我不確定是不是對的。」他說。

她走向酒桌，問道：「要喝點什麼嗎，親愛的？」

他承認自己可能需要喝一杯。多莉亞給警衛倒了一大口黑麥威士忌酒，他一口氣喝掉後，便開始滔滔不絕講述偽裝成女人且受僱於科斯塔先生的私人偵探布萊斯的事，說科斯塔先生想要監視妳，梅伊小姐，因為根據妳合約裡的道德條款，他有權監視妳在製片廠的行為，而這間套房也是製片廠的房產，科斯塔先生還建議偵探找他那忠心又謹慎的警衛協助調查。當年科斯塔先生在戰後馬上就接納了他，讓他在製片廠工作，為了回報這份恩情，他覺得自己應該按照對方的要求去做，請原諒我，梅伊小姐，所以他昨天晚上九點在她敞開的廚房窗戶外，按照指示用偵探提供的夜拍相機拍照。他不知道自己透過她的窗戶拍了什麼，因為裡面很黑，而且偵探叫他低著頭，但他按照指示，將相機放在窗台中央，並按下遙控快門線八次，他聽到相機發出咔嗒聲，也看到閃光燈配件裝置之類的東西發出微弱的光芒，但這種叫做「紅外線」的光不夠亮，幾乎看不見它所照亮的東西。今天早上，他開始懷疑自己是否做了對的事情，所以他沒有把相機帶到偵探推薦的照相館，而是拿去給他的朋友羅伊．基爾弗基爾，羅伊曾是他同營的戰友，在戰後加入了製片廠的沖洗部門。他請羅伊立刻幫他洗出照片，這樣他才能知道自己是否做錯了什麼。芬仔要他保證在沖洗過程中，只有在必要時才看照片，而且絕對不會告訴任何人，梅伊小姐，除非知道拍攝的對象是誰，不然幾乎認不出是妳。我不好意思這麼說，可是照片內容……他沒把話說完。

多莉亞若有所思道：「嗯，讓我想想，昨天晚上九點，我剛洗完澡，所以我搞不好沒穿衣服。」

芬仔什麼也沒說，而是一臉羞愧，打開公文信封，並倒出十幾張放大的照片，連看都不敢看，說道：「毫無疑問，妳美得沒話說，梅伊小姐。」

如果用客觀的角度來評價這些照片，多莉亞也傾向於和他觀點一致。顏色奇怪的紅外光使照片變得柔和，彷彿用了柔焦鏡一樣，加上她理應不知道自己被偷拍，擺出的姿勢沒有半點不自在，讓她那優雅的身材顯得更漂亮。麥克馬斯特學院的健身操和體育活動又進一步雕塑了她的身形，讓她的體態來到了人生巔峰。你才是豬咧！

當然，她是故意在鏡頭前擺出姿勢的，雖然芬仔以為那些照片是他昨天拍的，但其實是多莉亞前天自己拍的。昨晚，當她把科斯塔應得的小金人頒給他的後腦杓，底片已經曝光並緊緊纏繞在相機的收片盤上，芬仔按的八次快門什麼都沒拍到。前天晚上，她打開廚房的窗戶，把相機放在窗台上，用自拍器拍攝八張她的偷拍裸照。她在冰箱上的超大月曆旁擺出自然不做作的姿勢，月曆上隔天那一格和前面所有的格子都打了叉叉，牆上的時鐘則顯示時間剛過九點。科斯塔在距離製片廠兩小時車程的家中被殺，警衛卻在同一時間拍到她在製片廠的套房裡，日曆和時鐘的種種細節都讓這個不在場證明顯得更加真實可信。上週她已經進行了三輪試拍，不過是穿著衣服且背對著鏡頭，並在市中心三個不同的夜間照相館洗了照片。

（她在麥大師學院上的「暗箱」課程幫助她確定了哪種姿勢、曝光長度和光圈最能滿足她的目的。）

並不是要自誇，但她覺得擺出這麼暴露的姿勢是個值得稱道的想法，院長也認為這個主意展現了十足的狡猾與膽識，因此十分贊同。畢竟有哪個具有一定聲譽的女演員會故意讓別人拍自己的裸照呢？這無疑會斷送自己的職業生涯！（雖然裸體寫真月曆似乎沒有對星途扶搖直上的夢露小姐造成負面影響……多莉亞有點好奇如果其中一張比較「藝術性」的照片出現在藝術雜誌裡，煽動醜聞並且提高知名度，是否真的那麼可怕。）

她的計畫現在正處於十字路口，按照麥克馬斯特學院的要求，她已經準備好應對任何一種情況了。但她相信自己對芬仔性格的評價是正確的，而她對芬仔將如何反應的分析會讓她的母校以她為傲。「親愛的芬仔，我可以問一下你拍這些照片會拿到多少錢嗎？」她問道。

芬仔放下酒杯，回答：「這不重要，我要把錢還回去。」

「可是……你不應該因為做了正確的事情而受到處罰吧？」

他揮揮手把問題岔開。「我拿了錢只是因為我為科斯塔先生工作，他給錢我辦事。但這些照片……不會危害到任何人，它們真的很美。」

他對那些用亮光紙列印的照片投以寵愛的目光，多莉亞不禁懷疑他是不是有留備份。她在想什麼呢？一定有啊。「你還留著底片嗎？」她問道。

他露出無助的表情，聳肩道：「我知道我應該要把底片燒掉，但照片實在太美了，我不忍心這麼做。」

但你沒把底片帶來，對吧？多莉亞立刻就察覺到了他的意圖。「芬仔，不然這樣好了，我給你一千美元」——警衛開口表示抗議，但多莉亞繼續說下去——「以感謝你的誠實、彌補你的財務損失，當然還有換取底片，畢竟如果落到壞人手裡，那可是值一大筆錢呢。」

「恭敬不如從命，梅伊小姐。」他表現出順從的態度。「這就當作我們之間的小祕密吧。我會告訴科斯塔先生那台相機有問題，拍不了東西，我一氣之下就把底片丟掉了。」

多莉亞知道他不會告訴科斯塔先生任何事情，應該說再也不會了，但現在沒必要與芬仔或其他任何人分享這則新聞快報。「我馬上寫一張支票給你。」她一邊說，一邊走向角落的書桌。

令人驚訝的是，芬仔突然站了起來並猛搖頭，態度相當堅定，說道：「不，還是不要好了，小姐。現在想想，我不應該接受妳的好意，但就算接受我也不能收下支票，妳明白嗎？因為這樣就會留下紀錄，以後會給我帶來麻煩的，這點我敢肯定。」

多莉亞說：「好吧，那給我一點時間，今晚你下班後，我會準備好現金給你。九點左右如何？只是這次我會穿衣服。」她笑了，於是他也跟著笑。「不管是製片廠、國稅局還是其他人，沒有任何人會知道這件事。在這種情況下，這是我至少能做的。」

芬仔雖然一臉不情願，但還是屈服了，說道：「那就如妳所願，小姐。」

♠

作為一名警衛，芬頓．弗洛迪的主要工作是留意其他人進出大門的時間，因此他自己也很守時。他提早一分鐘抵達，但晚上九點整才輕輕敲她露臺的門。進門後，他就立刻遞給她一個信封。

「底片在這裡，小姐。」

她把那些鬼魅般的圖像對著光，問道：「我想確認一下，這些是你昨晚拍的照片嗎？你從來沒有在其他天或其他時間拍其他照片？」

芬仔似乎受到打擊，說道：「梅伊小姐，妳問這種問題讓我感覺像個偷窺狂！妳自己看照片裡牆上的時鐘還有妳的月曆。我昨天早上才拿到相機，裡面也只有一卷底片，如果我說謊就會遭到天打雷劈。」

她走進廚房，拿了一個塞得滿滿的白色信封回來，說道：「芬仔，我對你感激不盡。感激之情是無價的，但我想一千美元也還算不錯啦。」

他舉起雙手，說道：「梅伊小姐，我不能收下這一千美元。」

「噢，沒必要這麼高尚啦，很多人站在你的立場都會想辦法占便宜。你一定要收下。」

他耐著性子糾正她：「不，妳誤會了，小姐，一千美元還不夠。」

多莉亞盯著他好一會兒，然後把底片放回信封裡，並走到放了陶瓷圓木的煤氣取暖器旁。「要燒毀底片很容易。」她說。

芬仔看她那麼天真愚蠢，不禁微笑，說道：「我一直不明白為什麼犯罪故事都要強調底片的重要性，要複製底片又不難。可以肯定的是，這些並不是原本的底片，原本的還在我手上。妳說一千美元是妳至少能做的，我說：『妳說的是。』因為一千美元對妳來說真的只是『至少』而已，再多一點妳的荷包也不會失血過多。我在想五千美元，怎麼樣？」

「如果我給你五千美元，你就會給我所有的底片嗎？包括原本的？」

他張開嘴巴，但又停下來思考，好像他沒有事先考慮過這件事一樣。「這個嘛，我應該會保留兩份以備不時之需耶。是這樣的，這對我來說有點算是投機性投資，要看妳之後的職涯發展如何。妳賺得越多，身價越高，形象越重要，我就應該拿到越多，妳不覺得嗎？而且如果妳之後要演聖女貞德或是我們的聖母瑪利亞——」

「好了，這樣就可以了，梅伊小姐。」一名男子厲聲說。他從廚房走進起居室，身後跟著一名穿著制服的警察。他穿著深藍色西裝，上面有警徽。「芬頓．弗洛迪，我是賈奈特副警監，這位是科特斯警探。我們目睹你企圖勒索梅伊小姐，因此要以違反《加州刑法典》第518條勒索罪逮捕你。你也被指控以偷窺為目的，在這間房屋外徘徊，違反了《加州刑法典》第647i條，屬於A級輕罪。」

身為一名專業警衛，弗洛迪很清楚自身工作的法律界線，便反駁道：「我在這間房子外是有合法目的的，這是我老闆的指示。」

「誰的指示？」

「列昂尼德．科斯塔。」

賈奈特露出了非常奇怪的笑容，說道：「科斯塔先生恐怕無法證實這點，因為他已經被謀殺了。」

多莉亞倒抽一口氣，跌坐在沙發上。「什麼……怎麼會……？」

由於賈奈特副警監處世圓滑，面面俱到，所以常常被派來跟電影製片廠打交道。他這次竟然犯了這麼低級的錯誤，似乎很生自己的氣。「梅伊小姐，我很抱歉用這種方式告訴妳這個消息，是我少一根筋。」他又轉向弗洛迪，問道：「科斯塔先生給你這些指示時，還有其他人在場嗎？」

「給我指示的不是他，是他僱用的私人偵探。」

「可以告訴我偵探的姓名或地址嗎？」

弗洛迪在口袋裡摸索了一下，然後遞給他布萊斯偵探社的名片。賈奈特仔細檢查那張名片，一副半信半疑的樣子。「我從來沒聽過什麼北七路，你呢，科特斯？」他問道。

他那穿著制服的同事說：「沒聽過。順帶一提，『北七』是白痴的意思。」

「誰都可以印名片，包括你，弗洛迪先生。」賈奈特指出，多莉亞知道這是事實，因為名片就是她印的。她覺得芬仔有點可憐，但話又說回來，他拒絕了她豐厚的報酬，還試圖勒索她。要讓喜歡追星的賈奈特副警監來竊聽很簡單，因為他曾擔任她的搶劫電影《賭城驚爆》的技術顧問。如果芬頓沒有試圖勒索她的話，兩人的交易還是能建立她的不在場證明，雖然她覺得自己不需要。如果芬仔很老實，把照片交給她捏造的「私人偵探布萊斯」角色，她就會用匿名信來勒索自己，叫賈奈特來調查，並將芬頓接受任務時簽名的信封匿名寄給他，一樣可以建立當晚的不在場證明。

但她從一開始就認為芬頓會把照片直接拿給她，並試圖透過敲詐勒索來要更多錢，因為在她看來，他一直都像一個腐敗的門房，隨時準備收賄。她很感謝他替她省去了幾個繁瑣的步驟。

芬仔被銬上手銬時，賈奈特副警監向多莉亞解釋道，他必須保留那些暴露的照片作為證據，但會將其鎖在安全的地方。多莉亞心想，我看你是要把照片藏在車庫的保險箱裡，跟那些不能給你老婆看的雜誌放在一起吧。

在芬頓被科特斯警探帶走前，賈奈特副警監安慰他說：「嘿，往好的方面看吧，老兄。科斯塔先生被謀殺後，重案組會調查製片廠所有形跡可疑的人。但這些照片給了你無懈可擊的不在場證明，警方已經知道他被殺時你在哪裡了。妳也是，梅伊小姐。」

「那恐怕就是赤裸裸的真相。」她略帶尷尬開玩笑道。「我昨晚確實好像暴露了自己……但希望至少不會被懷疑啦。」

「不會的，小姐，懷疑妳就等於是違反了自然法則。我們已經知道殺害科斯塔先生的凶手是一名有特定……興趣的男性。」

她的表情變得嚴肅起來。「我不明白。」

這名警探喜歡告訴朋友自己也算是從事電影行業。他吐露道：「好吧，既然我是妳的終生粉絲，我就直說了……看來妳的科斯塔先生是被一個喜歡男扮女裝的男人殺死的。」

多莉亞結結巴巴地說：「可、可是……列昂可是出了名的好女色耶！」

賈奈特很高興能在電影明星面前以老成練達的男人自居。「最公然沉溺女色的人往往希望向別人或自己證明，他不是『那樣的人』。或是科斯塔先生可能被騙了，以為對方是個女人。我聽說凶手有在他的臥室表演脫衣舞，那樣遲早會暴露他的生理性別。對我們來說，最大的問題是能不能弄清楚他是否自願與凶手發生關係。」

「關係？什麼——」

「有物證證明這名男性凶手與科斯塔發生過性關係。問題是，妳的老闆是自願的嗎？我們也不知道性行為發生的時間點是在他死亡之前、同時還是之後。即使是現在，取證技術也是有限的。」

「噢，真是奇恥大辱！」多莉亞開始啜泣。「這麼骯髒、可恥的結局，實在是太難堪了！」

「為了維護製片廠的名聲，我們會盡力保密。」

「但這裡是好萊塢耶！」多莉亞哭喊道，表面上很絕望，內心卻歡欣鼓舞。「這件事會出現在每一個八卦專欄、黃色報刊和醜聞書籍裡，好幾年都不會消失！」我一定會確保這點的，她在心裡默默補充道。真可惜，她沒辦法向電影行業報透露就是她，多莉亞・梅伊，為了對抗科斯塔操弄她的職業生涯，因此擔任擺渡人的角色，送她的老闆去見冥王。

她在心中的《每日綜藝》下了標題：**「男」以啟齒！影界鴻雁淪為影界污點**。

第五十章

大哉問＃4：刪除此人會改善其他人的生活嗎？

那天下午對克里弗來說顯得特別宜人，也許是因為菲德勒不再有享受這段午後時光的選擇了，但他步行前往莉莉安娜・霍瓦斯的家時，跟他擦肩而過的路人彷彿也感覺到那個暴君已經不在了。路人們似乎都穿了家裡最好的衣服，還有不只一人對他說出老套但真誠的問候語：「今天天氣真好。」

莉莉安娜讓他坐在門廊享用檸檬水和匈牙利蜂蜜蛋糕。他今天戴著假髮，因為雖然頭髮會再長回來，但他很難解釋自己為什麼要剃光頭，用什麼理由感覺都很牽強。不過他把亂蓬蓬的鬍鬚刮掉了，這讓他鬆了一口氣。他很懷念每天早上塗抹刮鬍泡、刮鬍子和清洗刀片的儀式，還有將鬚後水拍打到臉上後的刺痛感。

克里弗喝完第一杯檸檬水時，莉莉安娜問他要不要續杯，他便心懷感激接受了她的好意。接著，他壓低聲音說：「梅里爾・菲德勒死了。」

莉莉安娜緩緩點頭，花了一點時間消化這個資訊。「他是怎麼死的？」她終於開口問道。

克里弗字斟句酌，回答：「如果我擁有無所不知的超能力，我會想像他用一杯妳丈夫最喜歡的利口酒毒死了自己。我也會想像，他在臨死前，心裡很清楚自己會死有一部分是因為他沒有善待我們的雅塞克。」

她這次也沒什麼反應，只是靜靜思考我說的話。最後，她問道：「痛苦嗎？」

他回答：「並非毫無痛楚，而且他還感受到了恐懼和絕望。」

她喝了一小口檸檬水，但糖似乎加得不夠多，因為她緊抿著嘴唇。「那很好。」她說。「謝謝你。」

他們靜靜坐在那裡，好像兩人都拿了一塊聖體，正在等聖餐酒一樣。接著那名溫柔的女子再度開口，像往常一樣在出乎意料的地方加了重音：「要是殺了我的雅塞克的人也能受到懲罰就好了。」

「那個人死了。」克里弗回答。

她倒抽了一口氣，這是她今天第一次表現出內心的情緒。「菲德勒？竟然是他？我早就懷疑——」

「不是，射殺妳丈夫的人也死了。」

「但……你是怎麼找到他的？我們以為是個陌生人。」

「我很肯定那天晚上傑克在埃爾伍德公園遇到的人不是他認識的人。」克里弗回答，又用篤定的語氣繼續說道：「……而射殺妳丈夫的人已經因為他在那裡的所作所為而死了。我只能告訴妳這些，但妳可以相信我的話。」

莉莉安娜握住他的手，說道：「我相信你，我不想要你再冒著可能會受傷的風險了。」

「我也不想讓妳再受到更多傷害了。」他也給予同樣的回應。

「你會留下來吃晚餐嗎？我現在很少有機會為自己以外的人煮飯。」

「真的很抱歉，我今天有很重要的文書工作要處理。」他如實回答。

「希望下次還有機會。」她說，並伸手去拿他的杯子，彷彿再續一杯檸檬水可以讓他再待久一點。「你打算繼續留在這一帶嗎？我在想你可能離開這裡一段時間會比較好。」

「我應該不會在這裡逗留太久。」他說。「我們未來應該會有好一段時間不會見面。妳的經濟狀況還可以吧？過得還舒適嗎？我知道傑克有事先做準備，為妳提供生活所需，以免……」

「……他先過世，畢竟我比他年輕。對，保險公司已經都處理好了，其實他們賠的錢遠超過我的日常生活所需，但我也心懷感激。」她說，語氣中毫無歉意。「因為我剛好也需要一大筆錢。」

克里弗也沒多想，就拍拍她的手說：「我很高興妳拿到了保險金，希望有一天妳能把錢花在自己真正喜歡的事情上……也許可以回匈牙利一趟。」

莉莉安娜看著克里弗的眼神就好像他是她的兒子一樣，而且是個年輕又天真的兒子。

「我需要的不多，也不用付房貸。其實大部分的保險金都已經花光了。」她忍俊不禁，說道：「小熊，你還不明白嗎？」

「不，莉莉安娜，我不明白。妳在說什麼？錢去哪了？」

「拿去付你的學費了，雖然很貴，但那就是我想要的。」

他緩緩眨了兩次眼睛，試圖看清事情的原貌。「是妳，莉莉安娜？妳就是我的贊助人？」他問道。

「從雅塞克死後，你在葬禮上對我說的話，加上你喜歡的姑娘才剛過世不久，我可以看到你善良的心被黑暗籠罩。我知道你會做蠢事，而且不會成功，最後像雅塞克和蔻拉一樣，太早離開人世。我想要懲罰菲德勒先生，但我已經太老了，替我們完成bosszú……報仇雪恨的人必須是你。」

「但妳怎麼會知道麥克馬斯——」

「噓！」她馬上制止他。「我們不能說出你那所好學校的名字。葬禮結束後，我跟來自紐約的表弟派屈克交談。他在匈牙利是打手」——她壓低聲音——「在紐約，他為不想弄髒雙手的義大利人提供服務。他知道社會黑暗面，法律管不著的事情，他告訴我，如果你要懲罰菲德勒，那只有一條路可走，但要花很多錢。我告訴他我有錢，因為我真的有。」

「但派屈克是怎麼知道那所學校的？」

「他五年前是那裡的學生。」她的聲音已經小到變成耳語了。「他被派去受訓，他們稱之為『承包』，以完成一項危險的任務：解決掉他們的老闆，也就是他的老闆，他們稱之為『capo dei capi』……老大中的老大。克里弗，他跟你一樣，必須要謀殺自己的雇主。」

學生ID I-23597
根據指示不提供地址
根據指示不提供日期

法羅群島托爾斯港
郵政信箱303
麥大師有限公司

請將所附信件轉寄至：
地址未知
麥克馬斯特應用藝術學院
滑榆樹
院長辦公室
僅供哈賓格．哈洛院長本人閱覽

親愛的哈洛院長：

由於我的論文已經完成了，能否順利畢業掌握在麥克馬斯特學院董事會的手中，所以我決定另外寄這封信，而不是寫在已經完成的日記裡。現在我終於知道神祕贊助人的身分（再見了，親愛的X），我不希望對方看到這封信的內容。看完下面的內容，我想你就會明白為什麼了。

希望我有按照麥克馬斯特學院的教學理念完成論文，我也很努力把你在學校向我灌輸的四個大哉問和刪除法則謹記在心。但在完成論文的過程中，我故意讓我的贊助人認為我為了替雅塞克·霍瓦斯報仇，結束了殺害他的凶手的生命。（在這種情況下不太適合用「刪除者」這個詞。）

院長，由於我的贊助人可能有另外跟你聯繫，我擔心她可能會讓你以為我擅自拓展了論文的執行範圍，在未經學院批准（且違反原則）的情況下將另一個人列入刪除目標。你一直都很關心我，也對我很有耐心，無論是在個人還是學術層面上，我都不希望你認為我是個傲慢且不懂感恩的學生。雖然你教過我，有時麥克馬斯特學院的刪除者必須臨機應變（這就是為什麼即使飛行技術變得更依賴儀器輔助，我們還是需要飛行員的主要原因），但我不想讓你覺得我是個素質極差的學徒，像一個愛亂開槍的槍手一樣，再多殺一、兩個人也沒關係。

我故意給我的贊助人留下這樣的印象：殺害傑克·霍瓦斯的凶手已經死亡，也因為殺死他而受到了懲罰。這是事實，因為殺害傑克的凶手就是他自己，而只要自殺成功，唯一的懲罰就只能是死刑，超出了任何人為干預的範圍。

他以令人欽佩的技巧和勇氣自殺，甚至可能會讓人以為他才是受過麥克馬斯特學院教育的人。在他死前的最後幾週，我們兩個都過得很糟，我從兩人的對話中得知他覺得自己的人生和職涯都已經走到盡頭了。我或許可以展開新的職業生涯（而且不久後就得開始找工作，雖然天知道要做什麼），但傑克已經接近退休年齡，再加上他是在被誣陷的情況下突然遭到解僱，所有退休金和工作福利都被剝奪，幾乎沒辦法讓自己和妻子繼續過著舒適的生活。儘管我將他們視為如同撫養我的姑姑和姑丈般的存在，但莉莉安娜比傑克年輕很多，因此他省吃儉用，做出很多犧牲，以確保如果自己比她早過世，她能過著衣食無虞的生活。現在他的人生完蛋了，他只剩下一項資產：一份意外險保單。不過當然，自殺就拿不到任何保險金了。

我的論文是要讓目標看起來像是自殺，而傑克悲慘的任務則是要讓他的自殺看起來像他殺。

我去了埃爾伍德公園，開始沿著骯髒的長方形廣場周圍挨家挨戶拜訪當鋪。附近的街道上都是一間當鋪、一間擔保行交替排列，就像在學校裡面男生女生坐隔壁一樣。

我在每個當鋪都用同樣的套路，第六次就幸運成功了。

「我想買一把點二二口徑手槍。」我對那個看起來像是嘴裡含著牙籤出生的老闆說道。

「如果有人破窗而入，你就會在乎的。」他立刻回答。「但我們這一帶很少人會買這種槍，畢竟威力不怎麼樣。」

「我不在乎能不能用。」

「我就是想要點二二口徑手槍，國外的槍，或許有珍珠母握把？是拍電影要用的。」

他根本不相信這個說詞，但他一點也不在乎。「等一下喔。」他走到後面的房間，並拿著一個大盒子回來，說道：「這把是匈牙利製的點二二口徑手槍，是古董但保存狀況良好，用的是標準彈藥，真的很不錯。」

他將一把帶有珍珠母握把和金絲裝飾的小型手槍放到面前的天鵝絨墊上。槍身上的銅綠讓我想起麥克馬斯特學院致命動物園裡的虎蛇，兩者都很美麗，同時又很致命。我第一次看到這把槍是在傑克．霍瓦斯書桌右手邊的抽屜裡，但我回到外面的世界後，去探望他的妻子時卻沒看到槍，這促使我開始思考他死亡那天可能發生的情況。

「多少錢？」

他上下打量我，然後開價：「三百美元現金。」

「六百。」我反其道而行，開出更高的價碼。

「這也殺太多了吧。」他不假思索立刻拒絕，意識到我說了什麼之後，微笑道：「嗯，我喜歡你討價還價的方式，我的朋友。你在搞笑嗎？」

我搖搖頭說：「多的那三百是要請你忘了我買這把槍，不要填寫本州表格。」

身為當舖老闆，他當然還是盡力喊價：「不如七百怎麼樣？」

我搖搖頭說：「沒辦法，我已經得付自己三百美元忘記你了。」

傑克的家傳手槍竟然在死氣沉沉的埃爾伍德公園附近的當舖，證明我對他計畫的猜測是對的。如果傑克想典當他的手槍，比起在城裡治安最差的地方的這間破舊小店，還有其他可以賣更多錢的古董店和槍枝經銷商。他當然不可能死後來典當手槍，也不可能是槍殺他的人先從他家裡偷了手槍，以便日後在一座荒涼的公園裡用那把槍殺死其主人，再把它典當掉，現實可沒這麼詩意。

不，傑克故意讓自己成為埃爾伍德公園猖獗的行凶搶劫犯和幫派容易下手的目標。他可能在附近的酒吧喝醉了，讓自己看起來像是容易下手的目標，也為接下來的嚴峻考驗壯膽。他可能在酒吧秀出了這把槍，吹噓其作為古董的價值，然後閒逛到埃爾伍德公園，自願成為搶劫犯和幫派的獵物，甚至更有可能是有人直接從酒吧跟蹤他到那裡。他強行與對方展開搏鬥，然後那個醉酒後一心求死、無所畏懼的野獸猛地將小槍塞到對方手中，再朝自己的胸口開了一槍。

傑克非常聰明：如果襲擊他的人把槍留在現場，槍上可能會有他們的指紋，甚至可能會讓警方追查到所謂的「攻擊者」。如果槍被擦乾淨了，那就不可能是傑克擦的，因為他是當場死亡，身上也沒有手帕或手套之類的東西。如果搶劫犯拿走了槍（他顯然這麼做了，後來親自或請他人拿去典當），那傑克顯然不是自殺，因為如果是的話，那槍在哪裡？所以無論他那不知情的同夥採取了什麼樣的行動，傑克的死都一定會被視為謀殺。

我沒有向傑克的遺孀透露這個可能的真相，因為我希望她能夠善用傑克想要留給她的剩餘遺產，而不用承受親人自殺可能會引發的愧疚感。

哈洛院長，我在麥克馬斯特學院度過的寶貴時間顯然是為了幫助我成功刪除目標，而不是解開謎團。雖然這只是我個人的推測（但在離他的死亡地點那麼近的地方找到他的點二二口徑手槍，對我來說就是確鑿的證據了），但我確信這就是雅塞克·霍瓦斯之死的真相。正如我在這封信的開頭所說，我想特別澄清這點，以免我的贊助人向麥克馬斯特學院的任何人提到我跟她保證殺害雅塞克的凶手已經受到懲罰的事，讓學院誤以為我違反了貴校嚴格的道德準則。

我的論文現已完成，正在等待學校的審查。雖然回不去了，但我會永遠懷念在那裡度過的時光。哈洛院長，謝謝你花時間看完這封信，祝你新學期愉快。

學生ID 1-23597 敬上

第五十一章

克里弗將信寄到了學院提供的通訊地址。今晚很美妙，但他卻感覺……他有什麼感覺呢？幾個月來，他人生的意義完全奠基於菲德勒的死之上，現在菲德勒死了，他又該何去何從？他為蔻拉報了仇，但那也不能讓她死而復生。他知道了贊助人的身分，這對他來說意義重大，但也意味著他不會再為了自己動用那筆資金。他想像中的贊助人是貴族出身，擁有一座城堡和藏書豐富的圖書館，應該說這樣想錢會花得比較心安理得……但這種幻想已經破滅了。

謀殺成了他唯一的使命。他在航空學的工作只是他計畫中的一小部分，但遺憾的是，這不再是他希望從事的職業；到時候他只會回到同樣的權力結構中，聽命於一個不是因為對航空的熱愛，而是憑藉狐狸般的狡詐爬上高位的主管。他幾乎不記得自己當年選擇從事航空設計的原因。他在某些科目上有天賦，而特定學校錄取了他，僅此而已。他在攤牌中倖存下來主要是為了確保菲德勒不僅輸到脫褲子，還要翹辮子，但現在是否該棄牌並兌現籌碼？如果是的話，他又有什麼籌碼呢？

「找到他了。」道布森警監說道。

「看看那張臉。」史蒂奇警佐說道。他們坐在克里弗家對面一輛木製嵌板旅行車裡。「看他的表情可能會以為他失敗了呢。」

「這種事經常發生。」警監說道。他為了這次監視行動，特別脫下帽子來偽裝自己。「這就像訓練海軍陸戰隊士兵成為優秀的殺人機器，戰爭結束後再叫他們忘記一切所學。現在是畢業生對學校構成最大威脅的時候，他可能會尋求專業的協助，並向精神病醫師透露太多細節。」

史蒂奇觀察克里弗漫無目的、無精打采的步伐。「那個可憐的傢伙看起來好像已經失去活著的理由了。」他說。

道布森點頭表示同意，說道：「還是早點讓他解脫比較好。」

史蒂奇警佐將手伸進胸前的口袋，問道：「誰來動手？」

碩士論文

學生：潔瑪．林德利
地點：聖安妮醫院加護病房
日期：一九五X年七月一日

哈賓格．哈洛院長的最終報告

我們在她工作的醫院的一間單人病房裡找到了這位不及格的學生。我們被告知她的生命跡象已經比較接近正常了。她的雙肩都骨折了，而且頭破血流，但幸好頭蓋骨只有骨折而已。幸運的是，她距離聖安妮醫院的急診室只有一分鐘的路程，那裡的外科醫生也特別努力搶救，因為他們知道潔瑪不僅是聖安妮醫院醫療團隊深受喜愛的成員，還是挺身保護愛黛兒．安德頓的英雄。我表明自己是她的舅公，醫院便讓我和她獨處一段時間，史神父也在我身邊，以免突然需要進行臨終祈禱。

潔瑪看到我走進病房時，正在用吸管喝葡萄適。她的臉上浮現出一種淒涼無奈的表情，看得出來她連吞嚥都很吃力。佩恩護理師看到這是一次感人的親人探視，便好心讓我們私下聊聊。

「妳好，林德利小姐。」我說，神父也用溫柔的語氣問候她。潔瑪微微顫抖的下唇出賣了她，但她還是在石膏和綁在頭上的繃帶允許的範圍內點頭打招呼。「妳知道我們為什麼來這裡嗎？」我殷勤地問道。

她那聽天由命的嚴肅表情沒有半點膽怯。「我想你們應該是來……」潔瑪思考合適的字眼。「……當掉我的？」

由於她還在康復中，我試著用微笑安撫她緊張的情緒，但殘酷的現實是不可避免的。「妳應該了解自己的失敗會讓學校和妳的同學陷入什麼樣的處境吧？」我問道。

「我搞砸了。」她說，然後又喝了一口葡萄適，試圖讓嘴巴不要那麼乾。「愛黛兒都已經在我要下手的位置了，但我還是失敗了。」她沒有一絲自憐，繼續說：「現在我回到了外面的世界，知道學校的存在、目的，以及很多學生的長相。我沒能完成論文，因此會對所有人造成威脅。無論如何，我想警方遲早都會逮捕我，畢竟我沒機會把尼龍線從千斤頂把手上拆下來。」

史神父的黑色和棕色頭髮亂糟糟的，他走近了一些，彷彿要施行塗油聖事，說道：「我都處理好了，潔瑪。我偽裝成護工，第一個到達現場，親自把妳送上救護車後，我就假裝要走回醫院，離開現場，所以沒有人知道真相。總而言之，妳的計畫還不錯。」

「你……你來這裡……多久了？」

「妳離開學院時，我很擔心妳的論文，而且我有個姑姑住在比米什，我之前就想去拜訪她了。」神父解釋道。

「就算沒有姑姑，他也會編出一個。」我特別補充道。「針對高風險刪除計畫，我們常常會讓指導教授或當地畢業生在附近待命，以免臨時需要介入。就妳的情況而言，如果警方懷疑是謀殺，妳還在住院的時候就會發生第二次危險的『惡作劇』，還會有一張紙條威脅聖安妮醫院如果不為貧窮兒童免費供餐，就會發生更多類似的事件，藉此掩護妳的刪除行動……但到目前為止，當局和愛黛兒．安德頓似乎都覺得這是一起意外事故，而妳表現得很英勇。」

「這也是事實。」神父語帶欽佩道。「多虧了妳，母子均安。」

潔瑪大為震驚，問道：「你怎麼知道愛黛兒懷孕了？」

「噢，她擔心腹中的孩子受傷，所以有告訴接待室的護理長。我又換回平常神父的裝束，在急診室為任何需要神職人員的病患和家屬提供服務，因此無意中聽到了這段對話。只要戴著羅馬領，很多門都會為你敞開。愛黛兒還說她才剛告訴妳她的好消息，妳就犧牲了自己保護她。」

我試圖向潔瑪傳達我下一個提案的重要性，因為這確實是一個生死攸關的問題。「林德利小姐，雖然很有挑戰性，但我們是可以給妳機會重考期末考，也就是妳的論文。」

雖然無助，但潔瑪沒有絲毫猶豫，立刻回答：「現在結束愛黛兒的生命？不可能。雖然她是勒索者，但也是準媽媽，我做不到。」她直視我的眼睛，這份勇氣著實令人欽佩。「你只能當掉我了。」

神父彷彿想為她辯護，說道：「妳準備犧牲自己的生命來拯救另外兩個人。」

「那完全是無意的。」她坦率回答。

「因為妳心地善良。」神父反駁道，好像在唱雙簧。

「或許吧。」她說得好像心地善良是一種詛咒一樣。「我一直都覺得自己不是麥克馬斯特學院的料，從來都不想弄髒自己的雙手。妲爾西的想法是正確的。我之前都會看她打棒球，她知道自己的論文一定要用自己的雙手來掌握。」她想像春天的陽光溫暖了棒球場和板球場臺面呢般的草坪，而克里弗用他那靈活的手臂朝她的同學投快速球。「好吧，這樣也夠詩意。」她環顧房間，以豁達的態度補充道。「我就是在這層樓結束我父親的生命的，現在我也會死在這裡，也許就是像他那樣透過靜脈注射。之前就有人警告我麥克馬斯特學院在這方面效率很高，但這比我預期的還要快。我不能見母親最後一面嗎？」

史神父清了清喉嚨，說道：「潔瑪，我的孩子，妳好像誤會了。麥克馬斯特學院不會自動將慈悲的行為視為犯錯。妳當時只有兩秒鐘的時間可以回答第三個大哉問：『有沒有無辜的人會因為你的行為而受到傷害？』妳救了一個無辜的孩子。」

「第四個大哉問進一步證實了這點。」身為當今麥克馬斯特之道的最高權威，我提醒他們兩個。「『刪除此人會改善其他人的生活嗎？』由此推斷，如果不讓一個人死亡會大大改善其他人的生活，那就不應該刪除對方。雖然我們會把一些人從這個世界上除掉……但我們並非沒有人性。」

潔瑪看起來似乎很努力不去假設奇蹟即將發生，這會削弱她接受自己的命運，死得有尊嚴的決心。我決定不再讓她受苦，便說：「親愛的，妳的目標再怎麼可憎，她的孩子都是無罪的，看到妳對無辜旁觀者的同情，讓我們調整了標準與做法。我可以為妳提供一個除了退學以外的選擇，就是成為我們的員工。」

潔瑪非常誠實，對這個看似荒謬的提議感到不可置信。「你的意思是，我要教別人追隨我的腳步，重蹈我的覆轍嗎？」她問道。

「不是，妳會以自身經歷為榜樣，教導麥克馬斯特學院的道德觀，而神父將是妳的直屬主管。」

史神父似乎很興奮，補充道：「我跟上帝不同，沒辦法無所不在，有些女學生也很難跟我敞開心扉，有時反之亦然。妳可以在我和世故的薇斯塔．特里珀之間提供一個中間觀點。除此之外，塔科特教練非常需要一個動作敏捷的助理教練，而他一直以來對妳的運動和平衡能力都有很高的評價。」

潔瑪試著理解狀況，問道：「這真的不是某種圈套或測試嗎？」

我看起來一定很失望，甚至可能有點受傷。「林德利小姐，妳讓我們陷入了兩難，這是我能提供的最佳解決方案。當然，我的提議也有缺點。妳要開創的新職位不支薪，只有微薄的酬金作為零用錢。而且這份工作將是終身職，除非妳用某種方式使麥克馬斯特學院或妳自己的名譽受損，那樣的話我們會立即取消妳的終身職，並且無法上訴。這恐怕是妳的第一次、最後一次，也是唯一一次機會。」我說。

「但我還能再見到我媽嗎？」

神父撥開額前翹起的一縷金棕色頭髮，並壓低聲音，彷彿在告解一樣：「潔瑪，其實我最近以聖安妮醫院牧師和妳朋友的身分，拜訪了妳那善良的媽媽好幾次。噢，她做的黑醋栗麵包捲真是令人難忘！我小心翼翼切入話題，說有可能是妳讓妳親愛的爸爸從痛苦中解脫的。和撒那！她的反應堪稱模範！她說她每天都在感謝救世主將妳父親從痛苦中解救出來，但現在她可以感謝妳了。聽到妳不得不獨自承受這個重擔，她也感到非常心痛與不捨。我鼓起勇氣，提出妳在學院的工作機會，她說妳就是她的全世界。雖然她在這裡也有熟人，但無論妳要去哪裡工作，她只有在妳身邊才會快樂。我敢打賭吉拉德．提希爾會需要一位經驗豐富的廚師幫忙烘焙，畢竟妳媽媽在帝國化學工業工廠食堂工作，一定很習慣要餵飽幾十、幾百個人的壓力。」

潔瑪在完全出乎意料的情況下從鬼門關前被救了回來，在亢奮的情緒下，很容易就能判定無論從哪個方面來說，在美麗的校園裡生活都是比死亡還要好的選擇。在這種情況下，我們能透過風光明媚的校園環境建立獨特的僱傭關係，在經濟衰退的時期，其他學校掙扎求生存，但我們還有一批領最低工資的教職員工可以維持學校運作。當我們能夠以這種方式扭轉他人的命運時，沒有人比我更珍惜這一刻了。

「潔瑪，宵禁鐘今晚不會響起[36]！如果妳和妳母親消失得無影無蹤，愛黛兒．安德頓就

36 引自蘿絲．哈特維克．索普（Rose Hartwick Thorpe）的敘事詩《宵禁鐘今晚不能響起》（*Curfew Must Not Ring Tonight*）。故事講述一名年輕女子貝西的情人被捕入獄，將在當晚宵禁鐘響起時被判處死刑。她知道奧立佛．克倫威爾會晚到，便請求教堂司事不要敲鐘。對方拒絕後，她就爬到鐘樓頂部，冒著生命危險手動阻止鐘聲響起。克倫威爾聽說了她的英勇事蹟，十分感動，便赦免了她的情人。

很難再勒索妳了。她會擁有健康的孩子和美滿的婚姻，但也必須養成做好份內工作的習慣。好好休息養傷，我們會安排妳在新學期開始前及時返校。」

「哈洛院長。」我轉身準備離開時，她叫住了我。「如果我因為自身的無能，在不知道愛黛兒懷孕的情況下搞砸了我的論文，你真的會……當掉我嗎？」

史神父從長袍裡取出一個黑色的小盒子，讓潔瑪瞥見裡面的東西：一根針尖閃閃發亮的皮下注射針。神父「啪」的一聲關上盒子，又把它收了起來。

「如果妳是另一種失敗者，我們早就溫柔地送妳上路了。」我用嚴肅的語氣證實道，接著向她露出我最仁慈的微笑。「期待下學期見到妳，潔瑪。」

碩士論文

學生：妲爾西．莫恩（多莉亞．梅伊）
地點：義大利羅馬
日期：一九五X年七月六日

哈賓格．哈洛院長的最終報告

奇尼奇塔電影城是一個規模龐大的義大利電影製片廠，由墨索里尼設立。「電影是最有力的武器！」他站在宮殿的陽台上宣布。後來他轉了一百八十度，在義大利投降後被處決並倒吊在洛雷托廣場。

戰後初期，製片廠曾用來收容被迫離開家鄉的難民，對多莉亞．梅伊來說，現在也是如此。我去《佩琉斯大戰死亡女皇》（*Peleus Combatte La Regina della Morte*）的片場拜訪了她。她直接從瓶子裡小口喝著法蘭契柯達氣泡酒，才不會破壞使她化身為凱索妮亞的層層妝容。凱索妮亞是卡利古拉的最後一任妻子，在片中的死對頭是人高馬大的阿爾戈英雄佩琉斯，恨不得置對方於死地，但根據荷馬記載，佩琉斯的時代比她早十三個世紀。

她坐在一張帆布椅上，椅子上不僅印著「梅伊小姐」的字樣，更承載著那位影壇傳奇人物的重量。她穿著羅馬帝國的華服，講述她完成論文後所發生的事，令我大飽耳福，內容也跟我從外勤人員那裡收到的進度報告十分吻合。列昂尼德．科斯塔去世幾天後，她被叫到他的辦公室，心裡還有點期待萊迪．葛拉漢已經坐上寶座了。然而，迎接她的是製片廠的財務總監克勞德．雷文森，他態度親切，解釋說影界要人統治電影製片廠的時代已經結束了。他說科斯塔純粹為了報復她而逼她從大銀幕上消失，實在是不尊重她身為演員的專業，也是在浪費製片廠及其股東的寶貴資產，讓她聽了很高興。

她沉浸在這個好消息中，就像在喝干邑白蘭地一樣，身體變得暖呼呼的。她問下一任製作總監會是誰。雷文森表示，雖然科斯塔被謀殺出乎意料，但董事會這幾個月來早就已經在祕密計畫讓他取代科斯塔的位置。他解釋說，製片廠的醫生對公司的保險提供者直接負責，他有私下告訴他們科斯塔已經時日不多了。

多莉亞現在想起科斯塔辦公桌上的白鑞藥盒，而且他在懸崖小屋的床頭櫃上也有一個類似的藥盒。她試圖掩飾內心的絕望，開口道：「所以我根本不需要……」然後急忙改口：「為他被殺而哀悼？反正他本來就會死？」「反正」這個詞透露了太多她內心的想法，但她會這麼說也情有可原，因為她在那一瞬間意識到，幾個月來的用功學習、精心計劃，以及最後費盡千辛萬苦實行論文，一切的努力都白費了。

幸好雷文森根本沒在聽，也缺乏洞察力，只對資產負債表上的數字很敏感。「從財務上來說，科斯塔離開對製片廠的生存是有利的。電視搶走了我們的生意，但我們有很多明確可行的辦法可以增加收入。我們要把大部分的外景場地賣給房地產業、把動畫片和舊劇情片賣給電視聯合組織，並將合約演員出借給其他製片廠以賺取可觀的利潤。」他說。

假裝懊悔當然難不倒多莉亞。「噢，克勞德，我真不想為你以外的人工作，但是——」她開口道。

「噢，我們不會放妳走的，妳的名號現在還是揚名國際呢！」他說，她聽了又更開心了。「我們當然會要求妳做到合約期滿。我們還要在國外製作廉價電影，費用由我們好萊塢電影的海外票房利潤支付，不然這些在歐洲和英國賺的錢都動用不了。作為提供海外工作機會的回報，我們不僅可以享有稅收減免，還獲准選派一個美國人——可能是比較過氣的演員——加入演員陣容，讓電影看起來像是好萊塢出品。只要打著美國演員，例如妳的名號，我們就可以在世界各地兜售這部電影，或是拿來當汽車戲院兩片聯映的第二部片，甚至可以直接賣給當地電視市場。多莉亞，妳一定會忙得不可開交。」

「所以你想要我在英國拍片嗎？」她問道，心想英國也沒那麼糟。

「羅馬。之前拍《暴君焚城錄》留下來的露天布景都放在那邊沒人用呢。我們要拍古裝神話電影，找數百名義大利的廉價勞工來穿托加長袍當臨演……但我們會把作品包裝成史詩電影，而妳當然就是我們的克里特王后、示巴女王——」

「那誰要當我的男主角？」

「健美運動員。」

「可是……他們會演戲嗎？」

「他們不需要演戲。因為演員們都說不同的語言，所以電影會進行配音，代表即使有人忘記台詞，我們也不用重拍，妳如果想背誦字母表也可以。進行配音的同時，妳就可以馬上去拍下一部片了。」

這個好消息怎麼聽起來越來越糟？「那是誰來配音？」她問道。

「旅居羅馬的美國演員，他們天天都為電影配音，就像配音機器一樣。我們有個女演員很會模仿妳，她很榮幸能夠取代妳。」

「所以我從幫一隻卡通豬配音變成不知道哪來的母豬幫我配音？」她賭上最後的希望，拼命想抓住救命稻草。「那《安貝爾．摩根回家了》怎麼辦？」

「我把版權賣給環球影業了。萊迪．葛拉漢會執導，將其製作成為蘇珊．海華量身打造的作品。」他說完便起身，陪她走到科斯塔辦公室的門口，替她打開那扇高大的門，好讓她永遠離開。「跟好萊塢說『arrivederci』（再見）吧。」他向她道別，多莉亞開始覺得自己好像刪錯人了。「妳會說外語嗎？」他問道。

她狠狠瞪了雷文森一眼，回答：「我會的古義大利語只有『*Et tu, Brute*』[37]。」

多莉亞．梅伊告訴我，她住在波格賽公園附近一棟製片廠提供的迷人別墅，由散熱的大理石建成，周圍環繞著笠松。「別墅是很漂亮啦，但七月在羅馬拍片實在太可怕了，尤其是穿著這種又熱又可笑的服裝。義大利的烈日可是很無情的。」她用責備的眼神看著我，說道：「這裡簡直就是地獄。」

她顯然正在經歷麥克馬斯特學院所謂的「劇後憂鬱症」，而這也不是成功的刪除者可能會得的唯一一種症候群。還有創傷後坦白症候群，這是一種很嚴重的疾病，只要有人說錯話就可能會毀掉我們的整個事業。

我把椅子拉近一些，問道：「這場謀殺是必要之舉嗎？」

她停下來想了想，然後從內心深處發出一聲抽泣。「對我的演員生涯來說，是的。」

「嗯。那妳有盡可能給列昂尼德．科斯塔贖罪的機會嗎？」

「噢，我已經不知道給過他幾次機會了！我苦苦哀求、勸誘哄騙，也證明了我能夠勝任這個角色，但他到最後還是明確表示，他要把我的職涯這把牛刀拿去割雞。我所做的根本就只是自衛而已！」

「了解。」我說。「那下一個問題是：誰會哀悼他？」

「沒有人。」她毫不遲疑地回答。

「沒有他，這個世界有變得更好嗎？」

「噢，天啊，當然有，大概只有當初他答應給她們角色的年輕女星會失望吧，畢竟她們希望跟他上床可以成為自身事業的跳板。只是……到了晚上，我一層一層卸掉全部的妝，直到最後只剩下上帝賜給我的臉：嘴唇蒼白且上下唇比例不對，雖然也有它們迷人的地方；幾乎沒有眉毛，還長了雀斑……我看著這個惹人愛的人，心裡想著：殺人凶手。」

「會有這樣的反應很正常。」

她嘆了一口氣，說道：「我在電影中已經殺過好幾次人了，但現在我看著鏡中的自己，

37「Et tu, Brute?」是一句拉丁語名言，被後世普遍認為是凱撒臨死前對刺殺自己的養子布魯圖說的最後一句話，中文一般譯作「還有你嗎，布魯圖？」

心裡都會想：『這次是真的，妳結束了另一個人的生命。』」

「那妳有什麼感覺？」

「這個嘛，呃……」她在腦中尋找合適的字眼，然後說：「首先是驕傲吧。」

「做得好。」我稱讚道。

「對啊，就像為了演某個角色而學習特殊技能一樣，例如劍術或馬術。」她自以為是地站了起來，說道：「我本以為這會改變我的人生，但現在覺得這一切都是徒勞無功。我目前的處境也沒比剛到學校時好多少：做著毫無意義的苦差事，為文盲拍攝《伊里亞德》之類的作品，貶低自己的專業。我感覺好像把自己的靈魂交給了魔鬼，但回報卻是下次做頭髮可以打折一樣。規劃和執行刪除計畫的整個過程，刺激程度不亞於我所扮演過的任何角色，但我殺人所帶來的結果似乎只是我可以賺錢謀生而已。」

就在那時，副導演告訴她，他們已經準備好在農神廟的柱廊拍攝她和佩琉斯的主鏡頭了。這個布景兩週前是她在克里特島的宮殿，四週前則是古羅馬廣場。她迅速瀏覽其他演員台詞的英文翻譯，她自己的台詞當然是英文的，但跟她對戲的愛德華多・波利塔諾（在美國版叫做「愛德・鮑爾斯」）台詞是義大利文，她那天真無邪的女兒則是由奧地利演員海克・李希特所飾演，台詞是用德文寫的。我躡手躡腳走出鏡頭範圍，看他們三個人扮演的角色互相爭吵，看起來很戲劇化，但聽起來就像巴別塔的三個臭皮匠，根本語言不通。多莉亞咬牙切齒、橫眉怒目，我懷疑那根本不是演出來的。

工作人員準備拍下一幕時，多莉亞向我走來，一副失魂落魄的樣子。「拜託，院長，拜託你……」她請求道。「我可以回麥克馬斯特學院嗎？我當妲爾西的時候很快樂，男女合校的校園生活很有趣，我的人生有目的，也有為了殺死某人而活的明確目標。」她看到我面露遺憾，便繼續懇求道：「我可以當口音教練、教大家怎麼偽裝——」

我指出：「當一個人像妳一樣擁有特殊天賦時，就可以在刪除計畫中活用自身技能。『成為自己的幫凶』是我們一直以來的理念，而妳扮演偽裝成女人的男人正是完美的典範。妳反轉了比馬龍[38]的神話，在現實中化身為科斯塔已經在腦海裡塑造的角色來誘惑他，我想除非是擁有跟妳一樣天賦的人，不然根本不可能學會這種刪除方式吧。」

「這都是克勞德・雷文森的錯！」她抱怨道。「至少列昂想拍出很棒的電影，雷文森想要的只是『產品』而已。日正當中的羅馬熱得要死，我又不能和賈利・古柏一起拍《日正當中》，只能在這裡任憑他糟蹋我的事業。」她眼神中的冰冷怒火在她為雷文森拍的上一部電影《參孫與卡爾普尼亞》中也有出現過。「要是他死了就好了……」

備註：當這名畢業生說出最後這句話，我注意到她的眼睛瞇了起來，雖然不確定是不是我聽錯，但我覺得她說的可能不是「要是他死了就好了」，而是更具推測性的「他死了不就好了……」

38 據古羅馬詩人奧維德《變形記》（*Metamorphoses*）中記述，雕刻家比馬龍（Pygmalion）根據自己心中理想的女性形象創作了一個雕像，並愛上了他的作品。愛神阿芙蘿黛蒂因為同情他，便給這件雕像賦予了生命。

不難想像梅伊小姐會利用她在麥克馬斯特學院磨練的技能來重拾自己在好萊塢的地位。要是克勞德．雷文森以後到羅馬出差，我也只能同情他了。我們應該要請在洛杉磯的外勤人員留意他的旅行計畫。

順帶一提，儘管我表面上拒絕了梅伊小姐回到學校的請求，但關於像她這樣有才華的演員如何幫助我們的學生避免「當場被抓」，我確實有些想法。

（留待下學期討論。）

第五十二章

天空萬里無雲，甚至沒有一絲雲彩在地平線上徘徊，要不是這天如此天朗氣清，可能會令人感到不安。天空近乎透明，閃爍著清澈的光芒，這無疑是麥克馬斯特學院好幾個學期以來最充滿活力的早晨之一。無人知曉的樹林裡鳥兒啁啾，不絕於耳，歌頌著充滿歡樂的一天，並展翅飛翔，到達超乎想像的新高度。銀色的太陽則高掛在空中，照看著這個充滿田園風光且殺氣十足的美麗校園。

一輛沒有車窗的黑色廂型車沿著與四方院主要道路平行的支路行駛，繞過校園書店，並轉進一條長長的環狀道路，那條路環繞著廣闊的村莊綠地、大池塘和村莊，那裡有著古色古香的小店、錯綜複雜的小巷，以及富有情調的小餐廳。

「那輛叫做黑色瑪麗亞。」院長向海吉之家的宿舍輔導員和兼職自然科學教授解釋道。「是我們新買的校車，會把學生從中央集合點載到滑榆樹。來吧，我有一些新人要親自去迎接。」

他們跟在黑色瑪麗亞的後面，車子已經在市集廣場停了下來。史蒂奇警佐從駕駛座那一側下車並打開後門，兩名身穿制服的服務員把一條短舷梯推到位，一群新生走了下來，在突如其來的刺眼陽光下遮住眼睛，紛紛露出發現新事物那種期待又欣喜的表情。為了歡迎他們，麥克馬斯特學院的小型管樂團在米爾塘的樂隊演奏臺上開始表演歡快的進行曲，那座維多利亞哥德式演奏臺參考了亞厘畢紀念亭的樣式設計。

最後下車的是潔瑪和她的母親伊莎貝爾。潔瑪已經換上了在最後一個休息站拿到的紅黑相間健身教練制服，伊莎貝爾則穿著她最漂亮的洋裝。對潔瑪來說，再次看到校園就好像她在醒來後成功回到了一個迷人的夢境，但現在她可以單純享受麥克馬斯特學院的學校生活，不用承受罪惡感和復仇的重擔。對伊莎貝爾來說，麥克馬斯特學院讓她想起了多年前，她和丈夫曾帶潔瑪去水上

伯頓看一個精緻的一九三〇年代模型村，只是這裡的一切都是真人大小，還有許多居民，十分繁榮。

潔瑪開始向母親介紹各個景點。「那是學院的酒吧『隱狼酒館』，老闆是威爾弗雷德．莫索，他還有在那間小木屋經營販賣部。媽媽，妳一定會喜歡那裡的起司。那間是希倫代爾服飾店，專賣成衣和女帽。」她挽著母親的手臂，繼續說：「這座小湖是蜜米爾池塘，我會在這裡划船和釣魚，就像以前和爸——天哪，是康妮！」她看到了康斯坦絲．貝多斯，她還以為對方早就去刪除比自己年輕很多的小白臉丈夫了。康斯坦絲與伊莎貝爾年齡相仿，潔瑪介紹兩人認識，並解釋自己在學校的新身分和職級。

伊莎貝爾瞪大眼睛，環顧周圍熙熙攘攘，宛如立體透視模型般的村莊。她的視線從沿著米爾塘池畔的花壇移動到珠寶盒般的雅朵舞廳，唱詩班在村莊廣場上唱著民謠，雖然歌詞聽起來不太妙，但和舞廳播放的刺耳音樂重疊在一起卻意外悅耳。市集廣場熱鬧的攤位和冒著煙的火盆散發出誘人的香味，刺激著這位大廚敏銳的嗅覺。伊莎也很高興看到這麼多與她同齡的學生和教職員工。即使年紀大了，想做掉他人的欲望還能強化好好活著的意志，真是激勵人心。這裡感覺是個相當開化的社區。

「那個帥哥是誰啊？」伊莎貝爾問道，並指著一名身穿麻花針織毛衣的男老師，他攤開四肢坐在草地上，正在和幾名學生進行熱烈的討論。

「那位是馬迪亞斯．格拉維斯。」哈洛院長走了過來，說道。「他可以說服妳唐吉訶德是個狡猾的殺人犯，而塞凡提斯則是精神障礙辯護的發明者。」他向伊莎貝爾伸出手，說道：

「林德利太太，很高興見到妳，歡迎來到學院。還有潔瑪，妳能再次加入我們真是太好了！薇斯塔．特里珀和史神父期待午餐後與妳見面，討論妳身為輔導老師的新工作。對了，妳可能會想跟我們海吉之家的宿舍輔導員和新任自然科學教師打招呼……」

潔瑪四處張望，尋找一向熱情友好的香波．南達。她以為會看到他和另一個新面孔，卻只看到一名男子背對著她，在跟阿爾文．塔科特教練聊天。「香波．南達呢？」她問道。

「噢，他調到我們新成立的自動化部門了。不，新的海吉之家宿舍輔導員也是我們新的兼職自然科學教授，和妳一樣擔任兩個職位。他是學院有史以來第一位實用物理學教授，狡猾如魔鬼，不過是個好人！」他拍了拍男子的肩膀，說道：「親愛的朋友，暫且忽略塔科特，轉過身來吧，這是為了你好。」

男子轉了過來，很難說這兩位新任教職員工中誰比較驚訝或欣喜若狂。

「克里弗！！！」潔瑪從來沒有那麼開心喊出一個人的名字過，她緊抓住他的手臂以確認他的存在。「這是真的嗎？我……我還以為你死了！」

「對啊，但我現在好多了。」他向她保證。「那妳呢，潔瑪？我還以為妳早就離校了——」

「喂！」塔科特教練打斷他。「潔瑪，妳還站在那邊幹嘛？妳不到十分鐘後就要帶體育課耶，快跟我來！」他小跑步離開，並示意潔瑪跟上。

「他是我的新老闆之一。」潔瑪低聲說。「以後我搞不好會想殺了他。」

克里弗露出驚恐的表情，說道：「打消這個念頭吧！」

院長清了清喉嚨，說道：「既然林德利小姐得去運動場報到，就由我和康斯坦絲送伊莎貝爾到她的新住處安頓下來吧。」伊莎貝爾高興地向潔瑪揮手道別，便與哈洛院長和康斯坦絲一起沿著風景優美的小路漫步前往黑莓小屋。

有人大喊克里弗的名字，他看到可比．特休恩朝他跑來。「可比還在喔？」克里弗抱怨道。「我的天啊，所以我現在變成他的輔導員了！」他握住潔瑪的手，說道：「要不要一起在玉花泉吃午餐？這次我請客……中午十二點如何？我有好多話要跟妳說。」潔瑪點點頭，輕輕吻了他的臉頰，然後飛奔追上塔科特。

克里弗就像幾世紀以來所有的男人一樣，目送潔瑪，看她會不會回頭看他一眼。她回頭看了他很久，然後才大步跟上教練。

在可比身後，他看到一群人不約而同穿過村莊綠地，走過來迎接他：史神父身穿神職人員的白色衣著，戴著白色巴拿馬帽，陪著薇斯塔．特里珀走了過來，她則身穿高級訂製西裝，誰敢小看她就準備遭殃。香波．南達一邊朝他走來，一邊像踢毽子一樣踢著緬甸藤球，避免其掉到地上。巨石瓊恩和平克尼醫生穿著骨白色網球服，身材結實粗壯的兩人站在一起，簡直就像一艘雙桅帆船，令人歎為觀止。西蒙．山普森還是一如往常，一副得意洋洋的樣子，但這次他終於向克里弗報以熱情的微笑。奧德麗．耶格爾挽著他的手，容光煥發，臉上的陰霾早已煙消雲散。他們現在都是他的同事了……心思縝密的馬迪亞斯．格拉維斯、最後一餐令人難忘的吉拉德．提希爾，以及什麼都願意嘗試的塔科特教練也是……一直都很支持他的導師哈賓格．哈洛院長也不例外。

當然，還有潔瑪。

有人拍了一下他的肩膀，他轉過身來，看到了史蒂奇警佐和道布森警監，後者戴著他平常戴的帽子，但這可能是克里弗第一次看到他面帶笑容。這對搭檔給了他第二次除掉菲德勒的機會，轉達了院長提供的終身職（還有晉升機會），並再次帶他回到麥克馬斯特學院。

從來到校園的第一天起，他就很想知道學院的所在位置，就算不知道縣或郡或國家，至少知道緯度或是哪一洲也好。

現在，克里弗終於知道這裡是哪裡了。

這裡是他的歸宿。

附言
取自哈賓格．哈洛院長的辦公桌

剛開始寫這本書時，我就收到了好消息，有一家備受稱道的出版社同意出版你現在手中的這本書，觸及我們學院以外的廣大讀者群。希望在閱讀本書的過程中，你已經充分掌握了麥克馬斯特學院的方針和理念，可以獨立完成對你來說至關重要的任務。雖然本書主要著重在跟雇主有關的刪除計畫，但我相信麥克馬斯特學院的原則可以指引你努力的方向，希望這句承諾能讓你的任務開花結果。

除了書中不同案例的差異之外，其共通性也相當值得注意。

親愛的有志刪除者，相信你應該不會感到驚訝，我在董事會的一些同事並不像我一樣那麼高興我們的祕密學院終於「公開」了，雖然也僅限在本書中。儘管我認為自己已經巧妙掩蓋了麥克馬斯特學院的所在位置，但有些人，例如埃爾瑪．戴姆勒副院長堅稱，光是承認學校的存在就太過火了，讓過去和未來的畢業生都處於危險之中。不幸的是，大局已定，木已成「棺」，出版契約早已完成簽署，手稿也已寄出，只剩下這篇附言，我那可靠的同事迪莉絲．恩萊特很快就會將其寄給編輯。

然而，令人高興的是，這些唱反調的人最近終於接受我的決定了。碰巧的是，我等一下會暫時放下這枝筆，由史蒂奇警佐、塔科特教練和前面提到的埃爾瑪．戴姆勒擔任我的護衛，護送我從院長辦公室下樓欣賞專門為我製作的半身像。之後這座雕像會跟過去所有院長的半身像一起擺在董事會會議室裡，其中包括這一切的始作俑者，也就是學院的創辦人兼校長蓋伊．麥克馬斯特。奇怪的是，儀式將在終劫先生的窯坊舉行，不過原因很簡單，就是那位匠人會當場把半身像從大窯裡取出，據說上面的層層釉料已經烤得恰到好處，發出完美的光澤。由於半身像僅僅是根據照片製作的，所以我很期待見到這名雕塑家，正如終劫先生所說：「我們希望你去見造物主。」真是的，「造物主」不是這個意思啦！可能是因為他不是英文母語人士，所以才鬧出這樣的笑話吧。

儀式結束後，今晚我就會回到辦公室，開始寫這個系列的下一本書，也許跟配偶、親戚、律師、以前的好麻吉有關，或是許多人敲碗的《如何謀殺那些年霸凌我的人》，就不管董事會一開始提出什麼異議了。我給我的同事埃爾瑪．戴姆勒打滿分，因為她用優雅又迷人的方式改述莎士比亞十四行詩第十八首，收回自己的反對意見：「哈洛，只要你能呼吸且眼睛看得清，你的書就會繼續寫下去！」看到她的態度一百八十度大轉變，我還能要求什麼呢？

啊，我的護衛來了！看來只能等我「見到造物主」之後才能結束這篇附言了，哈哈！不過，我要在此感謝各位忠實的讀者耐心看完這本書，只要你們對麥克馬斯特學院的刪除法則有基本的認識，我就心

［全書完。——編輯］

臉譜小說選

謀殺藝術大學院

Murder Your Employer: The McMasters Guide to Homicide

原著作者	魯伯特・荷姆斯（Rupert Holmes）
譯者	楊睿珊
書封設計	蕭旭芳
責任編輯	廖培穎
行銷企畫	陳彩玉、林詩玟
業務	李再星、李振東、林佩瑜
副總編輯	陳雨柔
編輯總監	劉麗真
事業群總經理	謝至平
發行人	何飛鵬
出版	臉譜出版 台北市南港區昆陽街16號4樓 電話：886-2-25007696　傳真：886-2-25001952
發行	英屬蓋曼群島商家庭傳媒股份有限公司城邦分公司 台北市南港區昆陽街16號8樓 客服專線：02-25007718；25007719 24小時傳真專線：02-25001990；25001991 服務時間：週一至週五上午09:30-12:00；下午13:30-17:00 劃撥帳號：19863813　戶名：書虫股份有限公司 讀者服務信箱：service@readingclub.com.tw 城邦網址：http://www.cite.com.tw
香港發行所	城邦（香港）出版集團有限公司 香港九龍土瓜灣土瓜灣道86號順聯工業大廈6樓A室 電話：852-25086231　傳真：852-25789337
馬新發行所	城邦（馬新）出版集團 Cite（M）Sdn. Bhd.（458372U） 41, Jalan Radin Anum, Bandar Baru Sri Petaling, 57000 Kuala Lumpur, Malaysia. 電話：603-90563833　傳真：603-90576622 電子信箱：services@cite.my
初版一刷	2024年8月
ISBN	978-626-315-523-7

城邦讀書花園
www.cite.com.tw

定價：499元（本書如有缺頁、破損、倒裝，請寄回更換）

國家圖書館出版品預行編目資料

謀殺藝術大學院／魯伯特・荷姆斯（Rupert Holmes）著；楊睿珊譯. -- 初版. -- 臺北市：臉譜出版：英屬蓋曼群島商家庭傳媒股份有限公司城邦分公司發行, 2024.08
面；　公分. --（臉譜小說選）
譯自：Murder your employer: the McMasters guide to homicide
ISBN 978-626-315-523-7（平裝）

874.57　　113008812